Ruth Gogoll
Die Schauspielerin

Ruth Gogoll

Die Schauspielerin

Erotischer Liebesroman

© 2000 by

édition elles
Internet: www.elles.de
E-Mail: info@elles.de
Umschlaggestaltung und Satz: graphik.text Antje Küchler, Ferrette
Druck: Nørhaven Paperback A/S, Dänemark
ISBN 3-932499-13-1

*S*ie stand in dem engen Gang vor der Tür und wartete, bis ich vom Händewaschen zurückkam. Ich wollte mich an ihr vorbeischieben. Zu zweit hatten wir kaum Platz nebeneinander. Und sie machte auch keinen. Als ich mich an die Wand drückte, um sie vorbeizulassen, trat sie einen Schritt auf mich zu und lehnte sich gegen mich. Mir blieb die Luft weg. Ich schnaufte. Sie ließ ihren Körper noch schwerer gegen mich fallen. Ich spürte ihre Schenkel genau auf meinen.

Ich machte einen neuen Versuch. »Willst du mich nicht vorbeilassen?« Viel Hoffnung hatte ich nicht. Ihr Gesicht so nah vor meinem sah ich den Glanz in ihren Augen.

»Soll ich wirklich?« fragte sie wenig erfolgversprechend.

»Ja«, preßte ich hervor. Ihr Körper machte mich wahnsinnig.

Ihre Hände legten sich auf meine Hüften. Sie schob sie langsam höher. Ihr Mund kam immer näher. Ich drehte meinen Kopf zur Seite. Ihre Lippen berührten meine Wange. Sie wanderten langsam nach vorn in Richtung meines Mundes. Ich konnte mich nicht rühren. Sie flüsterte fast schon angekommen: »Du willst mich doch.« Sie suchte meinen Mund. Ich konnte nichts sagen. Sie hatte meinen Mund erreicht. Ihre Zunge berührte meine Lippen. Ich preßte sie zusammen und drehte meinen Kopf weg, so weit ich konnte.

Sie wiederholte leise: »Du willst mich.« Sie lachte. Ihre Hände schoben mein Hemd hoch. Ihr Mund hatte meinen erreicht. Ich konnte mich an der Wand nicht weiter drehen. Sie fuhr mit ihrer Zungenspitze über meine Lippen. Sie kribbelten, als ob tausend kleine Federn sie kitzelten. Ich versuchte sie weiterhin geschlossen zu halten. Sie fing an, mit ihren Lippen an meinen zu knabbern. Ich konnte ihr nicht länger standhalten. Ich öffnete sie. Sie drang vorsichtig ein. Sie erforschte meinen Mund mit sinnlichem Streicheln. Ihre Hände auf meiner Haut taten das gleiche. Ich stöhnte unterdrückt.

»Komm«, sagte sie. Sie schob mich in den Waschraum der Toiletten zurück. Ich ließ es geschehen. Sie drückte mich gegen ein Waschbecken. Ihre Hand fuhr zwischen meine Beine. Ich stöhnte lauter. Sie lehnte sich über mich und bog mich über das Becken. Mir brach fast das Kreuz ab, aber ihre Zunge lenkte meine Empfindungen sofort wieder in eine andere Richtung. Ich konnte an nichts anderes mehr denken als an das, was sie in meinem Mund und zwischen meinen Beinen tat.

Ihre Zunge wurde immer fordernder. Leidenschaftlich stieß sie in meinen Mund und nahm mir alle Sinne. Ich wollte sie nur noch spüren. Ich legte meine Arme um sie ...

Brrrrr-brrrr!

Was klingelte denn da? War in diesem Lokal Feuer ausgebrochen? Ich fühlte ihre Hände abrutschen, keine Berührung mehr auf meiner Haut, keine Empfindung heißen Begehrens. *O nein!*

Brrrrr-brrrr!

Schon wieder! Was war denn das? Langsam fand ich in die Wirklichkeit zurück, und die hatte nichts mit der Phantasie zu tun, der ich eben noch nachgegangen hatte. Das Telefon klingelte. Ich blickte verwirrt auf die Uhr. Wer rief mich denn um diese Zeit noch an? Es war mitten in der Nacht, kurz vor halb zwölf. Ich nahm ab, und eine geschäftsmäßige Männerstimme fragte: »Ist dort die Lufthansa?«

»Wie? Lufthansa?« stammelte ich konfus. »Nein. Nein, das ist hier nicht.«

»Oh, entschuldigen Sie bitte«, sagte der Mann. »Dann habe ich mich verwählt.« Er legte auf.

Schöner Mist! Und deshalb hatte er mich aus meinen süßen Phantasien gerissen? Ich sah zum Videorecorder hinüber. Sollte ich es noch einmal versuchen? Ich hatte einen Film gesehen, und der hatte mich angeregt, weiterzudenken, die Situation etwas auszuschmücken. Aber das konnte ich jetzt nicht noch einmal wiederholen. Ich seufzte. Und es war ja sowieso sinnlos ...

Am nächsten Tag träumte ich doch noch ein bißchen vor mich hin – sie war sehr gelungen gewesen, diese Phantasie – während ich durch die Stadt ging, um mir ein Restaurant zum Mittagessen zu suchen, als mir ein Plakat ins Auge fiel. Ich blieb ruckartig stehen und starrte minutenlang darauf, ohne mich zu rühren. Nein. *Nein, das konnte doch nicht wahr sein! Es konnte einfach nicht... Nein, nein, das ging mich alles nichts mehr an!* Aber die Erinnerung überfiel mich trotzdem, suchte mich heim wie eine der biblischen Plagen – unausweichlich, zerstörerisch, katastrophal...

Alles verschwamm vor meinen Augen, die Realität verschwand, als ob sie gar nicht existierte, und plötzlich stand sie wieder vor mir: die Vergangenheit – sie. Als ob es heute gewesen wäre, als ob es jetzt gerade passierte und nicht schon seit Jahren vorbei war. Ich sah mich wieder hineintreten in den Raum, der mit lachenden jungen Leuten gefüllt war, genauso jung wie ich, jung und unerfahren, neugierig auf die Welt und verletzlich. Ich blickte mich um, und sie erschienen mir alle so viel reifer als ich, so viel erfahrener, so ohne jede Probleme. Ich hatte immer Probleme, ich dachte über den Zustand der Welt nach und wie ich sie retten könnte, oder wenigstens mich selbst, und fand keine Lösung. Aber das alles schien die Anwesenden hier nicht zu berühren. Sie waren jung und fröhlich, stark genug, um die Welt zu erobern, die ihnen offenstand. Etwas, das ich selbst für mich tagtäglich bezweifelte.

Die Gastgeberin, nicht älter als ich, aber immerhin im Besitz einer eigenen Wohnung, begrüßte mich beiläufig und zeigte mir, wo die selbstgemachten Salate und die Getränke standen. »Das Bier liegt in der Badewanne!« rief sie mir noch zu, als sie schon wieder durch den halben Raum in die andere Richtung entschwunden war.

Was macht denn das Bier in der Badewanne? fragte ich mich noch, um gleich darauf vor Verlegenheit zu erröten, als ich begriff, daß es dort zur Kühlung lag. Das war typisch für mich. Ich hatte praktisch keine Erfahrung mit Leuten und was so üblich war zwischen ihnen, was für sie selbstverständlich erschien. Ich war so ungeschickt, ich wußte einfach gar nichts, alles verstand ich erst einmal falsch. Und auf dieser Fete würde mich auch niemand beachten. Die wenigen, die ich kannte, kannte ich nur flüchtig, und sie waren alle mit sich selbst und ihrer FreundInnenschar beschäftigt. Sie würden mir ausweichen, wenn ich näherkam. Sie wußten nichts mit mir anzufangen.

Ich holte mir etwas Salat und einen Saft und setzte mich irgendwo allein in eine Ecke. Dabei beobachtete ich den Rest der Gesellschaft, der so bunt, gutgelaunt und frisch aussah, jünger, als ich mich je gefühlt hatte. Meine Blicke schweiften umher und wurden von einer jungen Frau angezogen, die umgeben von einer ziemlich großen Gruppe mitten im Raum stand. Sie lachte und warf ihren Kopf zurück, ihre taillenlangen Haare flogen und schmiegten sich dann wieder sanft an sie an. Sie unterschied sich nicht sehr von den anderen, außer daß sie sehr gut aussah. Mehr als das. Sie war sogar schön, wie ich mit einem zweiten verstohlenen Blick feststellte. Ich hatte Angst, sie anzustarren, und sie könnte es bemerken, also sah ich nur von unten herauf über meinen Tellerrand zu ihr hin, so konnte ich immer noch schnell mit meinem Blick auf den Teller zurückkehren und so tun, als ob mich der Salat mehr interessierte als sie.

Plötzlich entstand ein kleiner Tumult. Ihre Stimme erhob sich über die der anderen: »*Simónn*, es heißt *Simónn* und nicht *Si-moo-ne*«, verlangte sie erbost. Ihr Gesicht war ärgerlich verzogen und wirkte sehr eigensinnig. Sie war wohl nicht gewohnt, daß man ihr widersprach.

Die anderen lachten, als ob sie sie nicht wirklich ernst nehmen würden, aber dennoch bewunderten. Es war eine merkwürdige Mischung. Eine Frau aus der Gruppe sprach nun auch etwas lauter, außerdem hatten die anderen, die in der Nähe herumstanden, ebenfalls ihre Gespräche eingestellt, weil endlich etwas los war. »Das wußte ich nicht, auf deutsch gibt's den Namen ja schließlich auch«, meinte sie etwas entschuldigend, aber auch leicht ärgerlich.

»Dann weißt du es jetzt«, versetzte die Frau mit den langen Haaren kühl und sehr akzentuiert, »und ich würde dir raten, meinen Namen nie wieder falsch auszusprechen. Ich bin nach der Schauspielerin Simone Signoret benannt.« Sie machte eine kleine Pause. »Und *ich* werde auch Schauspielerin!«. Alle lachten, aber sie blieb ernst. Sie fand das überhaupt nicht komisch. Dennoch war das Thema damit beendet, und anscheinend hatte sie sich innerhalb kürzester Zeit wieder beruhigt und lachte mit den anderen mit, genauso wie vorher.

Ich saß da und hatte meinen Salat völlig vergessen. Ich tat nicht einmal mehr so, als würde ich ihn *ihr* vorziehen. Ich war fasziniert von ihr, von ihrer Entschlußkraft und ihrer Schönheit. Aber sie würde mich nie beachten, das wußte ich ja schon. Solche Frauen wie sie beachteten Frauen wie mich nie. Sie behandelten mich allenfalls wie ein Kind. Und das war ich ja auch. Gegen *sie* fühlte ich mich genauso. »Simone«, murmelte ich vor mich hin. Was für ein schöner Name! *Simone* –. Ich lächelte, während ich nun selbstvergessen in meinem Salat herumstocherte. Meine Phantasie ging schon wieder mit mir durch. Ich brauchte sie gar nicht mehr zu betrachten, um mir vorzustellen, wie sie mit mir sprach – ich wußte nicht, über was, aber das war ja auch völlig egal –, wie wir gemeinsam über etwas lachten oder Geheimnisse austauschten. Ich wünschte sie mir. So, wie ich sie in meiner Phantasie erschuf, war sie in Wirklichkeit sicher nicht, aber mehr als Phantasie würde es ja auch nie sein.

Das kleine Sofa, auf dem ich saß, erzitterte. Jemand hatte sich dazugesetzt. Immer noch lächelnd schaute ich zur Seite – und erstarrte. *Sie* war es: Simone!

Sie lächelte mich nur kurz und oberflächlich an, dann starrte sie wieder in den Raum, nicht sehr freundlich. Anscheinend hatte es erneut jemand gewagt, sie zu ärgern. Sie schien leicht erregbar.

Sollte ich etwas sagen? Das war vermutlich eine einmalige Chance. Die durfte ich nicht verstreichen lassen. Aber ich würde es nicht tun, ich würde es nicht – »Ich finde auch, daß *Simonn* wesentlich besser klingt als *Si-mo-ne*«, bekannte ich mit leicht krächzender Stimme. Vielleicht hätte ich mich vorher räuspern sollen. Mein Herz schlug bis zum Hals. Würde sie mir überhaupt antworten? Meine Meinung interessierte sie vermutlich in keiner Weise. Ich starrte nun doch wieder verlegen auf meinen Teller. Wenn sie es den anderen erzählte, würden sie alle über mich lachen. Dafür war ich wahrscheinlich noch gut genug.

»Das ist nett, daß du das sagst«, entgegnete sie neben mir freundlich. »Danke.«

Ich drehte meinen Blick halbverwirrt zu ihr und wurde fast erschlagen von ihrem Lächeln. *O mein Gott!* Das war zu viel. Diese

Augen, dieser Mund, dieses Lächeln, das ganz gezielt auf mich zu strahlen schien ... Du meine Güte! Mein Herz raste nur noch, gleich würde es stehenbleiben, ganz bestimmt. »Simone Signoret ist eine großartige Schauspielerin, wirklich«, brachte ich hervor, ohne daß ich wußte, wie.

»Ja.« Sie nickte. »Meine Mutter hat sie sehr verehrt zu dem Zeitpunkt, als ich geboren wurde. Wie das so ist ...« Sie lachte plötzlich. »Ein Glück, daß sie da nicht gerade für *Vom Winde verweht* geschwärmt hat. *Scarlett* wollte ich nicht heißen!« Ihre Augen lachten fröhlich mit, und sie zog mich hinein in dieses Lachen, so daß auch ich mitlachen mußte.

»Ja«, sagte ich vergnügt, »es gibt ja einige, die mit diesem Namen rumlaufen.«

»Bei uns in der Schweiz nicht so viele«, erwiderte sie immer noch heiter.

»Ah ja, du bist Schweizerin«, stellte ich nun fest. Sie hatte einen ganz leichten Akzent, aber das fiel hier in der Gegend kaum auf, da sowieso fast alle Dialekt sprachen.

»Halb und halb«, erklärte sie beiläufig. »Meine Mutter ist Deutsche. Ich habe beide Staatsbürgerschaften.« Das interessierte sie nicht besonders, das merkte man ihr an, das hatte sie schon tausendmal erzählt.

»Du warst sehr wütend auf die Frau, die deinen Namen falsch ausgesprochen hat«, sprudelte es plötzlich aus mir heraus, und dann mußte ich sogar noch einmal darüber lachen.

Simone lachte mit. »Ja, allerdings. Das passiert mir schon seit meiner Kindheit ständig. Vor allem, wenn ich in Deutschland bei meiner Großmutter war. Auf dem Dorf da hatte ich die größten Schwierigkeiten, diese Aussprache bei den anderen durchzusetzen. Die meisten nannten mich einfach Si-mo-ne, und ich konnte das auf den Tod nicht ausstehen. Manche verstiegen sich sogar zu einem ›Moni‹«, sie verdrehte die Augen, »was sie dann aber schnell bereuten«, fuhr sie grinsend fort.

Irgendwie verstanden wir uns gut an diesem Abend. Als ob wir uns gesucht und gefunden hätten. Übergangslos mündete unsere erste Begegnung in eine Freundschaft, die uns fast jeden Tag Stunden zusammen verbringen ließ. Vieles taten wir gemeinsam. In erster Linie unterhielten wir uns über Gott und die Welt und waren in erstaunlich vielen Dingen einer Meinung. Schon bald gingen wir auch regelmäßig zusammen schwimmen, und das stellte mich vor die erste größere Bewährungsprobe. Simone liebte FKK-Strände, und so sah ich sie jedesmal nackt, wenn wir am See waren. Ihr machte das anscheinend nicht das geringste aus, für mich war es die Hölle. Sie zog sich in meiner Gegenwart aus, sie legte sich neben mich, sie berührte mich sogar oder wollte, daß ich sie mit Sonnencreme einrieb. Sie war hetero, das war eindeutig, immer schwirrten irgendwelche Männer um sie herum, aber ich war es nicht. Ihr Körper machte mich wahnsinnig. Ich begehrte sie immer mehr, aber ich durfte es ihr nicht zeigen. Nach einer Weile hatte ich ihr zumindest offenbart, daß ich lesbisch war, oder sie hatte es eigentlich schon gewußt. Sie reagierte gelassen. Ich hatte mich auf zweierlei Reaktionen eingestellt, die schlechte und die gute. Die schlechte war, daß sie mir sagen würde, daß sie von nun an nichts mehr mit mir zu tun haben wollte, daß sie sich in meiner Gegenwart nun nicht mehr wohlfühlte – die gute war eine reine Wunschvorstellung, wie ich sehr wohl wußte: Ich stellte mir vor, daß sie es interessant gefunden hätte, das Lesbischsein auch einmal auszuprobieren, zumindest einen gewissen Teil davon. Ich wollte mit ihr ins Bett gehen. Aber das würde nie eintreten, das wußte ich.

Ihre gelassene Reaktion traf mich deshalb etwas unvorbereitet. Sie ging darüber hinweg, als ob ich ihr erzählt hätte, daß meine Haarfarbe nicht echt wäre. Sie nahm es zur Kenntnis, aber an unserem Verhältnis änderte sich nichts, so als ob ich gar nichts gesagt hätte. Das verletzte mich etwas, so sehr es mich auch erleichterte, denn ich hätte mir doch gewünscht, daß sie zumindest mein Begehren nach ihr ernstnahm, daß sie wahrnahm, daß ich nicht irgendeine Heterofreundin war, sondern daß ich sie liebte. Denn das wußte ich damals schon. Ich liebte und begehrte sie von dem Moment an, in dem ich sie zum ersten Mal gesehen hatte.

Ich litt darunter, aber ich mußte mich damit abfinden, sie war hetero. Sie wechselte ihre Männerbekanntschaften sehr häufig, und es schien sie nicht wirklich zu berühren. Aber mit mir unterhielt sie sich dann darüber, und ich genoß es, mit ihr zu lachen und mir ihre Anekdoten anzuhören. Diese Freundschaft war das glücklichste Ereignis in meinem bisherigen Leben gewesen, und ich konnte mir gar nicht vorstellen, daß sie je aufhören sollte. Ich sah mich schon mit Simone so etwa mit 80 in einer Straßenbahn sitzen und Erinnerungen austauschen: Weißt du noch, damals ...? Diese Vorstellung zauberte immer ein seliges Lächeln auf mein Gesicht. Ja, so würde es sein. Ich würde nie mit ihr schlafen, aber wir würden immer befreundet sein.

Eine Weile ließ ich mich also quasi dazu hinreißen, sie fast als meine feste Freundin zu betrachten. Wir sahen uns jeden Tag, redeten viel miteinander, gingen zusammen essen ... Es war schon so weit, daß Bekannte, die mich zufällig allein trafen, mich fragten: »Wo ist denn Simone?«, weil sie es nur noch gewohnt waren, uns zusammen zu sehen. Ein halbes Jahr lang oder ein bißchen länger ging das so, dann war es vorbei. Sie tauschte mal wieder ihren ganzen Freundeskreis aus, und ich fiel diesem Austausch auch zum Opfer. Ich versuchte mit ihr zu reden, sie zu überzeugen, daß wir doch immer noch Freundinnen wären, daß sich nichts geändert hätte, aber das sah sie nicht so. Sie legte mich ab wie einen alten, aus der Mode gekommenen Mantel, ohne daß sie ihn zuvor überhaupt getragen hatte.

Schlagartig kehrte ich in die Gegenwart zurück. Der Schock war immer noch zu groß. Es war ein einschneidendes Erlebnis für mich gewesen, das furchtbarste, was mir bis dahin widerfahren war. Und nun, heute, sah ich ihren Namen, das heißt ihren Künstlernamen, auf einem Plakat. Sie spielte in einem Stück mit, das im Stadttheater aufgeführt wurde, als Gaststar. Eigentlich sah man sie hauptsächlich im Fernsehen oder manchmal auch in Kinofilmen – sie war tatsächlich Schauspielerin geworden und mittlerweile sogar eine sehr berühmte –, aber hin und wieder spielte sie auch Theater, und diesmal sogar in unserer Stadt. Es war eine andere Stadt als die, in der wir uns kennengelernt hatten, denn ich war zwischenzeitlich umgezogen, ebenso wie sie. In zwei völlig verschiedene Richtungen. Eigentlich hatte ich nicht damit gerechnet, sie je persönlich wiederzusehen, auch wenn ich mir alle ihre Filme im Kino oder im Fernsehen ansah, wenn sie liefen.

Dort war sie so weit weg und doch so nah. So nah, daß ich mir vorstellen konnte, daß sie neben mir im Kinosessel säße, und ich mein Herz klopfen hörte. Es klopfte bis zum Hals, genau wie damals, wenn ich mit ihr zusammen ins Kino gegangen war, neben ihr saß und wußte, daß ich sie nicht anfassen durfte, egal, wie sehr ich sie auch begehrte.

Ich fixierte immer noch das Plakat und tastete es mit meinen Blicken ab, als ob ich *sie* damit berühren könnte. Dann schüttelte ich unwillig den Kopf. Das war vorbei. Es hatte nie einen Sinn gehabt, nie eine Zukunft, und nun hatte es schon gar keinen mehr.

Aber ich hatte sie noch nie auf der Bühne gesehen, noch nie live, seit sie Schauspielerin war, dies war vielleicht die einzige Gelegenheit, die ich je haben würde ... *Wie konnte ich nur daran denken, auch nur entfernt in Betracht ziehen, eine Karte für diese Vorstellung zu kaufen? Nach allem, was sie mir angetan hatte?* Aber ich tat es – ich tat es ernsthaft. Die Versuchung war groß, sie wiederzusehen, auch wenn es nur eine Begegnung aus der Ferne blieb.

Nein, nein, widersprach ich mir selbst. Das war es nicht wert. Wer wußte, was das in mir auslösen würde? Ich hatte Monate, ja Jahre gebraucht, um mich von ihr zu erholen, um wieder klar denken zu können. Ich drehte mich um und ging starren Blickes an der Kasse des Stadttheaters vorbei. Das würde ich mir nicht noch einmal antun.

Ein paar Tage hielt ich es durch: Ich ging jeden Tag mit Todesverachtung an dem Plakat vorbei und beachtete es nicht. Aber eines Tages war ich dann doch nicht mehr in der Lage, die Ankündigung zu ignorieren. Ich wollte es mir ersparen, die ganze Qual noch einmal zu durchleben, aber wie an einer unsichtbaren Schnur gezogen betrat ich dann doch das Theater und kaufte eine Karte. Jeden Tag, der auf diesen folgte, dachte ich daran, die Karte zurückzugeben, aber ich konnte mich einfach nicht überwinden. Selbst am Abend der Aufführung überlegte ich noch, ob ich einfach nicht hingehen, diesen Kelch an mir vorübergehen lassen sollte. Doch eine Stunde vor Beginn der Vorstellung war meine Beherrschung erschöpft. Ich zog mich an und machte mich auf den Weg.

☙

Ich saß so weit vorn, daß ich sie fast berühren zu können glaubte, und sie spielte mit einer unglaublichen Leidenschaft. Eine Leidenschaft, die sie privat nie gezeigt hatte. Sie konnte mich natürlich nicht sehen, denn die Bühnenlichter tauchten die Bühne in ebenso gleißendes Licht wie den Zuschauerraum in dunkelste Nacht, doch ich fühlte mich so, als würde sie nur für mich spielen. Einmal im Leben nur für mich.

Zuerst wollte ich nach der Vorstellung wieder gehen – mein Verstand riet mir dazu –, aber dann tat ich es doch: Ich ging hinter die Bühne und fragte nach ihr. Obwohl das offensichtlich nicht üblich war, ließ man mich vor, nachdem ich meinen Namen genannt hatte. Sie erlaubte es ausnahmsweise.

»Wie schön!« lachte sie. »Wir haben uns ja ewig nicht gesehen!« Sie kam in ihrer Garderobe auf mich zu und umarmte mich herzlich. Das heißt, auf der Bühne hätte es nach einer herzlichen Umarmung ausgesehen. In Wirklichkeit berührte sie mich kaum.

»Ja, ewig«, sagte ich etwas unbehaglich. Warum war ich hergekommen? Sie behandelte mich wie irgendeine entfernte Bekannte, und wahrscheinlich war ich das in ihren Augen auch. »Ich sah deinen Namen auf der Ankündigung für das Stück, und da dachte ich, ich nehme die Gelegenheit mal wahr...«

»Schön«, wiederholte sie und setzte sich vor ihren Schminkspiegel. »Es ist schön, daß du da bist.« Sie lächelte in die glänzende Oberfläche hinein, so daß sich ihr Gesicht dort etwas unterhalb von meinem spiegelte. Es klang wie ein einstudierter Text. Während sie begann ihre Wangen und Lippen von der Theaterschminke zu befreien, fühlte ich mich immer unwohler.

»Ich wollte dich nicht stören«, murmelte ich, »nur mal hallo sagen.« Mit der festen Absicht zu gehen drehte ich mich um, aber sie hielt mich zurück.

»Bleib doch noch«, bat sie. »Ich kenne niemanden in dieser Stadt.« Sie lächelte immer noch ausschließlich in den Spiegel, fixierte meinen Blick auf der reflektierenden Scheibe und ließ ihr Lächeln etwas auffordernder werden. »Laß uns essen gehen.« Ihre Augen verließen meine und wandten sich wieder dem Pudern ihrer Nase zu.

Ich kam mir vor wie die Angestellte einer Eskort-Agentur. Sie war allein in einer fremden Stadt, und deshalb brauchte sie Begleitung. Sie wünschte sich Gesellschaft beim Essen, und also kam ich ihr ganz recht. Es hatte nichts mit mir persönlich zu tun.

Sie drehte sich um. »Erzähl doch mal«, sagte sie. »Was machst du so?« Ihre Frage entsprang keinem persönlichen Interesse, wie mir schien. Es war wie eine Szene aus einem Stück. Szenario: Zwei Freundinnen treffen sich nach Jahren wieder. Dialog: Sie fragen sich gegenseitig, was sie so machen. Es war einfach eine Konvention, etwas, das sie schon tausend Mal im Film gespielt hatte.

Ich wollte eigentlich nicht antworten, aber irgend etwas trieb mich dann doch dazu, und ich erzählte ihr, daß ich seit ein paar Jahren in dieser Stadt lebte, in einem Beruf arbeitete, der mir Spaß machte und dabei auch recht erfolgreich war. So erfolgreich, daß ich mich mittlerweile hatte selbständig machen können. Kaum hatte ich zu Ende gesprochen, fügte ich noch etwas hinzu, nämlich daß ich mit einer Freundin zusammenlebte, eine sehr feste, fast eheähnliche Beziehung, und daß ich sehr glücklich sei, was sonst vielleicht, für den Moment aber überhaupt nicht stimmte. Normalerweise betrachtete ich mich nicht gerade als die geborene Lügnerin, im Gegenteil, ich war genau der Typ Frau, dem man immer sofort ansah, wenn sie nicht die Wahrheit sagte, aber in diesem Augenblick fühlte ich mich derart schutzlos – ein altbekanntes Gefühl *ihr* gegenüber, das sich prompt wieder einstellte –, daß ich fast gar nicht anders konnte, als diese Geschichte zu erzählen. Sie war einmal wahr gewesen, vor einiger Zeit, aber nun war sie es nicht mehr. Schon seit Jahren lebte ich allein. Jedenfalls meistens.

Sie hatte sich abgeschminkt und stand jetzt auf. »Wie schön für dich«, sagte sie, und es klang fast ehrlich, aber wer konnte das schon wissen? Sie hatte diese Szene in unzähligen Stücken gespielt, sie beherrschte sie perfekt. »Ich freue mich, daß es dir gut geht. Dann hast du damit wesentlich mehr Erfolg als ich.«

»Aber du bist *sehr* erfolgreich!« widersprach ich. »Ich sehe dich doch dauernd im Fernsehen.«

»Ja, im Fernsehen«, seufzte sie ein wenig zu theatralisch. »Ich bin Schauspielerin, weißt du. Ich lebe auf der Bühne, auf dem Set, nicht im wirklichen Leben. Im wirklichen Leben bin ich eine Versagerin.« Sie zog den Gürtel ihres weiten Kimonos enger und schlang die Arme um sich. »Du bist jetzt so gut wie verheiratet? Wie ist sie?«

Ich drückte mich um die Antwort, indem ich auf die frühen Schließungszeiten der Restaurants verwies. »Wenn wir noch etwas zu essen haben wollen, müssen wir uns beeilen«, schloß ich. »Das ist nicht gerade eine Metropole hier.« Ich lachte etwas gezwungen.

»Na dann«, lächelte sie – bezaubernder denn je, hinreißend, atemberaubend. Ich bekam wirklich fast keine Luft mehr, wenn ich sie so ansah. Sie drehte sich schnell um und verschwand hinter einem Paravent, um sich anzuziehen. Die Intimität, die ihr früher einmal erlaubt hatte, das in meiner Gegenwart auch ohne eine papierene Schutzwand zwischen uns zu tun, war offenbar verschwunden. Es war ja auch schon sehr lange her. Eigentlich waren wir wieder Fremde nach so langer Zeit.

Da stand ich nun mit meiner Lüge, die mir jetzt schon wie ein Kloß im Hals saß und mir zuwider war. »Ja, sicher«, murmelte ich mehr zu mir selbst als zu ihr. »Ich bin glücklich verheiratet.« Für den Moment bewahrte es mich davor, ihr sofort wieder zu verfallen, aber mir war bereits klar, daß das nicht lange etwas nützen würde. Selbst die beste Lüge konnte mich nicht davor schützen. Es würde *sie* vielleicht davon abhalten, mich sofort wieder als verfügbar zu betrachten – wenn sie das überhaupt wollte –, aber *mich* nicht, die ich die Wahrheit kannte.

Aber es war ja nur ein einziger Abend, ein einmaliges Gastspiel am Theater. Morgen würde sie ohnehin wieder verschwunden sein, also warum sollte ich nicht mit ihr essen gehen und es einfach genießen? Ob es allerdings ausschließlich ein Genuß werden würde, das bezweifelte ich.

Schon jetzt fiel es mir schwer, sie anzusehen und mir *nicht* vorzustellen, wie sie nackt aussah. Und ich erinnerte mich auch wieder sehr gut an ihre Spielchen, die mich damals schon fast zum Wahnsinn getrieben hatten. Wollte ich mich darauf erneut einlassen? Ach, was machte ich mir überhaupt Gedanken? Heute abend, und nur heute abend, war die einzige Gelegenheit, an der wir uns sehen würden. Was sollte da schon passieren? Im Restaurant konnte ich ja kaum über sie herfallen, und einen anderen Ort würden wir wohl kaum besuchen. Fast beruhigten mich meine eigenen Argumente. Ihre Einladung hatte sich nur aufs Abendessen bezogen, auf sonst gar nichts. Nur *ich* interpretierte wieder Dinge hinein, die nicht da waren. Aber ein mulmiges Gefühl blieb. Ich hatte immer den Eindruck gehabt, daß sie mit mir machen konnte, was sie wollte. Ich fühlte mich manipuliert und konnte mich dennoch nicht dagegen wehren. Damals wie heute. Warum hatte ich nur diese ihre Garderobe betreten?

Sie trat hinter dem Paravent hervor. »Wir können gehen«, sagte sie.

Ich fiel beinahe in Ohnmacht. So, wie sie jetzt aussah, erschien sie mir fast noch begehrenswerter als zuvor auf der Bühne. Sie war einfach wunderschön. Und selbstverständlich wußte sie sich so zu kleiden, daß es zu ihrem Typ paßte und ihr gutes Aussehen noch hervorhob, obwohl es weit davon entfernt war, gewollt auszusehen. Die perfekte Frau. Oder eher: das perfekte Bild von einer Frau. Denn daß dahinter einiges steckte, was nicht so perfekt war, wußte ich noch aus Erfahrung.

»Ja, wir können gehen«, bestätigte ich gedehnt.

Sie schaute noch einmal in den Spiegel und zog ihre Lippen nach, eine selbstverständliche Geste, die in Sekunden erledigt war, dann ordnete sie mit einem ebenso schnellen und routinierten Griff ihr Haar. Es gehörte zu ihrer Welt ebenso wie es zu meiner gehörte, manchmal ungekämmt aus dem Haus zu gehen, weil ich es einfach vergessen hatte. *Sie* würde es sicher nie vergessen. Es war ihr schon in Fleisch und Blut übergegangen.

Ich öffnete ihr die Tür, und sie schritt an mir vorbei hinaus auf den Gang vor den Garderoben des Theaters. Ihre Bewegungen waren von einer Anmut, die vermutlich nur langes Training hervorbringen konnte. Sie hatte sich auch früher schon weitaus eleganter bewegt als die meisten anderen, die ich kannte, sie konnte das wohl von Natur aus, aber nun merkte ich, daß sie sich – vermutlich durch die Schauspielausbildung – noch erheblich verbessert hatte. Das war nicht mehr normal, mit welch schwebender Leichtigkeit sie den Boden kaum zu berühren schien und doch so viel Selbstbewußtsein ausstrahlte, daß jeder, der ihr begegnete, beiseite trat.

Ich war gefangen von ihrem Anblick und verfluchte innerlich mehr und mehr meine Dummheit, die mich dazu getrieben hatte, sie aufzusuchen. Wie damals, als ich für elend lange Zeit an nichts anderes mehr denken konnte, nachdem sie mich verstoßen hatte, als ich ewig brauchte, die Wunden auszuheilen, die sie mir geschlagen hatte, würde auch diesmal wieder etwas zurückbleiben. Das konnte ich gar nicht verhindern. Selbst wenn es nur ein Abend war und ein Essen.

»Danke«, sagte sie automatisch lächelnd, als ich ihr die Außentür aufhielt, um das Theater zu verlassen. Sie war einfach davor stehen geblieben, ohne einen Finger zu heben. Sie erwartete zweifelsohne, daß man ihr die Tür öffnete, etwas anderes kam gar nicht in Frage. Worauf hatte ich mich da nur wieder eingelassen? Das war ja noch schlimmer als früher.

»Bitte, gern geschehen«, antwortete ich sarkastisch, aber sie befand sich schon auf den Treppenstufen, die außerhalb des Bühneneingangs des Theaters nach unten auf die Straße führten. Sie hatte mich wohl gar nicht mehr gehört. Und wenn, hätte sie vermutlich auch gar nicht gewußt, was ich meinte oder meinen Tonfall einfach ignoriert. Wie bekannt das alles war! Wie früher. Genau wie damals. Ich sollte nach Hause gehen. Jetzt hatte ich noch die Chance. Sollte sie doch allein essen gehen oder sich einen Gigolo angeln – was hatte ich damit zu tun?

Sehr viel, stellte ich fest. Ich folgte ihr hypnotisiert wie das Kaninchen von der Schlange und bemerkte erst zu spät, daß sie bereits in einer wogenden Menge von Fans stand und Autogramme gab. Das hatte ich überhaupt nicht berücksichtigt: daß ich nicht die einzige war, die sie sehen wollte. Obwohl ich wußte, wer sie mittlerweile war, wie bekannt sie auch anderen sein mußte, nicht nur mir, hatte ich gerade eben das gleiche Gefühl gehabt wie früher, wenn wir zusammen ins Kino gegangen waren, allein und unbelästigt von irgendwelchen Fremden, die meinten, ein Recht auf sie zu haben, auf ihre Aufmerksamkeit, darauf, sie anfassen zu dürfen. Man merkte ihr nicht an, ob sie das angenehm oder unangenehm fand. Sie lachte, wie alle Stars lachen, wenn sie Autogramme geben, freundlich und automatisiert. Mit fließenden Bewegungen neigte sie sich vom einen zur anderen, jeden mit der gleichen Herzlichkeit anlächelnd, als ob sie nur für ihn oder sie da wäre. Genauso, wie sie mich angelächelt hatte, als ich zu ihr in die Garderobe gekommen war ...

Aus dem erhöhten Blickwinkel, den mir die oberste Treppenstufe erlaubte, auf der ich überrascht stehengeblieben war, beobachtete ich die ganze Szene. Sie war etwas größer als die meisten, wenn auch nicht zu groß, und ihr blonder Schopf erhob sich ein wenig aus der Masse der sie Anbetenden. Für einen Moment stand sie noch, dann bewegte sie sich langsam auf den Rand der Menschenmasse zu. Die Gruppe folgte ihr wie die Lemminge. Plötzlich sah sie sich um, und ihr Blick suchte meine Gestalt auf der Treppe. Mit einem derart hilflosen Ausdruck sah sie mich an, daß ich sofort reagierte, ohne nachzudenken. Ich sprang schnell die fünf Treppenstufen hinunter und bahnte mir einen Weg durch die sie umgebende Menge, wobei ich allerdings meine Ellbogen einsetzen mußte, denn viele wollten nicht weichen. Wie ein Bodyguard tauchte ich in die Menschen ein – leider war ich nicht groß genug, um einfach über sie hinwegzublicken – und kämpfte mich mit schwimmenden Bewegungen durch die zähe Masse. Es erinnerte mich an meine Kindheitserfahrungen beim Rosenmontagszug in Köln, bei dem ebenfalls konsequenter Körpereinsatz erforderlich gewesen war, um nach vorn zu gelangen, an einen Platz, wo man den Zug sehen konnte, wenn er kam. Aber hier rief niemand »D'r Zoch küttl« und alle wichen zurück, sondern ich mußte mich allein durchkämpfen.

Endlich war ich bei ihr, und tatsächlich – mit einem dankbaren Blick quittierte sie mein Erscheinen. Hilflos lächelte sie mich an, und ich reagierte wie eine Aufziehpuppe und tat das, was sie wollte. Wie immer schon, wie damals. Mit weitausholenden Bewegungen schaffte ich ihr etwas Raum, packte sie am Arm und schob und zog sie langsam aus der Menge zum Taxistand hin. Nachdem ich die hintere Tür des ersten Wagens in der Reihe geöffnet hatte, schob ich sie hinein, während ich hinter ihr ihre Fans noch ein bißchen abwehrte, bis ich mich selbst auch schlangengleich in das Auto winden und neben ihr Platz nehmen konnte. Ich gab dem Fahrer eine Adresse, und er wunderte sich: »Aber das ist doch gleich hier drüben.«

»Ja«, quetschte ich zwischen den Zähnen hervor, »aber fahren Sie bitte trotzdem los.« Zwar war die Adresse gleich gegenüber am Rande der Fußgängerzone, aber mit dem Auto würde er sehr weit um den Stadtkern herumfahren müssen, um von der anderen Seite die einzige für Kraftwagen zugelassene Zufahrt zu erreichen. Das würde uns Zeit verschaffen.

Er legte den Gang ein, und endlich konnte ich mich entspannt etwas zurücksinken lassen. Das letzte, was ich sah, war der sehnsuchtsvolle Ausdruck eines weiblichen Fans, die sich fast die Nase an der Scheibe plattdrückte, um noch einen letzten Blick auf ihr Idol zu erhaschen.

Sie saß jedoch mittlerweile schon ganz gelöst neben mir, so als ob nichts passiert wäre. Wahrscheinlich war sie solche Aufläufe gewöhnt, ich nicht. Ich fühlte mich etwas erschöpft. Jetzt erst kam mir zu Bewußtsein, was da eben geschehen war. Hätte ich mich nicht so darauf konzentriert, sie zu ›retten‹, wäre ich vermutlich im Boden versunken vor Peinlichkeit in Anbetracht einer solchen Menge, denn im Gegensatz zu ihr war mir jede Öffentlichkeit zuwider.

»Danke«, sagte sie überraschenderweise, bisher hatte sie meine Bemühungen ja kaum zur Kenntnis genommen, auch früher hatte sie das praktisch nie getan, »das war nett von dir.« Sie lachte. »Ich hätte meine Bodyguards mitnehmen sollen, aber irgendwie hatte ich nicht den Eindruck, daß in einer so kleinen Stadt so etwas passieren könnte. Das ist ja schließlich nicht Cannes hier!« Sie lachte wieder, leicht erstaunt.

»So klein ist das hier gar nicht«, erwiderte ich ein wenig beleidigt. Schließlich lebte ich hier schon seit Jahren. »Es ist die größte Stadt in der ganzen Umgebung.«

Sie lachte hell auf und warf den Kopf zurück, eine perfekte Szene. »Sicher, ich vergaß. Wie konnte ich nur? Im Vergleich zu London, New York oder Paris, wo ich sonst bin, ist das hier natürlich eine Großstadt. Man findet sich kaum zurecht.« Obwohl sie offensichtlich eine Szene spielte – die Großstädterin auf dem Lande – und das alles nicht sehr echt zu sein schien, zog sie mich sofort in ihren Bann. Sie machte es einfach gut.

Ich erwiderte nichts. Es war genau wie früher. Sie machte sich über mich lustig, und ich ließ es einfach geschehen.

Das Taxi war nun trotz des Umwegs, den es hatte fahren müssen, fast wieder am Ausgangspunkt angelangt, an einem Lokal, das etwa 500 m vom Theater entfernt lag. Ich hoffte, daß sich die Menge zwischenzeitlich verzogen hatte und ich nicht noch einmal den Bodyguard spielen mußte. Das war nicht gerade meine Spezialität. Ich bezahlte – sie machte keine Anstalten dazu –, und nachdem ich ausgestiegen war, ging ich um das Taxi herum und öffnete ihr die andere Tür, damit sie aussteigen konnte, denn sie hatte darauf gewartet. Offensichtlich war ihr die Betätigung jedweden türöffnenden Mechanismusses mittlerweile fremd geworden.

Ich seufzte und reichte ihr meinen Arm, damit sie sich elegant aus dem Taxi erheben konnte. Wer oder was war ich eigentlich? Im Moment wußte ich das nicht mehr so genau. Ihr erneutes Auftauchen in meinem Leben hatte mich völlig durcheinandergebracht. Wie ein Roboter fiel ich wieder in alte Verhaltensweisen zurück, reagierte mechanisch, als ob wir uns gestern erst zum letzten Mal gesehen hätten.

Das hell erleuchtete Lokal erlaubte einen Blick in die vorderen Räume, bevor wir es betraten. »Ist dir das recht?« fragte ich etwas resigniert mit einer Handbewegung zum Eingang hin. Wahrscheinlich würde es unter ihrer Würde sein, ein solches Lokal zu besuchen, und ich konnte mir schon mal Gedanken machen, was ich denn sonst noch so anzubieten hatte in dieser Stadt. Nach eleganten Restaurants, wie sie sie wahrscheinlich gewöhnt war, konnte man hier lange suchen. Es war eher eine gutbürgerliche Gegend, um nicht zu sagen spießig.

»Mir ist alles recht«, seufzte sie plötzlich überraschend anspruchslos. »Ich habe einfach nur Hunger und möchte mich setzen.«

Nach zwei Stunden Vorstellung und dem Gerangel eben konnte ich das verstehen. Das machte sie doch irgendwie menschlich. »Na dann...« Ich reichte ihr erneut meinen Arm, und sie legte elegant ihre Hand darauf. Also führte ich sie die paar Schritte zum Eingang und dann hinein.

Da ich nicht durch irgendwelche zufällig vorbeikommenden Fans gestört werden wollte, dirigierte ich sie in den hinteren Teil des Lokals, der von der Straße her nicht einzusehen war. Außerdem war dort die Beleuchtung auch ein wenig dunkler, was nicht schaden konnte. Wir nahmen an einem Weinfaß Platz, das zum Tisch umgebaut worden war.

»Sehr rustikal«, bemerkte sie nach einem kurzen Blick rundum, als sie saß.

»Ja. So sind die Badischen Weinstuben halt. Das ist so das Übliche hier.«

Sie lächelte ein wenig müde. »Gibt es hier außer Wein auch noch etwas anderes?«

»Sicher.« Ich winkte dem Kellner, der gerade vorbeilief, und beim Zurückkommen brachte er eine Karte mit.

»Magst du Weißwein?« fragte ich sie, und im gleichen Moment

fiel mir ein, daß sie ja gar nicht trank. Jedenfalls war das früher so gewesen.

»Champagner«, antwortete sie beiläufig, ohne aufzublicken, während sie schon die Karte studierte. Also hatte sich da offensichtlich etwas geändert.

Ich lachte leicht. »Ich weiß nicht, ob sie das hier haben.«

Sie blickte nun doch hoch. »Nicht?« Dann schüttelte sie den Kopf. »Ich bin noch nicht ganz da, das ist immer so nach der Vorstellung. Das dauert noch ein bißchen. Bestell einfach für mich mit. Dann trinke ich halt Wein. Der soll ja hier gut sein.«

Ich mußte wieder schmunzeln. »O ja. *Von der Sonne verwöhnt.*«

Sie blickte etwas irritiert hoch. Offenbar kannte sie die Werbung für badischen Wein nicht.

Ich winkte ab. »Ist schon gut. Ich frage mal.«

Als der Kellner die Bestellung aufnehmen wollte, stellte sich heraus, daß es zwar keinen Champagner gab, wohl aber einen badischen Sekt, der nach der Champagnermethode hergestellt war, was eigentlich zum selben Ergebnis führte. Obwohl ich Sekt nicht besonders mochte, bestellte ich ihn zusätzlich zu meinem Lieblingsweißwein. Wir stießen an, nachdem der Ober eingeschenkt und die Sekt- und Weinkühler auf dem Tisch zurückgelassen hatte. Die schmalen Gläser gaben ein erfreutes *Pling* von sich.

»Auf deine Vorstellung«, sagte ich.

Sie lächelte nicht, sondern blickte ziemlich ernst, wahrscheinlich war sie einfach zu erschöpft, jetzt, wo die Anspannung nachließ. »Auf unser Wiedersehen«, sagte sie dann.

Das hatte ich nicht erwartet. Ich flüchtete mich schnell in einen Schluck badischen Champagner und stellte erstaunt fest, daß er gut schmeckte, auch wenn ich das Prickeln immer noch nicht mochte.

»Du möchtest nicht darauf anstoßen?« fragte sie. »Ich dachte...«

Ich zog die Augenbrauen hoch. Für einen Moment hatte ich sie offensichtlich verunsichert und damit die Oberhand gewonnen. Diesen Vorteil wollte ich nicht so schnell wieder verlieren. Ich wußte, was geschehen würde, wenn ich es tat. »Was dachtest du?« fragte ich zurück, schielte ein wenig über den Rand des Glases und nahm erneut einen Schluck Champagner. Ich gewöhnte mich langsam daran.

»Nun ja, du bist zu mir in die Garderobe gekommen, wir haben uns seit Jahren nicht gesehen...« Sie brach wieder ab. Anscheinend war sie unsicher genug, ihren Satz nicht beenden zu wollen – oder war es nur der Versuch, mich zu verunsichern, mir zu entlokken, warum ich tatsächlich in ihre Garderobe gekommen war? Dann hatte sie mich. Vielleicht wußte sie das. Ich war mir nicht sicher.

»Du hast eine wundervolle Vorstellung abgeliefert, sehr leidenschaftlich«, erläuterte ich harmlos und fügte dann noch zweideutig hinzu: »Auf der Bühne.« Sie musterte mein Gesicht und sagte nichts. »Dazu wollte ich dich beglückwünschen«, fuhr ich immer noch die Harmlose spielend fort, »und darauf wollte ich mit dir anstoßen – was wir nun getan haben.« Ich führte wieder das Sektglas zum Mund, um lässig einen weiteren Schluck zu nehmen, und bemerkte, daß es bereits leer war. Etwas aus der Rolle geworfen stellte ich es auf den Tisch zurück, ohne mir nachzuschenken.

»Ich verstehe«, sagte sie langsam. »Du bist nur in die Garderobe gekommen, um mir zu gratulieren.« Sie verstummte.

»Sicher«, bestätigte ich, nun wieder ganz Herrin meiner selbst, es war doch leichter, als ich gedacht hatte, »wozu denn sonst?«

Die Frage hätte ich vermutlich nicht stellen sollen, aber das Spiel entwickelte irgendwie seine eigene Dynamik. Ich wollte mich nicht wieder von ihr überrumpeln lassen wie damals.

Sie drehte ihr Glas mit beiden Händen auf der Tischplatte vor sich hin und her und starrte dabei auf die Feuchtigkeit, die sich am Rand des Fußes bildete. »Ich habe dir damals sehr wehgetan, nicht wahr?« fragte sie dann plötzlich und hob den Blick, so daß sich ihre Augen mit meinen trafen, die sie die ganze Zeit beobachtet hatten.

Oh, Vorsicht! Das wurde gefährlich. Sofort meldete sich meine Sehnsucht wieder. Wenn sie mit dieser Stimme zu mir sprach, mit dieser sanften, einlullenden, so viel versprechenden Stimme, die jetzt durch die Schauspielausbildung noch viel erotischer klang, als sie es damals schon getan hatte, als die Erotik wohl eher in meinen Gefühlen lag als im Klang, dann würde mein Herz einfach nur dahinschmelzen, hilflos gefangen in der Hoffnung auf Liebe – die sie nicht geben konnte, das durfte ich nie vergessen. Ich räusperte mich ein wenig, hoffentlich klang es nicht zu unsicher. »Das ist lange her«, erwiderte ich vage, »sehr lange.« Sie sollte mich nicht so schnell herumbekommen, das hatte sie einmal geschafft; ich hatte mir geschworen: nie wieder!

»Vielleicht zu lange«, sagte sie und drehte wieder ihr Glas in den Händen, während sie auf die Tischplatte starrte.

»Haben Sie etwas gefunden?« kam nun der Kellner freundlich lächelnd vorbei, um unsere Menübestellung aufzunehmen. Das enthob uns beide für den Moment einer Antwort. Ich wußte nicht, was sie empfand, aber ich war mehr als erleichtert. Was würde als nächstes kommen? Irgend etwas ging ihr durch den Kopf, womöglich etwas, das ich durch meinen Besuch im Theater ausgelöst hatte – und womöglich nichts Gutes. Ich konnte mir nicht helfen, aber ich erwartete von ihr nur Katastrophen. Aber warum war ich dann überhaupt zu ihr gegangen?

»Willst du nichts essen?« fragte sie jetzt. Ich hatte gar nicht mitbekommen, daß sie schon bestellt hatte.

»O doch«, murmelte ich schnell etwas verwirrt, denn ich hatte die Karte vor lauter Gedanken an sie überhaupt nicht studiert. »Ein Schäufele,. bitte, und Kartoffelsalat.« Das gab es fast in jeder Weinstube, und wie ich wußte, hier auch. Da konnte ich nichts falsch machen. Eigentlich hatte ich keinen Hunger, normalerweise aß ich um diese Zeit nichts mehr, es war ja schon recht spät, und selbst, wenn ich nicht vor der Vorstellung zu Abend gegessen hätte wie üblich, wäre mir jetzt längst vor lauter Aufregung der Appetit vergangen gewesen, aber noch schlimmer fand ich die Vorstellung, nachher, wenn sie aß, keine Beschäftigung zu haben, keinen Teller vor mir, in dem ich wenigstens herumstochern konnte und so tun, als ob ich äße. Dann hätte ich mich nur auf sie konzentriert oder mich wie ein Tolpatsch benommen bei dem vergeblichen Versuch, es zu verschleiern – und sie hätte es bemerkt, ganz sicher hätte sie das, darin war sie immer gut gewesen – und damit hätte sie mich in der Hand gehabt. Und davor sollte mich ein Schäufele bewahren? Ich hätte fast über meine eigene Blauäugigkeit gelacht.

Der Kellner jedenfalls war mit unserer Bestellung zufrieden und zog sich zurück, um sie weiterzugeben.

»Ich wollte nur sagen, es tut mir leid«, bemerkte sie, als er verschwunden war. »Ich weiß heute, daß ich damals auf deinen Gefühlen herumgetrampelt bin wie ein Elefant im Porzellanladen, und dafür möchte ich mich entschuldigen, auch wenn es dir heute vielleicht nicht mehr wichtig ist. Als du vorhin in meine Garderobe kamst, war es zuerst nur wie eine ferne Erinnerung, aber jetzt ist es – wie gestern. Es tut mir wirklich leid, daß ich dir das angetan habe.« Sie schloß mit ernstem Gesichtsausdruck und erwartete offensichtlich eine Antwort von mir.

Ich überlegte mir, ob sie sich wirklich so geändert haben konnte. *Es tut mir leid* – so etwas hatte sie damals nicht über die Lippen gebracht. Sie wußte auch damals schon, daß sie Menschen unglücklich machte, das hatte sie mir am Anfang unserer kurzen Freundschaft selbst gesagt, aber es schien ihr nicht wichtig zu sein, sie schien keine Schuldgefühle zu kennen. »Mach dir keine Gedanken«, wehrte ich schnell ab. »Das ist schon so lange her, das ist ja schon gar nicht mehr wahr!« Ich versuchte zu lachen, aber es blieb mir etwas im Halse stecken. Es war *wohl* noch wahr, und wie!

Sie zuckte die Achseln. »Dann ist es ja gut. Es freut mich, daß du darüber hinweg bist. Ich wollte es nur sagen.«

Jetzt wirkte sie auf einmal recht entspannt, und ich begriff: Sie hatte es vor allem deshalb gesagt, weil es *sie* entlastete! Obwohl sie vielleicht nicht gerade eine Spezialistin für Schuldgefühle war, hatte sie anscheinend doch ein gewisses Unwohlsein verspürt, als sie mich wiedersah; vielleicht hatte sie befürchtet, daß ich ihr eine Szene machen würde, und um dem vorzubeugen, hatte sie die Flucht nach vorne ergriffen. Sehr geschickt, wirklich sehr geschickt! Nun konnte ich nichts mehr sagen, ihr keine Vorwürfe mehr machen, nicht mal mehr eine Andeutung im Raum stehen lassen – es war ja alles geklärt. Sie hatte mich genauso ausmanövriert wie damals, das konnte sie immer noch, und warum auch nicht? Sie hatte jetzt sicher noch sehr viel mehr Übung darin, Jahre mehr.

Morgen würde sie wieder weg sein, und ich wollte mir den Abend mit ihr nicht verderben, egal, wie sehr sie dazu beitrug, deshalb wechselte ich das Thema, auch wenn es immer noch weh tat, nicht über die Verletzungen sprechen zu können, die sie mir damals zugefügt hatte. Ich hatte die Chance vertan. Ich hätte auf ihr Angebot eingehen sollen, wie wenig ernst gemeint es auch gewesen sein mochte. »Du hast wirklich wundervoll gespielt heute abend«, sagte ich statt dessen und merkte, daß sie das auch falsch verstehen konnte, also fügte ich hinzu: »Es war das erste Mal, daß ich dich live auf der Bühne gesehen habe, und ich bin beeindruckt.« Das war ich wirklich. Während ihres Spiels hatte ich manchmal fast vergessen, daß ich sie kannte, so sehr war sie mit der Rolle verschmolzen.

»Danke«, quittierte sie mein Kompliment mit einem leichten Nicken des Kopfes, wie ich es aus Interviews mit ihr kannte; es war eine einstudierte Geste.

Ich fühlte mich sofort wieder zurückgestoßen, aber ich sollte meine Empfindlichkeit vielleicht nicht übertreiben, dachte ich im nächsten Moment. Wie sollte sie anders reagieren? Sie war es so gewöhnt, es hatte nichts mit mir persönlich zu tun –, und das war ja gerade das Schlimme daran! »Du bist wirklich gut, ich habe deine Filme gesehen, aber live auf der Bühne ... bist du noch besser.« Es war die Wahrheit, und ich dachte mir, daß dieses Thema mit ihr unverfänglich sein mußte, denn es berührte unsere Vergangenheit nicht, dennoch fiel es mir schwer, meine Bewunderung, die ich für sie zweifellos auch als Schauspielerin empfand, von meinen privaten Gefühlen für sie zu trennen – und das war mehr als Bewunderung.

Offensichtlich mochte sie das Thema sehr, denn sie blühte geradezu auf. Sie schien ganz in ihrem Element. »Es ist etwas völlig anderes, weißt du?« erklärte sie. Ihre Wangen röteten sich leicht, als sie weitersprach; der Gegenstand entlockte ihr Begeisterung und Leidenschaft wie auf der Bühne. »Das Publikum im Theater, der direkte Kontakt, der Applaus – du kannst dir nicht vorstellen, wie wunderbar das ist. Die meiste Zeit des Jahres stehe ich vor der Kamera, das ist tot, leer. Nur die Crew ist im Studio, Einstellungen werden endlos wiederholt, langweilige Warterei, bis endlich auch nur ein paar Sekunden im Kasten sind. Und hier ... alles ist echt, alles ist live. Keine Einstellung kann wiederholt werden. Fehler muß man einfach ignorieren oder überspielen, das ist Leben, fast ein Abenteuer. Wenn die Vorstellung vorbei ist, fühle ich mich ausgelaugt, aber glücklich. Kannst du dir das vorstellen?« Sie sah mich mit glühenden Augen an, und ich konnte es. Nur hätte ich mir gewünscht, daß ihre Augen aus einem anderen Grund glühten ...

»Das merkt man, daß es dir gefällt«, bestätigte ich. »Ich glaube, das Publikum wollte dich am liebsten gar nicht gehen lassen.«

»Wenn ich nicht so erschöpft gewesen wäre, ich glaube, ich hätte glatt noch mal von vorne anfangen können«, lachte sie, »aber meine Kolleginnen und Kollegen hätten das wohl kaum gemocht.« Sie kicherte ein wenig. Ich riskierte einen Blick in den Sektkühler und merkte, daß die Flasche leer war. Hatte sie sich so oft nachgeschenkt?

»Früher hast du nie etwas getrunken«, sagte ich, weil mir nichts anderes einfiel, und eigentlich war es mir auch gar nicht wichtig, aber sie reagierte etwas gereizt.

»Was geht das dich an, wieviel ich trinke?« fauchte sie fast.

Ich hob beschwichtigend die Hände. »Selbstverständlich gar nichts«, sagte ich ruhig, aber sie fühlte sich weiter genötigt, sich zu rechtfertigen.

»Ich trinke nur manchmal Champagner nach der Vorstellung, das beruhigt. Man ist sehr aufgedreht, wenn man zwei Stunden gespielt hat, wahrscheinlich kannst du dir das gar nicht vorstellen.« Ihre Stimme klang nun sogar leicht aggressiv.

Das deutete auf mehr als nur spontane Gereiztheit hin. »Das ist doch ganz normal«, sagte ich mit Nachdruck. Obwohl ich dachte, daß sie vermutlich ein Problem mit Alkohol hatte, wenn sie sich so verhielt, ging es mich wirklich nichts an, besonders nicht heute, an unserem einzigen Abend, und morgen würde es schon gar nicht mehr da sein, das Problem, denn *sie* würde nicht mehr da sein. Warum sollte ich mich also darum kümmern? Es war ihre Sache.

»Ja«, wiederholte sie noch einmal, »ganz normal.« Sie beugte sich ein wenig zu mir über den Tisch. »Das ist sicher ein hübsches kleines Städtchen hier«, meinte sie lächelnd, als ob nichts gewesen wäre. »Ich sehe meistens nichts von den Städten, in denen ich gastiere, außer meinem Hotelzimmer und der Hotelbar. Können wir nachher zu Fuß zurückgehen? Ich würde es mir gern noch ein wenig ansehen.«

Ich nickte. »Sicher, das können wir. Wahrscheinlich ist dein Hotel ja sowieso hier in der Nähe, oder?« Plötzlich war mir diese Information sehr wichtig. Warum nur?

Sie zuckte wieder die Achseln wie schon einmal. »Ich weiß nicht genau. Es ist am Bahnhof, ziemlich in der Nähe des Theaters. Vor der Vorstellung bin ich zu Fuß dorthin gebracht worden.«

Ich lachte. »Da wir nur 500 Meter vom Theater weg sind, ist es also in der Nähe.«

Sie war überrascht. »Aber wir sind vorhin doch ziemlich weit gefahren.«

»Das war ein Trick, um deine Fans loszuwerden, aber in Wirklichkeit hätten wir auch gut zu Fuß hierher gehen können«, gab ich zu.

»Mein Gott, das ist wirklich klein hier!« wunderte sie sich.

»Ja, deshalb fühle ich mich hier so wohl. Es ist überschaubar«, erklärte ich. »Und du hast etwas Glanz in unsere Hütten gebracht«, lächelte ich sie freundlich an. Für heute waren die ernsten Themen hoffentlich abgehakt; ich wollte einfach nur mit ihr plaudern, das würde den Streß in Grenzen halten.

Sie winkte mit der Serviette ab. »Weder Glanz noch Hütten, das kann man ja nun wirklich nicht behaupten.«

»O doch«, bestand ich auf meiner Meinung. »Du bist eine glamouröse Erscheinung im Vergleich zu den üblichen Damen hier.«

Sie verzog zweifelnd das Gesicht. »Das muß ich ja wohl sein. Es ist mein Beruf.« Die kurze, mir unbehaglich erscheinende Pause, die auf diese Aussage folgte, gab mir keine Gelegenheit zu einer Antwort, denn auf einmal lächelte sie verschmitzt. »Und wie stehst du zu den Damen hier?« Ihre Frage ging genau in die Richtung, die ich die ganze Zeit hatte vermeiden wollen. Konnten wir nicht weiter über *sie* sprechen? War das nicht viel interessanter? Ich wollte es ihr gerade vorschlagen, als sie die Hand hob, um sich zu korrigieren. »Ach, stimmt ja, du lebst in einer festen Beziehung. Hast du deine Freundin hier kennengelernt?« Ihre Neugier schien ganz natürlich und völlig unverdächtig, aber was sollte ich antworten? Meine Lüge aufrechterhalten und aus einem glücklichen Leben erzählen, das es nicht gab? Jedenfalls nicht mehr gab.

»Nein, wir sind zusammen hierhergezogen, sie wollte es gern. Ihr hatte die Stadt immer schon gefallen.« Das stimmte, aber wie weiter?

»Und warum war sie heute abend nicht mit in der Vorstellung? Mag sie das Theater nicht?« Sie lachte ein wenig. »Oder mag sie *mich* nicht?«

»Weder noch«, sagte ich, immer noch wahrheitsgemäß. »Ich hatte mich ganz spontan dazu entschlossen, ins Theater zu gehen, als ich schon in der City war.« Das war nun eine glatte Lüge, nachdem ich die Karte ja schon vor Wochen gekauft hatte, aber *das* wollte ich ihr nun wirklich nicht erzählen.

»Meinetwegen?« hakte sie nach. »Oder gehst du öfter ins Theater?« Sie stellte die Frage mit unbewegter Miene, aber ich hatte den Eindruck, als ob die Antwort sie wirklich interessierte.

»Deinetwegen«, erwiderte ich, »das sagte ich ja schon vorhin. Ich gehe nicht sehr häufig ins Theater; mein Geschäft läßt mir wenig Zeit dazu.«

»Ah ja«, nickte sie sich erinnernd, »du bist ja eine erfolgreiche Geschäftsfrau.«

»Du doch auch«, spann ich den Gedanken fort, vielleicht führte das ja in eine andere Richtung, und ich war gerettet.

Sie zuckte die Schultern. »Mehr oder weniger; ich glaube, mein Manager ist erfolgreicher als ich. Ich verstehe nicht viel vom Geschäft. Oder besser gesagt: Ich kümmere mich zu wenig darum.«

Ich blickte erstaunt. »Das hätte ich nicht gedacht. Früher warst du doch ganz interessiert an solchen Sachen.«

»Früher ...«, sagte sie vieldeutig, während sie in eine ferne Vergangenheit blickte, die scheinbar außerhalb des Fensters hinter meinem Rücken lag, »früher war alles anders.« Sie wandte ihre Aufmerksamkeit wieder mir zu. »Und was macht deine Freundin so? Habt ihr das Geschäft gemeinsam?«

In diesem Moment kam unser Essen, und ich atmete innerlich auf. »Kennst du die badische Küche?« fragte ich, als ob es nichts Interessanteres auf der Welt gäbe. »Sie ist wirklich gut.«

Sie sah auf ihr Essen, das der Ober langsam vor ihr aufbaute. »Das glaube ich«, sagte sie, »auch wenn ich sie nicht kenne. Aber ich kann dir versichern, im Moment ist mir das völlig egal. Nach der Vorstellung habe ich immer einen Bärenhunger, denn davor esse ich den ganzen Tag nichts. Man kann nicht gut spielen mit vollem Magen. Und also würde ich jetzt so ziemlich alles verschlingen, was man mir vorsetzt.« Als der Ober sich zurückzog, bekräftigte sie ihre Aussage noch dadurch, daß sie schnell ein Stück Fleisch abschnitt und es sich in den Mund schob. Kurz darauf verdrehte sie genüßlich die Augen. »Köstlich«, sagte sie. »Du hast nicht übertrieben.«

Ich lachte. »Nein, wohl nicht, das sehe ich.« Auf einmal war die Atmosphäre zwischen uns ganz entspannt, tatsächlich wie bei guten alten Freundinnen. Und das hätten wir ja auch sein können, wenn nicht – Aber daran wollte ich jetzt nicht mehr denken. Ich beobachtete sie, während sie aß, und freute mich über ihre Natürlichkeit. Die war plötzlich mit dem Essen wiedergekehrt, während ich mich die ganze Zeit vorher nicht des Eindrucks hatte erwehren können, daß sie eine Rolle spielte. Warum konnte es nicht einfach immer so sein? Aber was hieß schon immer? Sie war ja ohnehin nur einen Abend da.

»Dein Essen wird kalt«, sagte sie, als sie einmal zwischen zwei Bissen zu mir herüberschaute, sie mußte wirklich Hunger haben, nichts schien sie mehr zu interessieren, als ihren Teller möglichst schnell zu leeren. Als der Ober wiederkam, um ihr nachzulegen, brachte er auch eine weitere Flasche Champagner mit, die sie beim ersten Mal bestellt hatte. Da die Weinflasche, die ich für mich bestellt hatte, noch halbvoll war, war es wohl offensichtlich, daß sie nichts trank außer Champagner – ein teurer Geschmack. Aber sie konnte es sich ja leisten.

»Ich habe eigentlich gar keinen Hunger«, gestand ich etwas verlegen, während ich pflichtschuldigst einen Happen Kartoffelsalat und ein winziges Streifchen Schäufele auf meiner Gabel mischte.

»Hmm«, machte sie mit vollem Mund, »du versäumst was.«

»Ich weiß«, antwortete ich etwas irritiert, denn sie aß nicht gerade wie eine Dame.

Sie bemerkte meinen Blick und schluckte herunter, was sie sich gerade auf die Gabel geladen hatte. »Entschuldige«, sagte sie, »ich vergesse manchmal meine Tischmanieren, wenn ich Hunger habe. Ich esse so selten.«

Ich mußte lächeln. »Eigentlich finde ich es sogar sehr –« Schnell brach ich ab. *Süß* hatte ich sagen wollen, aber das würde sie vielleicht falsch interpretieren – oder wahrscheinlich sogar richtig, und das war mir noch peinlicher. »– nett«, wählte ich daher und hoffte, daß sie mein Zögern nicht bemerkt hatte.

Sie schob den Teller zurück, den sie nun schon zum zweiten Mal geleert hatte. »Das war gut.« Sie sah aus wie ein zufriedenes Kätzchen, das gerade eine Extraportion Schlagsahne verdrücken durfte.

»Mich wundert, daß du so schlank bist«, meinte ich anzüglich, »bei dem, was du ißt.« Ich konnte mich erinnern, daß sie früher des öfteren über ihre Figur geklagt hatte, obwohl mir das immer überflüssig erschienen war.

Meine Bemerkung sollte eigentlich nur ein Scherz sein, aber sie antwortete ganz ernsthaft. »Oh, wie gesagt, ich esse nicht oft.

Manchmal nur dreimal in der Woche.«

Ich starrte sie an wie ein Wesen von einem fremden Planeten. »Dreimal in der Woche?« fragte ich entsetzt nach.

»Ja.« Sie nickte. »Man gewöhnt sich daran, und die Kamera ist unbarmherzig, jedes Gramm erscheint wie ein Kilo auf dem Bildschirm.« Es schien ihr selbstverständlich zu sein, mir erschien es wie Folter. »Und wenn ich wirklich einmal über die Stränge schlage –«, sie lächelte, »ich esse nun mal gerne – dann gibt es ja immer noch den Finger im Hals.«

Puuh! Das war fast mehr, als ich wissen wollte. So hatte ich mir unser Wiedersehen nicht vorgestellt.

»Du siehst, du lebst vermutlich viel glücklicher als ich«, schloß sie immer noch lächelnd ab.

Das dachte ich in Anbetracht ihrer Schilderungen zwar fast auch schon, aber da waren noch diese anderen Dinge – »Wer weiß?« mutmaßte ich vage.

»Immerhin hast du eine Beziehung, ein geregeltes Leben, vermutlich sogar ein geregeltes Einkommen –«, sie lachte, als ob das etwas ganz Besonderes wäre, »das ist weit mehr, als ich habe.«

Ich grinste. »Wenn das Einkommen hoch genug ist...«

»Ja, ich glaube schon.« Das Thema interessierte sie nicht mehr, sie antwortete nur sehr beiläufig. »Du weißt, zu wem du nach Hause kommst, für wen du das alles tust«, fügte sie dann noch ein wenig träumerisch hinzu. »Eine Familie, Kinder – das ist etwas, was ich vermutlich nie haben werde.«

Ich konnte mich auch nicht erinnern, daß sie das jemals gewollt hatte, aber ich hatte sie vielleicht nicht lange genug gekannt, um das beurteilen zu können. »Ich habe auch keine Kinder«, stellte ich klar, »und was die Familie betrifft –«

Sie unterbrach mich. »Es ist doch egal, ob es ein Mann oder eine Frau ist.«

»Ist es das?« fragte ich erstaunt. »Ich glaube, damals war es dir nicht egal.« Jetzt hatte sie mich doch wieder in die Erinnerung hineindirigiert, vielleicht ohne es zu wollen. Auf einmal stiegen die Gedanken in mir hoch, die ich die ganze Zeit versucht hatte zu unterdrücken. »Du hast noch nicht einmal dein Versprechen gehalten«, sagte ich etwas bitter.

»Welches Versprechen?« fragte sie ganz irritiert.

Ich winkte ab. »Ach, vergiß es. Es war dumm von mir.«
Sie überlegte. Langsam dämmerte es ihr. »Du meinst ... du meinst die Geschichte mit der ersten Frau?«
Ich nickte. Es schnürte mir die Kehle ab, so nah war plötzlich alles wieder. Wie wir gemeinsam im Auto gesessen hatten, als ich sie nach Hause fuhr, und die Sprache darauf gekommen war, daß sie sich im Gegensatz zu mir nicht für Frauen interessierte. Wir sprachen damals über alles, wir waren ja schließlich befreundet. Gelacht hatten wir und gescherzt, und als wir an einen gewissen Punkt kamen, an dem ich merkte, wie sehr es mich schmerzte, daß sie Männer Frauen vorzog und ich deshalb keine Chance bei ihr hatte, wie sehr sie mich auch augenscheinlich mochte, lachte sie und sagte: »Aber eins versichere ich dir: Wenn ich jemals meine Vorliebe ändern sollte, werde ich mich an dich wenden. Du wirst die erste sein.«
Sie meinte das nicht ernst, wir lachten beide, weil ich sie nicht spüren lassen wollte, wie sehr ich mir diese Situation wünschte; daß ich nicht mit ihr lachte, weil ich das so unwahrscheinlich fand, sondern weil ich inständig hoffte, es würde einmal wahr werden, aber das hatte sie wahrscheinlich gar nicht mitbekommen. Für sie war es eben nur ein Scherz.
Und solange sie sich wirklich nur für Männer interessierte, war es ja auch kein Problem gewesen. Sicher, auch auf die Männer war ich eifersüchtig gewesen, hätte sie ihnen am liebsten abspenstig gemacht, aber das war eben unmöglich, also fügte ich mich in mein Schicksal. Wenn ich sie nicht haben konnte, konnte es zumindest auch keine andere Frau, und die Männer waren ja schließlich zweitrangig.
Aber dann, als sie mich schon längst abgehakt hatte, sah ich sie immer mehr mit Lesben. Ich sah sie nur von weitem, ich gehörte ja nicht mehr zu ihrem Kreis, aber ich konnte nicht aufhören, an Orten zu sein, an denen die Wahrscheinlichkeit, sie zu treffen, sie wenigstens von weitem beobachten zu können, groß war, und da bekam ich es mit, ob ich wollte oder nicht.
Sie himmelten sie an, die Lesben um sie herum – Heterofrauen waren ja schon immer sehr begehrt, und sie war zudem noch schön – und sie ließ es sich gefallen, genoß es offensichtlich, war geschmeichelt. War es genauso bei uns gewesen? Genauso – wider-

lich? Das konnte ich natürlich nicht beurteilen, ich hatte uns ja nie von außen gesehen.

Jedenfalls war es eines Tages so weit. Ich sah sie mit einer Lesbe, die ich auch flüchtig kannte, und sie küßten sich. Es war im Frauencafé der nächsten Großstadt, niemand beachtete sie, außer mir. Es war Disco, es war dunkel, die flackernden Lichter versteckten mein tränenüberströmtes Gesicht, aber dennoch muß ich so herzerweichend ausgesehen haben, daß eine fremde Frau, die ich nicht einmal kannte, auf mich zukam und mir ein Whiskyglas hinhielt. »Hier«, sagte sie, »ich glaube, du kannst das brauchen.« Dann verschwand sie, und ich stürzte das Glas in einem Zug hinunter. Es brannte entsetzlich in meiner Kehle. Und vielleicht würde das Brennen, das scharfe Ätzen ja auch meinen Schmerz wegbrennen, einen Schmerz über eine Liebe, die nicht erwidert wurde und die ich doch nicht aus mir herauslöschen konnte. Ich wußte, daß es nichts nützen würde. Sie würde immer in meinen Gedanken sein, *immer, immer, immer,* und nichts konnte das ändern. Meine brennende Kehle beruhigte sich langsam wieder, und ein warmes Gefühl im Magen gab mir wenigstens für ein paar Sekunden die Illusion der Geborgenheit. Aber dann wurde mir schlecht. Ich hatte nichts gegessen vor lauter Trauer und Depression, und der Whisky war nicht gerade das richtige, um mir den Magen zu füllen. Im Gegenteil. Ich rannte schnell zum Klo und brach über der Schüssel alles heraus, das wenige, was ich im Magen hatte. Ich wünschte mir, ich hätte auch das Gefühl für sie so loswerden können, aber das war das einzige, was blieb.

Als ich später dann zurückkam, waren die beiden verschwunden. Ich bildete mir noch eine Weile ein, daß das ja nichts zu bedeuten haben mußte, aber so etwas sprach sich natürlich herum in der Szene. Und die flüchtige Bekannte, die ich natürlich nicht fragen konnte, konnte sich nicht zurückhalten, mit ihrer Eroberung zu prahlen. Da wußte ich es genau. Aber auch sie konnte sich nicht lange ihres Sieges freuen, Simone ließ sie ebenso fallen wie jede andere nach ihr, von der ich wußte – ebenso wie mich. Und die Männer waren wohl auch immer noch ein Thema. Als ich das so nebenbei hörte, war ich jedoch schon dabei wegzuziehen. Ich konnte es nicht mehr ertragen, sie zu sehen, sie mit anderen zu sehen. Mich ignorierte sie einfach, als ob wir uns nie gekannt hätten.

»Bitte, laß uns nicht darüber reden«, preßte ich hervor. Es war alles wieder so lebendig, es tat so weh, warum hatte ich das erwähnen müssen? »Es ist ja schließlich deine Sache.« Der Überzeugung war ich eigentlich nicht, ein Versprechen ist schließlich ein Versprechen, aber in meinen lichten Momenten war ich mir immer darüber im Klaren gewesen, daß das für sie keine Bedeutung mehr gehabt haben konnte, als sie mit der anderen Frau schlief. Da war ich für sie schon Geschichte gewesen. Sie hatte es sicher längst vergessen gehabt, hatte ich mir eingebildet, aber da sie sich heute noch daran erinnerte, war das wohl offensichtlich nicht so.

»Ich wußte nicht, daß du das so ernst genommen hast«, sagte sie leise und augenscheinlich bestürzt. »Es war doch nur ein Scherz...«

»Ich habe dich geliebt, das heißt, ich habe dich selbstverständlich auch begehrt«, bemerkte ich immer noch bitter. »Würdest du es nicht ernst nehmen, wenn die Person, die du liebst und begehrst, dir in Aussicht stellt, daß du möglicherweise mit ihr schlafen kannst? Auch wenn es nur eine vage Möglichkeit ist?« Ich hatte mich in eine empörte Rage geredet, die ich gar nicht hatte zeigen wollen.

»Vermutlich«, sagte sie und zuckte wieder die Schultern.

»Vermutlich?« Jetzt war ich wirklich wütend.

Sie sah mich vollkommen ernst und ruhig an. »Sex bedeutet mir nichts, ich empfinde nichts dabei, also kann ich das kaum nachvollziehen. Kannst du das verstehen?«

Ich war sprachlos. Das hatte ich nun am allerwenigsten erwartet. Ich brauchte eine Weile, um mich zu fangen. Als ich wieder sprechen konnte, sah ich sie an und versuchte ihre gleichmütige Miene zu deuten. Es war unmöglich. Sie war schließlich Schauspielerin. »Und Liebe?« fragte ich mit rauher Stimme. Sie war so heiser, daß sie mir kaum gehorchte. »Das ist doch nicht dasselbe. Bedeutet dir Liebe auch nichts?«

Das Schulterzucken wurde zu einer Gewohnheit bei ihr am heutigen Abend. »Liebe ist nur ein Wort«, bemerkte sie ungerührt. »Ich kann nichts damit anfangen. Aber ich kann es spielen, und das ist doch viel wichtiger.« Sie beugte sich vor. »Möchtest du das? Möchtest du, daß ich dir vorspiele, daß ich dich liebe? Es wird sehr überzeugend sein; du wirst es glauben.« Sie lehnte sich wieder zurück.

»Nein, das willst du nicht, nicht wahr? Du willst, daß es echt ist. Du willst, daß es genau dasselbe ist, was du empfindest.« Sie lachte etwas abschätzig. »Findest du nicht, daß du deiner Freundin gegenüber etwas unfair bist? Du sitzt hier mit mir und begehrst mich, und sie sitzt zu Hause und wartet wahrscheinlich mit dem Essen auf dich.«

Das war zu viel. »Ich habe keine Freundin«, sagte ich leise, aber akzentuiert.

Sie hob eine Augenbraue. »Wie war das?«

»Ich lebe allein, schon seit ein paar Jahren, aber als ich dich traf, wollte ich ... dachte ich –«

Sie schob ihren Stuhl etwas vom Tisch zurück und schlug die Beine übereinander. »Du wolltest dich vor mir schützen, mich auf Abstand halten?« fragte sie amüsiert.

Ich fand das gar nicht so amüsant. »Ja«, knurrte ich unterschwellig, »genauso war es. Lach mich ruhig aus.«

»Oh, warum?« fragte sie. »Es schmeichelt mir, daß du mich nach Jahren immer noch so gefährlich findest. Ich hätte das nicht gedacht. Keine Sekunde hätte ich so etwas geglaubt.« Sie schien immer noch amüsiert.

»Ich habe dir gesagt, daß ich dich liebe«, erinnerte ich sie beleidigt. Hatte sie denn nicht zugehört?

»Oh, ja ja«, erwiderte sie leichthin, »aber das haben wir damals auch zu uns gesagt, und auch zu anderen. Das bedeutet doch nichts.«

Ich wußte, was sie meinte. Einmal hatten wir in ihrer Küche gestanden – sie hatte mich und ein paar andere zum Essen eingeladen –, und mein Gefühl für sie war so überwältigend gewesen, daß es raus mußte und ich ihr sagte, daß ich sie liebte. Mein Herz klopfte bis zum Hals, und ich wartete gespannt auf ihre Antwort. Sie hatte gelacht und mir ins Gesicht geblickt und gesagt: »Ich liebe dich auch«, und dann hatte sie weiter den Salat geputzt. Genauso hatte sie es offensichtlich jetzt verstanden. Wie konnte das möglich sein?

Für eine Heterofrau sei es nichts Besonderes, bis zu ihrem 30. Lebensjahr mindestens 60 bis 70 Liebhaber gehabt zu haben, verkündete sie mir damals, als ich sie kennenlernte, einmal zu meinem Erstaunen, und die habe sie auch gehabt –, selbst wenn sie damals eher über zwanzig als unter dreißig war, sie sah das eben nicht so eng –, alle One-night-stands und schnelle Quickies auf irgendwelchen Küchentischen oder Kühlerhauben mitgerechnet, schränkte sie dann noch lachend ein.

Und nie hatte sie Liebe empfunden? Noch nicht einmal Befriedigung, Lust, Spaß, Begehren? Das ging über meinen Horizont – bei weitem.

»Laß uns von etwas anderem reden, ja?« bat ich sie. Ich wollte diesen Abend so schnell wie möglich beenden. Sie machte mich krank. Was wollte ich eigentlich von ihr? Mein Herz fühlte sich ganz kalt an seit ein paar Minuten, ich fürchtete, es würde aufhören zu schlagen, weil es einfror.

»Du möchtest mit mir schlafen, nicht wahr?« fragte sie etwas unvermittelt. Was wollte sie denn damit nun wieder sagen? Hatte ich mich nicht klar genug ausgedrückt? Mittlerweile war mir ja nun wirklich alles vergangen, aber noch nicht einmal das konnte ich ihr sagen, denn sie fuhr schon fort: »Mein Hotel ist nicht weit, sagtest du? Möchtest du mitkommen?«

Ich sah sie sehr erstaunt an. »Ist das ein ernsthaftes Angebot?« Obwohl ich mich nicht danach fühlte, wollte ich es doch wissen, bei ihr wußte man ja nie.

»Nein, eigentlich nicht.« Sie schüttelte den Kopf. »Ich bin sehr müde. Selbst, wenn ich Lust hätte...« Sie lächelte entschuldigend. »Falls es so etwas gibt...« Sie stand auf. »Ich komme gleich wieder, dann können wir gehen.«

Das bedeutete wohl, daß ich bezahlen sollte, was ich auch tat, während sie weg war. Ich grübelte darüber nach, was ich mir eigentlich davon versprochen hatte, als ich früher am Abend die Begegnung in ihrer Garderobe herbeiführte. Es war eine Art Sehnsucht gewesen, die mich beseelt hatte, eine Sehnsucht nach besseren Zeiten, nach einer anderen Welt, nach einem anderen Ende unserer – ihrer und meiner – Beziehung, nach einem neuen Anfang. Etwas, was ich mir gleich hätte abschminken können, wenn ich es jetzt recht betrachtete. Sie hatte sich nicht geändert. Menschen ändern sich nie. Sie sind einfach so, wie sie sind, auch wenn sie ihre Verhaltensweisen zum Teil an verschiedene Bedingungen des Lebens anpassen können, aber der Mensch darunter, der Charakter, bleibt immer gleich. Das hatte ich in meinem Leben schon begriffen. Und doch hatte ich sie von dieser Erkenntnis ausgenommen. Sie war meine große Liebe. Nie wieder hatte ich für eine Frau empfunden, was ich für sie empfunden hatte, obwohl sich mein Traum mit ihr nie erfüllt hatte. Ich hatte es einfach nicht wahrhaben wollen. Niemand konnte einen anderen Menschen ändern, und das bedeutete, ich würde auch sie nie ändern können, so sehr ich mir das auch wünschte.

»Können wir?« fragte sie, als sie wieder vor mir stand. Ich hatte sie nicht an den Tisch zurückkommen hören.

Schnell sprang ich auf. »Ja.«

Sie verließ vor mir das Lokal, und einige der wenigen Gäste, die zu dieser späten Stunde noch im Restaurant saßen, möglicherweise auch Theaterbesucher, schienen sie zu erkennen oder glaubten, daß sie es sein könnte: die große Diva. Aber es blieb bei gelegentlichen heimlichen Blicken. Die Autogrammjäger hatte sie ja schon befriedigt, und ich war froh darüber, daß diese Menschen nicht danach gierten, einen weiteren Auflauf zu verursachen. Einer war mir genug für heute – neben allem anderen.

Als wir draußen waren, wartete sie darauf, daß ich ihr die Stadt zeigen würde. Eigentlich hatte ich dazu nicht mehr die geringste Lust, am liebsten wäre ich schnurstracks zu ihrem Hotel gegangen, um sie loszuwerden, aber ich hatte es ihr früher am Abend versprochen, und im Gegensatz zu ihr war ich daran gewöhnt, meine Versprechen zu halten. Ich deutete auf eine kleine Straße, die zum Münsterplatz führte, dem wichtigsten Standard für Touristen in diesem Ort, und achtete darauf, Abstand von ihr zu halten, während wir nebeneinander hergingen, so daß auch nicht eine zufällige Berührung möglich wäre. Als die mittelalterliche Gasse zu eng wurde und nur noch für eine reichte, blieb ich hinter ihr zurück.

Auf dem Platz bewunderte sie den nächtlich beleuchteten Turm und die Anlage um die Kirche herum. Es hätte so romantisch sein können unter anderen Umständen ...

»Am schönsten ist es vormittags, wenn hier Markt ist«, erklärte ich stadtführerinnenmäßig. »Dann wirken die Farben der Dächer und der Markisen der Marktstände fast wie im Süden. Man könnte dann meinen, daß man gar nicht mehr in Deutschland ist.«

Sie nickte. »Dann sollte ich vielleicht mal vormittags herkommen.«

O nein, bitte nicht! Sie wollte doch morgen sicher schon fahren, und das war mir mehr als recht.

Diesmal zuckte ich die Schultern. »Die Touristen mögen es, und es hat auch wirklich was Südliches, ziemlich folkloristisch.«

»Es ist ja auch mehr oder minder der südlichste Zipfel Deutschlands hier«, meinte sie. Dann blieb sie stehen und schüttelte fast ein wenig den Kopf. »Merkwürdig. Sonst fühle ich mich ganz anders bei Gastspielen. Ganz fremd.« Sie ging mit nachdenklichem Blick weiter.

»Und heute nicht?« fragte ich neugierig.

Sie antwortete nicht, als ob ich gar nichts gesagt hätte. Vielleicht hatte sie mich auch wirklich nicht gehört, denn ihre Augen fixierten den Boden vor ihren Füßen, während sie weiterlief. Ich wußte nicht, was ich davon halten sollte. Also ging auch ich einfach neben ihr weiter, bis wir den großen Bau umrundet hatten und wieder da ankamen, wo wir gestartet waren. »Es ist wirklich sehr malerisch hier«, bemerkte sie, »fast wie ein Disney-Dorf, das extra dafür aufgebaut worden ist.« Sie sah sich um. »Was ist das denn?« fragte sie neugierig und ging auf den Rand des Platzes zu.

»Das sind die sogenannten ›Freiburger Bächle‹, früher im Mittelalter war das ein Abwassersystem. Die meisten Städte haben das nicht mehr, aber hier wird es wohl aus touristischen Gründen am Leben erhalten«, erklärte ich.

Sie tippte mit dem Fuß in einen der kleinen Kanäle hinein. »Interessant«, meinte sie.

Ich lachte. »Kinder und Hunde lieben es. Sie planschen darin herum, und im Sommer, wenn es heiß ist, kühlen sich viele darin die Füße, wenn die vom Einkaufsbummel rauchen.«

»Das ist eine gute Idee«, beschloß sie plötzlich, und *schwups!* hatte sie ihre Schuhe ausgezogen und stand im Wasser. »Das macht Spaß!« lachte sie.

Ich konnte ihr auf einmal nicht mehr böse sein, sie schien so jung und unschuldig, wie sie da im Wasser herumplanschte, als ob sie schlagartig zwanzig Jahre jünger geworden wäre und alle Sünde abgeworfen hätte. Ich lachte. »Soll ich dir noch ein Schippchen und ein Eimerchen holen für den Sandkasten?«

Sie grinste. »Warum nicht? Hast du so was?«

»Nicht hier«, spielte ich weiter. »Wir können ja mal suchen gehen.« Langsam bewegte ich mich an dem schmalen Wasserkanal entlang, und sie folgte mir darin. Nun war ich etwas größer als sie, und ich sah von oben auf ihre Gestalt hinunter, die plötzlich so verletzlich erschien, während sie mit den Füßen immer wieder durchs Wasser fuhr und ihren Spaß daran hatte. Mir erschien es auf einmal, als könne sie gar nichts Böses tun, wahrscheinlich war alles nur Zufall, sie wollte das gar nicht.

Als wir am Ende des ›Bächles‹ angekommen waren, stieg sie heraus. »Schade«, bedauerte sie, »das hätte ich noch eine Weile machen können.«

»Es gibt noch ein paar breitere Kanäle«, sagte ich, »in denen die Gerber das Leder gereinigt haben früher, in der ›Gerberau‹, und einen sehr netten Platz am Wasser in der ›Fischerau‹. Da könntest du sogar baden, wenn du wolltest, die sind nicht nur breiter, sondern auch tiefer. Möchtest du das?«

Sie lachte und schüttelte den Kopf. »Nein, wirklich nicht, ich glaube, das ist dann zu dieser nächtlichen Stunde doch etwas zu kalt. Aber ich würde es gern sehen.«

Wir gingen zusammen dorthin, und auch hier wieder überkam mich das Gefühl der romantischen Idylle. Wie falsch das heute war. Es hatte andere Nächte gegeben, in denen ich die romantische Atmosphäre des Ortes sehr genossen hatte, meistens nicht allein, aber heute war es fast zu viel, was da auf mich einstürmte.

Sie war eine Herausforderung an alle meine Gefühle, die positiven wie die negativen, und an meine Beherrschung, denn so sehr ich mir auch vorgenommen hatte, mich von ihr fernzuhalten, es zog mich zu ihr hin wie mit magischen Fesseln. »Mehr ist nicht zu sehen«, sagte ich, um sie von weiteren Sight-Seeings abzuhalten, als wir durch die ›Fischerau‹ schlenderten. »Die Stadt ist halt schon sehr klein.«

»Das stimmt, aber sie gefällt mir. Ich komme selten dazu, so etwas in Ruhe anzusehen«, lächelte sie. Anscheinend war sie ein wenig von ihrem großstädtischen Getue abgekommen.

»Dein Hotel müßte gleich da drüben sein. Der Bahnhof ist nicht mehr weit«, deutete ich in die entsprechende Richtung. »Ich bringe dich dorthin.«

Langsam mußte ich sie wirklich loswerden, es wurde mir mulmig in ihrer Gegenwart. Unser Gespräch im Lokal schien so weit weg, und sie war so nah ...

Es waren keine fünf Minuten bis zum Hotel, das sie erst erkannte, als wir fast davorstanden. Sie gab mir die Hand, eine merkwürdige Geste, früher hatten wir uns immer mit einem Kuß verabschiedet, einem freundschaftlichen. Es war stets der gleiche Ablauf gewesen: Ich brachte sie mit meinem Wagen nach Hause, dann saßen wir noch eine Weile und redeten, und dann kam der Abschied, den ich immer so weit wie möglich hinauszuzögern versuchte. Aber auch sie schien meistens kein Interesse daran zu haben, die intime Atmosphäre in der Enge des Wagens zu verlassen. Doch irgendwann verließ sie schnell den Wagen, und ich fuhr erregt und fast ein wenig glücklich nach Hause. Irgendwann würde sie ihr Versprechen vielleicht einlösen, dachte ich damals noch.

Sie hielt meine Hand immer noch, und mir wurde heiß. Warum ließ sie nicht los? Aber ich tat es auch nicht. Wieder einmal stand ich wie hypnotisiert da und konnte mich nicht rühren. Sie spielte nur Spielchen mit mir, das wußte ich doch, warum konnte ich mich nicht entsprechend verhalten und sie einfach gehen lassen? Ich konnte nicht.

Vor gar nicht allzulanger Zeit im Restaurant hatte ich fest angenommen, mein Begehren für sie sei erloschen, aber das war es nicht. Sie hatte mich nur dermaßen schockiert, daß es sich eine Weile versteckt hatte, und nun kam es wieder hervor.

Als sie meine Hand immer noch nicht losließ, zog ich sie an mich heran und sah ihr in die Augen. Ihre Augen blickten kühl, aber sie flackerten ein wenig – oder war das nur die Beleuchtung? Ich legte meinen Arm um sie und suchte ihre Lippen. Auch die waren kühl und geschlossen. Sie wollte nicht, aber sie wehrte sich auch nicht. Ich würde sie nie mehr wiedersehen, dessen war ich mir sicher, war es da denn wirklich so schlimm, ihr jetzt einen Kuß zu rauben? Bei all den Liebhabern und Liebhaberinnen, die sie schon gehabt hatte? Mein Begehren wuchs, als ich sie mir nackt im Bett vorstellte, und ich fuhr sanft mit meiner Zunge über ihre immer noch geschlossenen Lippen.

Fast schien es mir, als wolle sie sie öffnen, da stemmte sie plötzlich ihre Hände gegen meine Brust. »Laß mich, ich will das nicht.« Sie versuchte mich wegzuschieben, und ich hielt sie weiter fest.

Ich sah ihr ins Gesicht und bemerkte eine leichte Panik. Warum?

Ich konnte ihr nichts tun, wir standen vor dem hell erleuchteten Hoteleingang, wenn auch in einer etwas dunkleren Ecke, die uns aber nur zum Teil verbarg. »Was willst du nicht?« fragte ich. »Den Kuß – oder etwas anderes?«

»Beides«, antwortete sie widerwillig. »Ich habe es dir vorhin schon erklärt: Es bedeutet mir nichts, und ich bin müde.«

»Du könntest es aber spielen, hast du auch gesagt«, entgegnete ich, bevor ich mein Gehirn einschalten konnte. Ich fluchte innerlich. Das wollte ich doch gar nicht: daß sie spielte. Ich wollte, daß sie etwas für mich empfand, und das tat sie nicht, das würde sie nie tun.

»Ja«, erwiderte sie jetzt gedehnt, »das könnte ich. Aber ich will nicht. Ich habe genug gespielt für heute. Irgendwann habe ich auch mal Feierabend.« Sie wirkte etwas unwirsch.

»Entschuldige«, sagte ich leicht zerknirscht, »ich wollte dich wirklich nicht belästigen. Es war wahrscheinlich nur das Gefühl, daß wir uns nie mehr wiedersehen werden, das mich ein wenig ... anfällig gemacht hat.« Ich lachte verlegen. »Und die Erinnerung an alte Zeiten.«

Sie verdrehte die Augen. »Na gut«, gab sie völlig überraschend nach, beugte sich nach vorne und küßte mich.

Ich war so überrumpelt, daß ich zuerst kaum reagieren konnte. Ihre Zunge berührte meine, und ich spürte, wie das Feuer in mir aufflammte. Ich schloß meine Arme fester um sie und erforschte ihren Mund, streichelte ihre Hüften, ihre Beine, ihren Po. Sie schmiegte sich an mich, es war ein wundervolles Gefühl, so weich, wie ich es mir vorgestellt hatte. Ihre Brüste preßten sich an meine, und trotz all der Kleidung, die uns trennte, spürte ich, wie ihre Brustwarzen hart wurden. Meine waren es schon lange. Das konnte sie nicht spielen, das war echt! Ich machte innerlich einen Freudensprung. Sie hatte nur so getan, als ob ... In Wirklichkeit hatte sie nur darauf gewartet.

Sie löste sich langsam von mir und blickte mir in die Augen. »War es das, was du wolltest?« fragte sie leise. »Bist du jetzt zufrieden?«

Ich strich zärtlich über ihre Wange. »Ja«, flüsterte ich, »du auch?« Vielleicht gab es ja doch noch eine Fortsetzung, wenn es ihr gefallen hatte. Ich spürte das Verlangen in mir. Wir brauchten doch nur das Hotel zu betreten, die Treppe hinauf ...

»Durchaus.« Sie trat einen Schritt zurück. »Ich habe die Szene schon tausendmal gespielt, aber selten so gut, glaube ich.« Sie lächelte kühl und distanziert. »Darf ich jetzt unbehelligt Gute Nacht sagen oder erwartest du noch mehr von mir?«

Wieder einmal sprachlos stand ich da, und diesmal tat es noch zusätzlich weh. Wie hatte ich nur so blöd sein können? Ich hatte mich in einer trügerischen Intimität gewiegt, die es zwischen uns einfach nicht gab. Die es vermutlich nie gegeben hatte, auch wenn es mir damals nicht so erschienen war. Auf jeden Fall gab es sie jetzt nicht. Sie hatte sich belästigt gefühlt, genötigt, eine Szene zu spielen, um mich loszuwerden. Wenn man ihr auch sonst vielleicht fast nichts glauben konnte, eines glaubte ich ihr in diesem Augenblick ohne jeden Zweifel: das, was sie früher am Abend behauptet hatte, nämlich daß ihr Sex und Liebe nichts bedeuteten. Es war offensichtlich wahr. Sie hatte es mir gerade bewiesen.

Ich sagte nichts mehr, mein Mund war wie zugeschweißt und so trocken, daß ich das Gefühl hatte, mein Gaumen wäre mit Sekundenkleber an meiner Zunge festgeklebt.

»Scheint nicht so.« Sie drehte sich ohne ein weiteres Wort um und ging in die Hotelhalle hinein, wo der Portier ihr den Schlüssel überreichte und sie dann den Lift nahm. Als sich die Lifttüren schlossen, trafen sich unsere Blicke sehr kurz noch einmal, aber ihre unbewegte Miene veränderte sich nicht. Ich starrte immer noch auf den Lift, als sie vermutlich schon längst an ihrer Zimmertür war; ich kam mir vor wie in einem Film, und das war ich ja wohl auch – aber im falschen.

Endlich konnte auch ich mich lösen. Ich begab mich auf den Heimweg, und ich wußte, es war genau das eingetreten, was ich befürchtet hatte: Sie bescherte mir eine Wiederauflage all der Schmerzen, die ich schon hinter mir geglaubt hatte. All der Hoffnungen und Wünsche, die so lange unterdrückt gewesen waren, daß ich glaubte, ich hätte sie überwunden. Aber das waren sie nicht. Ich hatte die Liebe zu ihr nie verwunden, in all den Jahren nicht. Nicht ihre Zurückweisung und nicht ihren Verrat. Es tat furchtbar weh. Mein Herz zog sich zusammen, als ob es aufhören wollte zu schlagen. Wahrscheinlich war es beim zweiten Mal noch schlimmer. Ich glaubte, abgeklärter geworden zu sein, weil ich älter war, aber ich war nur verletzlicher. Die Sehnsucht hatte alle Energie aufgefressen in all den Jahren, in denen sie unterdrückt worden war, und der Schlag traf nur noch härter, mitten ins ungeschützte, wehrlose Herz. Ich setzte mich auf eine Bank am Straßenrand, weil meine Beine mich nicht mehr tragen wollten, so sehr zitterten mir die Knie. Ich konnte nicht einmal weinen.

Als ich später in meine Wohnung zurückkam, hatte ich nicht das geringste Bedürfnis zu schlafen. Ich war viel zu aufgeregt dazu. Ich wollte sie nie mehr wiedersehen, nie mehr, *nie mehr!* Diesmal endgültig. Als ich am Videoregal vorbeilief, lächelte mich ihr Bild von einer Hülle an, so, wie ich sie mir wünschte: verführerisch, verlockend, vielversprechend. Ich nahm die Hülle und schleuderte sie in die Ecke. Das Video sprang heraus und flog noch ein Stück weiter. »Ach Scheiße!« fluchte ich. Ich setzte mich in den Sessel und barg meinen Kopf in den Händen. Was hatte ich mir nur davon versprochen? Was zum Teufel hatte mich geritten, in dieses verdammte Theater zu gehen? Und dann auch noch in ihre Garderobe? Ein paar Tränen liefen über meine Hände, und ich lehnte mich zurück, um in der Hosentasche nach meinem Taschentuch zu graben. Warum gab ich ihr so viel Macht über mich? Auch jetzt, nach Jahren noch? Es war doch lange vorbei. Es war damals schon vorbei gewesen. Eigentlich hatte es nie begonnen, jedenfalls nicht so, wie ich es wollte. Warum hing mein Herz so daran? *Sie* hatte doch offenbar gar keins.

Ich erhob mich und ging zu der Ecke, in der das Video lag. Langsam hob ich es auf und steckte es wieder in die Hülle. »Du kannst ja nichts dafür«, sagte ich seufzend. Aber wenn es nun kaputt war? Ich hatte es mit großer Wucht in die Ecke geschmettert vor Enttäuschung, Frust und Wut. Ach, war doch eigentlich egal! Was wollte ich noch damit? Wollte ich sie denn wirklich noch ansehen, ihre Filme? Diesen besonders, in dem eine lange und ausführliche Liebesszene enthalten war? Aber ich mußte doch wenigstens überprüfen, ob... Ich wußte, es war nur eine Ausrede. Ich *wollte* sie sehen. Zögernd schob ich das Band in die Öffnung des Videorecorders, schwankend zwischen Hoffen und Bangen, daß es doch eigentlich zerstört sein mußte, und ich mir dann ihren Anblick ersparen konnte. Aber wenn es wirklich so war?

Es war nicht so. Als ich das Band eingelegt hatte, fing der Film an zu laufen und schien ganz in Ordnung. Am Anfang trat sie noch nicht auf, sie war der Knalleffekt am Ende der ersten Sequenz. In einem engen, roten Kleid – wie auch sonst? – betrat sie die Szene, und die Blicke aller Männer folgten ihr. Einer, der Hauptheld des Films, ein schmieriger Macho, eroberte sie dann, und sie ging mit ihm ins Bett. Diesen Teil des Films kannte ich auswendig, ich hatte ihn immer und immer wieder gesehen. Warum mußte ich mir das heute abend auch noch antun? Seine ekelhaft großen, behaarten Hände fuhren über ihren Körper, und sie stöhnte auf. Ich schloß die Augen. Es war ihre Stimme, die mich anmachte. Als ich sie küßte, hatte sie nicht gestöhnt, aber ich hätte es mir gewünscht, so, wie ich es hier tausendmal gehört hatte. Ich hörte die Geräusche des Films, die mir sagten, was jetzt geschah, auch wenn ich es nicht sah. Es schmatzte, und dann quietschte es, das bedeutete: Der Kuß war beendet, und sie lagen jetzt im Bett. Ich wußte, was nun folgte: Sie zog ihn aus, Stückchen für Stückchen, und legte seine widerlich behaarte Brust frei, an die sie sich dann ankuschelte, während er begann sie nun ebenfalls auszuziehen. Er küßte ihren Hals, ihre Brüste – an dieser Stelle konnte ich einsteigen, denn ab jetzt war fast nur noch sie zu sehen. Ich öffnete die Augen wieder.

Sie saß nun auf ihm; die Zeit der langweiligen Missionarsstellung war vorbei, und die Frau hatte die Arbeit, während der Kerl sich bequem zurücklegen konnte. Aber das störte mich im Moment nicht, eher im Gegenteil, denn dadurch stand sie im Mittelpunkt des Interesses der Kamera, und er war eigentlich so gut wie nicht zu sehen. Die entscheidenden Stellen wurden natürlich wie immer durch ein diskretes Tuch verdeckt, das so drapiert war, als sei es in der Hitze des Gefechts zufällig dort hingeraten, es war ja schließlich kein Porno, aber den Rest konnte ich mir auch ohne visuelle Hilfe vorstellen, zumindest bei ihr.

Sie warf den Kopf zurück, und ihre Haare flogen sehr eindrucksvoll nach hinten. Während sie ihren Unterleib auf ihm vor und zurück bewegte, so daß man wenigstens ab und zu ihren schönen Po und bewundern konnte, streckte sie die Brüste heraus und stützte sich nach hinten mit den Armen ab. Ihre Brustwarzen standen erregt hervor, und mir wurde klar, was für ein Schaf ich doch gewesen war. Ich wußte sehr genau, daß steife Brustwarzen kein eindeutiges Zeichen für Erregung waren, und dennoch hatte ich es zuvor dafür gehalten, als ich sie küßte. Ich hatte es eben einfach dafür halten wollen. Bei diesem Dreh war sie sicher nicht erregt gewesen, nach eigener Aussage wußte sie ja noch nicht einmal, was das war, vielleicht hatten sie diese Szene zehnmal wiederholt, und immer wieder mußte sie das spielen, was hier wie Erregung wirkte, aber nicht im entferntesten etwas damit zu tun hatte. Es war aufgenommen worden, während sicher zehn Mann von der Crew drumherum standen. Ebenso wie die Zuschauer es tun sollten, hatte ich mir alles nur eingebildet.

Ich seufzte und bemerkte, wie ich durch meine Überlegungen bewußt versuchte eine Distanz aufrechtzuerhalten, die am Zusammenbrechen war. Immer mehr ging das, was ich auf dem Bildschirm sah, in meine eigene Phantasie über; sie saß nicht mehr auf ihm – ihn hatte ich eigentlich sowieso schon lange vergessen –, sondern auf mir, lag mit mir im Bett, und wir liebten uns, wie wir es noch nie getan hatten.

Als ob die Kamera in eine andere Position führe, sah ich sie nun plötzlich von unten, sah ihre Brüste über mir und griff danach. Sie stöhnte und beugte ihren Oberkörper noch weiter nach hinten, bis er gespannt war wie ein Bogen, von dem gleich ein Pfeil abschnellen sollte. Gleichzeitig preßte sie ihren Unterleib mit ganzer Kraft gegen meine Schenkel, die sie umklammert hielt, und ich empfand ihre Hitze und Feuchtigkeit wie meine eigene. Meine Beine öffneten sich leicht, und sie glitt fast automatisch dazwischen, so daß sich unsere Haare sacht berührten. Wir stöhnten beide gleichzeitig auf, und sie warf erneut erregt den Kopf nach hinten. Während ich mich langsam an ihr hochzog, um sie zu umarmen, löste sie die Spannung in ihrem Körper ein wenig und beugte sich zu mir vor. Sie lächelte.

»Ich liebe dich«, sagte ich leise, und sie widersprach ausnahmsweise nicht.

Statt dessen legte sie ihre Hände auf meinen Kopf und dirigierte mich langsam zu ihren Brüsten. Als ich ihre Brustwarze in den Mund nahm und begann leicht mit meiner Zunge darüberzustreichen, seufzte sie tief auf. »Ja«, wisperte sie fast unhörbar.

Die Flammenzungen schossen mir beinahe ohne Verzögerung in den Unterleib, als ich ihre Stimme vernahm, ihr erotisches Flüstern, das tiefe Erregung verriet. Im Film hatte ich es oft gehört, in Wirklichkeit noch nie. Meine Brustwarzen standen jetzt ebenso steif hervor wie ihre, schmerzhaft einen Ausweg suchend, eine Entspannung. Ich wollte sie so sehr, daß ich mich am liebsten auf sie geworfen hätte, in wilder Leidenschaft, um Stöhnen und Seufzen aus ihr herauszupressen und den Schrei der Ekstase, auf den ich schon so lange wartete. Aber ich wollte mich beherrschen, ich mußte mich beherrschen, um den Genuß hinauszuzögern, die Lust zu verlängern, die immer mehr von mir Besitz ergriff.

Ich wechselte von einer Brustwarze zur anderen, und sie stöhnte diesmal fast ungeduldig auf, während sie sich vorbeugte und mit ihren Lippen meinen Hals suchte, an dem sie dann entlangfuhr, eine feuchte Spur ihrer Zunge hinterlassend, die mich zum Frösteln brachte, obwohl mir heiß war vor berstender Erregung. Sie arbeitete sich zu meinem Mund vor und mehr als ungeduldig, atemlos fühlte ich sie eindringen. Meinen Kopf kraftvoll in den Händen haltend, so daß ich mich kaum bewegen konnte, preßte sie ihre Lippen auf meine und suchte mit ihrer Zunge den tiefsten Punkt, den sie erreichen konnte. Sie füllte mich aus, ich war völlig wehrlos, *Widerstand ist zwecklos* spukte es mir durch den Kopf. Wo hatte ich das noch gehört? Ich wußte es nicht.

Mein Körper kribbelte überall, es gab sicher keine Stelle mehr, an der nicht alle Nervenenden aktiviert waren, es kam mir sogar so vor, als hätte ich mehrere Schichten übereinander, die sich gegenseitig zu übertreffen versuchten in dem Bemühen, mir die kitzligste Empfindung zu verschaffen. Mit einem tierischen Laut, der kaum mehr ein Stöhnen genannt werden konnte, drückte sie mich auf das Bett zurück und begrub mich unter sich. Wild küssend und zärtlich beißend fuhr sie an mir herauf und herunter, wobei ihre Zähne sicherlich Male der Lust hinterließen, die aber bald wieder Vergangenheit sein dürften. Diesmal stöhnte ich fast ununterbrochen »Ja!«, denn sie trieb mich von einer intensiven Empfindung zur nächsten, ohne Pause, ohne daß ich mich erholen konnte. Ich versuchte sie zu greifen, wollte sie bitten, langsamer zu machen, aber sie entzog sich mir wie eine Schlange. Ich gab auf. »Tu mit mir, was du willst«, flüsterte ich rauh, bevor ich meine Hände über ihren Rücken abwärts gleiten ließ, was ihr einen erneuten erregten Seufzer entlockte.

Jetzt ließ sie sich auf mich hinunter und begann an meinen Brustwarzen zu saugen, die schon weh taten und das gar nicht mehr vertragen konnten. Ich zuckte zusammen, als ich den Schmerz spürte, und sie verhielt einen Moment. »Soll ich aufhören?« fragte sie.

Ich schüttelte mit zusammengebissenen Zähnen den Kopf. »Nein, mach weiter, ich will dich spüren; es ist gleich vorbei.«

Sie ließ sich wieder abwärts gleiten, und während es an der einen Seite noch für einen Moment unangenehm wehtat, begann die andere schon, das Kitzeln und die unerträgliche Lust an meinen Unterleib weiterzuleiten. Ich wand mich unter ihr, daß sie Mühe hatte, auf mir Halt zu finden. Sie lachte – sie lachte hell auf in eindeutigem Vergnügen. Es machte ihr Spaß. Ich musterte ihr Gesicht, während ich unter ihr lag, und genoß ihre Freude. Ich liebte sie so. Ich hätte alles für sie getan – alles, was sie wollte. Und ich wollte so gern, daß sie glücklich war. War mein eigenes Unglück der Preis dafür? Konnten wir nicht beide glücklich sein?

Sie streckte sich jetzt auf mir aus, so daß ihr ganzer Körper meinen bedeckte, und schob ein Bein zwischen meine Schenkel. Sie keuchte erregt, ihre Augen, dunkel über mir leuchtend, glänzten. Langsam fuhr sie an mir auf und ab, während sie immer erregter atmete. »Komm,« flüsterte sie in mein Ohr, von heftigem Keuchen unterbrochen, »komm mit mir zusammen – bitte.« Sie schloß die Augen und wurde immer schneller, während ich versuchte ihrem Rhythmus zu folgen und sie gleichzeitig dabei zu beobachten, wie sie kam. Die Reibung, die sie verursachte, und ihr Körper auf meinem, meine Haut an ihrer, ihre heißen Brüste, die meine streiften, das alles war mehr als genug, um mich zum Höhepunkt zu bringen. Ich schloß ebenfalls für einen Moment die Augen, als ich die Wellen nahen spürte, aber ich wollte sie sehen und zwang mich deshalb, die Augen wieder zu öffnen. Im gleichen Moment stöhnte sie laut auf und stemmte sich mit den Armen nach oben, um dann noch einmal heftig und scharf die Luft einzuziehen, bevor sich zum Schluß ein erstickter Schrei ihrer Kehle entrang, der sich mit meinem eigenen Seufzer vereinigte, den ich ausstieß, als der Orgasmus verebbte.

Sie ließ sich auf mich niedersinken und kuschelte ihren Kopf an meine Schulter. Ich suchte ihre Augen. Als sie das merkte, lächelte sie. »Das war schön«, seufzte sie selig und zufrieden, »wunderschön.« Ich lächelte ebenfalls und hatte das Gefühl, jetzt einschlafen zu müssen, aber irgend etwas hinderte mich daran – ein Geräusch ... Ich schlug die Augen auf. Das Video lief immer noch, hatte aber mittlerweile einen Punkt erreicht, der mit der Liebesszene, von der ich mich hatte inspirieren lassen, nun überhaupt gar nichts mehr zu tun hatte. So lang war die längste Filmszene zu diesem Thema nicht ...

Ich fand langsam in die Wirklichkeit zurück. Meine Hose fühlte sich feucht an zwischen meinen Beinen. Meine Phantasie hatte nicht nur im Kopf stattgefunden, sondern als einziges von allem, was ich geträumt hatte, war mein eigener Orgasmus real gewesen. Alles andere ... Nie würde ich das erleben. Und wenn ich überlegte, daß sie das auch noch nie erlebt hatte, tat sie mir fast leid. In meiner Phantasie war alles so einfach erschienen. Ihre Liebe, meine Liebe, unsere gemeinsame Erfahrung im Bett – das alles wirkte immer noch so natürlich auf mich, die Erinnerung war noch so nah, als ob ich es wirklich erlebt hätte.

Aber es war nur Wunschdenken gewesen, eine Realität, die ich mir zwar für mich schaffen konnte, aber an der sie sich nie beteiligen würde, nicht in Wirklichkeit, und die sie selbst nie würde genießen können, was mir in diesem Moment fast tragisch erschien. Manchmal war sie das ja auch in ihren Filmen: eine tragische Heldin, und dann gefiel sie mir eigentlich am besten. Aber am allerbesten gefiel mir dabei die Idee, sie eventuell aus ihrer tragischen Situation befreien zu können. Im Film schien das so einfach, aber im wirklichen Leben? Da würde es wohl ewig mein Wunschtraum bleiben. Vermutlich war sie gar keine tragische Heldin und wollte gar nicht gerettet werden. Und selbst wenn – sicherlich nicht gerade von mir.

Nun spürte ich aber doch die Müdigkeit, die meine Aktivitäten, geträumt oder real, hervorgerufen hatten. Das zumindest war doch ein Erfolg, oder nicht? Jetzt konnte ich endlich schlafen.

In den nächsten Tagen ging mir einiges durch den Kopf. Jedes Mal, wenn ich am Theater vorbeilief, an der Weinstube oder am Münsterplatz, sah ich sie plötzlich wieder vor mir. Und oft konnte ich mich des Gefühls nicht erwehren, sie zu vermissen.

Es war nicht allein die Sehnsucht nach ihrem Körper, das Begehren, das wieder erwacht war, sondern auch die Erinnerung an die Gespräche, die wir geführt hatten, daran, wie wir miteinander gelacht und gegessen hatten oder schwimmen gegangen waren. An einen gemeinsam vor dem Fernseher bei einem Deneuve-Film verbrachten Abend.

Was auch immer sie heute behaupten mochte oder damals behauptet hatte am Ende unserer Freundschaft, als sie mich loswerden wollte – damals hatte ich eine Verbundenheit gespürt, die nicht nur von mir ausging. Auch sie hatte es genossen, mit mir zusammen zu sein, vielleicht gerade deshalb, weil ich eine Frau war und sie sich durch mich nicht bedroht fühlte wie durch all die Männer, die sie so eindeutig begehrten, daß nur das Eine dabei herauskommen konnte, wenn sie sich näher mit ihnen einließ. Bei mir hatte sie dieses Gefühl offenbar damals nicht gehabt, sie konnte sich entspannt neben mir aufs Sofa setzen und diskutieren, ohne Übergriffe befürchten zu müssen.

Selbstverständlich lag die Entspannung ausschließlich auf ihrer Seite, für mich war es schon recht anstrengend gewesen, mich immer beherrschen zu müssen, aber dennoch hatte auch ich es durchaus genossen, mit ihr zusammen zu sein. Sie war eine intelligente Gesprächspartnerin, eine humorvolle Frau, die mich stets daran erinnerte, daß das Leben doch eigentlich gar nicht so schwer war, was ich damals kaum glauben konnte, denn ich befand mich in einer recht depressiven Phase. Als ich sie jetzt wiedertraf, hatte sie diese Leichtigkeit eingebüßt, fast schien es umgekehrt zu sein wie damals: Ich hatte meinen Weg gefunden, und sie hatte die Orientierung verloren. Das, was ich damals Glück genannt hatte, wenn ich an sie dachte, schien ihr heute völlig unbekannt.

Doch – ich vermißte sie. Nicht die Frau, die Theater gespielt hatte, obwohl sie das wirklich sehr gut konnte, nicht die Frau, die mich kaltlächelnd vor dem Hotel hatte stehen lassen und offensichtlich keinen Gedanken an meine Gefühle verschwendete – nein, die nicht. Aber die Frau, die mit mir gelacht hatte, mit der ich halbe Nächte lang über Gott und die Welt diskutieren konnte, die vermißte ich sehr. Ich hatte sie immer vermißt, und ich hatte nie jemand gefunden, die sie ersetzen konnte, das war mir jetzt klar.

Aber ich mußte sie überwinden, über sie hinwegkommen, denn ich würde sie nie wiedersehen, und das war auch besser so.

Nachdem ich mich ein paar Tage lang sehr wenig ums Geschäft gekümmert hatte, riß ich mich zusammen und nahm meine üblichen Aktivitäten wieder auf. Von Tag zu Tag wurde die Erinnerung schwächer.

Sicher, manchmal lag ich abends lange wach und konnte nicht einschlafen, oder ich wachte mitten in der Nacht auf und wünschte mir, sie wäre da. Früher hatte ich in solchen Augenblicken oft ein Video von ihr eingelegt, und das hatte mir gereicht – nicht wirklich, aber ich hatte mir eingeredet, es sei so. Dann war ich irgendwann wieder beruhigt ins Bett gegangen – oder vielleicht einfach nur erschöpft von der Unerfüllbarkeit meines Traums.

Jetzt konnte ich das nicht mehr. Seit jenem unseligen Abend hatte ich kein Video mehr von ihr angeschaut, es machte mir ihre Unerreichbarkeit nur noch bewußter, wenn ich das tat. Ich wollte nicht ihr Abbild auf der flimmernden Mattscheibe – ich wollte *sie*.

Sehnsucht kann eine wirkliche Qual sein, wenn sie so unerfüllbar ist. Ich beruhigte mich immer wieder damit, daß ich daran dachte, daß ich es schon einmal geschafft hatte, sie fast zu vergessen. Das würde auch ein zweites Mal gelingen. Zumal, da ich von ihr ja nun endgültig die Bestätigung erhalten hatte, daß es wirklich aussichtslos war.

Zufällig traf ich eines Abends einen schwulen Freund auf der Straße. Ich hatte ihn gar nicht wahrgenommen, bis er mich ansprach: »Hey, was ist denn mit dir los?« Er mußte mir auf die Schulter tippen, damit ich überhaupt stehenblieb.

Verwirrt sah ich ihn an. »Oh, Christian.« Dann sah ich noch einmal genauer hin. Manchmal nannte er sich auch Christiane oder Roxy, je nachdem, wie er sich fühlte, und dann wollte er auch so angesprochen werden. Aber nein, ich erkannte es genau: Heute war er eindeutig Christian.

»Du siehst ja zum Fürchten aus!« bemerkte er in seiner charmanten Art, die eine manchmal geradezu wie an eine Betonwand schmetterte.

Ich runzelte die Stirn. »Wieso? Was ist denn?«

Er drehte sich in den Hüften und lachte. »Na hör mal! Hast du nicht geschlafen oder was? Neue Liebe?« Neugierig musterte er mein Gesicht. Das war sein Lieblingsthema. Bei ihm konnte sich jede Woche eine ›neue Liebe‹ ergeben, er nahm das nicht so ernst.

»Leider nicht«, seufzte ich. »Eher im Gegenteil: eine ganz alte.«

»Ich dachte, du stehst nicht auf ältere Frauen?« fragte er kokett.

Jetzt mußte ich auch lachen. Ich wußte, daß er nicht so unsensibel war, wie er tat. Es war seine Masche, so zu tun, als ob er nichts begreifen würde, aber er begriff sehr viel. »Nein«, erwiderte ich ein wenig schmunzelnd, »nicht *sie* ist alt, sondern die Liebe. Ich kenne sie schon seit Jahren, aber ich habe sie jetzt erst wiedergetroffen.«

»Aha«, meinte er sofort hellsichtig, »und deshalb bist du in letzter Zeit nicht viel zum Schlafen gekommen.« Er nahm natürlich an, daß leidenschaftliche Nächte die Erklärung für mein mitgenommenes Aussehen waren.

»Ja, das stimmt«, seufzte ich wieder, »aber leider nicht aus dem Grund, an den du jetzt denkst. Sie war nur einen Abend da, und da haben wir nur zusammen gegessen, sonst nichts.« Das andere brauchte ich ihm ja nicht zu erzählen. »Und seitdem ist sie wieder weg.«

»Und du sehnst dich nach ihr«, erkannte er sofort. »Wann kommt sie denn wieder?« Er nahm wahrscheinlich an, daß ich mich mit ihr so bald wie möglich verabredet hatte, was hätte er auch anderes tun können?

»Gar nicht«, brummte ich verschlossen. Im gleichen Moment fiel mein Blick auf ein altes Plakat an einem Bauzaun, das noch nicht überklebt worden war. Ein Plakat für die verhängnisvolle Theatervorstellung. Simones Name stand in großen Lettern darauf. Ich konnte mich für einen Moment nicht davon lösen, und Christian bemerkte es.

»Du mußt dich nicht mit mir unterhalten, wenn du nicht willst«, meinte er schwer pikiert. Das konnte er gar nicht vertragen, wenn man ihn nicht beachtete.

Ich sah ihn wieder an. »Entschuldige«, sagte ich, »ich wollte nicht unhöflich sein.« Trotzdem wanderte mein Blick zurück zu dem Plakat; meine Augen wollten einfach nicht loslassen.

Christian versuchte meinem Blick zu folgen, und plötzlich ging ihm ein Licht auf. »*Sie??*« fragte er höchst erstaunt.

Ich nickte. Warum sollte ich leugnen? Es war sowieso vorbei. »Ja, sie.«

»Wow!« stieß er hervor. »Diese tolle Frau? Die Schauspielerin?«

Seine Begeisterung machte mich nur noch trauriger. Ja, alle fanden sie toll, nicht nur ich. Aber was nützte mir das? War es angenehmer, unglücklich in eine tolle Frau verliebt zu sein als in eine nicht so tolle? Was auch immer das sein mochte. Das war ja ohnehin subjektiv. Schönheit liegt nun mal im Auge des Betrachters oder der Betrachterin. »Hm, ja«, nickte ich wieder knapp. Er mußte doch langsam merken, daß ich darüber nicht reden wollte.

Jetzt legte er den Kopf schief wie ein Hund, der auf einen Befehl seines Herrn wartet. »Du bist anscheinend nicht sehr glücklich darüber«, bemerkte er dann bedächtig. Mit einem weiteren entlarvenden Blick musterte er erneut mein Gesicht. »Sie ist hetero, nicht?« fragte er mitfühlend. Das hatte er selbst auch schon oft genug erlebt. Er wußte, wie das war.

»Nicht nur«, korrigierte ich ihn ein bißchen bösartig, als ob ich mich dadurch an ihr rächen könnte.

»Oh«, erwiderte er überrascht. »Das wußte ich nicht. Sie wirkt so ... na ja, jedenfalls wußte ich es nicht, und sonst spricht sich so was doch immer schnell rum in der Szene. Aber über sie hört man eigentlich nur etwas mit Männern.« Er war ein bißchen beleidigt, denn er bildete sich etwas darauf ein, immer alles zu wissen, was homosexuelle Promis betraf.

»Ja.« Ich zuckte die Schultern. Ich wollte wirklich nicht mehr darüber reden.

Endlich merkte er das auch. »Weißt du was?« fragte er nun recht freundlich. »Bei mir ist eine Fete übermorgen. Komm doch vorbei. Es werden ein paar Leute da sein, die du kennst, auch Marion.« Er lächelte wissend. Marion war eine gute Freundin von ihm, die er mir vorgestellt hatte und die seitdem hinter mir her war, obwohl ich das nie erwidert hatte. Ich mochte sie eigentlich nicht. Aber das schreckte sie nicht ab. Sie versuchte es immer wieder, bei jeder sich bietenden Gelegenheit. Im Moment erinnerte mich das zu sehr an meine eigene Situation. Fast augenblicklich entwickelte ich jedoch ungewollt etwas mehr Sympathie für Marion. Ging es ihr nicht genauso wie mir? Und behandelte ich sie nicht eigentlich genauso schlecht, wie Simone mich behandelte? Nein, nicht wirklich, ich hatte ihr nie Versprechungen gemacht, und ich hatte sie auch nie so kalt abblitzen lassen wie Simone mich. Aber trotzdem ... irgendwie – »Nein«, lehnte ich entschieden ab, »ich glaube, das wäre im Moment nicht das richtige für mich. Aber danke für die Einladung.«

Er lächelte immer noch. »Du kannst es dir ja noch überlegen. So gegen neun Uhr geht es los, ich koche.« Er war sehr stolz auf seine Kochkünste, und zu recht. Das war einer der Hauptgründe, warum ich seine Einladungen normalerweise immer gerne annahm. Ich kochte höchst ungern und auch nicht besonders gut. Deshalb verzichtete ich meistens darauf oder ging essen. Er sah mich noch einmal nachdenklich an und verabschiedete sich dann. »Mach's gut, und denk dran: Freitag«, erinnerte er mich noch einmal.

Ich werde nicht kommen, dachte ich, aber laut sagte ich: »Mach's auch gut«, ohne meine Ablehnung noch einmal zu wiederholen. Er würde mich nicht vermissen. Er hatte viele Freundinnen und Freunde, und gerade das konnte ich jetzt am wenigsten ertragen: die ungestörte Freundschaft der anderen zu sehen.

෴

Es wurde Donnerstag und es wurde Freitag, aber meine Meinung änderte sich nicht. Nicht einmal mehr einen winzigen Gedanken hatte ich an Christians Einladung verschwendet, und den Bauzaun hatte ich auch gemieden. Nächste Woche würde bestimmt endlich irgendein Plakatierer die alten Plakate mit neuen überkleben, und damit wäre das Thema dann endgültig erledigt – dachte ich. Ich würde mir ein nettes Wochenende zu Hause machen, niemanden sehen und mir eine Pizza auftauen, wenn ich Hunger bekäme. Das nahm ich mir vor, und so würde es sein. Vorgesorgt hatte ich auch: Ich hatte mir Arbeit mit nach Hause genommen, die ich normalerweise erst am Montag im Büro erledigt hätte, aber als Selbständige konnte ich mir die Arbeit ja einteilen, wie ich wollte, und da kam mir die Abrechnung für diesen Auftrag gerade recht, auch wenn sie noch Zeit hatte.

Christian hatte aber – im Gegensatz zu allen meinen Vermutungen, daß er mich sicherlich nicht vermissen würde – in seiner alles überragenden Weisheit beschlossen, daß die *Familie* dafür zuständig sei, mich aufzurichten, und rief deshalb kurz vor acht an. »Das Essen ist bald fertig!« verkündete er freudestrahlend durchs Telefon. »Kommst du rüber?«

Eigentlich war das keine Frage, sondern ein Befehl, aber ich widersetzte mich. »Nein, Christian, wirklich nicht. Ich wäre für die anderen keine gute Gesellschaft, ich verderbe ihnen nur die Laune.« Das mußte er doch akzeptieren, zum Donnerwetter! Wollte er sich denn seine ganze Party versauen?

Wollte er anscheinend, oder zumindest ging er das Risiko ein. »Kann schon sein«, meinte er, »aber wir werden uns mit vereinten Kräften dagegen wehren, mach dir da mal keine Sorgen.«

»Bitte, Christian«, versuchte ich es noch einmal, »laß mich doch zu Hause bleiben. Es geht mir wirklich nicht gut.«

»Eben«, bombardierte er mich gleich mit seiner Antwort, »deshalb solltest du gerade *nicht* zu Hause bleiben.« Er senkte seine Stimme. »Weißt du, wer schon da ist?« Ich konnte es mir denken bei seinem Tonfall. »Marion«, bestätigte er meine Vermutung sogleich. »Wenn du nicht von selbst kommst, holt sie dich sicher gerne ab«, flüsterte er kichernd, »und du weißt, was das heißt. Dann hast du keine Chance mehr.«

Ich seufzte. Ich wußte in der Tat, was das hieß. Marion hatte schon einmal auf meiner Treppe campiert, als ich sie nicht hereinlassen wollte. Das war sehr peinlich für mich gewesen. Er ließ mir keine andere Wahl, also was sollte ich machen? »Gut, ich komme«, sagte ich, »aber eine halbe Stunde brauche ich noch. Die mußt du mir wenigstens zugestehen.« Ich wollte zumindest nicht ganz besiegt aus diesem Match hervorgehen.

Er kicherte wieder, sprach aber ganz leise. »*Ich* gestehe sie dir gern zu, aber ob Marion so lange warten kann...?«

»Oh, Christian, wirklich!« stöhnte ich gequält auf, »muß das tatsächlich sein?«

»Ja, es muß«, beschied er mir jetzt wieder ganz ernst. »Ich glaube, du brauchst eine Frau.«

Das vielleicht, aber ... »Marion?« fragte ich ganz verdattert. Das konnte er nicht ernsthaft von mir verlangen!

»Wenn's sein muß, ja«, verurteilte er mich streng, aber dann lachte er auf einmal versöhnlich. »Jetzt komm doch erst mal zum Essen, dann sehen wir weiter. Du weißt, ich mache nur Spaß.«

Weiß Marion das auch? wollte ich noch fragen, aber das war mir dann doch zu viel. »Okay, bis um neun dann«, sagte ich, und er legte zufrieden auf.

Ich überlegte mir zum wiederholten Male, ob Simone mich auch als so aufdringlich empfand. Schließlich hatte auch ich sie gegen ihren Willen dazu bewegt, mich zu küssen, und sie hatte genervt die Augen verdreht. So ähnlich fühlte ich mich auch mit Marion. Ich hätte des öfteren die Augen verdrehen können in ihrer Gegenwart oder auch mehr.

Ich überzog meine Zeit noch ein wenig, duschte in Ruhe und machte mich dann fertig, um zu Christian hinüberzugehen, der nur eine Viertelstunde entfernt wohnte. Insgeheim hoffte ich, daß dann alle schon gemütlich am Tisch sitzen würden, wenn ich kam, und ich so relativ unbelästigt davonkommen könnte. Nur essen und dann wieder gehen, das hatte ich mir vorgenommen. Marion würde mit den anderen beschäftigt sein, sie spielte immer ein bißchen die Hausfrau, wenn Christian kochte, fast wie eine große Schwester; soviel ich wußte, kannten sie sich seit dem Sandkasten, deshalb mochte er sie so gern. Ich brauchte aber keine große Schwester, und das wollte sie einfach nicht einsehen.

Ich hatte richtig geschätzt: Als ich eintraf, waren die anderen schon beim Essen, und ein lautes Stimmengewirr aus Lachen und Scherzen gemischt mit emsigem Besteck- und Geschirrklappern empfing mich. Sie waren alle sehr guter Laune, niemand würde mich beachten, das war gut.

Unvermeidlicherweise öffnete mir jedoch nicht Christian, sondern Marion die Tür. Sie hatte offensichtlich schon sehnsüchtig auf mich gewartet. »Schön, daß du doch noch gekommen bist!« empfing sie mich mit strahlendem Gesicht, während ich etwas gequält dreinschaute. Hatten sie und Christian mir denn eine andere Wahl gelassen? Sie tat aber, als ob ich ganz freiwillig gekommen wäre.

Lächelnd führte sie mich zum Tisch, und natürlich: Sie hatte einen Platz neben sich für mich freigehalten. Obwohl ich einen innerlichen Stoßseufzer nicht vermeiden konnte, setzte ich mich brav und wartete, bis die Schüsseln mit dem Essen bei mir vorbeikamen. Das heißt, sie kamen nicht, sondern Marion riß sie einfach den anderen aus der Hand und brachte sie mir. Es war wie immer peinlich, und alle grinsten.

»Cara, du hast echt was verpaßt; meine Küche ist fast explodiert vorhin«, erzählte mir Christian laut über den Tisch hinweg etwas affektiert. So war er immer, wenn er Leute um sich hatte. Da konnte er sich einfach nicht normal benehmen. Er drehte total auf und spielte den Alleinunterhalter. Und alle Frauen – oder auch die Männer – waren ›Cara‹ oder ›Bella‹, je nachdem, was ihm gerade besser gefiel.

»Schade«, sagte ich etwas bissig, »du lebst noch. Wenn ich Glück gehabt hätte . . .« Ein wenig Sarkasmus tat mir jetzt gut.

Doch alle lachten, und eine Frau, die ich nicht kannte, sagte: »Siehst du, sie ist der gleichen Meinung wie wir!« woraufhin die Stimmung sogar ins Grölen stieg und Christian mit einer gekonnt schwulen Geste seiner Hand abwinkte und gespielt beleidigt sagte: »Ihr wißt gar nicht, was ihr an mir habt. Wartet nur, bis ich eines Tages nicht mehr bin, dann werdet ihr schon sehen.«

Alle lachten: »Schön wär's!«

Das Ganze wurde einfach zu viel für mich. Die Ausgelassenheit, die Freude, die Pärchen, die sich anhimmelten und mir etwas vorführten, was ich selbst gern gehabt hätte, und schließlich Marion, die mir zeigte, daß ich vielleicht auch nicht besser war als Simone. Je vergnügter die anderen wurden, um so mehr wurde mir meine Trauer und meine unerfüllte Sehnsucht bewußt.

Marions Hand lag ununterbrochen auf meinem Knie, sofern sie nicht gerade damit beschäftigt war, mir nachzulegen oder Wein einzuschenken. Ich ließ das alles einfach zu, weil ich irgendwie zu erschöpft war, sie abzuwehren, aber ich nahm mir erneut fest vor, direkt nach dem Essen zu gehen. Wenn sich die Gesellschaft dann aufs Sofa oder den Boden verlagerte und getanzt wurde, war mir das zu gefährlich.

Langsam neigte sich das Menü seinem Ende zu, und ich orientierte mich schon mal in Richtung Ausgang, als sich einer nach der anderen erhob, um ins Wohnzimmer hinüberzuwechseln, das Christian *Salon* nannte und in dem schon eine kleine Lichtorgel installiert war, die in Anbetracht der gedämpften Musik jetzt noch harmlos blinkerte. Aber das würde sich ändern. Marion war kurz verschwunden, um Christian in der Küche zu helfen, und hatte mir noch verschwörerisch »Lauf ja nicht weg!« zugeflüstert, bevor sie aufstand. Genau das würde ich jetzt tun. Es war unhöflich, mich nicht von Christian zu verabschieden, das wußte ich, aber die Etikette konnte ich jetzt nicht berücksichtigen. Während ich zur Tür ging, sah ich schon das eine oder andere Pärchen schmusen, Männlein wie Weiblein, immer streng nach Geschlechtern getrennt, und die Sehnsucht fraß sich wieder durch meinen Bauch zu meinem Herzen hinauf.

Als ich die Straße entlangging, hatte ich es dann plötzlich gar nicht mehr so eilig, nach Hause zu kommen, das würde nur wieder die Erinnerung wachrufen an einsame Videoabende und verkorkste Nächte, also schlenderte ich so dahin und betrachtete sogar die Schaufenster, was ich sonst eher selten tat.

Eilige Schritte hinter mir ließen mich nichts Gutes ahnen, und da kam es auch schon. »Warum bist du denn so rasch gegangen?« keuchte Marion etwas erhitzt vom schnellen Laufen.

Ich zuckte die Achseln. »Ich hatte keine Lust mehr, ich war eh nicht gut drauf heute, das hatte ich Christian schon gesagt, aber er mußte ja darauf bestehen, daß ich komme.«

»Darauf würde ich auch gern bestehen«, grinste sie anzüglich, und ich zuckte nun aus einem anderen Grund zusammen. Ihre Anspielung deutete darauf hin, daß sie mir nicht nur hinterhergelaufen war, um Auf Wiedersehen zu sagen. Das konnte ja heiter werden! »Ich hatte mich so darauf gefreut, dich wiederzusehen«, maulte sie ein bißchen, »und dann bist du so schnell wieder weg, kaum, daß ich mich umgedreht habe.« Sie wirkte beleidigt und unzufrieden.

Das war ja genau der Grund! hätte ich ihr gerne geantwortet, aber ich wußte, daß es sinnlos war, mit ihr zu diskutieren, solange sie nur ein Ziel kannte, nämlich, mich zu verführen. In der Hoffnung, daß ich sie vielleicht durch Langeweile davon abhalten konnte, mich weiter zu meiner Wohnung zu verfolgen, betrachtete ich sehr interessiert und intensiv das Schaufenster, vor dem sie mich zufällig aufgehalten hatte. Es war ein Laden mit italienischen Geschenkartikeln, Teller mit der Beschriftung *Pizza* oder *Pasta* oder *Pesce*, nicht das, was ich jetzt wirklich gebraucht hätte. Dennoch untersuchte ich mit meinem Blick jedes kleinste Detail, als ob es nichts Wichtigeres auf der Welt gäbe als die Beschaffenheit italienischer Souvenirs zu ergründen.

Marion fand das erwartungsgemäß ziemlich langweilig und wirkte von Minute zu Minute ungeduldiger, wie sie da neben mir stand und nicht das Schaufenster, sondern mich anstarrte. »Wolltest du nicht nach Hause gehen?« fragte sie endlich etwas angespannt, als ich mich anscheinend nicht vom Anblick der Regale lösen konnte.

»Och, ich brauche noch das eine oder andere, und sonst habe ich ja nie Zeit dazu, mal zu gucken, was es so gibt...«, gab ich mich lässig und unschuldig.

Marion wirkte unentschlossen. Sollte sie zurückgehen oder darauf warten, daß ich meinen Schaufensterbummel vielleicht doch noch auf der heutigen Seite von Mitternacht beendete? So etwa stellte ich mir ihre Überlegungen vor und hoffte natürlich, daß sie sich dafür entscheiden würde, ihre Anstrengungen bezüglich meiner Person aufzugeben, wenigstens für heute abend. Aber das hatte sie nicht vor. Da ich ihr immer noch den Rücken zuwandte, trat sie hinter mich und küßte mich auf den Nacken – sie war ziemlich groß, erheblich größer als ich, und so fühlte ich mich von oben überwältigt –, während sie ihre Hände nach vorne wandern ließ, um mich zu umarmen und an sich zu drücken.

»Marion, bitte laß das«, sagte ich müde. »Du weißt doch, daß es keinen Sinn hat.«

»Doch«, flüsterte sie heiser in mein Ohr, »für mich schon. Und wenn du es einmal zulassen würdest, für dich vielleicht auch. Bitte, nur einmal...«, flehte sie fast schon mitleiderregend.

»Ich bin kein Typ für One-night-stands«, belehrte ich sie etwas übellaunig. Was hielt sie denn von mir?

»Dabei muß es ja nicht bleiben«, wisperte sie jetzt schon erregt, »das hängt nur von dir ab. Ich würde schon...« Ihre Hände schoben sich weiter nach unten und versuchten zwischen meine Schenkel zu gleiten.

»Marion!« protestierte ich entschieden. »Hör auf, ich kann das nicht.« Ich drehte mich entschlossen aus ihrem Arm und blickte ihr wild ins Gesicht.

Sie war für einen Moment gebremst, dann grinste sie. »Du kannst – und du willst. Das hat Christian mir gesagt«, meinte sie etwas hinterlistig, und bevor ich mich versah, hatte sie mich an sich herangezogen und küßte mich.

Mein Gott, das gleiche hatte ich mit Simone gemacht! Und ich schämte mich dafür. Die Scham machte mich schwach, schwächer, als ich zuvor gewesen war. Marion nutzte das aus, als sie es bemerkte. Ihre Zunge öffnete mit sanfter Gewalt meine Lippen, und ich war nicht mehr in der Lage, mich dagegen zu wehren, obwohl ich es wollte. Es schien, als ob die Energie, die dazu nötig gewesen wäre, einen zu großen Kraftaufwand meinerseits erfordert hätte. Marion wollte nur Sex von mir, nichts anderes, sie war hinter vielen Frauen her, und es stachelte sie offensichtlich an, wenn die Frau sich verweigerte. Deshalb war sie mir so ›treu‹. Solange ich ihr widerstand. Und das wollte ich ja auch, aber andererseits ... was hatte ich zu verlieren? Und was zu gewinnen, wenn ich mir selbst ein bißchen Sex vorenthielt?

Die Videos, die mir Simones Anwesenheit in meinem Bett vorgaukelten, waren wohl kaum ein Ersatz für ein ausgefülltes Sexualleben. Und Simone war Vergangenheit. Ich würde sie nie mehr wiedersehen. Nie würde ich das von ihr bekommen, was ich mir wünschte. Jetzt, wo ich wußte, daß ihr noch nicht einmal etwas an Sex *lag* – was ich mir zuvor aufgrund ihres Verschleißes und ihrer Beliebtheit kaum hatte vorstellen können –, erschien mein Wunsch sogar noch aussichtsloser als zuvor, denn das, was Marion und mich im Moment jetzt beide an dieser Stelle festhielt, würde Simone nie empfinden.

Im gleichen Augenblick spürte ich die Auswirkung von Marions Zunge in meinem Mund. Ich seufzte ein bißchen, bevor ich es richtig bemerkte. Verwirrt schob ich Marion etwas von mir weg und beendete den Kuß. Meine Reaktion war mir peinlich, ich wollte sie doch eigentlich abwehren.

Marion hingegen war äußerst zufrieden, wie zu erwarten gewesen war. So weit hatte ich sie noch nie gehen-, so nah noch nie an mich herangelassen. Sie lächelte herausfordernd, so, wie ich es von ihr kannte, weil sie erreicht hatte, was sie wollte, zumindest den ersten Schritt. »Na also«, sagte sie, »du willst doch.«

»Was hat Christian dir erzählt?« fragte ich, um sie abzulenken. Wie konnte er es wagen, ihr überhaupt etwas zu erzählen? Aber auf der anderen Seite: Seit wann waren schwule Männer ein zuverlässiges Grab für Geheimnisse? Die meisten, die ich kannte, liebten nichts mehr als Klatsch und Tratsch – und zudem übte Christian vor Marion, seiner ›großen Schwester‹, sicherlich die allerwenigste Zurückhaltung. Ich hätte einfach besser aufpassen sollen, was ich ihm erzählte. Ich war selbst schuld.

»Du bist aussichtslos in Simone Bergé verknallt.« Sie sprach Simones Namen deutsch aus, und ich mußte fast ein wenig schmunzeln bei dem Gedanken, wie sehr Simone das gehaßt hätte. »Das stimmt doch, oder?« fragte sie zurück. »Und er meinte, daß du entschieden eine Frau brauchst, weil du *sie* nicht kriegst.« Jetzt grinste sie mehr als herausfordernd, fast schon unerträglich provozierend.

»Ich kenne sie von früher, wir sind ganz harmlos befreundet, das hat nichts mit verknallt zu tun, da hat er irgendwas falsch verstanden«, versuchte ich, meinen Kopf aus der Schlinge zu ziehen. Um einer weiteren Diskussion auszuweichen, setzte ich mich in Bewegung, ohne darauf zu achten, wohin ich ging.

»Du kennst sie tatsächlich privat? Das hat er mir nicht gesagt«, meinte Marion für den Moment etwas von ihrer Lieblingsidee abgekommen, mich herumzukriegen. In ihrer Stimme klang sogar ein bißchen Bewunderung mit.

»Na, wenigstens etwas, was er dir nicht gleich brühwarm serviert hat«, antwortete ich spitz.

Meine Laune interessierte Marion nicht im geringsten. »Wie ist sie denn so – privat?« fragte sie weiter nach Simone.

Ich wußte nicht, was mir weniger recht war: wenn ich das Thema ihrer Betrachtungen darstellte oder Simone. Beides verursachte mir auf die Dauer Magendrücken. »Sie ist, wie sie ist«, erwiderte ich ausweichend. »Wie soll sie schon sein? Meinst du, sie ist anders als andere Menschen, nur weil sie berühmt ist?«

Marion zuckte mit den Schultern. »Na ja, das weiß man ja nie so genau. Aber wenn du sie persönlich kennst, warum hast du dann nie mit ihr . . .?« Sie konnte sich anscheinend eine Beziehung, die nicht in einer Affäre endete, gar nicht vorstellen. Sie versuchte ja auch immer ihr Bestes, es so enden zu lassen. Eine andere Vorgehensweise war ihr wahrscheinlich völlig fremd.

Aber was spielte ich mich so auf? Ich war ja auch nicht besser. An mir hatte es sicher nicht gelegen, daß Simone und ich nie im Bett gelandet waren. Ich war wohl genauso wie Marion. Resignation ergriff von mir Besitz. Wenn ich mich so wenig von ihr unterschied, konnte ich eigentlich auch mit ihr...

Marion war vielleicht nicht gerade die Sensibelste, aber sie hatte ein gutes Gespür dafür, wann eine Frau anfällig genug war, um ihr zum Opfer zu fallen. Sie fühlte meine Bereitschaft eher, als ich sie ihr kundtun konnte – was ich vermutlich auch nicht getan hätte. Sie packte mich an der Schulter und hielt mich auf. »Hier wohne ich«, sagte sie mit einem Blick zur Seite auf das Haus, vor dem wir nun standen. Ich fand mich jetzt erst wieder zurecht und stellte fest, daß ich in die von meiner Wohnung entgegengesetzte Richtung gelaufen war, so wenig hatte ich auf den Weg geachtet. »Willst du nicht reinkommen?« fügte Marion mit einem auffordernden Blick hinzu und griff nach ihrem Schlüssel, den sie an einem Karabinerhaken an ihrem Gürtel trug. Als ich zögerte, zog sie mich wieder an sich. »Soll ich dich noch ein bißchen überzeugen?« fragte sie frech und drang genauso schnell in meinen Mund ein wie zuvor.

Diesmal setzte ich ihr nicht viel entgegen. Es war ja sowieso schon zu spät. Ich hatte mich entschieden, meinem Trieb zu folgen und nicht meiner Moral, die mir in diesem Augenblick ohnehin mehr als überflüssig erschien. Marion war sicher eine geschickte Liebhaberin, bei den vielen Frauen, die sie ständig vernaschte – obwohl, da hatte ich ja schon einmal die falschen Schlüsse gezogen – bei Simone. Die Anzahl der Sex-Events war wohl kaum ein Kriterium dafür, wie gut man im Bett war und ob man Spaß daran hatte. Dennoch konnte natürlich auch Simone gut eine geschickte Liebhaberin sein bei ihrer Erfahrung, auch wenn sie nichts dabei empfand. Auch da sollte ich mich wohl vor voreiligen Schlüssen hüten.

War das alles überhaupt wichtig? Sollte ich nicht einfach nach Hause gehen und das alles vergessen? Simone, Marion – was hatte das noch für eine Bedeutung? Mein Leben war vorbei.

Aber das ließ Marion für den Moment noch nicht ganz zu. »Komm«, forderte sie mich mit rauher Stimme auf, »laß uns reingehen.« Ihre Hand massierte meine Brust, und meine Brustwarze tat zumindest so, als würde sie sich dafür interessieren, was mit ihr geschah. Sie schwoll an und entlockte Marion ein zufriedenes Lächeln. Ich kämpfte noch ein wenig mit mir. Sollte ich es wirklich tun? Ich hatte mir fest vorgenommen, nicht mit ihr zu schlafen. Ich wollte es einfach nicht. Und sie war betrunken. Zudem war sie nicht mein Typ. Das hielt mich normalerweise schnell ab, wenn ich nicht wollte, und erleichterte mir das Nein-Sagen, das mir sonst ein bißchen schwer fiel. Aber das Entscheidende war: Ich spürte es nicht, das Kribbeln, das mich zu einer Frau ins Bett zog.

Ich zögerte immer noch. Sie sah mich mit einem herausfordernden Lächeln an und erwartete meine Zustimmung, das konnte ich deutlich an ihrem Gesicht ablesen, aber sie drängte mich nicht und ließ mir nun Zeit. Das war wahrscheinlich das Ausschlaggebende. Als wir so eine Weile gestanden hatten, beugte ich mich vor und berührte ihre Lippen mit meinen. Sie verschlang mich fast. Mein Körper reagierte beinahe automatisch, und mir wurde heiß.

Nachdem ich mich wieder von ihr gelöst hatte, sagte sie leise: »Ich will nicht, daß du gehst.« Ihre Augen suchten dabei die meinen, die sie im Schatten der schummrigen Straßenbeleuchtung aber wohl kaum erkennen konnte. Sie zog mich wieder an sich heran und küßte mich erneut. Dann ließ sie mich los und lachte ein wenig glucksend. »Du kannst toll küssen«, stellte sie fest. »Das wußte ich.«

Ich war immer noch unschlüssig, und sie zog mich wieder zu sich heran. »Ich möchte, daß du bleibst, aber nur, wenn du es wirklich willst.« Ein weiterer Kuß und ein Stöhnen: »Mein Gott, du machst mich verrückt mit deinen Küssen!« Sie sah mich wieder an. »Bitte, bleib. Willst du?«

Ich versuchte mich aus ihren Armen zu befreien, aber sie ließ mich nicht. »Ich weiß nicht.« Ich merkte, daß ich durchaus Lust hatte, mit ihr zu schmusen, aber mehr nicht. Und sie wollte eindeutig mehr. Während ich noch immer mit mir kämpfte, fuhren ihre Hände unter meine Jacke und berührten meine Brüste. Ich zuckte zusammen.

Sie merkte es und suchte erneut meinen Mund. Mit dem Gespür für den richtigen Zeitpunkt flüsterte sie: »Du kannst mich doch hier nicht so naß auf der Straße stehen lassen. Kannst du das verantworten?«

Die Beschreibung ihres Zustandes rief ein Kribbeln in meinem Bauch hervor. Warum eigentlich nicht? Wenn sie so sehr wollte, würde sie auch die Arbeit tun, und ich konnte mich verwöhnen lassen. Also gab ich nach.

Sie ging mir voran in ihre Wohnung, die im Souterrain lag. Ich sah sie aufschließen, während ich von oben auf ihren Kopf und ihre Schultern blickte und mir vorkam, als sei ich aus meinem Körper herausgetreten. Ich war gar nicht hier, ich sah nur zwei anderen Personen zu, wie im Video. Ich schwebte darüber wie ein Geist, der sich nicht von seinem irdischen Leib lösen kann. Als sie die Tür öffnete, drehte sie sich um und lächelte zu mir hoch, und ich folgte ihr wie in Trance in ihre Wohnung.

Sie ging rasch vor, und plötzlich erlosch das Licht in der Diele, und ich sah nur noch einen sehr schummrigen Schein, der mich leitete. Im Licht der kleinen Dekorationslämpchen, die sie am Fußende installiert hatte, lag sie seitlich lang hingestreckt auf ihrem Bett, stützte sich ein wenig auf dem Ellbogen ab und blickte zu mir hoch. »Komm, küß mich«, verlangte sie leise, »laß mich nicht so lange warten.«

Für einen Moment zögerte ich noch – ich hätte mich genausogut umdrehen und wieder gehen können –, dann ließ ich mich mit einem Knie auf das Bett nieder und beugte mich über sie. Sie griff nach meinem Nacken und zog meinen Kopf zu sich heran. Ihre Zunge ließ das heiße Gefühl, das ich schon wieder verdrängt hatte, erneut auferstehen. Leidenschaftlich stieß sie in mich hinein und stöhnte auf, als ich den Kuß erwiderte. »Ja, komm zu mir, genau das hab' ich gewollt.« Sie schob mir mit beiden Händen die Jacke von den Schultern, bis sie meine Arme bewegungsunfähig gemacht hatte, und warf mich mit einer rollenden Bewegung auf den Rücken. Ihr heißer Mund forderte und forderte – immer mehr. »Warum hast du dich so lange gewehrt?« fragte sie dazwischen atemlos. »Das hätten wir doch schon längst einmal haben können.«

Fragte sie sich jemals, ob die Frauen, die sie begehrte, genau das gleiche wollten wie sie? Wohl kaum. Ich hatte es jedenfalls nicht gewollt, und was ich mit ihr hätte haben können oder nicht, hatte mich nie interessiert. Sie hatte meine Jacke immer noch an ihrem Platz belassen, so daß sie wie eine Fessel wirkte, und begann jetzt, meine Bluse aufzuknöpfen, bis meine Brüste nackt vor ihr lagen. Ich konnte mich so nicht beteiligen, meine Hände waren unfähig, sich aus den Ärmeln der Jacke zu lösen, aber anscheinend störte das Marion nicht. Sie nahm mich einfach, das war alles, was sie wollte. Stück für Stück zog sie mich aus, meine Hose und den Slip schob sie mir über die Hüften, die ich leicht anhob, mehr konnte ich nicht tun. Ich versuchte zu vergessen, was ich hier tat, mit wem und warum. Ich schloß die Augen. Wenn ich mir vorstellte, daß es Simone war, die mich liebkoste, war es vielleicht einfacher. Die Ärmel der Jacke, die mich einengten, konnten *ihre* Arme sein, die mich umschlangen, mich zärtlich im Arm hielten und beschützten. Ihr Mund – ihr wundervoller Mund, ich spürte ihn zwischen meinen Beinen, er tauchte in mich ein, ihre Zunge kitzelte mich und brachte mich zur Ekstase. Langsam steigerte ich mich in höhere Gefilde, meine Hüften bewegten sich unter ihr, und sie stöhnte: »Ja, komm, meine Süße, komm! Tu's für mich!« Die Stimme störte mich, es war nicht Simones, sie gehörte nicht in diese Welt. Aber ich nahm davon Abstand, darauf zu achten. Christian hatte vielleicht wirklich recht gehabt: Ich brauchte eine Frau nach so langer Zeit, und hier bekam ich sie. Bekam ich nicht alles, was ich wollte?

Das warme, nasse, kitzelnde Gefühl zwischen meinen Beinen steigerte sich wie von selbst, und als ich dann zum Orgasmus kommen wollte, löste ich ihn durch einen kleinen Gedankenimpuls in meinem Kopf aus. Es war kein großer, überwältigender Höhepunkt, aber zumindest reduzierte er für einen Moment die Spannung in meinem Gehirn und meinem Körper.

Ein anderer Körper, warm und weich, schob sich an mir hoch. Ich schlug die Augen auf. Marion blickte zufrieden auf mich hinunter, sie war im schwachen Licht kaum zu erkennen. »Das hast du gut gemacht«, bemerkte sie fast wie eine Lehrerin in der Schule und beugte sich zu mir hinunter, um mich zu küssen.

Ich drehte den Kopf weg. »Laß mich diese Jacke endlich loswerden, ja? Die stört.« Eigentlich hätte ich die Jacke lieber wieder angezogen und wäre gegangen, aber ich war mir ziemlich sicher, daß Marion das nur ungern zulassen würde, und auf sinnlose Diskussionen hatte ich jetzt mitten in der Nacht nicht die geringste Lust.

Sie half mir, und ich fühlte mich etwas freier. Endgültig nackt lag ich vor ihr, und sie war immer noch angezogen. Was für eine Situation. »Willst du dich nicht ausziehen?« fragte ich und hob meine Hand, um über ihr Haar zu streichen, das weich, kurz und lockig war. Angenehm. Sie würde noch etwas von mir erwarten, also streichelte ich ihr Gesicht und ließ meine Hand dann abwärts wandern zu ihren Brüsten. Sie stöhnte leise auf, als ich in ihr Hemd fuhr und nach der Brustwarze suchte, die wie eine Murmel hervorstand. Sie hatte schöne Brüste, weicher und größer, als man es durch das weite Hemd vermutete. Dennoch hielt ich mich dort nicht allzulange auf, sondern ließ meine Hand aus ihrem Hemd wieder herausgleiten, hinunter zu ihrem Gürtel. Ich wollte das hier jetzt so schnell wie möglich beenden.

Sie hielt meine Hand mit ihrer auf, und ihr Gesicht kam näher, bis es nur noch eine Wimpernlänge von meinem entfernt zu sein schien. Ihre Augen glänzten erregt, und in der Dunkelheit des Zimmers war sonst nicht viel von ihrem Gesicht zu erkennen. »Ich möchte etwas anderes«, flüsterte sie.

»Okay«, nickte ich und legte mich wieder zurück.

Sie kramte neben dem Bett herum und brachte einen Gegenstand zum Vorschein, den sie mir unter die Nase hielt. »Magst du das?« fragte sie mit belegter Stimme.

O mein Gott, nicht das auch noch! Aber ich hatte mich schließlich darauf eingelassen. »Muß das sein?« fragte ich dennoch. Vielleicht überlegte sie es sich ja doch noch anders.

»Wenn du nicht willst...«, sagte sie, aber ich hörte die Enttäuschung in ihrem Tonfall, und da kam ich mir ein bißchen schuftig vor.

»Nein, schon gut«, seufzte ich und sah sie an.

Sie atmete erregt ein und beugte sich wieder über mich. »Wie hast du es lieber, von vorne oder von hinten?«

Ich wußte, was mich mehr erregte, also drehte ich mich wortlos um, während sie schnell ihre Hose auszog und den Dildo umschnallte. Ich sah aus dem Augenwinkel, daß innen ein zweiter kleiner Dildo in den Lederslip eingearbeitet war, den sie sorgsam zwischen ihren Beinen plazierte, bevor sie die Schnallen schloß. Somit würde sie also auch etwas davon haben.

Ich lag auf dem Bauch und wartete auf sie. Kurz darauf spürte ich ihre Hand von hinten zwischen meinen Schenkeln. Sie drängte sie auseinander und drang ein wenig mit einem Finger in mich ein, ohne daß ich viel spürte. Dann legte sie sich auf mich, und ich fühlte den Lederdildo zwischen meinen Pobacken liegen – eine träge, harte Stange. Ihr Finger drang etwas tiefer in mich ein. »Du bist nicht naß genug«, raunte sie in mein Ohr. »Ich hole was.« Sie verließ mich für einen Augenblick und griff nach einem kleinen Fläschchen auf einem Regal neben dem Bett. Gleich darauf spürte ich etwas Kaltes zwischen meinen Beinen, eine gelige Flüssigkeit, die sie mit ihren Fingern verteilte. Ich zuckte etwas zusammen, als ich die kalte Nässe spürte, und sie beruhigte mich. »Sch, sch«, sagte sie, »gleich wird es besser ... viel besser.« Jetzt war ihre Stimme wieder belegt und rauh in Erwartung dessen, was sie mit mir tun würde. Während ihre Hand mich immer noch zwischen den Beinen massierte, ein wenig in mich eindrang und sich dann wieder zurückzog, merkte ich, daß meine Erregung andeutungsweise zurückkehrte. Nicht viel, aber immerhin etwas. So würde es vielleicht nicht ganz so unangenehm werden. Ihre Berührungen waren sanft und wissend, wie ich es mir vorgestellt hatte, ihre Erfahrung leitete sie an die richtigen Orte. Langsam hob ich meinen Po ein wenig. »Ja, das gefällt dir, nicht wahr?« flüsterte sie heiser. Sie strich über meine Pobacken und zog sie etwas auseinander. Ein kalter Luftzug an meiner empfindlichsten Stelle ließ mich leicht erschauern, aber sie beugte sich sofort über mich und wärmte mich wieder. Der Dildo lag nun mit der Seite genau zwischen meinen Schamlippen und verschloß die Öffnung, die er gleichzeitig ein wenig auseinanderdrückte. Marion begann sich leicht zu bewegen, ohne in mich einzudringen, der Dildo glitschte ein wenig von hinten nach vorne, von oben nach unten wie eine längliche Frucht, und erwärmte sich dabei immer mehr. Marion keuchte zunehmend heftiger bei jeder Bewegung, die sie vollführte, sie spürte wohl bereits die Wirkung des Innenteils, das sie sich schon gleich zu Anfang eingeführt hatte. Offensichtlich mochte sie das sehr.

Die Reibung zwischen meinen Beinen erzeugte nun auch bei mir eine Wirkung, die ich nicht abstreiten konnte, ich hob und senkte meinen Po im gleichen Rhythmus wie Marion und merkte, daß die Nässe zwischen meinen Beinen nun nicht mehr nur vom Gleitgel stammte. Je höher ich meinen Po hob, um so mehr keuchte Marion, bis sie an einem Punkt meine Hüften festhielt. »Bleib so, das ist gut.« Sie atmete schwer. Mein Po mußte in die Höhe ragen wie eine Kirchturmspitze, wenn ich es recht betrachtete – aber ich betrachtete es ja nicht.

Ich fühlte, wie Marion sich ein wenig zurückzog, dann merkte ich, wie sie den Dildo an meinem Eingang plazierte. »Willst du, daß ich es dir mache?« fragte sie leise, während ihre Stimme vor unterdrückter Erregung zitterte.

Was wollte sie denn jetzt noch? War das nicht klar? Ich nickte ins Kissen hinein.

»Sag es mir«, forderte sie erregt. »Sag mir, was ich mit dir machen soll. Willst du es?«

»Ja«, antwortete ich ergeben. Langsam dauerte mir das zu lange.

»Ja was?« Sie hatte immer noch nicht genug. Anscheinend brauchte sie Worte, um sich aufzugeilen.

»Ja, mach's mir?« riet ich einfach so. Ich wußte nicht, was sie hören wollte.

Sie stöhnte auf. »Ja, komm, sag das noch mal, sag's mir immer wieder. Ich will es hören.«

Ach du je! Na ja, wenn sie es so wollte ... »Ja, mach's mir, komm«, stöhnte ich etwas überrascht auf, weil sie im gleichen Moment in mich eindrang. Der Dildo war ziemlich groß, und sie drückte ihn langsam so tief in mich hinein, daß ich ihn an meiner Bauchdecke spüren konnte. Ich mochte das Gefühl normalerweise schon, wenn ich Lust darauf hatte, aber heute ... Als ich die Spannung der Haut fühlte, wie sie meine Schamlippen auseinanderschob, während sie Zentimeter um Zentimeter tiefer in mich eindrang, rührte sich jedoch auch bei mir etwas. Das gleiche, als sie ihn langsam wieder herauszog, bis nur noch die Spitze in mir steckte, dann drang sie wieder ein. Das wiederholte sie ein paar Mal, bevor sie begann heftig zu keuchen und dabei kräftiger in mich hineinzustoßen. Das war nicht so angenehm, aber ich hatte mittlerweile einen Punkt erreicht, an dem mir alles egal war. Ich versuchte mich mit ihr mitzubewegen, um wenigstens noch etwas davon zu haben. Als ich das Gefühl hatte, sie sei fast schon so weit, beugte sie sich nach vorne und griff um mich herum. Im nächsten Moment berührte sie meinen Kitzler, und ich explodierte augenblicklich, was ich gar nicht erwartet hatte. Sie stöhnte tief auf und stieß noch einmal in mich hinein, dann schrie sie ihren Orgasmus mit einem langen »Jaaa!« hinaus und ließ sich auf meinen Rücken niedersinken. Ich brach unter ihr zusammen. Ich spürte noch, wie sie den Dildo herauszog, dann schlief ich völlig überraschend ein. Es war wohl doch anstrengender gewesen, als ich gedacht hatte.

Am nächsten Morgen wollte ich so schnell wie möglich weg. Schon jetzt erschien mir diese Nacht als ein Fehler. Als ich mich schnell anzog, sah ich sie so wenig wie möglich an. Ich konnte ihren Anblick kaum ertragen. Dennoch beugte ich mich über sie und küßte sie – diesmal wirklich zum Abschied. Sie behauptete sofort wieder, daß meine Küsse sie wahnsinnig machten und daß sie am liebsten den ganzen Tag mit mir im Bett verbringen würde. Ich murmelte peinlich berührt eine Entschuldigung und zog mich schnell in Richtung Tür zurück. Als ich schon auf der Treppe nach oben war, stand sie plötzlich nackt in der Wohnungstür und fragte mit einer ganz kleinen, mädchenhaften Stimme, die weder zu ihrem Körper noch zu ihrem Auftreten vom Abend zuvor und der Nacht zu passen schien: »Rufst du mich mal an?«

»Ich weiß nicht«, sagte ich wieder etwas peinlich berührt, aber eigentlich wußte ich, daß ich es nicht tun würde. Dann ging ich und schlug die Haustür hinter mir zu, ohne zurückzublicken.

☙❧

Nach dem Erlebnis mit Marion hatte ich von allzuviel menschlicher Gesellschaft erst einmal genug. Falls ich es zuließ, würde Christian, der eigentlich ein lieber Mensch war und es einfach nicht ertragen konnte, andere aus Liebeskummer leiden zu sehen, weiterhin versuchen, mich zu verkuppeln. Marion hatte ihm sicherlich erzählt, was passiert war, sie würde sich auch vor anderen damit brüsten, mich endlich nach so langer Zeit erobert zu haben, und demgemäß würde er ganz sicher versuchen, mich zu einer Wiederholung zu bewegen, wenn er die Gelegenheit dazu bekam. Mit Marion oder mit einer anderen seiner guten Freundinnen. Also mied ich die meisten Wege, auf denen ich ihm zufällig hätte begegnen können. Das schloß das Risiko zwar nicht ganz aus, aber es reduzierte es immerhin. Und ich lernte auf diese Art Gegenden von Freiburg kennen, in denen ich noch nie gewesen war. Marion hatte mich nicht angerufen, das zumindest hatte sie begriffen, oder sie hatte erwartet, daß ich es tat, was ich bestimmt nicht vorhatte.

So lebte ich eine Weile recht ruhig dahin, von morgens bis

abends mit Arbeit eingedeckt. Obwohl – ruhig war nicht ganz der richtige Ausdruck. Zwar war das Plakat mit Simones Namen vom Bauzaun schon bald verschwunden, überdeckt von anderen, aktuelleren Veranstaltungshinweisen, aber immer noch verirrte sich mein Blick dorthin, wenn ich zufällig an der Stelle vorbeikam. Immer wieder dachte ich an sie. Und immer wieder spürte ich die Verletzung, die ihre Gleichgültigkeit mir zugefügt hatte, jetzt aufs Neue. Alte Wunden rissen wieder auf, und ich erinnerte mich, wie es damals gewesen war, als ich versucht hatte, sie zu überzeugen, mit mir zu reden. Wie sie sich geweigert, mich verstoßen hatte –

Hatte sie das nicht jetzt wieder getan? Meine Idee, mich wie die Angestellte einer Eskort-Agentur zu fühlen, das, was ich beim ersten Treffen in der Garderobe mit ihr gespürt hatte, diese Distanz, diese Gleichgültigkeit, dieses Funktionalisieren meiner Person, dieser Eindruck war wohl der richtige gewesen. Sie betrachtete mich wohl wirklich nicht viel anders als einen Mann oder eine Frau, die sie von einer solchen Agentur mieten konnte, für einen Abend, zur Unterhaltung, ohne Sex.

Es war ihr Beruf, höflich zu sein und freundlich gegenüber allen, die sie verehrten, und anscheinend schloß das mich ein, oder Menschen wie mich, denn vielleicht war ich nicht die einzige. Vielleicht gab es in jeder Stadt, bei jedem Gastspiel eine Frau oder einen Mann, der sie zum Essen einlud, der sich mit ihr unterhielt – *sie* unterhielt, wie sie es sonst mit anderen tat –, sie dann nach Hause brachte und versuchte sie zu küssen. Ich schüttelte mich bei der Vorstellung. Es tat weh, mir auszumalen, daß sie mich vielleicht mit diesen Menschen auf eine Stufe stellte, daß das für sie das Normale war, das sie ertragen und abwehren mußte. Ich fühlte in gewisser Weise mit ihr, wenn ich auch nicht genau wußte, ob ich recht hatte, ob ich wirklich wußte, was sie fühlte, ob sie überhaupt etwas fühlte, aber seit meiner Nacht mit Marion konnte ich es mir zumindest annähernd vorstellen. Aber andererseits: Sie war kein armes Opfer. Sie entschied das selbst, das hatte ich schmerzhaft erfahren müssen, nun schon wieder. Sie hatte die Freiheit, ebenso wie ich sie mit Marion gehabt hatte. Und damit hatte sie auch die Verantwortung.

Meine Gedanken führten zu nichts, einmal sehnte ich mich nach ihr, dann wieder verfluchte ich sie – oder mich, weil ich nicht damit aufhören konnte. Nur dadurch, daß ich von morgens bis abends arbeitete, die Wochenenden ebenso wie jeden Feiertag, hielt ich die Gedanken für eine Weile von mir fern. Ich hatte den Videorecorder auf den Dachboden gebracht, damit er mich nicht in Versuchung führen konnte. Die Videos lagen in einer Kiste daneben, so daß ich die Hüllen nicht zufällig sah, wenn ich durchs Zimmer lief. Alles hatte ich so geordnet, daß sie mir möglichst nicht in die Quere kommen konnte. Aber sie tat es. Denn meine Gedanken konnte ich nicht auf dem Dachboden abstellen, meine Erinnerungen, mein schmerzvolles Gefühl, wenn ich an sie dachte, an die wenigen Augenblicke, die wir entspannt miteinander verbracht hatten, an ihr Lächeln, an ihr strahlendes Gesicht, als sie so befreit durch die Bächle gesprungen war wie ein Kind.

Das würde vergehen, sagte ich mir immer und immer wieder. Es würde vergehen wie das letzte Mal, auch wenn es lange gedauert hatte. Von Tag zu Tag zog ich mich ein bißchen mehr an den eigenen Haaren aus dem Sumpf heraus und hatte das Gefühl, den festen Rand fast schon erreicht zu haben, als mich ein erneuter Schock traf: Neue Plakate hingen an Bauzäunen und Litfaßsäulen – sie kam wieder!

Da die Vorstellung das letzte Mal so schnell ausverkauft gewesen war, informierte mich das erste Plakat, das ich sah und vor dem ich erschüttert stehenblieb, hatte die Theaterleitung beschlossen, drei weitere Abende mit ihr anzubieten, in der Hoffnung, den Theaterbesucherinnen und -besuchern damit endlich die Chance bieten zu können, daß alle sie sehen konnten.

Mußte das sein, wo ich mich gerade so halbwegs von ihr erholt hatte? Aber ich wußte auch, ich würde mich nie *völlig* von ihr erholen, selbst, wenn ich mein ganzes Leben dazu Zeit hatte. Aber so schnell? Das war zu früh. Doch diesmal würde ich nicht den gleichen Fehler begehen wie das letzte Mal, nahm ich mir fest vor. Ich würde keine Karte kaufen, um sie auf der Bühne zu sehen, und schon gar nicht würde ich sie danach in ihrer Garderobe besuchen. Nein, auf keinen Fall! Daß ich mich selbst so sehr überreden mußte, es nicht zu tun, zeigte schon an, wie sehr ich es tun *wollte*.

Es war hoffnungslos. Die Sehnsucht nach ihr würde mich nie verlassen. Aber ich durfte dem einfach nicht nachgeben, sonst würde sie mich zerstören. Zumindest aber würde ich mich damit auseinandersetzen müssen, dem konnte ich mich nicht entziehen. Im eigenen Interesse.

Eingedenk dessen, was unbewältigte Probleme auslösen konnten, spielte ich also mit dem Gedanken, sie anzurufen, um alles, was mich beschäftigte, endlich einmal loszuwerden. Dann wieder sagte ich mir, das sei nur ein Vorwand, eine Rechtfertigung dafür, daß ich mich danach sehnte, ihre Stimme zu hören und einen Anlaß suchte, der mir das erlaubte. Und aufgrund meines eigenen Vergleichs mit Marion, mit ihrem Verhalten mir gegenüber, mit ihrer Art, mich zu verfolgen, bis sie Erfolg hatte, kam ich mir äußerst schäbig vor. Was ich an dem Abend mit Simone gemacht hatte, war nicht viel anders gewesen. Und obwohl sie nichts empfand, hatte sie es gespielt, um mich loszuwerden, wie ich bei Marion, auch wenn bei mir nicht alles gespielt gewesen war.

Von der anderen Seite irgendeiner meiner Gehirnhälften – waren es wirklich nur zwei? – kam das Argument, nein, die Erinnerung, wie sie mich damals hatte abblitzen lassen, als ich mit ihr hatte sprechen wollen. Sicher, sie hatte sich einmal – ein einziges Mal – zu einem Gespräch herabgelassen, aber es war von Anfang an sinnlos gewesen, denn schon, als wir uns trafen, hatte sie genau gewußt, wie sie das Gespräch hatte enden lassen wollen. Ich hatte nicht die geringste Chance gehabt, den Verlauf anders zu gestalten. Verzweifelt hatte ich es versucht, immer wieder einen Weg gesucht – bis sie mich einfach stehenließ und ging. Ich war mir vorgekommen wie eine Statistin in einem Film, eine Komparsin, die nur als Stichwortgeberin diente, damit sie sagen konnte, was sie sagen wollte – aber leider eine Komparsin, der das Herz blutete. Das gehörte wohl nicht so ganz zu einer solchen Rolle.

Ich wartete bis zum letzten der drei Abende, an denen sie Vorstellung hatte, und überlegte immer noch hin und her. Aber heute mußte ich mich entscheiden, es blieb mir keine andere Wahl. Nun erwies sich die Information, in welchem Hotel sie wohnte, doch als nützlich. Ich nahm an, daß es dasselbe sein würde wie beim letzten Mal und wählte die Nummer, die im Telefonbuch stand. Ich hatte Glück, sie war da. Ich ließ mich mit ihr verbinden, nachdem der Portier erst einmal nachgefragt hatte, ob sie das überhaupt wollte. Es dauerte etwas länger, aber dann hörte ich ihre Stimme. »Ja?« Sie klang reserviert, selbst dieses eine Wort drückte das schon aus, aber das hatte ich ja auch nicht anders erwartet.

Am besten, ich sagte gleich, was ich sagen wollte, und ließ sie dann in Ruhe. Sie würde wahrscheinlich ohnehin nichts mehr mit mir zu tun haben wollen. Aber als ich ihre Stimme hörte, erwachte die Sehnsucht wieder, ob es nicht doch etwas mehr werden könnte. Mein Herz klopfte schneller, und ich mußte schlucken, bevor ich sprach. »Simone, ich wollte mich bei dir für mein Verhalten letztes Mal entschuldigen«, begann ich. »Es tut mir wirklich leid, daß ich dich so belästigt habe.« Ich weiß jetzt, wie das ist und wie man sich da fühlt, wollte ich noch hinzufügen, aber das würde sie kaum interessieren.

Erst einmal antwortete mir nur Stille, sie sagte nichts. Vielleicht hörte sie solche Entschuldigungen allzuoft, um sie anzunehmen oder als etwas Besonderes zu empfinden. Vielleicht erwartete sie, daß ich einfach auflegte, jetzt, wo ich gesagt hatte, was ich sagen wollte, ohne daß sie antworten mußte, und damit war die Sache dann für sie erledigt. Vielleicht –

»Das kommt reichlich spät«, erwiderte sie plötzlich kühl.

Ich stutzte. Sie hatte es erwartet? Sie hatte erwartet, daß ich noch einmal anrief? Das wiederum hatte ich nicht in Betracht gezogen. Im Gegenteil. Sie war doch froh gewesen, mich los zu sein. Das jedenfalls war mein Eindruck von jenem Abend, von ihrem unbeweglichen Gesicht im Fahrstuhl, bevor sich die Türen schlossen. Das Bild hatte sich unauslöschlich in mein Gehirn eingebrannt und mich immer wieder gequält.

»Ähm, na ja...«, stotterte ich ein bißchen überrumpelt herum. »Ich hatte deine Nummer nicht, nur hier, im Hotel –« Sie war prominent, sie wußte doch selbst, daß ihre Nummer nicht einfach im Telefonbuch stand. Sonst würde sie sich vor lästigen Fans wohl kaum noch retten können.

»Du hättest es ja versuchen können«, teilte sie mir immer noch kühl mit, als ob all diese Hindernisse gar nicht bestünden. Sie klang fast ein bißchen beleidigt. Was war denn jetzt los? Ich dachte, sie war froh gewesen, nie mehr wieder etwas von mir zu hören oder zu sehen, und nun tat sie so, als ob wir verabredet hätten, weiter Kontakt zu halten wie alte Freundinnen, zwischen denen nichts weiter vorgefallen war? Merkwürdig.

»Dann hätte ich wohl mit deinem Manager über einen Interviewtermin verhandeln müssen«, bemerkte ich etwas spitz. Sie jagte mich schon wieder durch unerwartete Höhen und Tiefen, dabei hatte ich doch nur kurz anrufen und mich entschuldigen wollen. Hatte ich das wirklich? Nein, natürlich nicht. Ich hatte gehofft, mit ihr sprechen zu können. Ich hatte gehofft, daß sie sich einem Gespräch nicht verweigern, nicht sofort wieder auflegen würde. Ich hatte gehofft, ihre Stimme zu hören... Das war wohl der hauptsächliche Grund gewesen, warum ich sie angerufen hatte: ihre Stimme. Ich liebte ihren samtweichen Ton, das Versprechen, das darin lag und das sie nie einlösen würde, das aber immer mitschwang.

Im Moment war davon jedoch wenig zu spüren. »Vielleicht«, meinte sie desinteressiert.

Das war ja für sie vielleicht alles normal, aber für mich doch nicht! Dachte sie darüber auch mal nach? »Ich werde es das nächste Mal berücksichtigen«, meinte jetzt ich leicht eingeschnappt.

»Das nächste Mal?« fragte sie zurück. »Hattest du die Absicht,« mich weiter zu belästigen?« Jetzt klang sie leicht amüsiert. Das störte mich. Sie spielte wieder eins ihrer Spielchen mit mir. Dennoch – irgend etwas war anders, als ich es von ihr kannte... ihr Tonfall... ich wußte nicht genau, wie ich es beschreiben sollte. Es war nur ein Gefühl.

Ich dachte nach. Was sollte ich tun? Ich spürte den Schmerz noch in mir, den sie verursacht hatte, beim ersten Mal vor Jahren und jetzt erneut vor ein paar Wochen. Sie würde sich nie ändern. Warum sollte ich mich dem erneut aussetzen? Aber das war nicht die Frage. Ich sehnte mich nach ihr. Zu wissen, daß sie so nah war, in der gleichen Stadt wie ich, und vielleicht sogar erreichbar, machte mich unruhig und ließ mich wünschen, sie sei weiter weg. Ich spürte etwas an ihr, das sie nicht zeigen wollte, eine Verletzlichkeit... etwas Weiches, Zartes, das sie nach außen hin immer versteckte, von dem sie vielleicht nicht einmal selbst etwas wußte. Aber vielleicht war das alles ja auch nur Einbildung – Wunschdenken, wie immer.

»Vielleicht«, begann ich und räusperte mich dann, weil es mir so peinlich war, »vielleicht können wir den Abend ja noch einmal wiederholen, ohne das...« Ich hielt inne, weil ich eigentlich erwartete, daß sie in schallendes Gelächter ausbrechen und ablehnen würde.

Aber das tat sie nicht. Sie schwieg. Also sprach ich weiter, auch wenn es mir schwer fiel. »Ich meine, ich verspreche, ich werde nicht... ich werde dich nicht anfassen oder irgendwas, ich werde nichts versuchen. Ich will nur –« Ich will nur mit dir zusammen sein, wollte ich sagen, doch auch das war zweideutig, obwohl ich es diesmal wirklich nicht so meinte. »Ich will nur mein Verhalten von letztem Mal wiedergutmachen, das ist alles«, schloß ich meinen verlegenen Vortrag etwas unsicher.

Wie würde sie reagieren? Daß sie durchaus in der Lage war, mich kaltlächelnd abblitzen zu lassen, hatte ich ja oft genug erlebt, gerade, wenn ich mir eine Blöße gab, hatte sie mit Vergnügen hineingestochen. Würde sie das wieder tun und meinem Herzen endgültig den Todesstoß versetzen?

»Hm«, überlegte sie nach einer endlos scheinenden Pause. »Du versprichst, mich in Ruhe zu lassen?«

Ich konnte diese Ernsthaftigkeit nicht mehr ertragen. Ich lachte etwas gezwungen. »Ungern«, bestätigte ich, »aber ja: Ich verspreche es. Und ich pflege meine Versprechen zu halten.«

Das war unter anderem auch ein Seitenhieb gegen sie, und sie wußte es. »Im Gegensatz zu mir, meinst du?« Ich schwieg. Was sollte ich darauf sagen? Wir hatten das schon genug diskutiert das letzte Mal. Dem war nichts hinzuzufügen. »Vor der Vorstellung«, fuhr sie dann plötzlich unvermittelt fort. »Laß uns vor der Vorstellung etwas gemeinsam unternehmen.«

»Aber ich dachte, da ißt du nichts?« fragte ich etwas erstaunt.

»Tue ich auch nicht, aber es gibt ja noch andere Möglichkeiten, oder nicht?« fragte sie ein bißchen irritiert zurück.

Ich dachte sofort wieder an *eine* Möglichkeit, aber die hatten wir ja schon ausgeschlossen. »Sicher«, meinte ich unsicher. »Die gibt es. Wir könnten einen Spaziergang machen oder so was.«

»Oder so was«, wiederholte sie vieldeutig. »Hol mich doch einfach gegen Mittag im Hotel ab, so gegen eins. Ich muß um sechs im Theater sein, in der Maske, dann haben wir vorher noch genug Zeit.« Eins mußte man ihr lassen: Sobald es sich um Termine handelte, war sie äußerst effizient. Das war sie auch damals schon gewesen. Da konnte man sich hundertprozentig auf sie verlassen. Wenigstens da.

Nervös wartete ich auf den angegebenen Zeitpunkt, nicht lange vorher würde ich mein Büro verlassen und zum Hotel hinübergehen. Ich wollte nicht zu früh dort sein und eventuell in der Hotellobby herumsitzen wie bestellt und nicht abgeholt, denn ich traute ihr durchaus zu, daß sie mich nicht in ihr Zimmer lassen würde – ich stellte mir vor, es sei eine Suite, wie sie reiche Leute immer in alten Hollywoodfilmen bewohnten, aber vermutlich war es wirklich nur ein Zimmer, ein luxuriöses vielleicht, aber ein Zimmer – aus mir völlig verständlichen Gründen. An ihrer Stelle hätte ich vielleicht ähnlich gehandelt, um jegliche Mißverständnisse zu vermeiden, wenn mich eine Frau besuchte, die mehr von mir wollte, als ich zu geben bereit war. Ich dachte an Marion. *Sie* hätte ich nicht einmal ins Hotel gelassen ...

Unwillig schüttelte ich den Kopf, um mich von allen unnützen Gedanken zu befreien. Was baute ich da schon wieder für ein Luftschloß auf? Ich hatte Simone noch nicht einmal gesehen, und doch gingen mir nichts als Spekulationen durch den Sinn, die vielleicht jeglicher Grundlage entbehrten.

Endlich war die Zeit gekommen, und ich machte mich auf den Weg. Angestrengt versuchte ich, ihr strahlendes Gesicht zu ignorieren, das mir von mehr als einer Wand entgegenblickte, indem ich mir vorstellte, wie sie aussah, wenn sie nicht so bühnenreif geschminkt war wie auf dem Plakat. Aber das machte es nur schlimmer, denn ohne Make-up war sie eigentlich *noch* schöner.

So gesehen war das vielleicht nicht gerade ein gelungener Auftakt für eine erfolgreiche Begegnung, aber je näher ich dem Hotel kam, desto mehr freute ich mich dennoch darauf. Gleichzeitig versuchte meine Vernunft, mir mitzuteilen, daß ich mich auch auf eine Enttäuschung vorbereiten sollte, welcher Art auch immer, aber ich hörte nicht hin. Am Hotel angekommen fragte ich nach Simone, und wie erwartet bat mich der Portier, in der Lobby Platz zu nehmen. Aber anders als erwartet nutzte sie die Gelegenheit nicht, um meine Geduld auf die Probe zu stellen, sondern kam sofort herunter, diesmal auf der Treppe und nicht mit dem Lift.

Ich hatte den Verdacht, daß sie diesen Weg wählte, weil er ihr einen besseren Auftritt verschaffte. Eine gelernte Schauspielerin wie sie konnte eine Treppe in einer Art herunterschreiten, die uns Normalsterblichen wohl immer versagt bleiben wird. Man hätte meinen können, der Hotelaufgang sei ganz plötzlich zu einer schillernden Bühnentreppe geworden, an der jede Stufe aufleuchtete, sobald sie sie betrat, und daß im Hintergrund ein Show-Orchester spielte. Ich beobachtete ihren Auftritt atemlos, als sie herunterkam. Ihre Hüften schoben sich nach vorn, und mein Mund wurde trocken. Was hatte ich mir nur bei meinem Versprechen gedacht? So, wie sie jetzt auf mich zukam, sollte ich es einhalten? – Das mußte ich wohl, ich hatte keine andere Wahl.

Sie lächelte ein wenig, als sie mich – wie mir schien: nach Stunden – erreicht hatte. »Und? Was machen wir?«

Was für eine Frage! Erwartete sie darauf eine ehrliche Antwort? Ich schluckte. »Ich dachte, wir fahren mit der *Schauinslandbahn* hoch und gehen oben ein wenig spazieren, da haben wir einen schönen Blick auf Freiburg«, schlug ich vor. Das hatte ich mir schon auf dem Weg hierher überlegt, jetzt wäre ich wohl nicht mehr dazu in der Lage gewesen. Sie verwirrte alle meine Sinne.

»Gut.« Sie stimmte einfach zu, ohne Diskussion. Ich war offensichtlich für die Gestaltung des Nachmittags verantwortlich. Sie hatte damit nichts zu tun.

In meinem Wagen fuhren wir relativ schweigsam – abgesehen von einigen Bemerkungen ihrerseits, die sich auf die Landschaft und das immer wieder neu angemalte Freiburger Holbein-Pferdchen bezogen, dessen Geschichte und besondere Bewandtnis ich ihr erzählte und das sie niedlich fand – zur Talstation der Bahn und betraten den Vorraum, um die Fahrkarten zu kaufen. Sie sah sich interessiert um, und während gerade eine Gondel von oben hereinkam, erstand ich die Karten, die sie nicht zu interessieren schienen. Außer uns warteten noch eine Oma und ihre Enkelin auf die Gondel, sonst war der Vorraum leer. Es war keine Urlaubszeit. Das Kind stürzte sofort in das schwankende Gefährt, als es anhielt und der Mann, der die Gondeln betreute, die Seitentür aufschob, und sicherte sich den Platz auf der Seite, die den Blick nach vorne und nach oben während der Fahrt erlaubte. Ich hätte am liebsten auf die nächste Gondel gewartet, um mit Simone allein sein zu können, aber der Kontrolleur stampfte leicht mit dem Fuß auf und sah gebieterisch auffordernd in unsere Richtung, während er immer noch die Gondeltür aufhielt und nach innen auf die beiden leeren Plätze gegenüber den beiden schon sitzenden Fahrgästen deutete. So seufzte ich innerlich und ließ Simone den Vortritt, so daß sie sich ebenfalls setzen konnte.

Für einen kurzen Moment überlegte ich, ob ich lieber stehenbleiben sollte, da die kleine Sitzbank für zwei erwachsene Personen doch sehr eng war, aber dann entschied ich mich anders. Warum sollte ich die Gelegenheit nicht nutzen? In der Gondel konnte mir Simone ja weder entkommen noch sich in Anwesenheit der Oma und des Kindes lautstark beschweren, dazu war sie viel zu sehr auf ihr Image bedacht, also klemmte ich mich neben sie, was sie verwundert zur Kenntnis nahm, um dann noch ein Stück näher an die äußere Metallwand zu rücken, was allerdings kaum etwas an der verhältnismäßigen Enge änderte.

Der ›Gondoliere‹, wie ich ihn scherzhaft innerlich taufte, hielt die Tür noch einen Augenblick fest und musterte Simones Gesicht, was sie mit einem liebenswürdigen Lächeln quittierte, das fast wie von selbst auf ihrem Gesicht erschien, aber er erkannte sie offensichtlich nicht. Er runzelte die Stirn in der verzweifelten Anstrengung, sich erinnern zu wollen – wahrscheinlich hatte er sie schon oft im Fernsehen gesehen, aber darauf kam er gar nicht – und hatte doch keinen Erfolg. Fast ein wenig kopfschüttelnd starrte er sie an, bis sich die Gondel in Bewegung setzte und bald schon über dem Abgrund schwebte.

Ich wußte, warum er Simone nicht erkannt hatte: Sie war kaum geschminkt, und ihre natürliche Schönheit hatte wenig mit dem Bild zu tun, daß sie in Film und Fernsehen verkörperte. Das hatte sie früher schon immer gehaßt, wenn Leute sagten: »Da kommt die schöne Simone!«, sobald sie auf der Bildfläche erschien. Erstens fand sie sich gar nicht so schön, wie sie zumindest selbst behauptete, und dann wollte sie vor allem auch wegen ihrer Intelligenz anerkannt werden, nicht wegen irgendwelcher Äußerlichkeiten, die ihr – damals zumindest – vernachlässigbar erschienen. Wie sehr hatte sich das geändert! Ob ihre Fans eigentlich wahrnahmen, daß sie überhaupt einen Kopf hatte? Nein, das war zu bösartig, ich drängte diesen Gedanken zurück und sah sie an. Gleichzeitig spürte ich die Wärme ihres Schenkels an meinem immer intensiver werden. Die Bank war zu eng, um zwischen uns noch einen Abstand zu erlauben. Sie spürte es auch, und sie wußte, daß das nicht ganz ungefährlich war – trotz meines Versprechens –, ignorierte es jedoch ostentativ und bemühte sich, mich nicht anzusehen. Aber ich bemerkte, wie ihr Körper immer mehr an Spannung gewann, je länger wir höherschaukelten. Das war keine sehr angenehme Fahrt für sie, wie es schien.

Aber wir waren ja nicht allein. Das Kind gegenüber starrte jeweils abwechselnd Simone und die immer tiefer werdende Schlucht unter dem Fenster an. Anscheinend konnte es sich nicht entscheiden, was interessanter war. »Oma!« krähte es plötzlich und zeigte mit dem Finger auf Simone, »Die kenn' ich!«

Die Großmutter, offensichtlich selbst gut erzogen und auch jetzt noch auf Erziehung bedacht, wie es heute die wenigsten sind, schlug dem Kind leicht auf die Hand. »Man zeigt nicht mit dem Finger auf Leute!« tadelte sie. »So etwas tut man nicht!«

»Aber –!« Das Kind verzog das Gesicht, als wolle es gleich weinen, entschied sich jedoch dann anders und schaute aus dem Fenster, wo die Berge gerade eine imponierende Höhe und die Schlucht darunter, über der wir hinaufgezogen wurden, eine erschreckende Tiefe erreicht hatten, je nachdem, wie man es betrachtete.

Ich sah da lieber nicht hin, mir schwindelte schon bei der Vorstellung. Viel lieber blickte ich Simone an, die sich zunehmend unwohl fühlte. Wir saßen auf der dem Berg zugewandten Seite der Gondel und konnten also nur ins Tal blicken, während das Kind in die Höhe hinaufstarrte, die es von seiner Seite aus gut vor sich erkennen konnte. Simone drehte sich auf dem Sitz etwas um, um ebenfalls diesen Ausblick zu erhaschen, aber dadurch saß sie fast auf meinem Schoß. Meinetwegen hätte sie das noch länger tun können, aber ihr war das wohl zu mulmig. Also drehte sie sich wieder zurück.

»Entschuldigen Sie bitte« sagte die ältere Frau auf der anderen Seite liebenswürdig, »daß das Kind Sie so belästigt hat. Sie ist sonst gar nicht so. Sind Sie zum ersten Mal in dieser Bahn?« Sie hatte wohl Simones mißglückten Versuch bemerkt, sich umzudrehen.

Simone antwortete mit der gleichen Liebenswürdigkeit: »Ach, das bin ich gewöhnt«, bezogen auf das Kind, und fuhr dann fort, »ja, ich bin zum ersten Mal hier.«

Die ältere Frau nickte und erhob sich ein wenig, um mit der

Hand auf ihre Sitzbank zu weisen. »Möchten Sie vielleicht Ihren Platz mit mir tauschen? Ich war schon tausendmal auf dem *Schauinsland*, mich stört es nicht, rückwärts zu fahren und nichts zu sehen.«

Simone lächelte erleichtert. »Sehr gerne. Wenn es Ihnen nichts ausmacht.«

»Nein, gar nicht.« Die ältere Frau erhob sich nun ganz und kam die paar Schritte zu uns herüber, während Simone fast wie von der Tarantel gestochen aufsprang – wohl um meiner körperlich engen Gegenwart zu entkommen – und sich dann sogleich wieder ebenso schnell setzte.

»Ich bin nicht schwindelfrei«, erläuterte sie der etwas überrascht blickenden Dame, indem sie von unten nach oben zu ihr aufschaute, »ich muß das wohl etwas langsamer angehen.«

Die Dame lächelte verständnisvoll, und ich mußte meinen Kopf zum Fenster drehen, damit man mein Schmunzeln nicht sah. *Ja, Simone, so einfach ist es nicht, mir zu entkommen!* Simone machte einen zweiten Anlauf, und diesmal klappte es. Sie hielt sich an den innerhalb der Gondel umlaufenden Metallgeländern fest und gelangte so auf die andere Seite, die nur drei Schritte entfernt war. So groß war die Gondel ja gar nicht.

Sie setzte sich und schien wirklich erleichtert, der ständigen körperlichen Berührung mit mir entronnen zu sein. Warum hatte sie sich auf ein erneutes Treffen mit mir eingelassen, warum hatte sie so getan, als ob sie meinen Anruf sogar erwartet hätte – schon viel früher? Das war mir ein Rätsel. Hier in dieser Gondel schien sie sich ausnehmend unbehaglich in meiner Nähe zu fühlen, das hätte sie sich doch sparen können. Ich hatte einmal geglaubt, sie zu kennen – früher, in einem anderen Leben –, aber auch damals war das wohl schon eine falsche Annahme gewesen. Heute aber, nach unserer neuerlichen Begegnung, kannte ich mich gar nicht mehr mit ihr aus. Ihre Uneindeutigkeit ließ sie mir geheimnisvoll erscheinen, wie sie es früher nie gewesen war – da hatte sie sich zu meinem Leidwesen ja sehr eindeutig geäußert – und ich merkte, wie sehr mich das anzog. Da war etwas an ihr, das sie für mich nur immer attraktiver machte, mehr noch als damals.

Ich begehrte sie schrecklich, wie sie mir da so gegenübersaß, das Kind neben sich, was sie fast wie eine Mutter wirken ließ – eine sehr erotische Mutter allerdings –, und wie sie mit neugierig interessiertem Blick nach oben dem weiteren Verlauf der Bahn folgte, der uns auf den Berg hinaufführen sollte. Das Kind fing an, ihr stolz Dinge zu erklären, als es merkte, daß sie sich nicht auskannte, und sie hörte zu und antwortete mit weiteren Fragen, die das Kind mit noch mehr Begeisterung beantwortete. Ich sah lächelnd zu und bemerkte, daß sie sich nun doch ein wenig entspannte. Das Kind bedrohte sie nicht, wie ich es offenbar tat. Als wir fast oben angekommen waren, wollte das kleine Mädchen aber doch noch eine Bestätigung für ihren ersten Eindruck von der Dame neben ihr haben. »Und ich kenne dich *doch!*« meinte es unbeirrt. »Du bist im Fernsehen!«

Simone beugte sich hinüber und legte einen Finger an die Lippen, um der Kleinen Stillschweigen zu signalisieren. »Du hast recht«, flüsterte sie so leise, daß ich es kaum verstehen konnte, »aber das bleibt unser Geheimnis, ist das in Ordnung?«

Das kleine Mädchen musterte mit ernstem Blick Simones fragendes Gesicht und nickte dann wichtig: »Ja!«

In diesem Moment schob sich die Gondel in die Bergstation hinein, und sofort sprang die Kleine auf und drängte sich zur Tür, um als erste auszusteigen. Fürchten Kinder eigentlich immer, daß sie etwas verpassen, wenn sie nicht die ersten beim Ein- oder Aussteigen sind? dachte ich noch, dann nahm Simone wieder meine Aufmerksamkeit in Anspruch. Durch die kleine Szene mit dem Mädchen hatte ich plötzlich einen ganz anderen Eindruck von ihr gewonnen. Ich hatte sie noch nie zusammen mit einem Kind erlebt, und ich empfand die Zärtlichkeit, die sie dabei ausgestrahlt hatte, als ein besonderes Geschenk. Ich wußte noch nicht einmal, ob sie Kinder mochte, aber zumindest hatte ich gesehen, daß sie mit ihnen umgehen konnte, und warum auch immer, ich empfand im gleichen Augenblick eine Zärtlichkeit für sie, wie ich sie auch von ihr im Umgang mit dem Kind gespürt hatte. Wollte ich sie zur Mutter machen? Ich mußte fast automatisch grinsen bei dem Gedanken. Wäre ich ein Mann gewesen, hätte das ja noch im Bereich des Möglichen gelegen, aber als Frau war das doch ziemlich unwahrscheinlich.

Wir waren zwischenzeitlich alle ausgestiegen, und Simone drehte sich um und wartete auf mich, weil ich die alte Dame hatte vorgehen lassen. Das kleine Mädchen ging an der Hand seiner Großmutter neben ihr her und schien schon fast vor Spannung zu platzen, ständig schaute sie zu der älteren Frau hoch und setzte zum Sprechen an, um dann den Mund doch wieder zu schließen. Simone lächelte warm, während sie den beiden nachsah und wandte sich dann wieder mir zu. »Sie wird es ihr gleich erzählen, viel länger kann sie es nicht mehr aushalten«, bemerkte sie.

»Möchtest du Kinder haben?« fragte ich etwas geistesabwesend, noch vertieft in ihren Anblick, der so ganz anders wirkte als sonst.

Ihr Gesicht verschloß sich, und alle Sanftmut entschwand daraus. »Nein, niemals!« erwiderte sie scharf. Dann drehte sie sich ruckartig zum Ausgang um und fragte: »Wollten wir nicht spazierengehen?«

Ich folgte ihr überrascht, als sie unsanft die Ausgangstür aufstieß und mir voran hastig in den nahen Waldweg einbog. Warum löste eine harmlose Frage eine derart heftige Reaktion bei ihr aus? So heftig sogar, daß sie sich selbst die Tür öffnete – das schien sie bislang ja völlig verlernt zu haben – und einfach davonstürmte? Im Wald wurde sie langsamer, und ich gesellte mich wortlos zu ihr. Im Augenblick schien es mir nicht angebracht, etwas zu sagen, also gingen wir einfach eine Weile still nebeneinander her, bis Simone plötzlich fragte: »Willst du mit mir nach Cannes fahren?«

Diesmal reagierte *ich* etwas heftig. Mein Kopf ruckte hoch, ich starrte Simone entgeistert an und blieb im gleichen Augenblick stehen. »Bitte – was?« fragte ich völlig perplex. Ich hatte wohl nicht richtig verstanden!

»In Cannes sind demnächst die Filmfestspiele, wie jedes Jahr, und ich muß da auch hin. Einer meiner Filme wird dort aufgeführt, und da dachte ich, vielleicht hättest du Interesse ... Aber entschuldige, ich habe ganz vergessen, daß du ja eine vielbeschäftigte Geschäftsfrau bist. Du wirst sicher nicht einfach so wegkönnen, das ist ja schon in zwei Wochen. Es war dumm von mir, überhaupt zu fragen.« Sie winkte ab.

»Nein, warte mal –«, hielt ich sie auf, als sie schon weitergehen wollte. »Verstehe ich dich richtig? Du willst mit *mir* zu den Filmfestspielen nach Cannes fahren?«

»Ja«, bestätigte sie leicht verwundert, als ob sie nicht verstehen könnte, was daran Besonderes wäre, »das war meine Absicht.«

»Entschuldige bitte, Simone, daß ich nicht gleich in Begeisterungsstürme ausbreche«, versetzte ich etwas irritiert, »aber kannst du dich vielleicht noch daran erinnern, wie unsere letzte Begegnung geendet hat? Und die davor? Du wirst verzeihen, daß mich dein Angebot deshalb jetzt etwas überrascht – milde ausgedrückt.«

Sie schien immer noch nicht zu verstehen. »Ich dachte, es wäre eine gute Idee für einen kleinen Urlaub«, sagte sie harmlos, »aber wie gesagt: Ich verstehe, wenn du keine Zeit hast.« Wollte sie mir nur ausweichen oder verstand sie wirklich nicht?

»Es geht nicht um Zeit, Simone, es geht um etwas anderes. Wir haben uns nicht gerade gut verstanden die letzten Male.«

»Ach das!« Wieder winkte sie mit der Hand ab. »Das ist doch kein Problem. Jetzt wissen wir ja Bescheid.«

Wußten wir das wirklich? Was meinte sie damit? Daß unser Verhältnis nun geklärt war? Das war es in keinster Weise, für mich jedenfalls nicht. Für sie schon? Das konnte ich mir nicht vorstellen. »Also ich würde wirklich sehr gern nach Cannes fahren, da war ich nämlich noch nie, aber ich weiß nicht...« Ich brach ab, weil ich merkte, daß mir der Gedanke immer besser gefiel. Das war gefährlich. Hatte ich denn schon wieder vergessen, was letztes Mal gewesen war... wie wir uns verabschiedet hatten? Wie unbrauchbar ich danach gewesen war? Und selbst Marion... all das ging im Prinzip auf Simones Konto. Konnte ich ihr da vertrauen?

Simone ging darauf jedoch gar nicht ein, sie hatte lediglich registriert, daß ich interessiert war. »Wenn du mitkommen willst und die Zeit auch kein Problem ist, mach es doch«, meinte sie ganz unbedarft. »Ich würde mich freuen.«

Unterhalten wollte sie sich über die Probleme, die eventuell auftauchen könnten, jedenfalls offensichtlich nicht. Wenn ich daran dachte, wie sie sich eben noch in der Gondel verhalten hatte, wie sehr sie auf Abstand gegangen war... wie kam sie da jetzt plötzlich auf so eine Idee? Aber ihr ›*Ich würde mich freuen*‹ klang mir sehr laut in den Ohren. Wann hatte sie so etwas das letzte Mal zu mir gesagt? Das war noch zu unserer ›guten Zeit‹ gewesen, in den ersten Monaten, nachdem wir uns kennengelernt hatten, danach hatte ich so etwas nie wieder gehört, und es fehlte mir. Daß sie sich *nicht* freute, mich zu sehen, daß sie mich loswerden wollte, das hatte ich oft genug erlebt, aber das Gegenteil? Das war sehr lange her. »Gut, ich werde es mir überlegen«, sagte ich deshalb, und sie blickte mich erfreut an.

»Wirklich?«

»Wirklich. Ich weiß zwar nicht warum, aber ich tue es – wirklich.« Ich wußte in der Tat nicht, warum. Es war eigentlich von keiner Seite aus betrachtet eine gute Idee. Es würde mir nur Ärger bringen, das konnte ich mir doch ausrechnen. Warum dachte ich dann überhaupt darüber nach und sagte nicht gleich nein? Warum setzte sich in mir die Idee eines blauen Meeres und eines weißen Strandes fest, an dem ich mit ihr spazierenging?

Ich wußte es: weil ich sie liebte und soviel wie möglich mit ihr zusammensein wollte, auch wenn das, was ich mir erhoffte, nie eintreten würde. Die Wahrscheinlichkeit sprach entschieden dagegen, und dennoch: Ich gab die Hoffnung nicht auf. Vielleicht war es eine unsinnige Hoffnung, vielleicht war es sogar eine völlig unerfüllbare Hoffnung, aber mir erschien sie nah. So nah, daß ich sie hätte greifen können.

Ich räusperte mich. »Wir sollten den Höhenweg entlanggehen, solange die Sonne noch nicht weg ist, danach wird es schlagartig ziemlich kalt«, bezog ich mich wieder auf die Gegenwart und zog mich gleichzeitig auf relativ sicheres Terrain zurück. Die Zukunft am Meer sollte noch ein bißchen warten. Damit mußte ich mich erst anfreunden. Ein wenig hoffte ich, daß ich doch noch vernünftig werden würde, aber ich kannte mich zu gut, um das wirklich zu glauben. Ich würde mit ihr nach Cannes fahren, davon war ich jetzt schon überzeugt. Nur würde ich es ihr jetzt noch nicht sagen.

»Ja«, stimmte sie sofort zu, »und dann muß ich ja auch zurück.«

Sie hatte den Köder ausgeworfen, das reichte ihr, wie mir schien. Oder vielleicht war sie sich ihres Sieges ja auch schon sicher? Wer konnte das sagen? Selbst bevor sie Schauspielerin wurde, hatte ich es nur selten gekonnt, und nun war es so gut wie unmöglich. Alles, was sie sagte oder tat, konnte ebensogut gespielt wie echt sein. Kein Mensch außer ihr konnte das unterscheiden.

»Was machst du eigentlich so, wenn du nicht spielst?« fragte ich, als wir in den Höhenweg einbogen, der uns ein großartiges Panorama von Freiburg mit der hochaufgerichteten Spitze des Münsters in der Mitte präsentierte.

Sie antwortete nicht sofort, so als ob ich ihr eine schwierige Frage gestellt hätte, dabei hatte ich es diesmal doch ganz harmlos gemeint. Dann aber sagte sie: »Nicht viel. Ich sehe eigentlich immer zu, daß ich zu tun habe. Und im Moment habe ich ja auch genug Angebote. Also bin ich meistens von einem Drehort zum anderen unterwegs oder zu einem Theaterauftritt. Da bleibt nicht viel Zeit.«

»Ist das nicht sehr anstrengend?« fragte ich erstaunt. »Du mußt doch jedes Mal in eine neue Rolle schlüpfen, dich völlig verwandeln.«

Sie lachte. »Na, so völlig verwandle ich mich ja nicht. Ich bin ja ziemlich auf ein Klischee festgelegt. Ich bin die Femme fatale, nur immer in verschiedenen Kostümen.«

»Und mit verschiedenen Männern«, ergänzte ich etwas indigniert.

»Wie?« fragte sie verständnislos.

»Nun ja, ich habe praktisch alle Videos von dir, und auch ein paar Zeitungsausschnitte...« Verdammt, das hatte ich ihr doch gar nicht sagen wollen! Ich bemerkte, wie mir eine heiße Welle ins Gesicht stieg. Es war mir peinlich, sie wissen zu lassen, daß ich sie nie aus den Augen verloren hatte, ihrem Leben, soweit es mir möglich war, immer gefolgt war.

Aber sie bemerkte meine Verlegenheit gar nicht. »Meine Partner, meinst du? Die kenne ich kaum, eigentlich gar nicht. Meistens lernen wir uns erst am Set kennen und sehen uns danach nie wieder«, antwortete sie ganz entspannt.

Ich sah sie an und wollte sie fragen, wie es war, mit jemand im Bett zu liegen und zu spielen, daß man mit ihm Sex hatte, wenn man ihn gar nicht kannte. Aber ich wollte nicht zu voyeuristisch erscheinen, und also unterließ ich es. Das Thema Sex war für sie ja sowieso keins, so wenig ich das auch verstand. »Manchmal bist du doch aber auch mit ihnen ausgegangen – haben die Regenbogenblätter zumindest berichtet«, fuhr ich fort, das war vielleicht ein wenig unverfänglicher.

Sie blieb stehen. »Interessiert dich das?« fragte sie mit einem etwas verschmitzten Funkeln in den Augen, das mich vor Verlegenheit gleich wieder erröten ließ. Sie lachte leicht. »Es interessiert dich«, stellte sie amüsiert fest. »Hatte ich laut Regenbogenpresse eigentlich jedes Mal mit meinem Partner eine Affäre?« fragte sie dann nachlässig. »Ich habe das nicht so verfolgt.«

Ich schon – und ich hatte mich jedes Mal gefragt, ob es tatsächlich der Fall war. »Ja«, erwiderte ich etwas unbehaglich, weil ich nun schon wieder zugeben mußte, wie gut informiert ich war, »fast immer.«

»Ah, interessant«, meinte sie gutgelaunt. »Vor allem mit Tim Kröner, nicht wahr?« Sie lachte wieder amüsiert.

Jetzt mußte ich ebenfalls lachen. »Ja, das fand ich auch zum Schießen. Schließlich ist er schwul.« Das wußte ich von Christian, der behauptete, jemand zu kennen, der sogar schon mal etwas mit diesem Schauspieler gehabt hatte.

»Hmhm, das war eine Weile mal ganz praktisch für uns beide. Ich glaube, das war meine längste ›Beziehung‹«, meinte sie ironisch.

»Soviel ich weiß, ja«, bestätigte ich. Die Boulevardblätter hatten sogar eine ganze Zeit lang immer wieder die Hochzeit der beiden angekündigt, die dann aber nie stattfand.

»Unsere Manager, Tims und meiner, fanden, wir sollten mal was für unser Hetero-Image tun, und als er dann in einem meiner Filme mitspielte, traf sich das ganz gut«, erzählte sie locker. »Ich muß sagen, wir hatten eine ganze Menge Spaß miteinander, wenn auch nicht die Art, die die Presse uns angedichtet hat.« Sie lachte hell auf.

Daß mit Tim Kröner nichts gewesen war, hatte ich immer schon gewußt, aber all die anderen? Ich konnte mich noch sehr gut an ihren Verschleiß in früheren Tagen erinnern. »Und die anderen hast du ja nie so richtig kennengelernt«, wiederholte ich dennoch hoffnungsfroh das, was sie vor ein paar Minuten behauptet hatte.

»Nie? Das würde ich so nicht sagen«, bemerkte sie beiläufig und ließ ihren Blick über das zu unseren Füßen liegende Freiburg schweifen, als ob sie nichts anderes interessierte. Für sie war es wohl nicht wichtig, aber mich alarmierte ihre Einschränkung sofort. *Wer, wann, wo, wie viele?* Das alles hätte ich sie gern gefragt, aber wie konnte ich das aus meiner jetzigen Position heraus? Ich war ja noch nicht einmal ihre Freundin – und würde es auch nie sein. Diese Erkenntnis machte mich mit einem Schlag so traurig, daß sie es mir wohl ansah.

»Geht es dir nicht gut?« fragte sie teilnahmsvoll. Hatte sie mal so eine Rolle gespielt, daß sie das so gut konnte? Es paßte gar nicht zu ihr. »Du siehst so blaß aus.«

Vermutlich war ich jetzt im Vergleich zu dem auffallenden Rot der letzten Minuten tatsächlich etwas blaß geworden, aber sie brachte das nicht mit sich in Verbindung, das war erstaunlich. Worüber hatten wir denn gesprochen? Sie wußte doch, was ich für sie empfand. Oder nicht? »Ich liebe dich, Simone«, sagte ich gequält. »Ich liebe dich immer noch.«

Sie sah mich ernst an. »Ich weiß«, erwiderte sie. »Aber glaub mir, du liebst ein Bild von mir, nicht mich. Du liebst das Bild, das du dir aus meinen Filmen von mir gemacht hast. Das hat mit mir nichts zu tun.«

»Aber ich kannte und liebte dich schon, bevor du berühmt wurdest«, widersprach ich.

»Das mag sein«, sagte sie. »Aber auch damals hast du mein Bild geliebt, nicht mich.«

Woher wollte sie das wissen? Wie konnte sie ahnen, wie mein Bild von ihr aussah? Aber vielleicht wußte sie es wirklich – vielleicht hatte sie sogar recht, und ich wollte es mir nur nicht eingestehen. Aber ich konnte dem nicht so leicht zustimmen. »Simone –«, sagte ich und trat einen Schritt auf sie zu. Sie wich ungefähr genauso viel zurück und beobachtete mich mit unbewegtem Gesicht. Vielleicht hatte sie meinen Blick auf ihren schönen, vollen Mund bemerkt, der mich magisch anzog und den ich, während wir uns unterhielten, immer wieder sehnsüchtig betrachtet hatte. Bislang hatte sie sich nicht darum gekümmert, aber nun, da ich versuchte ihr näherzukommen, versuchte sie, die Distanz zwischen uns aufrechtzuerhalten.

»Tut mir leid«, sagte ich und hob die Hand. »Ich habe mein Versprechen nicht vergessen und werde mich daran halten, keine Angst.« Ich hätte es gern gebrochen, dieses Versprechen, aber das konnte ich nicht tun. Das hatte ich noch nie gekonnt. Und was sollte auch dabei herauskommen? Erneut ein geraubter Kuß, den ich mit wochenlangem Herzschmerz bezahlen mußte? Das war es wohl kaum wert.

»Gut«, sagte sie. »Bringst du mich dann zurück? Es ist spät geworden.« Sie tat so, als sei damit alles erledigt, und vielleicht war es das für sie auch.

Aber für mich war es das noch lange nicht. Wie Marcel Reich-Ranicki in seinem ›Literarischen Quartett‹ hätte ich am liebsten ausgerufen: *»Und wieder sehen wir betroffen: den Vorhang zu und alle Fra-*

gen offen!« Das hätte sogar ins Bild gepaßt – eine Schauspielerin und ein Vorhang. Aber vielleicht war der Vorhang zu diesem Stück ja auch noch gar nicht gefallen, ich hoffte es zumindest, und wenn es so war, würde ich mein Bestes tun, um zu verhindern, daß er fiel. Daß er allzuschnell fiel.

Wir gingen zur Bergstation zurück, was eine Weile dauerte, da wir schon eine ganz schöne Wegstrecke zurückgelegt hatten, ohne es zu merken. Uns fehlte ein Gesprächsthema, da wir wohl beide nicht mehr auf das zurückkommen wollten, was wir bereits besprochen hatten, und so fragte ich sie: »Wie oft hast du das Stück von heute abend schon gespielt? Ich habe schon viele Ankündigungen dafür gesehen, in verschiedenen Städten.« Daß ich damit wieder zugab, wie sehr ich mich mit ihren Aktivitäten beschäftigt hatte, kümmerte mich jetzt nicht mehr. Sie wußte es ohnehin.

Sie wandte kurz ihren Kopf zu mir, und während sie weiterging, antwortete sie: »Oh, bestimmt schon dreihundert Mal. Es ist mein Paradestück. Ich kenne es in- und auswendig.«

»Dreihundert Mal?« Ich staunte. »Wird das denn nicht langweilig?«

Sie schüttelte den Kopf. »Nein, eigentlich nicht. Ich entdecke immer noch wieder etwas Neues. Wenigstens kann ich auf der Bühne meine eigenen Rollenvorstellungen durchsetzen. Die Theater-Regisseure reden mir da kaum rein, weil ich so bekannt bin und sie meinen Namen brauchen. Beim Film ist das anders, da tauschen sie dich einfach aus, wenn du nicht tust, was sie sagen, oder sie schneiden hinterher die Szenen raus, die mir am wichtigsten waren, in denen ich etwas darstellen konnte. Beim Theater können sie das nicht, da ist alles live. Was ich spiele, ist da, ob sie wollen oder nicht.« Sie lachte etwas resigniert. »Beim Fernsehen sind die Schnitte noch schneller, da bleibt sowieso nicht viel übrig außer den Bett- und Prügelszenen.« Sie blieb kurz stehen. »Und da ich mich nicht prügele, bin ich da meistens im Bett, wie du vermutlich besser weißt als ich.« Ihr Blick streifte meine Augen, verlor sich aber sofort wieder im Dickicht des Weges.

Ich wurde augenblicklich rot, doch sie ging schon ziemlich eilig weiter, die Zeit drängte. Wir schlüpften schnell in eine Gondel, die gerade dabei war, loszufahren, als wir an der Bergstation ankamen. Der ›Gondoliere‹ zeigte diesmal auch gar keinen Ehrgeiz, sie erkennen zu wollen, weshalb wir ohne Verzögerung losschweben konnten. Diesmal waren wir allein in der Gondel.

Simone war unser kleines Tête-à-Tête offensichtlich überhaupt nicht recht. Sie zeigte den gleichen unbehaglichen Gesichtsausdruck wie schon auf der Herfahrt, solange sie neben mir sitzen mußte. Diesmal hatte sie sich sofort auf der anderen Sitzbank niedergelassen, mir gegenüber, und ich hatte auch gar nicht versucht, daran etwas zu ändern. Eben noch schien es sie nicht zu stören, daß wir im Wald allein waren – auch dort hatte ich während der ganzen Zeit niemand gesehen –, aber nun, hier in der Gondel, war das spürbar anders. Weil sie nicht weglaufen konnte? Weil sie hier auf einen Raum von drei Kubikmetern beschränkt war, den sie mit mir teilen mußte? Dann mußte sie wirklich Angst vor irgend etwas haben.

Sie lehnte sich in die Sitzbank zurück und schlug die Beine übereinander. Es sollte wahrscheinlich entspannt aussehen, aber das tat es nicht. Sie wirkte ziemlich verkrampft. Da sonst ihre Schauspielkunst alle real existierenden Gefühle zu übertünchen vermochte, vermutete ich eine besondere Belastung in ihr, von der ich nichts wußte und die ich auch nicht erraten konnte. Die Spannung, die von ihr ausging, war bis auf meine Seite der Gondel zu spüren. Ich lächelte ihr beruhigend zu. »Wir sind gleich unten.«

»Ja, ich weiß«, sagte sie, und ihre Stimme zitterte nicht, obwohl sie es in Anbetracht ihres Gesichtsausdrucks eigentlich hätte tun müssen. Aber da war die Ausbildung wohl noch perfekter gewesen.

Die Spannung wurde beinahe unerträglich, und auch ich sehnte mich jetzt danach, endlich unten anzukommen. Es war fast nicht mehr auszuhalten – bis auf ein kleines Trostpflaster: Ich konnte Simones Beine in Ruhe betrachten. Es war eigentlich mehr als ein Trostpflaster, ich war mir nicht mehr sicher, ob die Spannung, die ich spürte, jetzt nicht vielleicht auch zu einem gewissen Teil von mir ausging. Die Gondel war nicht groß, und ihre Beine waren lang. Als sie sie übereinanderschlug, hatte sie mit der Fußspitze fast mein Knie berührt. Nun saß sie zurückgelehnt da, und ich konnte ihren Schenkel in ihrem Rock verschwinden sehen, wobei ich mir vorstellte, was da noch kam – da, wo es jetzt dunkel war und unergründlich tief. Mein Blick verhakte sich ein wenig am Rand ihres Rockes, was ihr nicht entging. Sie lächelte leicht, aber sie sagte nichts. Anscheinend war es ihr doch nicht so unangenehm, wie ich zuerst gedacht hatte. Aber was war es dann?

In diesem Moment fuhr die Gondel quietschend die letzten Meter in die Talstation ein. Am liebsten hätte ich mir die Ohren zugehalten. Konnten sie die Bahn nicht mal ölen? Wir wurden noch ein wenig hin- und hergeschleudert, als die Gondel sich der leichten Kurve anpaßte, dann hielt sie mit einem Ruck und schwang noch ein wenig nach links und nach rechts, bevor die Tür von außen geöffnet wurde. Der ›Gondoliere‹ – es war ein anderer als bei unserer Abfahrt – reichte Simone die Hand, damit sie während des Hin- und Herschwingens aussteigen konnte. Sie lächelte ihm zu und ließ sich helfen, was er sicher nicht ungern tat. Er war so mit ihr beschäftigt, daß er gar nicht auf die Idee kam, mir auch die Hand zu reichen, um mir den Ausstieg zu erleichtern. Ich seufzte innerlich. Manche Frauen hatten es eben und manche nicht. Ich wohl eher nicht.

Simone ging ein paar Schritte vor und wartete dann auf mich. Wir verließen die Halle und suchten meinen Wagen, der sich auf dem weiten Parkplatz mit einigen anderen fast verlor. Als sie eingestiegen war, ging ich zur Fahrerseite hinüber und grübelte dabei immer noch darüber nach, was ihr Verhalten in der Gondel zu bedeuten hatte. Sie hatte sich von meinen Blicken nicht belästigt gefühlt, sonst hätte sie nicht gelächelt, aber dennoch hatte sie vor irgend etwas Angst gehabt. Wovor nur? Ich stieg ein und ließ den Motor an.

»Kannst du mich direkt ins Theater fahren?« fragte sie höflich. »Es ist schon etwas knapp, und ich komme nicht gern zu spät. Aus dem Hotel brauche ich sowieso nichts mehr, das habe ich alles in der Garderobe.«

Ihre Erwähnung der Garderobe erinnerte mich in peinlicher Weise daran, wie sehr ich mich das letzte Mal dort zur Närrin gemacht und blamiert hatte. Wäre ich doch nur nie dorthin gegangen, dann säßen wir jetzt nicht hier. *Ja eben, dann säßen wir jetzt nicht hier!* erinnerte mich ein Teil meines Gehirns, den ich schon abgeschaltet wähnte, daran, daß diese Schlußfolgerung zwei Seiten hatte, wie jede Medaille.

»Ja«, sagte ich, während ich den Gang einlegte und rückwärts aus der engen Lücke manövrierte. Der ganze Parkplatz war frei, aber ausgerechnet um mich herum standen immer noch zwei Autos – typisch!

Die Rückfahrt verlief sehr schweigsam. Simone schien in Gedanken versunken, und auch ich machte gar keinen Versuch, eine Konversation anzustrengen. Ich mußte mich zu sehr auf die Straße konzentrieren. Nicht, daß der Streckenverlauf sehr viel Aufmerksamkeit erfordert hätte, aber die meine war ausgesprochen geschwächt in Simones Gegenwart. Sie saß zu nah neben mir, als daß ich sie hätte ignorieren können, aus dem Augenwinkel sah ich bei jedem Blick in den Außenspiegel deutlich ihr Haar, ihre Augen, ihren Mund ...

Das, was ihre Beine mir gegenüber in der Gondel ausgelöst hatten, hatte sich nicht wieder gelegt – im Gegenteil. Mein Begehren wuchs, und die Unerfüllbarkeit meines Traumes ebenso. Beides verschlang sich zu einem unentwirrbaren gordischen Knoten, und ich hätte mir ein Schwert gewünscht, um ihn zu zerschlagen. Ich fühlte mich hin- und hergerissen zwischen dem Verlangen, sie jetzt gleich an mich zu reißen, Versprechen Versprechen sein zu lassen und einfach zu tun, was mir mein Herz befahl. Der eine Teil meines Herzens: derjenige, der mehr mit meinem Unterleib gekoppelt war. Der andere, der sich eher nach oben orientierte, in Richtung Kopf und Gefühl, verlangte mir Respekt ab und Zurückhaltung. Und so saß ich da, neben ihr im Auto, und meine Haut schien Finger zu bekommen, die kribbelnd nach ihr greifen wollten, aber nur das Kribbeln in meinem eigenen Körper erhöhten. Es war ein quälender Zustand, den ich baldmöglichst beenden wollte, weshalb ich meistens schneller fuhr als erlaubt, unter anderem auch, um meine Augen auf die Straße zu zwingen.

Als wir am Theater angekommen waren, wollte ich sie vor dem Bühneneingang aussteigen lassen, aber sie legte eine Hand auf meinen Arm. *Sie legte ihre Hand auf meinen Arm!* Ich konnte es kaum fassen. Die Berührung kam so plötzlich und unerwartet, daß ich erstarrte. Mein Arm fing an zu brennen, trotz des Stoffes, der ihre und meine Haut weit voneinander trennte. Ihre Körperwärme spürte ich nur mühsam hindurch, aber es war, als ob sie mir heißes Wasser über den Unterarm geschüttet hätte. Ich zuckte leicht zusammen, und sie zog ihre Hand zurück.

»Hättest du nicht Lust, mit reinzukommen?« fragte sie beinahe schüchtern.

Ich zögerte. Ihre Garderobe war für mich mittlerweile zum roten Tuch geworden. Dort wollte ich auf keinen Fall wieder hin. Und die Vorstellung begann erst in gut zwei Stunden. Auf der anderen Seite wunderte ich mich auch. Das war schon das zweite Mal am heutigen Tag, daß sie mich bat, irgendwohin mitzukommen. Das letzte Mal, nach der Vorstellung vor einigen Wochen, hatte sie mich genervt weggeschickt, und nun schien sie gar nicht mehr ohne mich auskommen zu können. Was war zwischenzeitlich geschehen? Ich würde es jedenfalls vermutlich nicht erfahren, wenn ich ihren Vorschlag ablehnte. »Ich kann dich nach der Vorstellung ja wieder abholen«, schlug ich vor, auch wenn ich das nicht gerade in guter Erinnerung hatte. »Jetzt stehe ich doch ohnehin nur rum oder bin im Weg.« Ich wußte zwar nicht, wie es am Theater zuging, aber daß Fremde hinter der Bühne dort bestimmt nicht gern gesehen waren, konnte selbst ich mir vorstellen.

Sie lächelte – immer noch schüchtern. Aus welcher Rolle hatte sie das nun wieder? Das gehörte eigentlich nicht zum Repertoire einer Femme fatale. »Weißt du, wir Leute am Theater brauchen immer ein Maskottchen, damit alles gut geht, jeder hat so was, und ich habe ... also ich habe heute das Gefühl, daß du mein Maskottchen bist. Nur für heute, bitte. Ohne dich kann ich nicht auftreten.«

Ich drehte mich im Sitz zu ihr um. »Simone, das kann ich nicht glauben. So abergläubisch warst du doch früher nicht.« Ich sah ihr in die Augen, um dort den Funken eines amüsierten Lächelns zu erhaschen, den ich darin vermutete. »Und selbst wenn – da ich sonst nie da war, hast du sicher ein anderes Maskottchen, das dir hilft.« Immer noch musterte ich ihr Gesicht in der Erwartung, daß sie nun doch zugeben mußte, daß sie mich auf den Arm genommen hatte. Aber da war nichts. Sie lachte nicht, sie lächelte nicht einmal mehr, sie schien ernsthaft zu meinen, was sie gesagt hatte. Ich glaubte ihr zwar immer noch nicht – zu sehr klang die Geschichte mit dem Maskottchen nach einer Ausrede –, aber irgendeinen Grund mußte ihr Verhalten ja haben, ihre flehentliche Bitte, sie zu begleiten. Und den wollte ich herausfinden, also gab ich nach. »Ich werde mit reinkommen«, sagte ich, »aber ich möchte dann auch alles mitkriegen, was hinter der Bühne so los ist. Das wollte ich schon als Kind.« So konnte ich den Aufenthalt in ihrer Garderobe vermeiden.

Ein erleichtertes Lächeln erschien auf ihrem Gesicht. »Das ist sicher kein Problem. Ich werde es der Inspizientin sagen.« Sie stieg aus, und ich parkte den Wagen auf einem reservierten Parkplatz des Theaters. Der Pförtner erkannte sie sofort, als sie auf ihn zuging, und öffnete mir die Schranke. Wir betraten gemeinsam durch den hinteren Bühneneingang das Haus, der nur vom Parkplatz aus erreichbar war, und auch dort grüßte der Pförtner sie ehrerbietig.

»Ich muß mich erst umziehen und dann in die Maske«, erklärte sie, während wir den Gang zu ihrer Garderobe hinunterliefen. »Möchtest du zusehen, wie ich geschminkt werde?«

»Nein.« Ich schüttelte den Kopf. Das fand ich nun wirklich nicht besonders interessant. Mich interessierte weit mehr die Technik, die hinter der Bühne für ihren Auftritt in Bewegung gesetzt wurde. Das wollte ich mir ansehen.

Eine Frau kam den Gang herunter uns entgegen. Sie begrüßte Simone freundlich, aber nicht unterwürfig wie die Pförtner, und Simone stellte mich vor und bat sie, mir alles zu erklären, was ich wünschte. Es war die Inspizientin, die für den Ablauf der Vorstellung verantwortlich war. Sie wirkte nicht sehr begeistert von Simones Idee, aber sie wußte wohl, daß es wenig Zweck hatte, sich gegen die Wünsche eines Stars zur Wehr zu setzen. »Ich habe aber keine Zeit, mich um Sie zu kümmern«, bemerkte sie etwas unwirsch zu mir. »Und vor allem: Bleiben Sie meinen Leuten aus den Füßen.«

Ich nickte gehorsam. »Das werde ich, versprochen.«

»Und sie hält ihre Versprechen immer«, fügte Simone mit einem ironischen Seitenblick auf mich hinzu.

Was sollte ich dazu sagen? Ich konnte der Inspizientin ja schlecht erklären, *welche* Art von Versprechen ich Simone gegenüber gehalten hatte. Also schwieg ich und warf Simone nur einen Blick zu. Sie verabschiedete sich und ging in ihre Garderobe, während ich mich der Inspizientin anschloß, die im Sturmschritt der Bühne zueilte, jedenfalls nahm ich das an.

Kaum hinter der Bühne angekommen hatte ich die Inspizientin schon längst aus den Augen verloren, denn sie war wohl für alles und jedes zuständig. Dauernd wurde sie von irgendwem gerufen oder jagte von einem Eck ins andere, um selbst nach dem Rechten zu sehen. Kein Job für Fußlahme, stellte ich fest.

Aber das Sammelsurium von Gerätschaften hinter der Bühne und die Vorbereitungen für die Vorstellung waren auch ohne weitere Erklärungen interessant genug, so daß die Zeit wie im Fluge verging. Der Zuschauerraum füllte sich immer mehr, was man an zunehmendem Gemurmel, Gerede und Gelächter erkennen konnte. Einmal riskierte ich auch einen Blick durch das kleine Guckloch im Vorhang, als gerade niemand hinsah, und konnte erkennen, daß wohl auch diese Vorstellung wieder ausverkauft sein mußte.

Plötzlich erschien Simone, als ich gerade unter der Bühne hindurchkroch, um auf die andere Seite zu gelangen. »Ich sehe, du fühlst dich schon wie zu Hause!« lachte sie ein wenig.

Ich richtete mich auf und betrachtete sie. Sie war nun in Kostüm und Maske und machte einen ganz anderen Eindruck als vor knapp zwei Stunden noch. Hier war sie zu Hause, das merkte man ihr an. Die Scheinwelt des Theaters und des Films – hier fühlte sie sich sicher und geborgen. Eine gefährliche, weil trügerische Geborgenheit. Doch sie wirkte zum ersten Mal, seit ich sie heute gesehen hatte, freudig erregt. Die Theaterschminke verdeckte zwar jede andersgeartete Färbung ihres Gesichtes, aber ihre Augen glänzten in Vorfreude auf die Vorstellung. Es war ihr Beruf, und sie liebte ihn – offensichtlich.

Und ich liebte *sie*. Auch wenn sie das nicht verstand und mich immer wieder zurückwies. Noch nie hatte ich sie aus der Nähe in solcher Erregung gesehen. Sie glühte förmlich vor Erwartung. Ich hatte schon einige Frauen in diesem Zustand erlebt, aber nicht gerade aus diesem Anlaß. Trotzdem – was auch immer der Grund war, sie erzeugte in mir ein ebenso glühendes Verlangen für sie, wie sie es wohl für die Bühne empfand. Ich mußte schlucken, weil ich eigentlich nur die Hand ausstrecken mußte, um sie zu berühren, es aber nicht durfte, wenn ich mein Versprechen halten wollte.

»Komm mit«, sagte sie, »hier stören wir nur.« Was sich im gleichen Moment bestätigte, als ein Bühnenarbeiter mit ziemlicher Geschwindigkeit eine Tür an uns vorbeitrug, die fast meinen Kopf getroffen hätte, als er um die Seitenwand bog.

Ich folgte Simone, die mich etwas abseits in eine Ecke führte, vor der sich einige Bühnenbilder stapelten, so daß so etwas ähnliches wie ein Alkoven dahinter entstanden war. In diesem Alkoven konnten wir uns gerade so gegenüberstehen, ohne uns zu berühren, aber jede Bewegung mußte ohne Zweifel zu einer Berührung führen. »Es ist ein bißchen eng hier, findest du nicht?« fragte ich Simone erstaunt. Schließlich war sie es gewesen, die vor noch gar nicht allzulanger Zeit auf einem gewissen Mindestabstand bestanden hatte. Der war hier absolut nicht garantiert.

»Gerade richtig«, sagte sie leise und legte ohne Vorwarnung ihre Hand auf meine Brust.

Ich stöhnte unwillkürlich auf und biß mir auf die Lippen, um weiteres Stöhnen zu unterdrücken, aber der Lärm der Bühnenarbeiter übertönte ohnehin alles. »Simone, was tust du?« quetschte ich zwischen meinen zusammengepreßten Lippen gerade noch so hervor.

»Ich überrede dich. Ich überrede dich, mit mir nach Cannes zu kommen«, erwiderte sie lächelnd, während ihre Finger anfingen, meine Brust zu massieren und die Brustwarze zu suchen.

Als sie sie eine Sekunde später gefunden hatte, strich sie darüber, und ich stöhnte wieder auf, um sofort darauf meine Lippen blutig zu beißen, weil ich es verhindern wollte. Aber ich kam immer zu spät. Ich hatte doch noch gar nicht nein zu Cannes gesagt! Aber sie wollte anscheinend sichergehen. »Simone, du mußt gleich auf die Bühne!« wandte ich ein. Sie konnte doch nicht jetzt noch ... und dann auf die Bühne ... Machte sie das immer so? Entsprangen ihre glänzenden Augen vielleicht doch einer anderen Art von Erregung?

»Ich ja, aber du nicht«, sprach sie immer noch lächelnd in mein Ohr, wobei ihre andere Hand wie von selbst in meinen Schritt wanderte.

Ich wollte zurückweichen, ihr entkommen, aber da war nur die Wand – und sie fing schon an, meine Hose aufzuknöpfen! »Simone«, bat ich atemlos, »mein Versprechen ...«

»Das brichst du ja nicht. Du faßt mich ja nicht an«, entgegnete sie ungerührt. »Das müßte ich dir leider auch verbieten, weil ich schon für die Bühne fertig bin. Aber ich habe *dir* kein Versprechen gegeben.« Sie ließ ihre Hand in meine Hose gleiten, die sie nun geschickt in der Dunkelheit vollständig geöffnet hatte.

»Ich kann dich noch nicht einmal küssen?« fragte ich von Minute zu Minute atemloser.

»Nein«, bestätigte sie. »Das am allerwenigsten. Das sieht man sofort, wenn ich rauskomme.« Ihre beiden Hände arbeiteten in vollkommener Synchronität abwechselnd an meinen Brüsten und zwischen meinen Beinen, als ob sie das vorher geübt hätte. Vielleicht hatte sie, wer wußte das schon? Vielleicht übten Schauspielerinnen immer alles vorher, eine Probe, wie auf der Bühne. Mein Atem ging immer heftiger, zwischen meinen Schenkeln tauchte ihre Hand in zunehmende Feuchtigkeit und geschwollene Lippen. Sie fragte: »Und? Fährst du nun mit nach Cannes? Sag ja.«

Gleich würde ich es nicht mehr vermeiden können, aus einem anderen Grund ja zu sagen! Ob sie das akzeptieren würde? »Simone... laß uns in Ruhe... darüber reden«, versuchte ich sie keuchend zu überzeugen.

»Ich *bin* ganz ruhig«, antwortete sie und stieß ihren Finger ein wenig in mich hinein.

Meine Lippen waren schon so wund vom Draufbeißen, daß ich es mir aussuchen konnte: entweder vor Erregung zu stöhnen oder vor Schmerz. Ich entschied mich für eine Zwischenform, da mir die Wahl schwerfiel. Ich stöhnte ihren Namen. »Simone!« Ich lehnte mich zurück, um wenigstens etwas Halt an der Wand zu finden. Meine Knie wurden langsam weich. »Simone«, wiederholte ich, »bitte hör auf. Ich kann nicht mehr.« Den ganzen Tag, seit Wochen immer wieder, seit Jahren schon hatte ich mir gewünscht, sie endlich einmal berühren zu können und von ihr berührt zu werden; ich hatte es geträumt, fast erlebt, aus ihren Videos herausphantasiert, aber nun geschah es ganz anders, als ich es mir je hatte vorstellen können. Sie berührte mich, aber ich durfte sie nicht berühren und konnte nichts daran ändern.

»Komm«, verlangte sie noch einmal, »komm mit mir nach Cannes.« Ein zweiter Finger folgte dem ersten, und sie stieß nun etwas härter zu, im Rhythmus ihrer Worte. »Komm – mit – mir – nach – Cannes!«

»Ich... komme... gleich!« antwortete ich, weil ich die Wellen schon nahen fühlte. Mein Unterleib zog sich zusammen –

Sie hörte auf. »Erst sagst du ja«, forderte sie gebieterisch. »Vorher lasse ich dich nicht.« Sie zog ihre Hand ein wenig zurück.

Das konnte sie mir doch nicht antun! Mich erst so zu überfallen und dann so stehenzulassen! Mein Unterleib zuckte, verzweifelt nach dem erlösenden Orgasmus verlangend. Doch er kam nicht. Simone ließ es nicht zu. Als sie merkte, daß ich unwillkürlich versuchte meine Perle über ihre Finger zu reiben, zog sie ihre Hand aus meiner Hose heraus. Nun war ich ihr völlig ausgeliefert. Ich würde die Kontrolle verlieren, wenn ich nicht bald die Erlösung bekam –

»Frau Bergé bitte auf die Bühne – in 30 Sekunden!« hörte ich die Stimme der Inspizientin durch die Lautsprecher.

»30 Sekunden«, flüsterte Simone. »29, 28, 27 . . .«

Der Druck in mir wurde immer größer und die Zeit immer kürzer . . . »Ja«, stöhnte ich erschöpft. Sie hatte mich geschafft.

Simone schob ihre Hand mit einer aufreizend langsamen, gleitenden Bewegung wieder in meine Hose hinein, als ob sie alle Zeit der Welt hätte. Sie suchte meine Perle und fuhr einmal kurz darüber. Ich zuckte zusammen, und ein Flammenwerfer schien auf meine Haut gerichtet zu sein, dessen Strahl sich innerhalb weniger Sekunden immer mehr an einem einzigen Punkt verdichtete. »Fährst du wirklich mit nach Cannes?« wisperte sie, als sie ein zweites Mal darüberfuhr und den Druck verstärkte.

Beim dritten Mal kam ich und stöhnte »Ja!«, nicht nur als Antwort auf ihre Frage.

Sie hielt mich kurz fest, weil ich so sehr schwankte, daß ich umzufallen drohte, dann lehnte sie mich gegen die Wand und zog ihre Hand nun endgültig aus meiner Hose heraus. Mit schnellen Schritten ging sie zur anderen Seite der Bühne, und eine Sekunde später trat sie auf. Man hörte es am tosenden Applaus, der sie begrüßte. Einen kleinen Moment wartete sie, bis die Leute sich beruhigt hatten, dann begann sie mit ihrem Text, und der erste Lacher folgte. Sie hatte das Publikum bereits im Griff. Genauso wie mich?

Ich reckte meinen Hals ein wenig, um um die Ecke gucken zu können, wo die Bühne war. Sie spielte mit Verve, sie war völlig in ihrem Element, das merkte man, aber etwas war anders als beim ersten Mal, als ich sie in diesem Stück gesehen hatte. Sie kam über die Bühne auf die Seite, die mir am nächsten war – das war doch völlig falsch! – und streckte beim nächsten Satz ihren Arm nach mir aus. Das Publikum konnte mich natürlich nicht sehen und wußte nicht, daß diese Szene anders zu sein hatte. Simones Mundwinkel verzogen sich zu einem breiten Schmunzeln, als sie abwartete, bis ich bemerkte, daß ihre Hand noch ganz feucht war – sie hatte sie noch nicht einmal abgewischt! Sobald sie wußte, daß ich es gesehen hatte, drehte sie sich wieder in die andere Richtung, wo bereits ganz verwirrt ihr Partner stand, der sie am anderen Ende der Bühne erwartet hatte. Mit einem Lachen lief sie zu ihm hinüber und stürzte sich in seine Arme. Ihr Schwung warf ihn fast um. Das hatten sie so nicht geprobt, und das sah man ihm an. Normalerweise begrüßte sie ihn weit gesitteter in dieser Rolle.

Noch einmal sah sie mit lachenden Augen in meine Richtung und suchte meinen Blick – mein Gott, wie sehr ich sie liebte! Wie wundervoll, wie schön sie aussah! –, dann widmete sie sich endgültig dem Stück, wie es eigentlich ihre Aufgabe war.

Ich sah ihr fasziniert von hinter der Bühne zu, diesmal aus einem ganz anderen Blickwinkel als das letzte Mal, bis ich bemerkte, daß ich immer noch etwas derangiert aussah. Schnell steckte ich mein Hemd in die Hose, das vorne heraushing, und zog meinen Reißverschluß zu. Hoffentlich hatte mich niemand so hier herumstehen sehen! Eigentlich wollte ich mich verdrücken, das Theater verlassen, denn zu viel war hier auf mich eingestürmt, das ich erst einmal verarbeiten mußte, aber ich konnte mich nicht von ihrem Anblick losreißen.

Sie spielte und lachte, setzte sich bei ihrem Partner auf den Schoß und sprang wieder auf, während sie mit allerhöchster Professionalität ihren Text abspulte, als sei es das allererste Mal, als fiele er ihr gerade erst spontan ein und sie habe ihn nicht schon dreihundert Mal in der genau der gleichen Art gesprochen. Wie lernte man so was? Konnte man das überhaupt lernen oder war es angeboren? Das Publikum folgte ihr wie eine Herde frommer Lämmer, ein Fingerschnipser von ihr, und sie lachten, ein trauriges Wort, eine Geste der Verzweiflung, und sie weinten fast. Alles wirkte echt, spontan, menschlich. Aber wenn sie *so* gut war, wie konnte ich ihr da je etwas glauben?

Ich seufzte auf, doch in diesem Moment endete ihre erste Szene, und sie ging durch eine der Türen auf der Bühne nach hinten ab. Ich wollte verschwinden, ihr nicht im Weg stehen, sie nicht ablenken – *mich* nicht nach ihr verzehren... Sie hetzte nur drei Meter von mir entfernt an mir vorbei – sie hatte nicht viel Zeit, sich für die nächste Szene umzuziehen –, sah mich, stoppte... und warf mir lachend einen Handkuß zu, dann drehte sie ihren Kopf schnell einmal nach links und dann nach rechts, aber es war niemand in der Nähe, der uns beobachtete; da hob sie ihre Hand und roch daran, während sie mich darüber mit hochgezogenen Augenbrauen anschielte und ihre Mundwinkel sich zu einem anzüglichen Lächeln verzogen.

Die Garderobiere erschien mit einer Haarbürste und einem Handtuch über dem Arm. »Frau Bergé, wo bleiben Sie denn?«

»Ich muß mir nur rasch mal die Hände waschen«, sagte Simone, während ihre Augen und ihr Mund immer noch anzüglich in meine Richtung blickten und mich wie elektrisiert an meinen Platz fesselten. Dann drehte sie sich schnell um und folgte der Garderobiere, die schon begann ihr irgendwelche Sachen aus- und andere wieder anzuziehen.

Das Ganze hatte wahrscheinlich nur Sekunden gedauert, fast nur Sekundenbruchteile, wie mir schien, so schnell war Simone aufgetaucht und wieder verschwunden, aber ich fühlte mich, als ob eine Dampfwalze mich überrollt hätte – eine gertenschlanke Dampfwalze namens Simone. Gerade hatte ich geglaubt, mich von ihrem Überfall vor ihrem ersten Auftritt an diesem Abend erholt zu haben, da jagte sie mich wieder in unerwartete Empfindungen hinein, die mich wehrlos zurückließen. Aber nicht nur Empfindungen... auch die Folgen davon. Ich lief beinahe aus. Ihr Anblick hatte augenblicklich eine Reaktion bei mir ausgelöst, und als sie dann auch noch an ihren Fingern roch... das war, als ob sie ohne mich zu berühren ein Schleusentor in mir geöffnet hätte. Mein Unterleib krampfte sich augenblicklich zusammen und wollte von ihr berührt werden, produzierte so viel Nässe wie möglich, um sie eindringen zu lassen, meine Brustwarzen stachen hervor, als wollten sie durch eigenständiges Wachstum den Abstand zwischen ihr und mir überwinden, meine Schamlippen schwollen noch mehr an, so daß mir die Hose zwischen den Beinen scheuerte. Es war furchtbar, so dazustehen und nichts tun zu können, und als sie sich abwandte, um der Garderobiere zu folgen, hätte ich am liebsten die Arme verlangend nach ihr ausgestreckt, um sie zurückzuholen, sie in meine Arme zu ziehen und zu küssen, sie zu berühren und die gleichen Anzeichen bei ihr hervorzurufen, die sie bei mir hervorgerufen hatte. Ich wollte sie stöhnen hören, ich wollte, daß sie mir zeigte, daß auch sie mich begehrte. Ich wollte alles von ihr!

Und ich wollte noch etwas anderes: Ich wollte sie nie mehr verlieren, ich wollte sie immer bei mir haben – aber war das realistisch? Was, wenn sie wieder nur Spielchen mit mir spielte, wie sie es schon so oft getan hatte? Was, wenn sie das alles nur tat, um irgend etwas von mir zu bekommen, von dem ich im Moment noch nicht wußte, was es war, und mich dann erneut fallen ließ, wenn sie es erreicht hatte? War das nicht die wahrscheinlichere Variante als die, daß sie plötzlich ihre Zuneigung zu mir entdeckte?

Ich fühlte mich mehr als zerrissen. Zwischen meinen Beinen schwamm eine sehnsuchtsvolle Flut, die mich daran erinnerte, wie sehr es mich zu ihr hinzog, und in meinem Kopf dröhnte es: *»Geh, geh, geh! Geh, solange noch Zeit ist, solange du noch die Gelegenheit dazu hast. Sie wird dir nur wieder weh tun!«* Nein, das wird sie nicht, widersprach ich energisch, ich werde es nicht zulassen, es liegt doch alles nur an mir. Ich versuchte mich selbst zu überzeugen, daß ich nur mit ihr schlafen wollte, ihren Körper begehrte und mich nun schon so lange nach ihr gesehnt hatte, daß ich es einfach tun *mußte*, um dieses ständige ungute Gefühl, das mich beherrschte, loszuwerden. Es würde vorbei sein, wenn sie sich mir einmal hingegeben hatte, wenn ich mir einmal bewiesen hatte, daß ich sie haben konnte, wenn das unerfüllte Begehren mich nicht mehr von allem anderen abhielt, weil es endlich erfüllt worden war.

Während ich versuchte mir das einzureden, erinnerte ich mich plötzlich an Marions Stimme an meinem Ohr: »Nur einmal, bitte, nur einmal!« flüsterte sie. Ob es bei ihr geklappt hatte? Ob es bei *mir* klappen würde? Ich wollte nicht länger darüber nachdenken. Der Applaus zeigte an, daß Simone die Bühne wieder betreten hatte, diesmal von der anderen Seite, deshalb war sie nicht an mir vorbeigekommen. Ich dankte dem Himmel dafür. Noch einmal würde ich das nicht überstehen! Ich hörte ihre Stimme wie perlende, sonnenbeschienene Wassertropfen, aus denen ein Prisma buntester Farben strömte, langsam das Publikum wieder in ihren Bann ziehen – und mich auch. Ich konnte nicht gehen. Ich mußte auf sie warten. Es war mein Schicksal.

Die Pause verbrachte ich in der Theaterkantine, um Simone nicht zu begegnen, die sich ganz sicher in ihrer Garderobe aufhielt. Wenigstens bis zum Ende der Vorstellung mußte ich mich von ihr fernhalten, sonst wußte ich nicht, was ich tun würde. Als die Klingel die Zuschauer zum letzten Akt noch einmal hereinrief, ging auch ich wieder hinter die Bühne, um ihr zuzusehen. Beim letzten Akt trat sie nicht auf, sondern sie lag schon im Bett – wieder einmal! – wenn sich der Vorhang öffnete. Dieses Stück wich von ihrem sonstigen Repertoire in vielen Punkten ab, unter anderem auch in dem, daß sie sich zum Schluß nicht für den männlichen Helden entschied, sondern für ein selbständiges, eigenständiges Leben, das ihr erlaubte, allein glücklich zu sein. Vielleicht war es deshalb ihre Paraderolle? Weil sie eigentlich ein Leben allein für das Erstrebenswerteste hielt? Das Publikum ging mit einem lachenden und einem weinenden Auge, denn auch wenn das Paar sich zum Schluß nicht fand, behielt sie ihn doch als Hausfreund. Das zumindest hatte die Autorin dem Geschmack des Publikums zugestanden.

Die Vorhänge nahmen kein Ende, Simone und ihre Kolleginnen und Kollegen mußten immer wieder auf die Bühne und sich verbeugen, und wenn Simone hinauskam, rauschte der Beifall auf wie ein Orkan. Erhitzt kam sie zum x-ten Mal wieder herein und fragte die Inspizientin: »Wie viele waren das?« Sie hielt mehrere riesige Blumensträuße im Arm, die beinah ihr Gesicht verdeckten.

»Zwanzig«, antwortete die Inspizientin mit einem fast bösen Blick. Sie wollte wohl nach Hause.

»Dann noch einer«, entschied Simone, »aber danach ist Schluß. Ich kann nicht mehr.«

Die Inspizientin nickte und ließ den Vorhang wieder zurückfahren. Simone betrat die Bühne, und gleichzeitig wurde das Licht im Saal immer heller, um die Leute daran zu erinnern, daß sie auch noch ein Zuhause hatten. Der Beifall rauschte auf, gemischt mit einigen »Hoch!«- und »Bravo!«-Rufen, und Simone verbeugte sich. Die Leute standen und klatschten wie verrückt. Ich sah lachende Gesichter, zufriedene, fröhliche Menschen, die einen schönen Abend verbracht hatten, von dem sie wahrscheinlich noch lange erzählen würden. »Du, ich hab' die Bergé live gesehen!«

Aber mir stand noch der Rest des Abends bevor, von dem ich nicht wußte, was er bringen würde.

Ins Publikum lachend verließ Simone zum letzten Mal die Bühne und drückte die Blumensträuße ihrer Garderobiere in die Hand. Der Vorhang schloß sich wieder, und das Licht auf der Bühne wurde gelöscht, was einige Leute im Publikum aber offensichtlich immer noch nicht glauben mochten. Sie klatschten weiter in der Hoffnung, daß Simone noch einmal herauskäme.

»Sehr anhänglich, dein Publikum«, bemerkte ich, als Simone endlich auf mich zukam.

»Ja, sehr anhänglich«, wiederholte sie mit nachdenklichem Gesichtsausdruck, »ich weiß auch nicht, warum.« Sie suchte meine Augen mit ihrem Blick, und ich wußte nicht, wo ich hingucken sollte. Offensichtlich bezog sich ihre Aussage nicht nur auf das Publikum. »Das war anstrengend heute!« lachte sie dann. »Ich muß unbedingt sofort duschen, aber nicht hier, sondern im Hotel, da kann ich mich besser entspannen. Die wollen hier so schnell wie möglich Schluß machen.«

»Dann gehe ich wohl besser«, sagte ich, ohne meine Enttäuschung allzusehr zu zeigen. Ich hoffte, daß mir das auch gelang. Vor dem Hotel wollte ich mich nicht wieder von ihr abfertigen lassen wie das letzte Mal. Sie meinte anscheinend, ihr kleiner Überfall auf mich reichte für heute. Meine Zusage für Cannes hatte sie ja auch damit erreicht, und das war wohl alles gewesen, was sie wollte.

»Schon?« fragte Simone jedoch zu meinem Erstaunen, und ihre Stimme klang ebenfalls etwas enttäuscht. »Ich dachte, wir essen noch miteinander.«

Auch diese Bemerkung erinnerte mich unangenehm an unseren gemeinsamen Abend nach ihrer Vorstellung vor ein paar Wochen. Bis jetzt hatte sich noch nichts von dem wiederholt, doch wenn ich nun zustimmte, machte ich möglicherweise den Anfang dazu. Sollte ich das wagen? »Im Hotel?« fragte ich etwas unbehaglich zurück.

»Können wir auch, aber wenn du einen anderen Vorschlag hast... Nur, du weißt, ich bin ziemlich hungrig nach der Vorstellung, besonders nach der heutigen –« Sie machte eine kleine Kunstpause und hob anzüglich die Augenbrauen, wobei sie auch ein leichtes Schmunzeln nicht vermeiden konnte – oder wollte –, dann wartete sie auf meine Reaktion, und als ich etwas unglücklich das Gesicht verzog, fuhr sie fort: »– und deshalb sollte es nicht zu lange dauern, bis wir uns entschieden haben.«

Das *wir* bedeutete wohl, daß ich gar keine andere Wahl hatte, als mit ihr zu essen. Davon ging sie aus. »Also gut, gehen wir ins Hotel«, stimmte ich ergeben zu – das war wohl das einfachste – und merkte erst, als die Wörter meinen Mund verließen, was ich da gesagt hatte. *Gehen wir ins Hotel* – wie klang denn das? Genausogut hätte ich sagen können: *Zu dir oder zu mir?*

Simone reagierte jedoch ganz gelassen. Vielleicht hatte sie die Doppeldeutigkeit gar nicht erfaßt, und ich machte mir unnötige Sorgen – wie immer. »Ich ziehe mich nur schnell um. Ich muß unbedingt das Kostüm loswerden, das ist nicht besonders bequem«, erklärte sie. »Abschminken kann ich mich dann genausogut im Hotel. Es dauert nur eine Minute, dann bin ich wieder da.« Sie schoß fast augenblicklich los, bevor ich noch etwas erwidern konnte, und ich hörte das eilige Klappern ihrer Absätze noch eine Weile auf dem Steinboden in der Nähe der Bühne, bis sie den nächsten Gang erreicht hatte, der mit Linoleum ausgelegt war, und das Klappern schlagartig verstummte.

Langsam setzte ich mich in Richtung von Simones Garderobe in Bewegung, denn sie lag ohnehin näher am Ausgang als mein jetziger Standort, und hoffte, daß Simone fertig sein würde, wenn ich dort ankam, so daß ich ihre Garderobe nicht betreten mußte. Immer noch sah ich mich dort vor ein paar Wochen stehen und beinahe gegen meinen Willen erlauben, dieses Drama mit Simone erneut beginnen und ablaufen zu lassen, das ich schon für abgeschlossen gehalten hatte. Aber wenn ich es doch wußte, wenn ich wußte, daß auch dieser, der heutige, Abend wahrscheinlich genauso enden würde, warum tat ich es dann?

Die Antwort war immer die gleiche: weil ich sie liebte. Ob sie es erlaubte oder nicht, ob sie es erwiderte oder nicht (letzteres war mehr als wahrscheinlich, das wußte ich), ob sie da war oder nicht, ob sie mit mir schlief oder nicht – das alles hatte keine Bedeutung für das Gefühl, das ich ihr entgegenbrachte. Es veränderte sich nicht. Es brannte sich höchstens noch tiefer in mein Herz ein und – was schlimmer war – in meine Seele.

Simones Garderobentür erschien in meinem Blickfeld, und ich ging langsam darauf zu. Kaum, daß ich sie erreicht hatte, öffnete Simone die Tür und trat heraus, immer noch bühnenwirksam geschminkt, aber wieder in den Kleidern, die sie auch zuvor auf unserem Spaziergang getragen hatte. »Also los«, sagte sie, als wir vor ihrer Tür fast zeitgleich zusammentrafen, »gehen wir.« Sie lachte. »Ich freue mich schon auf die Dusche!«

Ich konnte mich nicht so sehr darauf freuen – es sei denn, sie hätte mich eingeladen mitzuduschen –, weil ich mich schon einsam und allein in der Hotellobby sitzen und auf sie warten sah. Und Frauen wie sie konnten eine lange warten lassen ... Aber sie hatte ja Hunger, also vielleicht wurde es nicht so schlimm, wie ich es mir ausmalte. Ich atmete einmal kräftig durch. »Schön«, sagte ich, und wir nahmen denselben Weg, auf dem wir hereingekommen waren. Auf diese Weise vermieden wir die erneute Begegnung mit ihren Fans, die sicher schon am Bühneneingang auf sie warteten. Wir gingen zu Fuß zum Hotel, wo sie sich ihren Schlüssel geben ließ und zum Lift hinüberschwenkte. Ich blieb zurück und spielte *Ibbn-dibbn-dapp* mit den Sesseln, um herauszufinden, auf welchen ich mich setzen sollte.

Sie drehte sich ein wenig erstaunt um. »Kommst du nicht mit?« Fast konsterniert klang ihre Frage, als ob es daran nie einen Zweifel gegeben hätte.

»Ähm, eigentlich ... ich dachte ...«, stammelte ich etwas perplex. Ich fühlte mich mal wieder überfordert. Der Umgang mit ihr verlangte einiges an Flexibilität, und obwohl ich immer der Überzeugung angehangen hatte, daß ich darin recht gut sei, hatte sich das wohl nur auf normale Herausforderungen bezogen, nicht auf *sie*.

»Komm«, befahl sie ohne weitere Erklärungen und betrat den Lift.

Ich mußte ihr hinterherhechten, um ihn noch zu erreichen, denn die Türen schlossen sich bereits. An die Probleme, die sie anderen bereitete, dachte sie offensichtlich nie. Während der kurzen Fahrt hinauf sagte sie keinen Ton und ich auch nicht. Ich *konnte* auch nichts sagen, denn ich mußte schon wieder grübeln. Was bezweckte sie mit ihrer Einladung? Konnte es etwas zu bedeuten haben, oder dachte sie einfach wieder einmal nur nicht nach? Nun ja, ich würde es erfahren, wenn ich mit ihr im Zimmer war.

Nachdem wir vor ihrer Tür angekommen waren, schloß sie ohne Zögern das Hotelzimmer auf, um dann zielstrebig hineinzugehen und die Dusche anzusteuern. Auf dem Weg dorthin zog sie ihre Jacke aus und ließ sie einfach zu Boden fallen. Ich konnte so was nicht sehen, hob die Jacke auf und hängte sie über einen Stuhl. Schon als Kind war ich sehr oft für meine Unordentlichkeit getadelt worden. Das hatte sich irgendwie festgesetzt und dazu geführt, daß ich zwar immer noch im Chaos lebte, mir aber zumindest dessen bewußt war. Simone hatte normalerweise eine Menge Leute, dir ihr Dinge hinterherräumten, nahm ich an, und verhielt sich dementsprechend. Ich überlegte, ob ich ihre Jacke wieder den Platz auf dem Boden einnehmen lassen sollte, den Simone ihr zugewiesen hatte – ich war schließlich nicht ihr Dienstmädchen –, aber dann entschied ich mich doch anders. Was sollte das schon bewirken?

Nach erstaunlich kurzer Zeit – ich hatte mich kaum im Hotelzimmer umgesehen und den Blick aus dem Fenster bewundert – erschien Simone wieder in der Badezimmertür, eingehüllt in eine Duftwolke teuer riechender Essenzen und einen aufwendig bestickten und wahrscheinlich mindestens ebenso teuren, bodenlangen und figurbetont weiten Hausmantel, der aussah, als stamme er original aus einem Hollywoodfilm der dreißiger Jahre. Carole Lombard hatte mal so etwas getragen, wenn ich mich richtig erinnerte. Mir blieb die Luft weg. Simone sah darin weit erotischer aus als in allem, was ich bisher an ihr gesehen hatte – mit Ausnahme nackter Haut vielleicht. Der Mantel bedeckte ihren ganzen Körper vollständig bis auf den Ansatz ihrer Brüste, und gerade das machte es so erotisch. Eigentlich sah man kaum etwas bis auf die beiden angedeuteten Rundungen, aber man vermutete einiges darunter, das man gern gesehen hätte. Ich riß mich zusammen, um sie nicht allzusehr anzustarren. Das hätte wahrscheinlich wieder alles verdorben.

»So, nun können wir essen«, meinte Simone zufrieden. »Jetzt fühle ich mich wieder wie ein Mensch und nicht wie eine Anziehpuppe.« Sie kam auf mich zu und strich mir leicht über die Wange, während sie an mir vorbeiging. »Ich dachte, wir bestellen uns was aufs Zimmer. Ich wollte nicht mehr weggehen.« So schnell, wie sie begonnen hatte, war ihre Berührung auch schon wieder vorüber, aber meine Wange brannte und kitzelte wie von tausend Ameisen überzogen. Sie ging weiter zum Telefon. »Was möchtest du? Der Zimmerservice hier ist wirklich gut.«

Offenbar merkte sie gar nicht, was ihre in der Tat absichtslos erschienene Berührung bei mir ausgelöst hatte, aber ich mußte mich erst einmal wieder zurechtfinden. *Räuspern, dann noch mal räuspern, nun umdrehen, jetzt sprechen.* »Was kannst du denn empfehlen?« fragte ich mit halbwegs normaler Stimme, deren Zittern ich gerade noch vermeiden konnte. »Du kennst die Karte besser als ich.« Beim letzten Mal mußte ich alles in die Hand nehmen, sollte sie doch diesmal was für ihr Essen tun! Ich ließ mich auf einem der zierlichen Sessel nieder, die in meiner Nähe herumstanden. Wenn auch meine Stimme nicht zitterte, meine Knie taten es. Schon wieder.

»Shrimps, Kaviar, Toast und Champagner?« fragte sie mit dem Telefon in der Hand. »Ist dir das recht?«

»Ich dachte, du hast Hunger«, entgegnete ich etwas überrascht. »Das sind ja alles nur Vorspeisen.«

Sie runzelte die Stirn und überlegte. »Vielleicht hast du recht. Noch ein paar Austern dazu?«

»Wenn du meinst«, lachte ich nun etwas. Wahrscheinlich war sie an all diese Speisen derart gewöhnt, daß ihr gar nichts anderes einfiel. Oder sie hatte letztes Mal einfach größeren Appetit gehabt und deshalb etwas Handfesteres bestellt. »Ich würde allerdings ein saftiges Schweinerückensteak mit hausgemachten Knöpfle vorziehen«, verkündete ich meine doch etwas anders gearteten Wünsche. »Oder mit *Buabespitzle*«, fügte ich hinzu.

»Mit was?« fragte sie verblüfft.

Ich grinste. »Das sind kleine, gekochte Röllchen aus Kartoffelteig, und die sehen aus wie ... na ja, was kleine Jungs so haben. Daher der Name.«

Sie grinste nun auch. »Das muß ich sehen. Ich werde mich deiner Bestellung anschließen. Bis auf den Champagner, der muß bleiben, auch wenn er nicht dazu paßt.«

Das hätte ich kaum anders erwartet. Champagner war offensichtlich ihr Leib- und Magengetränk. Als Vorspeise bestellte sie dann zusätzlich noch einen Shrimps-Cocktail für uns beide. Darauf wollte sie anscheinend wohl doch nicht verzichten. Nachdem sie die Bestellung aufgegeben hatte, blieb sie zögernd neben dem kleinen, auf antik getrimmten Holzschreibtisch stehen. Das ganze Zimmer war mit solchen Möbeln ausgestattet, und auch wenn sie offensichtlich nicht echt waren, wirkten sie doch ausgesprochen gediegen und luxuriös. »Willst du wirklich mit nach Cannes kommen?« fragte sie sehr zurückhaltend.

Mir schoß die Röte ins Gesicht. Ich erinnerte mich sofort daran, *wie* sie mich dazu überredet hatte, ja zu sagen. »Ich habe zugesagt«, antwortete ich dennoch mit fester Stimme, »und was ich verspreche ...«

»... das hältst du auch«, vollendete sie meinen Satz, »ich weiß.«

Sie kam langsam zu mir herüber – viel zu langsam, um keine Absicht damit zu verbinden. Ich fragte mich nur, welche. Als sie bei mir war, blieb sie stehen und sah mit einem merkwürdigen Gesichtsausdruck auf mich hinunter. Ich blickte zu ihr hoch und konnte doch nichts erkennen, was mir irgendeinen Hinweis darauf hätte geben können, was sie dachte. Sie hob die Hand, legte sie auf meine Wange und strich leicht darüber. Ich hielt die Luft an. Nichts hätte ich lieber getan, als mein Gesicht in ihre Hand zu schmiegen, sie auf meinen Schoß zu ziehen und zu küssen. Aber so etwas Ähnliches hatte ich letztes Mal schon versucht, und es war ein eklatanter Reinfall gewesen. Also unterließ ich es und wartete ab, während sich alles in mir vor Sehnsucht zusammenzog. Ihre Hand lag immer noch auf meiner Wange, sie stand immer noch vor mir, unbeweglich fast wie eine Marmorstatue, da strich sie mit einer windhauchsanften Berührung bis hinter mein Ohr, fuhr dann etwas abwärts an meinem Hals entlang und mit einem Finger wieder hinauf zu meinen Lippen, um deren Form wie erstaunt nachzuziehen, so leicht, daß es wie die Berührung einer Feder fast unerträglich kitzelte.

»Simone«, krächzte ich heiser, denn meine Stimme gehorchte mir nun fast überhaupt nicht mehr, »tu das nicht. Du weißt –«

Sie legte ihren Finger genauso auf meine Lippen und verschloß sie, wie sie es dem kleinen Mädchen gegenüber gezeigt hatte. »Ich weiß«, sagte sie leise, »ich weiß alles.« Sie nahm den Finger wieder weg und fuhr damit nacheinander über meine Augenbrauen, während sie mein Gesicht mit ernstem Blick musterte, als ob sie darin etwas entdecken wollte, was sie noch *nicht* wußte.

Mein Nacken wurde langsam steif, weil ich unverwandt zu ihr aufblickte und es nicht wagte, mich zu rühren, meine Position auch nur um einen Millimeter zu verändern. Ich saß wie festgewachsen auf meinem Stuhl und sie – die Statue einer Göttin oder selbst eine: die Leinwandgöttin – stand ebenfalls vor mir, als wolle sie sich nie wieder fortbewegen. Wieviel Zeit verging, während wir auf diese Weise ein Ensemble bildeten wie von einer Bildhauerin eingefangen? Ich wußte es nicht. Ich hatte jedes Zeitgefühl verloren. Die einzige Empfindung, die ich noch wahrnehmen konnte, war die Wärme ihrer Hand, die nun wieder auf meiner Wange lag und sich nicht mehr rührte. Eine Ewigkeit zum Träumen, eine Ewigkeit, in der keine von uns beiden sprach oder auch nur das Bedürfnis zu haben schien, daran etwas zu ändern.

Es klopfte an der Tür. »Zimmerservice!« klang es durch die Verkleidung, die alle Geräusche so stark dämpfte, daß auch dies kaum zu verstehen war.

Wir erwachten aus unserer Erstarrung, und Simone zog ihre Hand zurück, doch bevor sie dem Etagenkellner das Eintreten erlaubte, suchte sie noch einmal meinen Blick, versank tief und mit rätselhaft dunklen Augen darin und ließ mich dann mit einer Kaskade durcheinanderwirbelnder Gefühle zurück, als sie sich endlich von mir löste. »Herein!« sagte sie und trat einen Schritt zurück, so daß sie nun nicht mehr so nah vor mir stand.

Der Kellner betrat mit einem Servierwagen den Raum und schob ihn in die Nähe eines Tisches, an dem zwei hohe Stühle standen. Er deckte den Tisch, schnell, professionell und geschickt, und innerhalb weniger Minuten war er wieder verschwunden. Ich bekam nur am Rande etwas davon mit, denn meine Augen folgten ausschließlich Simone, die bereits zum Tisch hinübergegangen war, ohne sich zu setzen, und ein Glas Champagner in der Hand hielt, das sie an die Lippen hob, kaum, daß der Kellner die Tür geschlossen hatte.

Während ich schon fast vergessen hatte, warum der Kellner gekommen war, weil Simone meine Aufmerksamkeit vollständig beanspruchte, nahm sie die servierten Speisen interessiert in Augenschein. »Willst du nichts essen?« fragte sie, während sie sich an einen der beiden Plätze setzte und ihr Champagnerglas dort abstellte. Egal wie, wenn wir gemeinsam aßen, schien sich immer alles zu wiederholen. Auch letztes Mal hatte sie mich das gefragt. Während sie ihren Appetit kaum je zu verlieren schien, war meine Aufgabe anscheinend, von ihr so fasziniert zu sein, daß ich nichts essen konnte. »Das sind also die *Buabespitzle*«, bemerkte sie, während sie aufmerksam ihren Teller inspizierte. Sie hob ihren Kopf und sah mit amüsiert hochgezogenen Mundwinkeln zu mir herüber. »Es ist tatsächlich wahr. Sie haben eine gewisse Ähnlichkeit mit bestimmten Körperteilen kleiner Jungs.« Sie lachte vergnügt, und an ihren Augenwinkeln bildeten sich winzige, kaum wahrnehmbare Fältchen. »Oder auch größerer.« Immer noch schmunzelnd sah sie mich an. »Soll ich alleine anfangen?«

Ich hatte mich auf meinem Stuhl nicht gerührt, seit sie weggegangen war, und merkte jetzt, wie verkrampft ich dasaß. Sie lachen zu sehen, diesmal nicht auf der Bühne, sondern echt, machte mich auf eine Art glücklich, die ich selbst nicht verstand. Sie tat es ja nicht meinetwegen, sie genoß ein wenig die Freiheit, die ihr das Hotelzimmer wahrscheinlich bot, auch wenn meine Anwesenheit das sicher wieder einschränkte, und benahm sich natürlich. Ich erinnerte mich daran, wie sie durch die Bächle gesprungen war. Auch das war sie selbst gewesen, nicht irgendeine Rolle, davon war ich überzeugt, und auch in diesem Moment wirkte sie entspannt und wenig gekünstelt. Sie anzusehen hätte mir genügt, der Appetit war mir ohnehin spätestens bei ihrer Berührung vergangen, aber es war unhöflich, sie allein essen zu lassen. Also stand ich auf – mühsam, denn die Verkrampfung löste sich nur unwillig – und ging zu ihr hinüber.

Sie wartete, bis ich mich gesetzt hatte, und begann dann mit ihrem Shrimps-Cocktail, worin ich ihr folgte, weil auch das die Höflichkeit gebot, nicht, weil ich Hunger hatte. Aber die Vorspeise war gut, und so meldete sich mein Magen dann doch und verlangte nach mehr. Manchmal kann man sich auf seine Primärbedürfnisse eben verlassen. Simone zerteilte jedes der *Buabespitzle* mit immer noch großem Vergnügen und steckte es sich dann in den Mund. Als der erste Hunger gestillt war, begann sie, mich dabei zu beobachten, und die Art, wie sie die *Buabespitzle* aß, wandelte sich. Das schien nicht mehr viel mit Essen zu tun zu haben.

Ich blickte auf meinen Teller, um ihrem betörenden Einfluß zu entkommen, wußte aber nicht, wie lange ich das noch würde durchhalten können. Als ich wieder hochblickte, lächelte sie. Sie wußte, wie sie auf mich wirkte, das war offensichtlich. »Ich weiß, ich bin nicht nett zu dir«, bemerkte sie plötzlich. »Bitte iß. Du fällst ja noch ganz vom Fleisch, wenn du mit mir zusammen bist. Wie soll das erst in Cannes werden?«

So fürsorglich kannte ich sie gar nicht. Aber ebenso wie der unerwartet freundliche Umgang mit dem Kind wirkte auch diese neue Seite an ihr ausgesprochen einnehmend. Sie war einfach bezaubernd. Mehr noch, als ich es je empfunden hatte, empfand ich es jetzt. Es war jedenfalls nicht nur ihre erotische Ausstrahlung, die mich immer schon gefesselt hatte, was mich jetzt zu ihr hinzog. »Du machst mich hilflos mit deinem Charme – und das weißt du«, sagte ich.

»Ja, ich weiß«, bestätigte sie und lächelte erneut. »Und ich nutze das aus.«

Ich seufzte resigniert. »Ich habe keine Chance gegen dich«, sagte ich. »Ich kann deinem Charme einfach nicht widerstehen.« Es kribbelte im ganzen Körper.

»Ist das schlimm?« fragte sie und beugte sich über den Tisch zu mir hinüber. Der Tisch war viel zu breit, als daß das an der Entfernung viel ändern konnte, aber ihre Augen schienen sich aus ihrem Gesicht zu lösen und auf mich zuzukommen, als ob sie mich verschlingen wollten. Sie fesselten meinen Blick und ließen mich meine Hilflosigkeit noch deutlicher spüren. Außerdem war da noch etwas anderes in ihrem Blick, das ich nicht entschlüsseln konnte, eine Frage, die ich nicht verstand und auf die ich keine Antwort wußte.

»In Anbetracht dessen, was du mir zu verstehen gegeben hast, schon«, sagte ich und versuchte ebenfalls zu lächeln, aber es mißlang. Also widmete ich mich wieder meinem Essen, um nicht weiter dem Blick aus ihren schönen Augen ausgesetzt zu sein, der mein Innerstes zu kennen schien.

Als ob sie mir eine Ruhepause verschaffen wollte, lehnte sie sich wieder zurück und ließ mich essen, während sie schon bald darauf fertig war. Ich wagte nicht aufzublicken, bis ich den letzten Bissen verspeist hatte, weil ich instinktiv fühlte, daß sie mich erneut beobachtete. Was auch immer sie damit bezwecken wollte, mein Unwohlsein wuchs, und ich beschloß wieder einmal zu gehen. Das Intermezzo im Theater vorhin hinter der Bühne hatte mich nicht davon überzeugt, daß sich ihre Einstellung zu Sex grundsätzlich geändert hatte. Im Gegenteil. Daß ich sie nicht berühren durfte, weil ich dadurch ihren Auftritt ruiniert hätte, war mir eher wie ein Vorwand erschienen. Sie hatte genau diesen Augenblick gewählt, um selbst sicher zu sein, aber dennoch rein funktional ihre ihr durchaus bekannte erotische Wirkung auf mich einsetzen zu können, damit ich mich damit einverstanden erklärte, sie nach Cannes zu begleiten. Was auch immer ihr daran so wichtig war. Das hatte sie mir ja noch nicht verraten.

Sie stand auf und ging zum Fenster hinüber. Das oberste Stockwerk des Hotels, in dem wir uns befanden, erlaubte einen recht guten Rundblick über die Gebäude in der Nähe des Bahnhofs und der Universität. Außerdem sah man auch das Theater und einen Kinopalast, der erst letztes Jahr gebaut worden war. Fast alles erstrahlte in hellstem Glanz, die älteren Gebäude wurden sogar von außen angestrahlt, damit man ihre architektonische Schönheit bewundern konnte. Da sie nichts sagte und sich zu meiner letzten Bemerkung auch nicht geäußert hatte, nahm ich an, daß der Abend für sie damit beendet war. Sie drehte mir den Rücken zu, was ich als eine abweisende und endgültige Geste empfand. Sicher verhielt sie sich nicht zufällig so, dazu war ihr als Schauspielerin die Bedeutung von Gesten zu sehr bewußt.

Gleichzeitig spürte ich, daß nichtsdestotrotz ihre erotische Anziehungskraft auf mich ungebrochen weiterbestand. Das Kribbeln hatte sich eher noch verstärkt, und als ich ihren geraden Rücken betrachtete, wünschte ich mir, sie in den Arm nehmen und einfach so halten zu können, wobei ich mir sicher war, daß dieser friedliche Zustand nicht lange anhalten würde. Ich würde mehr von ihr wollen. Also stand ich ebenfalls auf. »Ich gehe jetzt besser«, kündigte ich an, wie ich es mir vorgenommen hatte, und wartete nur noch darauf, daß sie Auf Wiedersehen sagen würde. Den gleichen Fehler wie letztes Mal würde ich nicht wieder machen. Ich würde weder versuchen, sie zu küssen, noch mich ihr zu nähern. Von den Folgen hatte ich genug. Für einen Augenblick dachte ich, sie hätte mich nicht gehört, denn sie reagierte in keiner Weise, und wollte schon zu einer Wiederholung ansetzen, da drehte sie sich um.

»Nein«, sagte sie. Mit ernstem Gesicht blickte sie zu mir herüber, getrennt durch mehrere Meter leeren Raumes, die diesem einen Wort so viel Schwere verliehen, als ob sie es von der Bühne herab in einen Saal mit einigen Hundert Leuten gesprochen hätte.

Ich sah sie ungläubig an. »Nein?« Wußte sie, was sie da sagte? Oder meinte sie nur, ich solle noch auf einen Kaffee bleiben oder ein Glas Champagner? Ihrem Gesichtsausdruck entnahm ich jedoch, daß sie das nicht meinte. Sie wußte sehr genau, was sie da sagte und was sie anbot.

»Nein«, bestätigte sie.

Für einen Moment war ich wie gelähmt. Sie stand da und lächelte nicht. Es war ihr bitterernst. Aber wie bitter war dieser Ernst wirklich für sie – wenn sie nichts dabei empfand? Konnte ich ein solches Angebot annehmen? »Meine Zusage für Cannes hast du doch schon«, versuchte ich herauszufinden, was sie damit beabsichtigte. »Du brauchst dafür nichts mehr zu tun.« Irgendwie schien ihr Cannes sehr wichtig zu sein, das hatte ich ja schon bemerkt, möglicherweise wollte sie sich meiner nur noch mehr versichern.

»Vielleicht will ich das aber«, erwiderte sie leise und gedehnt, während sie langsam einen Fuß vor den anderen setzte und auf mich zukam.

Dieser Dreißiger-Jahre-Morgenmantel hatte einen teuflischen Effekt. So züchtig, wie er aussah, war er beileibe nicht. Ihre Hüften schoben sich bei jedem ihrer Schritte vor, und er unterstützte diese wiegende Bewegung außerordentlich. Er schwang mit ihren Hüften von links nach rechts und wieder zurück, als ob er sich jeden Augenblick von ihr lösen wollte, um das zu offenbaren, was darunter lag. Ich wußte, wie sie nackt aussah, jedenfalls hatte ich es mal gewußt, aber die Vorstellung, sie ausziehen zu können, die Nacktheit, die unter dem Morgenmantel verborgen lag und doch so offensichtlich von ihm dargeboten wurde, langsam, Stück für Stück entblättern zu können, berauschte mich sogar schon, bevor sie mich erreicht hatte. Dennoch war ich unfähig, mich zu rühren. In meinem Kopf brauste und rauschte es, mein Mund war trocken und meine Hände zitterten, aber als sie vor mir stand, konnte ich nichts tun als sie anzustarren. Ihr ganzer Körper schien eine Gluthitze auf mich abzustrahlen, so daß jeder Teil meiner Haut, der ihr gegenüberlag, zu glühen begann.

Sie wirkte jedoch kühl – kühl und attraktiv zugleich, und das brachte mich fast um den Verstand. So war sie auch das letzte Mal gewesen. Wollte sie mich wieder nur zum Narren halten? Ich mußte mich zurückziehen, fliehen, davonlaufen, solange ich noch konnte... aber ich konnte es schon lange nicht mehr. Wie ein Magnet zog sie mich an, ein Magnet mit ungeheurer Kraft, der ich nichts entgegenzusetzen hatte.

»Simone«, wisperte ich rauh, »Simone, ich –«

Sie hob die Hand und legte sie erneut auf meine Lippen, wie sie es heute schon einmal getan hatte. »Psch, sag nichts. Sei ganz ruhig«, flüsterte sie. Sie beugte sich zu mir und küßte mich auf die

Wange, nur auf die Wange – aber ich zuckte zusammen, als hätte sie mir einen Peitschenhieb versetzt. Dann legte sie ihren Kopf an meine Schulter und schob ihre Arme langsam und zärtlich streichelnd an meinem Rücken entlang, bis sie mich zum Schluß mit einer sanften Bewegung an sich heranzog.

Ich drückte meine Nase in ihre Halsbeuge und atmete ihren Duft tief ein. Ihr Geruch machte mich schwindlig. Er war wie ein Aphrodisiakum und eine mich umhüllende betäubende Wolke zugleich. Eine wunderbare Mischung, ein unvergleichliches Aroma. Sie strahlte die Erotik, die erregende Spannung nur so aus. Aber sie wußte nur, wie das auf andere wirkte. Selber spürte sie nichts. Für sie war das Erlebnis, ein Erlebnis zu sein. Ein Erlebnis für andere. Daran erinnerte ich mich jetzt, ausgerechnet in diesem Augenblick, und es machte mich traurig. Die Spannung linderte es nicht. Ich hauchte einen Kuß auf ihren Hals und schob sie ein ganz klein wenig von mir weg, um ihr ins Gesicht blicken zu können. »Du mußt das nicht tun, Simone, bitte glaub mir, ich werde es aushalten – irgendwie«, versicherte ich ihr. Ihr ›*Ich will nicht spielen, ich habe auch mal Feierabend*‹ von letztem Mal klang noch in mir nach. Das war deutlich gewesen, und warum sollte sich daran etwas geändert haben? Noch war ich vernünftig genug, darüber nachzudenken, aber ihre körperliche Nähe würde das gleich nicht mehr zulassen. Ich mußte sie jetzt überzeugen und herausfinden, ob sie das, was sie anbot, wirklich wollte, bald war es zu spät dazu. Meine Haut kribbelte und glühte immer mehr, und meine Brustwarzen hätten fast schon als Handtuchhalter dienen können, so hart standen sie hervor. Ganz zu schweigen von der Nässe zwischen meinen Beinen, die sich seit Simones Aktion im Theater vorhin nicht gerade verringert hatte.

»Was ich tue oder nicht, entscheide ich«, antwortete sie leise mit ihrer weichen, melodischen Stimme, die mich wie stets in ihren Bann zog, besonders wenn sie so sanft klang wie eben jetzt. Sie durchforschte mein Gesicht mit unergründlichem Blick und heftete ihn zum Schluß auf meine Lippen, so daß ich allein schon davon erzitterte. Bedächtig näherte sie sich meinem Mund mit ihrem und hauchte einen Kuß darauf. Kurz zog sie ihre Lippen zurück, um mich noch einmal zu betrachten, dann beugte sie sich wieder vor und ließ ihre Lippen nun auf meinen liegen. Ganz leicht spürte ich ihre Zunge, die außen an meinen Lippen entlangfuhr, ohne einzudringen. Wie gern hätte ich sie in mich aufgenommen, sie zurückgeküßt, sie an mich gedrückt und gestreichelt, aber ich wollte diesmal alles ihr überlassen, damit es nicht so endete, wie ich es schon kannte. Vielleicht hatte sie sich von mir einfach nur zu bedrängt gefühlt und deshalb so reagiert. Diesmal würde ich mich zurückhalten.

Aber es fiel mir schwer – sehr schwer. Meine Erregung wuchs. Zumal, da sie ihre Zunge immer noch nicht weiter vorstoßen ließ, sondern sich sogar wieder von mir löste. Ihre Augen wirkten dunkel und geheimnisvoll, als sie mich jetzt wieder ansah, und ich konnte ihnen kein Anzeichen entlocken, das mir weitergeholfen hätte. War es Erregung, spielte sie, war es nur eine Laune? Nichts davon enthüllte sich mir.

Ich konnte mich nicht mehr beherrschen. Ich schob das Oberteil des Mantels etwas von ihren Schultern und küßte sie in die Halsbeuge. »Hm«, machte sie genüßlich, aber keinesfalls erregt. Jedenfalls glaubte ich das zu erkennen.

Mein eigenes Begehren wuchs im Gegensatz dazu von Minute zu Minute. Ich strich mit einem Finger in ihren Ausschnitt hinein, und sie hob sich mir ein wenig entgegen und legte den Kopf zurück. Eine automatische Geste, die vielleicht wieder irgendeiner Filmszene entsprang, einer Kameraeinstellung, bei der sie die empfangsbereite Geliebte eines Mannes zu spielen hatte. Ich bemerkte es, und doch konnte ich mich nicht bremsen. Ich begehrte sie so sehr. Jede *Sekunde*, die ich an sie dachte, begehrte ich sie. War es wirklich nur das Bild von der Leinwand, das ich mir wünschte?

Ich schob den Mantel noch weiter von ihren Schultern, und fast schon sah ich ihre Brüste auftauchen, da richtete sie sich wieder auf, und er rutschte wieder nach vorne, in genau die gleiche Position, in der er am Anfang gewesen war. Alles vorbei. Mein Atem zitterte, als ich tief Luft holte und heftig ausatmete, um mich wieder zu beruhigen. Mein Herz pochte in einem wilden Rhythmus, als ob es aus meiner Brust herausspringen wollte. Es hatte noch nicht begriffen, daß es sich umsonst anstrengte.

Simone lag immer noch in meinem Arm, eine kühle Schönheit ging von ihr aus, und das war sie auch. Ich bemerkte den Duft ihres Haares, den Glanz ihrer Augen, ihren wohlgeformten vollen

Mund, der wie zum Küssen geschaffen schien. Aber was nützte das alles, wenn sie nichts empfand? Was waren Äußerlichkeiten, so schön sie auch sein mochten, im Vergleich zu innerer Empfindung, zu Gefühlen, zu Liebe?

Sie drehte sich ein wenig weg, und ich ließ sie los. Ein paar Schritte nur trennten sie von ihrem Champagnerglas, und die überwand sie jetzt, um einen Schluck daraus zu nehmen, es zu leeren und sich gleich wieder nachzuschenken. Dabei sagte sie nichts, beobachtete mich jedoch genau. Einen Moment dachte ich, sie würde mich jetzt wegschicken, da öffneten sich ihre Lippen, und ein leises »Komm her...« ließ mein Herz erneut rasen, das sich schon fast dazu entschlossen hatte, vor Schreck stehenzubleiben.

Ich ging zu ihr hinüber, mal wieder mit wackligen Knien, das schien fast schon mein Dauerzustand in ihrer Gegenwart zu sein, und blieb vor ihr stehen. Ich wußte nicht, was sie wollte. Was sollte ich tun?

»Komm, trink mit mir«, verlangte sie immer noch leise, und ich sah mich automatisch nach meinem Glas um, das auf der anderen Seite des Tisches stand. »Nein, nicht so.« Sie lachte leicht, als sie meinen nach dem Glas suchenden Blick bemerkte, und als ich sie daraufhin erstaunt ansah, nahm sie einen Schluck von ihrem Champagner und legte einen Arm um meinen Nacken. Sie bot mir ihren Mund zum Kuß dar, ohne mich damit zu berühren. Das mußte offensichtlich ich tun.

Als ich mich zu ihr beugte und meine Lippen die ihren berührten, öffnete sie sie zum ersten Mal an diesem Abend für mich, und wir tranken beide den Champagner, den sie dafür aufbewahrt hatte. Ihre Zunge folgte dem Prickeln nach, das er auf meiner ausgelöst hatte, und verstärkte es noch. Diesmal zog sie sich nicht mehr zurück, sondern schmiegte sich an mich, während der Kuß immer heftiger wurde, von beiden Seiten. In einer Hand hielt sie immer noch ihr Champagnerglas, und als wir Luft holen mußten, trank sie wieder davon, und wir wiederholten das Spiel des gemeinsamen Trinkens mit aufeinandergepreßten Mündern. Wir verschluckten uns fast und mußten husten. Lachend sagte ich: »Das ist gar nicht so einfach!«, als wir uns deshalb kurz voneinander lösen mußten.

Sie lächelte rätselhaft und suchte gleich darauf wieder meinen Mund, während sie ihren ganzen Körper an mich preßte und ein

Bein nach vorne schob, so daß ich meine Schenkel öffnen mußte, um sie dazwischenzulassen. Immer noch hatte sie nur eine Hand frei, weil die andere vom Champagnerglas besetzt war, und das wollte sie anscheinend auch nicht ändern. Sie unterbrach den Kuß erneut, um zu trinken, aber diesmal ohne mich. Gleich darauf kehrte sie zurück, und diesmal drang sie so heftig in meinen Mund ein, daß ich aufkeuchte. Mir blieb die Luft weg, und ihr Körper, der sich an mir rieb, machte mich rasend.

Ich wollte sie jetzt. Ob ich das wagen konnte? Ein kleines bißchen Vernunft meldete sich aus dem hintersten Teil meines Verstandes. Wenn ich etwas tat, was sie nicht wollte: Ob sie mich dann sofort wegschicken würde? Aber was war das, was sie wollte? Sie benahm sich so uneindeutig. Einmal schien sie dasselbe Bedürfnis zu haben wie ich und dann wieder... Ich wußte es nicht. Meine Knie hatten sich ja ohnehin schon lange in Pudding verwandelt, und nun folgte ich ihrem Rat und ließ mich langsam auf den Boden sinken, mit Simone im Arm. Würde sie sich wehren?

Nein, sie tat es nicht. Sie folgte meiner Bewegung, und das Glas entfiel ihrer Hand, als wir unten angekommen waren, und hinterließ eine kleine feuchte Stelle auf dem Teppich. *Champagner macht sicher keine Flecken,* fiel mir unsinnigerweise ein, aber das interessierte mich nicht wirklich. Mich interessierte in diesem Augenblick nur die Frau, die neben mir lag und die ich seit Jahren, seit so vielen Jahren schon, liebte und begehrte. Würde sich mein Traum nun endlich erfüllen? Konnte das wirklich wahr sein?

Sie lag auf dem Rücken, und ich ließ meine Hand langsam und vorsichtig erneut in ihren Ausschnitt gleiten, wie ich es heute schon einmal getan hatte. Ich wollte sie nicht erschrecken, ich wollte nicht, daß sie wieder aufhörte und mich stehenließ, aber ich wußte, daß ich keinerlei Möglichkeit hatte, das zu beeinflussen, wenn sie es wollte. Ich konnte nur hoffen, daß sie es *nicht* wollte. Ich schob den Mantel ein wenig auseinander, und ihre nackte Schulter erschien. Ich hauchte einen Kuß darauf, zog mich wieder zurück und suchte ihre Augen. Sie sah mich wie fast immer mit einem undefinierbaren Ausdruck an, während sie von unten zu mir heraufschaute. Was wollte sie? War das alles nicht auch ihre Idee?

Langsam näherte ich mich ihrem Mund und küßte sie sanft. »Simone«, flüsterte ich, »sag mir, ob du es wirklich willst – bitte.«

Sie antwortete nicht, aber ihre Hand fuhr vorsichtig in meinen Nacken und zog meinen Mund wieder auf ihren hinunter. Ihre Zungenspitze suchte meine, und es kitzelte schrecklich, als sie sie fand, und fuhr mir zwischen die Beine. Es war, als ob meine Zunge und mein Unterleib eine direkte Verbindung hätten, als ob sie mich dort unten küssen würde und nicht da oben. Ich fühlte mich sofort bereits wie kurz vor dem Orgasmus, aber ich wußte, daß ich das hinauszögern konnte.

»Simone«, seufzte ich wieder, nun endgültig eingefangen von dem Verlangen, das sie in mir entfacht hatte. »O Simone, ich liebe dich!« Mein Kuß wurde nun drängender, ich wollte in sie eindringen, überall, von allen Seiten, oben, unten, ständig. Ich wollte sie nie mehr loslassen, sie immer festhalten, ihren Körper spüren, ihren Mund, ihre Hände, die nun sanft meinen Rücken streichelten. »Ich liebe dich so«, wiederholte ich zwischen zwei Küssen, weil ich es ihr gar nicht oft genug sagen konnte – auch wenn sie es mir sicher nie sagen würde, das wurde mir plötzlich blitzartig klar. Diese Liebe war möglicherweise eine sehr einseitige Angelegenheit. Aber das war mir jetzt egal, jetzt, wo sie unter mir lag und mich küßte, mich streichelte, meinem Verlangen nachgab. Aus welchem Grund auch immer.

Langsam schob ich beide Seiten ihres Ausschnitts immer weiter auseinander, nachdem ich mich ein wenig aufgerichtet hatte, um sie von oben betrachten zu können, und die verheißungsvollen Rundungen ihrer Brüste erschienen erneut – und diesmal, ohne gleich wieder zu verschwinden. Ich konnte es nicht verhindern, aufzuseufzen, als ich meine Hand um eine von ihnen legte, so sehr hatte ich es mir die ganze Zeit gewünscht. Die Brustwarze stand hervor und kitzelte meinen Handteller, aber als ich die Brust zu massieren begann, war ich irgendwie irritiert. Wovon nur?

Ich sah sich ein kleines Lächeln in Simones Gesicht stehlen, fast ein Schmunzeln. »Was ist?« fragte sie etwas hinterlistig, als ob sie die Antwort schon wüßte, und ihre Mundwinkel verzogen sich ausgesprochen amüsiert.

»Nichts«, sagte ich. Ich wollte einfach weitermachen und mich nicht ablenken lassen.

»Doch«, widersprach sie. »Du merkst einen Unterschied, nicht wahr?«

»Ja – nein – woher soll ich das wissen? Wir haben noch nie miteinander geschlafen, und ich habe dich da noch nie angefaßt. Es ist eben bei jeder Frau anders«, brummte ich etwas ärgerlich. Wieso wollte sie jetzt darüber diskutieren? Keine Frau hatte dieselben Brüste wie eine andere. Ich hatte jetzt ganz andere Dinge im Kopf als wissenschaftliche Analysen.

»Ja«, stimmte sie mir zu, »aber bei den meisten, die du angefaßt hast, waren sie mit Sicherheit echt, wahrscheinlich bei allen.« Sie grinste schon fast, es machte ihr anscheinend Spaß, mich zu verunsichern, aber das hatte ich ja schon des öfteren bemerkt.

»Echt?« echote ich verwirrt. Was sollte das denn heißen?

»Ja, echt«, wiederholte sie, »Natur. Bei mir ist es Silikon. Deshalb fühlt es sich so anders an für dich.«

Meine Verblüffung ließ mich für einen Moment vergessen, was ich gerade noch hatte tun wollen. Ich stützte mich auf beiden Armen auf und sah auf sie hinunter. Jetzt bemerkte ich es auch. Die Brüste sahen fast genauso aus, wie sie ausgesehen hatten, als sie stand, obwohl sie auf dem Rücken lag. Sie hoben sich nach oben von ihrem Körper ab. Das war in der Tat ungewöhnlich.

»Ich hatte ja fast gar nichts«, lachte Simone jetzt beinahe ein wenig entschuldigend.

Ja, daran erinnerte ich mich, wir waren oft genug miteinander schwimmen gewesen. Mich hatte das nie gestört. Ich fand ihren Körper attraktiv, damals wie heute. Aber das Gefühl dieser Brüste war fremd, sie waren sehr fest, voll, aber nicht sehr groß, gerade richtig – Göttin sei Dank hatte sie nicht beschlossen, Pamela Anderson nachzueifern –, ich hatte so etwas noch nie bei einer Frau gefühlt. Die Weichheit, die Brüste sonst so erotisch machte, fehlte. Dennoch, was auch immer sie damit bezweckt hatte, sie hatte es auch bei mir erreicht. Ihre Brüste übten genauso wie sie als ganze Frau eine erotische Anziehungskraft auf mich aus, der ich nicht widerstehen konnte.

Ich widmete mich ihnen wieder und genoß das neue Gefühl nach einiger Zeit sogar. Ich hatte vorher nicht darüber nachgedacht, aber natürlich gab es heutzutage bestimmt keine einzige Schauspielerin mehr, deren Brüste noch so waren, wie die Natur sie erschaffen hatte. Und Simone übte diesen Beruf schließlich auch aus. Eine flachbrüstige *Femme fatale*, das konnte ich mir auch gar nicht vorstellen. Ich mußte selbst darüber schmunzeln.

»Stört es dich?« fragte Simone nach einer Weile, als ich mich wieder über sie beugte, um sie zu küssen. Ein wenig verunsichert sah sie aus, wie ich sie kaum kannte.

»Nein.« Ich küßte sie und versuchte ihr das Gefühl zu geben, daß mich gar nichts an ihr störte, auch wenn ich das nicht in jedem Moment unserer bisherigen Beziehung hätte unterschreiben können. Als ich mich zurückzog, betrachtete ich ihre Lippen. Waren sie immer schon so voll gewesen?

Simone lachte leise. »Die sind echt«, sagte sie. »Weißt du das nicht mehr?« Sie zog mich wieder zu sich herunter und stellte ein Bein zwischen meinen Schenkeln auf. »Komm«, wisperte sie verführerisch, »probier es aus.«

Ihre Stimme klang süß wie ein kleiner plätschernder Bergbach, der von der Sonne beschienen wird und warm die Füße benetzt, wenn man sie nach einer Wanderung darin kühlt. Kühl war in diesem Moment an mir allerdings gar nichts, und meine Füße waren fast das einzige an mir, das noch nicht benetzt war. Die Bäche flossen in anderen Regionen. Simones Stimme hatte gerade wieder einen angeregt. Ich stöhnte auf, als ich ihr Bein an meiner heißesten Stelle spürte. »Noch nicht, Simone, bitte ...«, bat ich sie nach Luft schnappend, als sie den Druck verstärkte. Sie richtete sich danach und nahm ihn wieder zurück.

Ich beugte mich zu ihr hinunter und fuhr mit meinen Lippen über ihre Wange, um sie dann erneut zu küssen. Sie kam mir mit ihrer Zunge entgegen und ließ mir keine andere Wahl, als schon wieder zu stöhnen. Sie wußte sehr genau, was sie tat. Als sie merkte, wie sehr sie mich erregte, zog sie ihre Zunge wieder zurück und wartete. Ich suchte erneut nach ihr und drang tiefer in ihren Mund ein. Sie atmete etwas heftiger, aber sonst zeigte sie kein Zeichen von Erregung. Langsam ließ ich meine Hand zu ihrer Brust wandern und streichelte ihre Brustwarze. Sie zog noch etwas heftiger die Luft ein. Ich glitt von ihrer Brust tiefer und wurde durch einen Verschluß aufgehalten, der den Mantel zusammenhielt. Es war eine Schlaufe, die über den Knopf auf der anderen Seite gezogen war, und so nestelte ich etwas erfolglos daran herum. Sie half mir nicht. Vielleicht wollte sie gar nicht, daß ich ihn öffnete? Ihr Mund saugte sich jedoch geradezu an meinem fest, und sie machte mich mit ihrer Zunge verrückt, die alle Winkel erforschte. Also nahm ich an, daß sie weitermachen wollte. Endlich hatte ich es geschafft, die Schlaufe mit einer Hand über den Knopf zu ziehen. Der schwere Stoff des Mantels rutschte an ihrer Hüfte herunter. Meine Finger suchten andere Kleidungsstücke, aber da waren keine. Sie war nackt unter dem Mantel. Es nahm mir den Atem, nun endlich ihre Haut überall berühren zu können, ihren Körper zu erforschen.

Mein Kuß wurde nun noch etwas fordernder, bis sie keuchte, aber ich hörte nicht auf. Ich wollte sie besitzen, nehmen, sich unter mir winden spüren. Ihre Hüften hoben sich mir entgegen, und ich ließ meine Hand zwischen ihre Schenkel gleiten.

Sie preßte sie zusammen. »Nein!« sagte sie, indem sie mich mit beiden Händen wegschob und den Kuß beendete.

Das konnte doch nicht wahr sein! Hatte sie es sich jetzt etwa doch wieder anders überlegt? Würde sie mich wegschicken? Nach allem, was schon geschehen war? Ich konnte es nicht glauben, aber ich traute ihr alles zu. »*Sex bedeutet mir nichts, ich empfinde nichts dabei*«, hörte ich wieder ihre Stimme das erste Mal im Lokal, als wir darüber sprachen. War ihr das gerade wieder eingefallen? Oder hatte sich daran wirklich die ganze Zeit gar nichts geändert gehabt? Aber warum lag sie dann hier mit mir auf dem Boden? Ich betrachtete sie unter mir und wartete auf eine Erklärung. Als die nicht kam, rollte ich mich von ihr herunter und lag schweratmend neben ihr. Eine kalte Dusche wäre jetzt nicht schlecht, dachte ich, damit ich mich wieder abkühlen konnte, bevor sie mich nach Hause schickte.

Sie drehte sich neben mir um und stand auf. Ich sah gar nicht hin, es war zu deprimierend. »Willst du nicht mitkommen?« hörte ich plötzlich ihre Stimme über mir – weich, warm, sanft, verführerisch.

Mein Kopf fuhr zu ihr herum, und da sie immer noch neben mir stand, landete mein Blick genau zwischen ihren Beinen. Sie hatte sie nicht ganz geschlossen, und ich konnte alles sehen – alles, was ich soeben noch nicht hatte berühren dürfen. Die Luft blieb mir nun endgültig weg, ich keuchte, und dann merkte ich, wie sich meine Zungenspitze nur ganz leicht zwischen meinen Lippen nach draußen stahl. Ich zog das ungezogene Ding gleich wieder zurück, aber sie hatte es bemerkt.

»*Das* lasse ich dich vielleicht auch noch tun, aber bitte im Bett, nicht hier«, meinte sie etwas spöttisch. »Ich hasse es, wie die Tiere auf dem Boden herumzukriechen.« Sie sah zum Bett hinüber.

Bevor sie jedoch einen Schritt tun konnte, drehte ich mich um und griff nach ihr. Sie hielt überrascht inne, und als ich mich halb aufgerichtet hatte, kniete ich gerade richtig vor ihrem Schoß. Ich ließ meinen Mund nach vorne sinken und berührte ihr Dreieck, bevor sie es verhindern konnte.

Ihre Hände stemmten sich auf meinen Kopf, und sie versuchte mich wegzuschieben, aber meine Zunge war schneller und meine Hände auf ihrem Po preßten sie an mich. »Oh, bitte nicht!« keuchte sie auf. »Nicht hier, nicht so.« Dennoch schienen ihre Hände zu erlahmen, als ich ein zweites Mal mit meiner Zunge zwischen ihre Schamlippen tauchte. Es war feucht dort, oder kam das nur von mir?

Aber ich ließ Gnade vor Recht ergehen und stand auf. »Rache ist süß«, meinte ich grinsend. »Was meinst du, wie es mir eben ging, als du plötzlich ›Nein‹ sagtest?«

Sie war anscheinend froh, daß ich meine Drohung nicht wahrgemacht und meine Bemühungen fortgesetzt hatte, denn sie schmunzelte wieder mit spöttisch hochgezogenen Augenbrauen. »Ich sagte doch, ich bin nicht nett zu dir, hast du das vergessen?«

»Nein«, sagte ich und zog sie wieder an mich, um sie zu küssen, »das habe ich nicht, und ich merke es jede Minute, die ich mit dir zusammen bin. Du bist überhaupt nicht nett.«

»Genau«, bestätigte sie offenbar amüsiert, »ich weiß wirklich nicht, was du von mir willst.«

»Ich schon«, flüsterte ich rauh, weil die Erregung wieder in mir hochbrandete, als ihr Körper sich entgegen all ihrer gesprochenen Worte an mich schmiegte. »Ich weiß sehr genau, was ich von dir will.«

»Du willst mit mir schlafen«, stellte sie kühl fest, keine Erregung in ihrer Stimme, aber ihr Körper, der weich den meinen suchte, strafte ihre Worte Lügen. Warum tat sie das?

»Ja«, bestätigte ich, »und ich würde gern endlich wissen, ob du das auch willst.« Ich sah ihr in die Augen und suchte eine Antwort.

Ihr Blick brannte sich in meinen ein, als sie erwiderte: »Das wirst du nie erfahren.« Dann preßte sie sich an mich und küßte mich mit einer Leidenschaft, die mir vollständig den Atem raubte. »Komm ins Bett«, flüsterte sie danach, »ich möchte dich ausziehen, ganz langsam...« Übergangslos drehte sie sich um und ließ den Mantel auf dem Weg zum Bett von ihren Schultern gleiten, so wie sie es zuvor mit der Jacke getan hatte.

Aber diesmal hob ich nichts auf. Ich folgte ihrem nackten, schwingenden Po mit meinen Blicken, bis sie am Bett angekommen war und stand da wie paralysiert. Heiße Dusche, kalte Dusche, heiße Dusche, kalte Dusche – ich wußte nicht, hatte ich mich nun verbrüht oder war ich halb erfroren? An *ihr* hatte ich mich jedenfalls verbrannt, das war mir klar, und das Feuer hörte nicht auf zu lodern.

Sie drehte sich auf der Ferse um und sah mich herausfordernd an. »Mehr habe ich leider nicht zu bieten, ich bin schon nackt«, bemerkte sie wieder ironisch. »Willst du nicht herüberkommen?«

Das wollte ich, aber es war ausgesprochen schwierig, meinen Füßen diesen Befehl zu übermitteln. Irgendwie schienen sie angewachsen zu sein. Beim ersten Schritt stolperte ich tatsächlich ein wenig, aber dann ging es. Als ich sie erreicht hatte, legte sie die Hände auf meine Brust, um mich aufzuhalten. »Warte«, befahl sie, »immer langsam.«

Sie hatte das Ruder eindeutig wieder übernommen, ich hatte keinerlei Gewalt mehr über das, was sie mit mir tat. Willenlos stand ich vor ihr, als sie begann Knopf für Knopf an meinem Hemd zu öffnen. Ich stöhnte auf, als sie mit ihrer Hand hineinfuhr und endlich meine Brust berührte. Mit beiden Händen fuhr sie wieder nach oben und schob mir das Hemd von den Schultern. Meine Brustwarzen ragten steil hervor, als ich nun mit nacktem Oberkörper vor ihr stand, es tat sogar weh, als sie sie berührte – wie in meinem Traum, in meiner Phantasie, die aus ihrem Video entstanden war. Aber sie fragte nicht. Sie ließ mich einfach so stehen, und während das Hemd noch in meinem Hosenbund hing, begann sie ihn schon zu öffnen. Sie zog es heraus und warf es hinter mich. Ich biß mir auf die Lippen, als sie dabei meine Haut berührte, es war wie ein Stromschlag. Ich hob meine Hände und legte sie ihr auf die Schultern, da sie sich leicht nach vorne gebeugt hatte, um meine Hose besser öffnen zu können. Ihr Körper überzog sich sofort mit einer Gänsehaut, und sie richtete sich auf. Lange sah sie mir ins Gesicht, dann lehnte sie sich gegen mich. Ich schnappte so heftig nach Luft, daß ich mich verschluckte. Ihre Brüste auf meinen, das war wunderbar! »Simone«, seufzte ich auf, »was machst du nur mit mir?«

»Viele schöne Dinge«, flüsterte sie an meinem Ohr, und ihre Hände fuhren an meinen Seiten entlang, während sie immer noch an mir lehnte und mich ihre Haut spüren ließ, ihre Brüste, die in meine stachen, weil sie so viel fester waren und so weit hervorstanden. Es war ein merkwürdiges Gefühl. Ich ließ meine Hände ebenfalls über ihren Körper wandern und streichelte ihren Po, während sie das gleiche bei mir tat. Unsere Schenkel schoben sich ineinander, und ich hätte schwören können, daß sie kurz zusammenzuckte. Aber sie sagte nichts.

Meine Hose störte mich. Warum zog sie sie mir nicht aus? Ich nahm meine Hände von Simone und ließ sie zu meinem eigenen Hosenbund hinüberwandern, um die Hose hinunterzuschieben. Sie hielt meine Handgelenke fest. »Nein«, sagte sie, »leg dich hin. Ich will dich ausziehen.«

Ich gehorchte – was blieb mir auch anderes übrig? – und legte mich aufs Bett, während sie sich neben mich kniete. Mit einer Hand fuhr sie abwechselnd über meine Brüste, so daß ich nur noch stöhnte. Ich hob ihr meine Hüften entgegen, ich wollte, daß sie mich berührte. Und ich wollte *sie* berühren! Ich versuchte sie zu fangen, aber sie entzog sich mir stets mit einer wiegenden Bewegung ihrer Hüften. Es war wie ein Tanz, ein sehr erotischer Tanz, ein Tango vielleicht. »Simone, bitte –«, keuchte ich, »ich möchte dich anfassen.«

»Gleich«, beruhigte sie mich, »es dauert nicht mehr lange.« Ob ich ihr das glauben konnte?

Sie schien immer noch recht kühl, kaum erregt, völlig Herrin der Lage, während ich mich neben ihr wand und ihren Händen zu entfliehen und gleichzeitig entgegenzueilen suchte, die meinen ganzen Körper mit flammendem Feuer überzogen. Sie hatte sich nun heruntergebeugt und nahm eine meiner Brustwarzen in den Mund. Ich schrie auf, weil es so schön und gleichzeitig schmerzhaft war. Und ich wünschte mir so sehr, das gleiche bei ihr tun zu können! Meine Zunge bewegte sich in meinem Mund und wurde ganz unruhig bei dem verzweifelten Versuch, sich vorzustellen, wie ihre Brustwarze sich dort anfühlen würde: eine große feste Murmel mit rauher Oberfläche, die jede Faser meiner Zunge bis zum Zerbersten reizte, bis ich es nicht mehr aushalten konnte. Ich versuchte einen Blick auf ihre Brüste zu erhaschen und sah, daß ich mich nicht getäuscht hatte. Genauso sahen sie aus. Sie waren angeschwollen und standen hervor, ebenso wie meine, und sie würden noch größer werden, wenn ich sie in den Mund nahm, wenn ich das endlich dürfte...

Sie fuhr mit ihrer Zunge hinunter bis zu meinem Bauchnabel und danach wieder hoch – es war unerträglich. Dann schob sie langsam eine Hand in meine Hose, die sie mir immer noch nicht ausgezogen hatte, und beobachtete mich dabei aufmerksam. Die Enge preßte ihre Finger zwischen meine Beine, und ich schrie erneut auf, obwohl sie noch gar nicht viel getan hatte. Sie zog sie wieder zurück. »Bitte, Simone«, flüsterte ich heiser, »ich möchte nackt sein, bitte...«

Endlich schob sie ihre Hände nun beide an meinen Hüften entlang in meine Hose und bewegte sie damit in Richtung meiner Schenkel hinunter. Ich hob meinen Po an, und dann spürte ich meine nackte Haut auf dem Laken. Weiter schob Simone die Hose nicht, so daß sie mich immer noch behinderte, aber ich konnte mich nicht darum kümmern, denn sie legte ihren Mund auf mein Dreieck und leckte mit ihrer Zunge kurz hinein. Ich zuckte mindestens einen halben Meter hoch, und Simone zuckte ebensoweit schnell zurück. »Simone!« stöhnte ich. »Bitte...« Ich konnte meine Beine nicht spreizen, weil sie mir die Hose nicht ausgezogen hatte, und die süße Qual, es zu wollen und doch nicht tun zu können, machte mich fast wahnsinnig.

»Ich kümmere mich schon um dich«, lachte sie ein wenig schadenfroh, »keine Angst. Das wolltest du doch, nicht?«

Ja, das hatte ich gewollt, aber nicht so, ich wollte mich endlich bewegen können, ich wollte mich entspannen, ich wollte *sie!* Ich zuckte mit den Beinen, um die Hose abzustreifen, und es gelang mir auch. Endlich konnte ich meine Beine öffnen, sie so weit spreizen, wie ich es brauchte. Simone sah auf mich hinunter. »Besser?« fragte sie.

»Ja, besser«, antwortete ich rauh, während ich so mit gespreizten Beinen vor ihr lag und auf sie wartete. Sie schob sich auf mich und begann noch einmal, an meinen Brustwarzen zu saugen, diesmal kräftig wie ein Kind, das Milch daraus erwartet. Ich wand mich unter ihr, als die heißen Blitze erneut den Weg von dort in meinen Unterleib fanden und ihn zum Kochen brachten, und konnte nun so gut wie gar nichts mehr sehen, mein Blick war vor Erregung völlig vernebelt. Ich schloß die Augen, stöhnte nur noch unzusammenhängend und wurde immer lauter.

Mit kreisenden Bewegungen ließ Simone ihre Zunge um meine Brustwarzen rotieren, die meiner Empfindung nach nun die Größe von Vollgummibällen erreicht haben mußten, dann schob sie sich langsam an mir abwärts, um nach endlos lang erscheinender Zeit, nach einer Ewigkeit, die mich mit tausend kitzelnden Federn quälte, die Stelle zwischen meinen Beinen zu erreichen, an der sie schon einmal gewesen war. Ich spürte ihre Zunge, himmlisch, süß, weich, naß zwischen meinen Schamlippen, und sie fand auch sofort meine Perle, was vermutlich auch nicht schwer war, denn die hatte sicher mittlerweile ungefähr die Größe meiner Brustwarzen erreicht, eine Sondergröße, die es wahrscheinlich nicht oft gab, und fuhr darüber. Ich schrie – laut, lauter, am lautesten... Ich wollte mich beherrschen, aber ich konnte nicht. Ich stieß meine Hüften ein paar Mal in die Luft, und dann kam ich auch schon. Heiße Wellen überschwemmten meinen Körper, und zuckende Krämpfe zogen meinen Unterleib zusammen, daß es mir die Luft nahm. Ich keuchte in abgehackten Stößen, aber selbst dieses Ringen nach Atem löste nur erneute Spasmen aus, als ob es nie mehr enden würde. Irgendwann jedoch war es vorbei, und die Schwäche, die mich plötzlich überfiel, ließ mich zittern. Ich stöhnte vor Anstrengung noch einmal auf, als ich wieder auf das Laken zurückfiel. So erschöpft hatte ich mich selten gefühlt.

Simone blickte mit ihrem unergründlichen Gesichtsausdruck auf mich hinunter. »War es schön?« fragte sie leise.

Ich atmete immer noch keuchend. »Das fragst du noch?« stieß ich mühsam hervor. »Wonach hat es denn ausgesehen?«

»Nicht nach einem Film«, lächelte sie fast ein wenig scheu.

Das war anscheinend das einzige Kriterium, das sie kannte: Film. Aber ich verzieh es ihr. In diesem Moment, in der Phase der Entspannung und des Einigseins mit der Welt und dem Universum, hätte ich ihr alles verziehen. Ich fühlte mich nur wohlig ermattet.

Während ich noch dalag und mich schweratmend erholte, stand sie auf und griff nach ihrem Mantel auf dem Boden. Sie zog ihn mit einer eleganten und schnell fließenden Bewegung an und machte den Knopf zu. Jetzt war sie wieder vollständig bekleidet.

»Simone!« protestierte ich, »Was tust du?«

Sie zog erstaunt die Augenbrauen hoch. »Du sahst eben ziemlich erschöpft aus, da wollte ich dir nicht zumuten –«

Ich unterbrach sie. »Ist das dein Ernst?«

Sie nickte. »Selbstverständlich. Wir hatten doch einen schönen Abend, oder nicht? Ich denke, es reicht, das war genug.« Sie drehte sich um und suchte ihr Champagnerglas, das allerdings immer noch auf dem Boden lag, also nahm sie meins und schenkte es randvoll. In einem Zug stürzte sie den Champagner hinunter und füllte dann das Glas erneut.

»War es so anstrengend für dich?« fragte ich etwas anzüglich. Sie war schließlich noch gar nicht drangewesen.

»Ja«, erwiderte sie kühl. Sie stützte den Ellbogen der Hand, in der sie das Champagnerglas hielt, in die Handfläche der anderen und nahm noch einmal einen Schluck. »Ich mache das nicht sehr oft so ... ausführlich«, fügte sie hinzu. Ihr Zögern vor dem letzten Wort zeigte an, daß sie vermutlich auch nicht sehr oft darüber sprach.

»Tust du nicht? Ach – das hätte ich jetzt nie vermutet«, foppte ich sie, aber es war in ihren Augen wahrscheinlich kein gutes Thema, um darüber zu scherzen.

»Ich weiß nicht, wovon du sprichst«, behauptete sie gereizt, drehte sich von mir weg und betrachtete das Bild an der Wand, vor der sie stand.

»Ich spreche davon, was du mir erzählt hast; das ist noch gar nicht so lange her, das müßtest du doch noch wissen.« Sie wollte nicht darüber reden, das war mir klar. Wahrscheinlich tat es ihr jetzt schon leid, was sie mir in einem Augenblick, als sie dachte, daß sie mich nie wiedersehen würde, offenbart hatte.

»Ich kann mich nicht erinnern«, beharrte sie jetzt. Sie drehte sich nicht um. Sie sprach gegen die Wand.

»Na gut«, sagte ich, »vielleicht reicht es ja auch, wenn ich mich erinnere. Auf jeden Fall kann ich mir deshalb sehr gut vorstellen, warum du diesen Abend – oder gewisse Teile dieses Abends – jetzt für beendet erklärst.« Ich stand auf, nackt, wie ich war, und ging langsam zu ihr hinüber.

Nun drehte sie sich doch um. »Ich bin müde«, sagte sie. »Laß uns über etwas anderes reden.« Sie leerte ihr Glas, und gleich darauf stellte sie fest, daß auch die Flasche leer war. »Ich werde noch Champagner bestellen«, teilte sie mir mit und wollte an mir vorbei zum Telefon gehen.

Ich hielt sie fest. »Ich möchte gar nicht unbedingt mit dir reden, Simone«, sagte ich leise und begehrend. »Ich möchte ganz etwas anderes.« Ich hatte mich mittlerweile gut erholt, und das, was sie heute bereits zweimal mit mir gemacht hatte, wollte ich nun auch mit ihr tun. Ich sehnte mich danach, sie ebenso zum Stöhnen und zum Seufzen zu bringen, wie sie es mit mir fertiggebracht hatte. Ich wollte sie haben.

»Laß mich los!« verlangte sie energisch und entwand sich mir. »Ich brauche noch etwas Champagner zum Einschlafen.«

Ich ließ sie ihre Bestellung beim Zimmerservice aufgeben, doch als sie auflegte, fragte ich sie: »Wieviel Champagner brauchst du so täglich – zum Einschlafen?«

Sie ruckte verärgert mit dem Kopf herum. »Das geht dich gar nichts an!« blitzte sie mit funkelnden Augen in meine Richtung. Oha! Wenn sie auch sonst nichts erregen konnte, *das* Thema konnte es anscheinend schon! Und sie war schön, wenn sie so wütend war, schön und begehrenswert.

Ich ging auf sie zu, und sie wich etwas zurück. »Wie viele Flaschen hast du letztes Mal getrunken – zum Einschlafen –, nachdem du mich draußen vor dem Eingang hattest stehen lassen?« fragte ich noch einmal.

»Pia!« fuhr sie mich an, »Hör sofort auf damit! Laß mich in Ruhe!«

Das war das allerletzte, was ich tun würde! Da mußte sie sich jemand anders suchen. Sie war schon zu weit gegangen mit mir, das konnte nicht alles Berechnung sein – nicht alles nur für Cannes. Sie wollte noch etwas anderes von mir, und dafür würde sie mich an sich heranlassen müssen, ob sie wollte oder nicht. Im Moment wollte sie eindeutig nicht, aber ich glaubte nicht, daß das anhalten würde – nicht für immer.

»Das möchte ich ja«, sagte ich leise und trat noch einen Schritt auf sie zu. Sie wich erneut zurück, mit einem Blick wie ein verschrecktes Reh, aber es war nicht mehr viel Platz hinter ihr. Sie stolperte. Ich sprang schnell nach vorne und fing sie auf, bevor sie fallen konnte. Dadurch lag sie erneut in meinem Arm, ohne es zu wollen.

Sie machte sich ärgerlich los. »Was willst du denn noch?« fragte sie unwirsch. »Hast du noch immer nicht genug für heute?«

»Nein«, antwortete ich wahrheitsgemäß und ganz gelassen. »Ich hatte *dich* noch nicht.« Ich trat erneut auf sie zu und nahm sie in den Arm, was sie sich sogar widerwillig gefallen ließ, wahrscheinlich, weil hinter ihr kein Platz mehr war und sie deshalb nicht entkommen konnte. Ich fuhr mit meinem Gesicht durch ihr Haar und flüsterte: »*Danach* lasse ich dich dann bestimmt in Ruhe; die Ruhe *danach* ist sowieso die schönste.« Ich küßte sie aufs Haar und ließ sie wieder los.

Sie starrte mich wütend an, aber in diesem Moment klopfte der Kellner. Ich trat zurück, um sie vorbeizulassen, und sie flüchtete fast augenblicklich erleichtert in Richtung Tür, während sie »Herein!« rief. Dann fiel ihr ein, daß ich nackt war und daß der Kellner das vielleicht merkwürdig finden könnte, und sie korrigierte schnell: »Einen Augenblick noch, bitte.« Die Tür, die sich schon halb geöffnet hatte, schloß sich wieder. Sie drehte sich zu mir um. »Geh ins Bett!« zischte sie. Das Bett war von der Tür aus nicht zu sehen.

»Nichts lieber als das«, gab ich anzüglich grinsend zurück. »Kommst du nach?« Sie konnte keinen sehr lauten Wutausbruch bekommen mit dem Kellner vor der Tür, auch wenn die gedämpft war, und das nutzte ich aus.

Die Zornesröte stieg ihr ins Gesicht, aber sie konnte nichts tun. »Bitte«, quetschte sie zwischen den Zähnen hervor, »geh ins Bett oder ins Bad oder sonstwohin. Nur bleib nicht hier stehen.«

Ich tat ihr den Gefallen und ging zum Bett hinüber. Sollte sie doch ihren Willen haben – und ihren Schlaftrunk.

Sie nahm die beiden Flaschen, die sie bestellt hatte, entgegen, ohne den Kellner hereinzulassen. Sie öffnete die Tür nur so weit wie unbedingt nötig. Wenn der Kellner nicht ganz blöd war, würde er nun wissen, was los war. *Sie* war immerhin angezogen, das konnte er ja sehen. Sie stellte die Flaschen auf den Tisch, als er wieder weg war, und öffnete sofort eine davon ausgesprochen schnell und geschickt. Sie hatte Übung darin. Ich hätte das nicht gekonnt, ich hatte immer erhebliche Schwierigkeiten mit Wein- und schon gar mit Sektflaschen. Und Frauen wie sie konnten das normalerweise auch nicht sehr gut. Frauen wie sie hatten üblicherweise Männer, die für sie die Champagnerflaschen öffneten, und mußten das nicht selbst tun. Das alles wies darauf hin, daß sie alleine trank – und wahrscheinlich oft.

Sie goß sich schnell das Glas voll, wobei es überschäumte, da der Champagner ja frisch war, und kippte es dann gleich hinunter. Man hätte meinen können, sie sei am Verdursten.

Ich wußte nicht, was ich tun sollte. Wenn sie sich jetzt betrinken wollte, konnte ich sie nicht daran hindern. Andererseits – da war noch eine Sache ... Ich ging zu ihr hinüber. »Simone«, sagte ich, »es tut mir leid, ich wollte dich nicht ärgern.«

Sie sah mich an und schüttete das nächste Glas hinunter. »Geh ins Bett«, sagte sie dann müde, »und laß mich noch ein bißchen trinken, dann komme ich nach.« Sie füllte erneut das Glas.

Ich legte meine Hand auf ihren Arm. »Das ist nicht dein Ernst«, sagte ich leise und eindringlich. »Du willst dich betrinken, um mit mir schlafen zu können?«

Sie lachte freudlos auf. »Nein«, sagte sie tonlos, »das habe ich ja schon getan. Ich werde mich betrinken, damit *du* mit *mir* schlafen kannst, sonst hast du nämlich nichts davon, und das wollen wir doch nicht, nicht wahr?« Sie versuchte ihren Arm mit dem Glas zu heben, den ich immer noch festhielt. Als ich nicht losließ, sah sie mich an. »Laß mich ruhig«, sagte sie leise und unglücklich. »Du wirst sehen, gleich bin ich ganz brauchbar.«

Ich ließ sie los, aber nicht deshalb. Ich war einfach zu geschockt. Das war keine Szene, die sie nur für mich spielte, die kannte sie schon – zu gut. »Du bist Schauspielerin«, sagte ich im Gegensatz zu ihr nun vollständig ernüchtert. »Du kannst es spielen, sagtest du einmal. Wozu brauchst du dann den Alkohol? Du könntest es mir einfach vorspielen, wenn du wolltest.« Ich wünschte mir das in keiner Weise, aber ich war dennoch erstaunt. Das mußte sie mir wirklich erklären. Ich hatte sie schon so oft in ihren Filmen im Bett gesehen beim Sex, sie konnte das doch hervorragend. Im Film konnte es ja nun wahrlich nicht echt sein, das wußte selbst ich.

»Liebe, nicht Sex«, sagte sie, bevor sie das nächste Glas hinunterschüttete. Es kam mir so vor, als klang ihre Zunge schon ein wenig schwer. »Liebe kann ich spielen, für Sex brauche ich Alkohol – immer.«

»Deshalb machst du es nicht oft«, stellte ich den Zusammenhang zu dem her, was sie früher am Abend gesagt hatte. Bevor ich sie wiedertraf, hatte ich wirklich ein völlig anderes Bild von ihr gehabt.

»Privat ja«, sagte sie. »Im Film habe ich nicht die Wahl.« Ich sah ihr entgeistert zu, wie sie erneut ihr Glas füllte, aber sie trank es nicht sofort.

»Du meinst, du bist immer betrunken, wenn du solche Szenen spielst?« fragte ich fassungslos. »Aber das kommt doch in jedem deiner Filme vor, mehrmals.« Ich konnte es immer noch nicht fassen.

»Ja«, bestätigte sie, »in jedem meiner Filme – mehrmals.« Sie starrte das immer noch volle Glas an, das vor ihr stand, als wolle sie seine Qualität prüfen. Sie schwankte leicht.

Ich beugte mich zu ihr. »Simone«, bat ich sie eindringlich, »hör auf zu trinken. Das brauchst du nicht. Nicht für mich.« Wie schäbig würde ich mir vorkommen, wenn ich das zuließ?

Sie sah mich mit kindlich erstaunten Augen an. »Willst du mich denn nicht mehr?«

Was für eine Frage! Immer hatte ich sie gewollt, und ich wollte sie auch jetzt – aber nicht in diesem Zustand. »Doch, ich will dich«, entgegnete ich ihr also, »ich will dich mehr als alles auf der Welt, das kannst du mir glauben – und das weißt du auch, glaube ich.« Ich sah sie an, aber ihr Gesichtsausdruck war immer noch derselbe. Wahrscheinlich tat der Alkohol nun seine Wirkung schon ziemlich gut. »Mein Gott, Simone!« Ich schüttelte sie ein wenig, aber auch das schien ihr nichts mehr auszumachen. Ich nahm sie in die Arme. »Simone, ich liebe dich, ich begehre dich, und ich will dich so sehr, daß ich dich vor ein paar Minuten hier am liebsten einfach so genommen hätte, selbst gegen deinen Willen. Ich bin verrückt nach dir«, flüsterte ich in ihr Ohr. »Aber ich kann das nicht tun, wenn du dich betrunken hast, um das ertragen zu können. Ich wußte ja nicht...« Ich hatte so vieles nicht gewußt. Mein Bild von ihr geriet gehörig ins Wanken. Ich begehrte sie immer noch, ihr Körper an meinem machte es noch schlimmer, so weich und warm, wie sie in meinem Arm lag, an meiner Brust... alles an ihr war weich und warm, bis auf ihre Brüste, die hielten die Stellung. Alles andere hatte der Alkohol träge gemacht, träge und willig.

»Nimm mich doch«, sagte Simone an meiner Schulter, »nimm mich doch einfach. Jetzt macht es mir nichts mehr aus. Ich werde gut sein, bestimmt. Du wirst es mögen.« Sie richtete sich auf und sah mir in die Augen. »Ich bin eine gute Schauspielerin«, fügte sie noch ernst hinzu.

»Ich weiß«, sagte ich und strich über ihr Gesicht, »das weiß ich sehr gut.« Ich hatte jeden ihrer Filme gesehen, x-mal, ich wußte es wirklich, und es erschreckte mich, daß ich darüber nachdachte, was geschehen würde, wenn ich das tat, was sie verlangte. Den ganzen Abend über hatte ich mich danach gesehnt und sehnte mich immer noch danach, und jetzt das! Ich zog Simone an mich und genoß die Weichheit ihres Körpers noch einen Augenblick. So weich, so anschmiegsam hatte ich sie noch nie erlebt. Mein ganzer Körper sehnte sich nach ihr mit jeder Pore, jeder Faser, jedem Haar, das sich vor erregter Spannung aufrichtete, wenn sie darüberstrich. Aber es hatte keinen Sinn – ich mußte sie gehen lassen, zumindest für heute.

»Geh schlafen«, sagte ich leise, »ich werde nach Hause gehen. Dann hast du deine Ruhe.« Ich empfand es als innere Qual, mich von ihr zu lösen, sie von mir wegzuschieben und stehenzulassen, einen Schritt rückwärts zu tun und mich von ihr zu entfernen. All das war genau das Gegenteil von dem, was ich wollte. Aber es mußte sein. Ich zog mich schnell an, und sie sagte kein Wort. Als ich fertig war, drehte ich mich zu ihr um.

Sie stand immer noch am Tisch, an genau derselben Stelle, an der ich sie verlassen hatte. Sie hatte sich nicht gerührt. »Du mußt nicht gehen«, sagte sie. »Du kannst doch hierbleiben.« O nein, das sicher nicht! Das würde ich nicht aushalten: bei ihr zu sein und sie nicht anfassen zu dürfen. Ich schüttelte den Kopf, und sie nickte. »Ich verstehe.«

»Haben wir in Cannes eigentlich getrennte Zimmer?« fragte ich noch, bevor ich ging.

»Ja«, antwortete sie tonlos.

Na, Göttin sei Dank! Ich sah sie an, und sie blickte mit einem Ausdruck zurück, der mir wieder einmal undefinierbar erschien. Dann ging ich und sah ihr Gesicht hinter der sich schließenden gepolsterten Tür verschwinden.

Am nächsten Tag überlegte ich mir, ob ich wirklich mit nach Cannes fahren sollte. Ich hatte fast die ganze Nacht nicht geschlafen – den Rest, der noch übriggeblieben war, nachdem ich Simone verlassen hatte – und fühlte mich matschig und verbraucht. Wie hatte Simone so schön gesagt? *»Wie soll das erst in Cannes werden?«* Ja, das war eine gute Frage: Wie sollte das erst in Cannes werden? Wie würde ich mich fühlen, wenn ich jeden Tag mit ihr zusammen war und vielleicht jeden Tag Ähnliches mit ihr erlebte wie gestern nacht? Würde ich das durchhalten? Wollte ich das überhaupt?

Sicherlich nicht. So etwas wollte ich nicht noch einmal erleben, weder mit ihr noch mit jemand anders. Bis auf den ersten Teil vielleicht ... *Nein!* Ich riß mich zusammen. War das etwa eine Basis für eine Beziehung? Das auf keinen Fall, aber Simone hatte mir ja auch gar keine Beziehung angeboten, davon war nie die Rede gewesen. Sie hatte mir angeboten, mich sexuell zu befriedigen – nur sexuell, nicht mehr –, und das hatte sie auch ausgiebig getan. Dieses Versprechen hatte sie ausnahmsweise einmal gehalten. Und darüber hinaus hatte sie mir angeboten, mich auch an ihr zu befriedigen, ihren Körper zu benutzen, in betrunkenem Zustand – *ausschließlich* in betrunkenem Zustand, wenn ich sie richtig verstanden hatte. Es lief mir kalt den Rücken herunter. Wie lebte sie nur? Was tat sie?

Ich schloß die Augen und sah all die Bilder vor mir, wie sie in der Regenbogenpresse abgebildet war: lächelnd, verführerisch, elegant, damenhaft, immer vollendet frisiert und gekleidet, vom Abendkleid bis zur Jeans, je nach Anlaß, stets ausgeglichen und zufrieden und – wunderschön. Das war das Bild, das die Öffentlichkeit von ihr hatte und an dem sie sicher auch keinen Zweifel hegte. Ich hatte es eigentlich auch nicht getan. Ich hatte sie zeitweise sogar beneidet um ihr Leben, war wütend auf sie gewesen, daß sie in mein Leben so viel Unglück gebracht hatte und selbst offenbar so glücklich war. Diese Meinung konnte ich nach dem gestrigen Abend vergessen. Was auch immer sie sein mochte, glücklich war sie bestimmt nicht. Glückliche Menschen mußten sich nicht betrinken, um etwas tun zu können, was für andere ein selbstverständliches Vergnügen war – für mich war es das jedenfalls immer gewesen, oder sagen wir besser: meistens. Ich dachte peinlich berührt an Marion und ein paar andere Erlebnisse, die dieses Kriterium vielleicht nicht ganz erfüllten.

Dennoch: der Unterschied zu Simone war deutlich erkennbar. Was bei mir die Ausnahme war, schien bei ihr die Regel zu sein – und selbst meine *Ausnahmen* hatten mir mehr Vergnügen bereitet, als sie es offenbar empfand.

Aber – und das stand eindeutig fest – ich hatte ihr für Cannes zugesagt, daran gab es nichts zu rütteln. Vielleicht hatten sich die Voraussetzungen ein wenig geändert – *ein wenig? Das war wohl leicht untertrieben!* –, aber ich konnte meine Zusage jetzt nicht mehr zurückziehen, dafür gab es keinen Grund – jedenfalls keinen, den ich akzeptiert hätte.

Da ich bereits im Büro saß, öffnete ich mit einem Mausklick meinen Terminkalender auf dem PC und sah hinein. In zwei Wochen hatte ich einige Termine ... ich blätterte mit der Maus weiter ... die ließen sich aber nach hinten schieben. Bis auf den einen, aber den konnte ich vielleicht vorziehen. Ich betätigte die Sprechanlage auf meinem Schreibtisch. »Tatjana, kannst du mal reinkommen?« Tatjana war meine rechte Hand, wie man so schön sagte, früher hatte man das Sekretärin genannt, aber heute nannte man es *Assistentin*. Die Aufgaben waren aber ungefähr dieselben geblieben, auch wenn sie anspruchsvoller geworden waren – bis auf das Kaffeekochen, das teilten wir uns manchmal.

Tatjana linste mit fragendem Blick durch die Tür. »Ja, Pia?«

»Ich habe ein paar Termine, die ich verschieben muß«, teilte ich ihr mit und deutete auf den Bildschirm auf meinem Schreibtisch. »Kannst du mir gerade mal dabei helfen?«

Sie nickte. »Sicher.« Sie kam herüber, und wir besprachen, welche Anrufe sie tätigen mußte und wann ich wieder da sein würde. So schaufelten wir ein paar Tage frei. Genug für Cannes. »Ich lege die Termine um, sobald die Gesprächspartner zugesagt haben, und passe dann die Projektplanung an«, faßte sie zum Schluß zusammen, und ich nickte zustimmend.

Unsere PCs waren vernetzt, und so würde ich sofort sehen, wenn sie etwas änderte, und auch gleich die aktualisierte Planung zur Verfügung haben. Das war das Praktische daran. »Übers Handy kannst du mich im Notfall immer erreichen«, erinnerte ich sie noch, »aber wirklich nur im Notfall!« drohte ich zum Schluß spielerisch. Ich wußte genau, daß sie durchaus in der Lage war, ein paar Tage alles allein zu bewältigen, aber sie selbst war manchmal nicht so ganz davon überzeugt. Das mußte sie noch lernen, sie war noch ziemlich jung, und deshalb gab ich ihr gern Aufgaben, an denen sie wachsen konnte. Sie sollte selbständig arbeiten, das war sehr viel einfacher, als wenn sie immer für alles meine Erlaubnis einholen mußte, aber ihr letzter Arbeitgeber hatte das völlig anders gesehen, sie hatte ihn wegen jeder Kleinigkeit fragen müssen, deshalb war sie manchmal noch etwas verunsichert, aber das würde sich legen. Sie würde eine sehr gute Projektmanagerin abgeben, wenn sie erst einmal etwas älter war.

Ich lächelte sie wohlwollend an. »Du wirst es schon schaffen, Tatjana, daran habe ich keine Zweifel.«

Sie seufzte. »Das sagst du jedes Mal, und ich kriege jedes Mal trotzdem die Panik. Ich weiß nicht, woher du so viel Vertrauen in mich nimmst.«

»Aus dir, Tatjana, nur aus dir«, versicherte ich ihr immer noch lächelnd. »Ich weiß, daß du es kannst. Und du hast mich bisher ja auch noch nie enttäuscht, also müßtest du es eigentlich auch wissen.«

Sie seufzte wieder, aber schon etwas zuversichtlicher. »Ja, vielleicht, ich arbeite daran.«

»Das ist gut.« Ich grinste.

Warum konnte Simone nicht so sein wie Tatjana? – Weil ich sie dann nicht geliebt hätte, gab ich mir sofort die Antwort. Tatjana war ein nettes Mädchen, begabt, intelligent, gutaussehend, aber ich wäre nie auf den Gedanken gekommen, etwas mit ihr anfangen zu wollen. Sie reizte mich nicht – abgesehen davon, daß sie nicht lesbisch war. Aber das war Simone ja auch nicht gewesen, als ich sie kennenlernte. Simone hatte etwas, das nicht mit Händen zu greifen war – das gewisse Etwas eben, von dem niemand so recht sagen konnte, worin es bestand. Aber man spürte deutlich, wenn es da war – oder wenn es fehlte, wie bei Tatjana.

Tatjana hatte mein Büro bereits wieder verlassen, um sich an die Arbeit zu machen, die ich ihr aufgetragen hatte, und was sie sonst noch so zu tun hatte. Das war nicht wenig, denn ich hatte ihr den ganzen Organisationskram überlassen, um den Kopf für wichtigere

Dinge freizuhaben. Sie hielt eigentlich den ganzen Betrieb am Laufen, während ich nur für Entscheidungen und Visionen zuständig war. Also würde mich vermutlich auch niemand so schnell vermissen in den paar Tagen, die ich in Cannes verbringen würde.

So war ich wieder bei den Gedanken an Cannes gelandet, die mich schon seit Beginn des Tages beschäftigten. Oder die mich beschäftigten, seit Simone mich gefragt hatte. Ich konnte mir immer noch nicht erklären, warum. Was war so wichtig daran, ob ich in Cannes dabei war oder nicht? So wichtig, daß sie alles daransetzte, mich zu überzeugen mitzufahren, sich sogar zu etwas hatte zwingen wollen, was ihr eigentlich zuwider war? Sie hatte mir nicht gesagt, warum sie mich dabeihaben wollte, und so, wie ich sie zu kennen glaubte, würde sie das auch nicht tun. Nicht freiwillig jedenfalls. Ich wunderte mich. In Cannes würde sie permanent beschäftigt sein, so stellte ich mir das jedenfalls vor, ich kannte ja die Berichte aus der Presse, mit Filmpremieren, Interviewterminen, Galas und was es da sonst noch alles gab in den paar Tagen. Was wollte sie da also mit mir? Das, was ich mir darüber hinaus noch hätte vorstellen können: die nicht verplanten Nächte mit einer angenehmen Beschäftigung zu füllen, fiel in ihrem Fall ja auch aus, wie ich seit gestern endgültig wußte.

Ich schüttelte den Kopf. Bis zum Beginn der Filmfestspiele in Cannes waren es noch zwei Wochen, und in denen mußte ich noch ein bißchen arbeiten. Ich schaltete auf meinem Laptop vom Terminkalender zum Posteingang um und begann einige E-Mails zu beantworten.

⊂℘℘⊃

Knapp zwei Wochen später fand ich ein Flugticket nach Cannes in meinem Briefkasten und eine Hotelreservierung. Kein Wort von Simone. Wir hatten die ganze Zeit seit jener verhängnisvollen Nacht nichts mehr voneinander gehört. Fast hatte ich schon angenommen, daß sie die Einladung nach Cannes bereits wieder aufgehoben hatte, eine ihrer Launen, die sie bereute. Sollte ich sie anrufen? hatte ich mich gefragt. Erwartete sie das vielleicht von mir?

Letztes Mal hatte ich es ja auch getan. Aber diesmal war die Situation eine andere gewesen. Wenn überhaupt, hätte sie anrufen müssen. Und das hatte sie nicht getan. Aber nun lagen diese beiden Umschläge vor mir, die mir wohl bedeuten sollten, daß ich nach Cannes kommen sollte, daß sich nichts geändert hatte.

Hatte sich wirklich nichts geändert? Während der vergangenen zehn Tage hatte ich des öfteren darüber nachgedacht, aber im Gegensatz zu all den verzweifelten Gedanken, die sie mir die letzten Male abverlangt hatte – jedes Mal, wenn ich mich gezwungenermaßen von ihr trennen mußte, weil *sie* es so wollte, weil *sie* mich verstieß – war es diesmal schon anders. Diesmal hatte *ich* sie verlassen, und es war von vornherein nicht endgültig gewesen, jedenfalls nicht von meiner Seite aus. Bei ihr hatte ich zugegebenermaßen so meine Zweifel gehabt. Sie hatte sich schon zu oft umentschieden. Aber wenn ich mir auch nicht sicher gewesen war, hatte ich doch in gewisser Weise eine Fortsetzung erwartet. Das Ticket war eine Erleichterung, aber keine so große Überraschung. Ich hatte insgeheim mit so was in der Art gerechnet. In meiner Phantasie hatte sie mich zwar eher mit einem Rolls-Royce abgeholt, aber das Flugzeug tat es auch.

In *einer* Hinsicht hatte sich jedoch überhaupt nichts geändert: Meine Sehnsucht nach ihr hatte sich eher noch verstärkt. Ein gesteigertes Verlangen überfiel mich beim Lesen des Namens *Cannes*, vervielfacht durch die Tage der Trennung, die mir wie Jahre erschienen. Das konnte ja heiter werden! *Ich* wollte sie mehr als je zuvor, und *sie* wollte überhaupt nicht, davon konnte ich wohl ausgehen. Ich war nicht so dumm zu glauben, daß sich da bei ihr etwas gewandelt hatte. Dieses Ticket war so etwas wie eine Einladung zum Essen – aber ohne nachfolgendes Hotelzimmer...

Ich hatte mich darauf eingelassen, und nun mußte ich da durch, so war es nun einmal. Vielleicht würde sich mein Begehren mit der Zeit ja in Freundschaft verwandeln, das war doch auch was Schönes... Ich lachte über mich selbst. Schon allein bei dem Gedanken an Simone stellten sich meine Brustwarzen auf. Das war reine Freundschaft, na klar! Ich mußte mich einfach damit abfinden. Ich konnte sie sehen und mit ihr sprechen, vielleicht einen Abend mit ihr zusammen verbringen, um sie dann galant zu ihrer Tür zu begleiten, wo ich mich dann artig von ihr verabschieden würde – oder ich konnte es lassen. Eine andere Möglichkeit gab es nicht. Zwischen Liebe, Begehren und Freundschaft gab es keinen Ausgleich, es sei denn, mit derselben Person. Nur eines davon würde *ihr* auf Dauer vielleicht reichen, *mir* nicht ...

Ich hatte ja noch ein paar Tage Zeit. Ich konnte mich immer noch entschließen, nicht zu fliegen, nicht wahr?

Natürlich flog ich dann doch, als es drei Tage später so weit war. Noch auf der Fahrt zum Flughafen überlegte ich mir, ob es vernünftig war, das zu tun. Nein, vernünftig war es eindeutig nicht. Aber es war notwendig, davon war ich überzeugt.

Das Flugticket bescherte mir einen Platz in der VIP-Klasse. So war ich noch nie geflogen. Aber natürlich hatte Simone das für mich gebucht – oder wohl eher buchen lassen –, was sie auch selbst gewöhnt war. Das war wie mit Austern und Kaviar: Auf etwas anderes kam sie gar nicht. Ich glaubte nicht, daß diese spezielle Behandlung einen besonderen Grund hatte. Für sie war es einfach das Normale.

Und – ich glaubte es kaum! – auch der Rolls aus meinen Träumen gehörte dazu. Er holte mich am Flughafen ab und brachte mich zum Hotel. Zwar saß Simone nicht darin, wie ich es mir gewünscht hatte, sondern nur ein Chauffeur, aber das war doch immerhin schon etwas ...

Auf dem Zimmer – luxuriös wie der ganze Ausflug bisher – empfing mich ein Blumenstrauß, der mediterranes Flair verbreitete. Ein Page packte meine Tasche aus und ordnete meine wenigen Sachen in Fächer und Schränke. Als er fertig war, gab ich ihm ein Trinkgeld, und er verschwand mit einem einstudierten Wunsch für einem schönen Aufenthalt an der Côte d'Azur.

Ich ging zu einem der Fenster – es war ein französisches, also eine Tür – und öffnete es, um auf den kleinen Balkon zu treten. Die Luft, die mir schon am Flughafen entgegengeflutet, aber zwischenzeitlich durch die Klimaanlage des Rolls ein wenig neutralisiert worden war, überwältigte mich erneut mit ihrer Milde und Süße. Der Geruch des Meeres strömte unverwechselbar herüber, und das Rauschen der Wellen beruhigte meine Nerven, die doch etwas angespannt waren. Ich liebte das Meer. Warum wohnte ich eigentlich nicht hier?

Ich ließ das Fenster offen und trat wieder in den riesigen Raum zurück. Als ich ins Bad ging, um mir die Hände zu waschen, fiel mir ein kleines Kärtchen auf, das an dem Blumenstrauß befestigt war, der in der Mitte des Raumes auf einem verzierten Podest stand. Wahrscheinlich ein ebenso stereotyper Wunsch der Geschäftsleitung, wie ihn mir zuvor der Page hatte zukommen lassen, dachte ich, und das bestätigte sich auch, als ich das Kärtchen näher betrachtete. »Herzlich willkommen!« stand auf französisch gedruckt darauf. Als ich es aufklappte, kamen noch ein paar handgeschriebene Worte zum Vorschein. Die Hausdame hatte sich wirklich Mühe gegeben! Das hatte sicher auch mit dem VIP-Status zu tun, den Simone mir verschafft hatte.

Ich hoffe, es gefällt Dir hier.
Ich freue mich darauf, Dich zu sehen.
Simone

las ich, als ich die Schrift genauer unter die Lupe nahm. Das warf mich fast um. Simone hatte mir die Blumen geschickt? Damit hatte ich nicht gerechnet. Mit allem Möglichen, aber damit nicht!

Wo mochte sie wohl in diesem Augenblick sein? Die Eröffnung der Festspiele war heute abend, jetzt war später Vormittag. Heute würde ich sie wohl sicher nicht mehr zu Gesicht bekommen. Bis zur Eröffnung war sie garantiert mit den unerläßlichen Vorbereitungen beschäftigt. Sie mußte schön sein, perfekt frisiert und außergewöhnlich angezogen – das würde sicher eine geraume Zeit in Anspruch nehmen, vielleicht den ganzen Tag. Ich richtete mich darauf ein, daß ich wohl erst morgen Gelegenheit haben würde, mit ihr zu sprechen. Ich seufzte.

In welchem Hotel sie wohl wohnte? Ich ging noch einmal auf den Balkon hinaus und betrachtete das Meer, das schwach schäumend und sanft an den Strand schlug. Gut, daß die Luft hier so mild war und das Meer so sanft, das würde mich trösten.

Das Telefon klingelte. Sicher wollte mir die Rezeptionistin nun auch noch einen schönen Aufenthalt wünschen, es war wirklich reizend, wie man als VIP behandelt wurde, aber auch ein bißchen lästig... Ich nahm den Nachbau eines altertümlichen Telefons in die Hand und meldete mich. »Oui?«

»Un moment, s'il vous plaît!« informierte mich eine telefonerfahrene Frauenstimme, und ich wartete.

Gleich darauf knackte es im Hörer. »Bist du gut angekommen?« hörte ich Simones tiefe, erotische Stimme. Als ich vor Schreck nicht gleich antwortete, fragte sie nach: »Pia, bist du da?«

»Oui ... ich meine: ja«, antwortete ich hastig. »Ich bin hier.«

Sie lachte. »Ich dachte schon, sie hätten mich falsch verbunden. Das ist ein bißchen kompliziert hier.«

»Wo bist du denn?« fragte ich automatisch. Telefonieren war ja schon seit einiger Zeit nichts Neues mehr, und ein Handy hatte heutzutage auch jeder. Simone nicht? Und gab es noch Institutionen, wo man verbunden wurde und nicht selber wählen konnte? Wie auch immer, mein Interesse an den Details des Telefonierens zeigte mir, daß ich mich nur ablenken wollte. Mein Herz hatte beim Ertönen ihrer Stimme im Hörer einen bombastischen Satz gemacht, und ich mußte mich erst einmal wieder beruhigen und meine Herzfrequenz auf einen normalen Wert herunterfahren, bevor ich einen Infarkt bekam. Eben hatte ich mir das alles noch so friedlich vorgestellt, aber die Realität machte mir einen Strich durch die Rechnung. Nein, *Simone* tat es!

»Im Filmpalast«, sagte sie jetzt. »Wir haben eine Probe für den Auftritt heute abend. Es dauert nicht mehr lange, aber danach muß ich zum Friseur. Ich fürchte ...« Sie verstummte.

»Ich fürchte, wir werden uns heute nicht mehr sehen«, vollendete ich ihren Satz. Das hatte sie sicherlich sagen wollen. Dasselbe hatte ich ja auch schon vermutet.

»Ja«, bestätigte sie etwas zerknirscht, »wahrscheinlich nicht. Es tut mir leid. Heute abend ist dann auch noch ein Dîner, da kann ich nicht fehlen. Und so was dauert meistens ziemlich lange. Die Franzosen lieben es, jedes Jahr noch einen neuen Gang hinzuzuerfinden, und jeder Gang dauert ohnehin schon eine Stunde.« Sie lachte wieder. »Aber *Buabespitzle* gibt es sicher nicht!«

Ich mußte auch lachen. Das hatte sie also behalten! Aber gleichzeitig erinnerte es mich auch an das traurige Ende jenes Abends. Anscheinend ging es ihr genauso, und so sagten wir beide eine Weile nichts mehr. »Also dann ... vielleicht bis morgen«, kam nach dieser langen Pause die Verabschiedung aus dem Hörer.

»Ja«, sagte ich, »vielleicht.« Dann fiel mir noch etwas ein, und ich rief hastig, bevor sie auflegen konnte: »Simone!«

»Ja?« Sie klang überrascht.

»Vielen Dank für die Blumen, sie sind sehr schön«, sagte ich leise.

Es gab wieder eine Pause, nicht so lang diesmal. »Gern geschehen«, sagte sie dann fast noch leiser als ich und legte auf.

Eine Weile brauchte ich noch, um mich von unserem ersten Gespräch nach diesen zwei Wochen des Schweigens zu erholen, dann machte ich mich auf, Cannes zu erkunden, zumindest die Promenade, von der ich schon so viel gehört hatte. Ich zog mir etwas Leichteres an, um dem mediterranen Wetter Tribut zu zollen, und ging dann hinunter. Der Ausgang des Hotels wies auf das Meer, genau wie mein Zimmer, und so stand ich fast augenblicklich auf der Promenade, als ich das Gebäude verließ. Es war ein imposanter Bau, der hinter mir aufragte, mit vielen kleinen Stucksimsen und Stuckbalkonen, von denen einer wohl auch meiner war. Ich warf einen kurzen Blick darauf, bevor ich in die andere Richtung schwenkte, zum Meer hin, vor dem die Promenade in weißer Pracht verlief.

Es war beeindruckend. Die Palmen rauschten leise im Wind wie das Meer, auf den Bänken saßen Menschen, die so aussahen, als würden sie immer hier wohnen, so braungebrannt war ihre Haut, anscheinend aber auf natürliche Weise und nicht aus dem Solarium, und auf der Promenade und in allen angrenzenden Straßen und Gassen tummelten sich eine Menge Touristen. Allerdings waren es nicht so viele, wie ich erwartet hatte. Es herrschte immer noch eine relativ gesittete Atmosphäre, nicht vergleichbar mit der Hektik gewisser Urlaubsorte, die ich kannte.

Ich sog die milde Luft tief ein, als ich den Strand betrat, an dem Kinder und Hunde spielten und Frauen, die gerade vom Einkaufen gekommen waren, mit ihren Beuteln saßen und sich unterhielten. Das war das mondäne Cannes? So ganz hatte ich mir das nicht so vorgestellt. In den Bildern, die man im Fernsehen zu sehen bekam, sah das immer ganz anders aus. Im Moment kam es mir fast wie ein Familienparadies vor.

Ich zog meine Schuhe aus und ging mit nackten Füßen durch den Sand ans Meer. Das Meer leckte über meine Zehen, als ich stehenblieb, um die sanften Wellen zu betrachten. Es war noch früh im Jahr, erst Mai, und die Fluten des Mittelmeeres wirkten dementsprechend noch ziemlich kalt. Ich bewunderte diejenigen, die sich bereits im Wasser tummelten. Aber es waren ohnehin fast nur Kinder und Jugendliche, und vermutlich stammten sie von hier. Sie waren abgehärtet. Der Sand schob sich durch meine Zehen, als ich wieder zurückging, um mich auf eine Mauer zu setzen. Es war wunderschön hier, und ich hätte jetzt gern Simone an meiner Seite gehabt, um es gemeinsam mit ihr zu genießen. Am liebsten engumschlungen in der Sonne sitzen, das Meer zu unseren Füßen – ja, es war ein schöner Traum, aber er würde sich nie erfüllen.

Ich seufzte und stand auf. Zuerst einmal mußte ich etwas essen. Ich fand ein hübsches kleines Restaurant, das weniger von Touristen überlaufen schien als die anderen, und ließ mir Meeresfrüchte kredenzen. Was sonst an dieser *Blauen Küste?* Nach dem Essen ging ich in mein Hotelzimmer zurück und schaltete den Fernseher ein. Die französischen Sender würden bestimmt über das Festival von Cannes berichten. Auf einem Lokalsender lief auch tatsächlich eine große Reportage, die sich mit den Vorbereitungen beschäftigte. Die anderen vertrösteten die Zuschauer auf den Abend. Der Reporter des Lokalsenders gab sich große Mühe, die Paparazzi zu schlagen und Einblicke in die Welt des Films zu erhaschen, die ihnen verwehrt waren. Durch seine lokalen Beziehungen war es ihm offensichtlich auch gelungen, in den Filmpalast zu gelangen, als dort die Probe stattfand, von der Simone mir erzählt hatte.

Auf einmal sah ich sie, und es traf mich wie ein Schlag, weil es so unerwartet kam. Sie stand auf der Bühne und unterhielt sich mit zwei Männern, die offenbar versuchten ihr zu gefallen. Sie lachte geschmeichelt, oder sie tat so, und die beiden spreizten sich wie die Pfauen. Es war nur eine Probe, und im Moment schien nichts zu passieren, aber obwohl offiziell keine Kameras daran beteiligt waren, war sich Simone garantiert der Anwesenheit von Kameras jederzeit und überall bewußt. Jedenfalls verhielt sie sich so. Sie war eindeutig die Diva. Mit der Frau, die ich privat kennengelernt hatte, hatte das wenig zu tun, eigentlich gar nichts.

Die Kamera des Reporters schwenkte in eine andere Richtung, und er erzählte jetzt irgend etwas über die Organisation des Festivals und interviewte offenbar einen daran Beteiligten. Zum Schluß ließ er die Kamera noch einmal den ganzen Raum erfassen, und ich sah Simone, wie sie mit wehenden Haaren und schnellen Schrittes in Begleitung einiger anderer den Festsaal verließ. Wahrscheinlich auf dem Weg zum Friseur. Oder zum Telefonat mit mir?

Ich schaltete ab, als Simone nicht mehr zu sehen war, und ließ mich erschöpft in einen Sessel fallen. Das war vor ein paar Stunden in einem Gebäude hier in dieser Stadt gewesen, nur einige hundert Meter entfernt von meinem Hotel, und auch jetzt war sie hier, irgendwo in der Nähe, beim Friseur oder der Schneiderin, und doch schien sie mir weiter entfernt zu sein als je. Diese Bilder zu sehen, die nicht extra inszeniert waren, die zu keinem Film gehörten und fast etwas Privates hatten, ließ mich den Schmerz nur noch stärker spüren, den die Sehnsucht in mir hervorrief. Sie war wahrscheinlich nur ein paar Straßen weit entfernt, und doch konnte ich sie weder berühren noch sehen, nicht bei ihr sein. Und morgen? Würde es morgen anders sein? Warum hatte sie mich herbestellt, wenn sie doch gar keine Zeit hatte? Das hatte ich mich ja schon des öfteren gefragt.

Doch, fiel mir da mit einem Mal ein. Ich würde sie *doch* sehen können! Heute abend würde sie den Filmpalast betreten mit all den anderen, und dann könnte ich sie sehen. Ich könnte sogar ganz dicht neben ihr stehen, wenn ich an den Eingang herankäme. Ich mußte den Portier fragen, ob das ging. War das in meinem VIP-Abo auch enthalten?

»Leider nein, Madame«, bedauerte der Portier in seinem gediegenen Französisch, das fast alles in den Schatten stellte, was ich je gehört hatte. »Die Karten für die Eröffnungsveranstaltung sind schon seit Jahren in festen Händen, und an den roten Teppich kommen auch nur ausgewählte Personen heran, die bereits feststehen. Die Sicherheitsbeamten sorgen dafür, daß sonst niemand in die Nähe kommt. Das wäre zu gefährlich.«

»Können Sie denn gar nichts tun?« fragte ich ihn noch einmal.

Er schüttelte den Kopf. »Ich bedauere sehr, Madame, ich bedauere unendlich, aber ich kann nichts daran ändern.« Er verbeugte sich ein wenig, als ich ihm trotzdem dankte, und widmete sich dann einem anderen Gast.

»*Ich* kann etwas für Sie tun«, hörte ich hinter mir eine Knabenstimme.

Ich drehte mich um. Es war der Page, der meine Sachen eingeräumt hatte. »So?« fragte ich. Was konnte er schon für mich tun, was der Portier nicht konnte?

»Ich habe einen Cousin, der ist Sicherheitsbeamter, und er könnte Sie an den roten Teppich heranlassen«, flüsterte der Junge, damit ihn der Portier nicht hörte.

»Das sollte er aber nicht tun«, erwiderte ich streng. Wenn das immer so ging, dann waren die ganzen Sicherheitsmaßnahmen ja umsonst, und ich machte mir wirklich Sorgen um Simone und die anderen. Nein, eigentlich nicht um die anderen, nur um Simone...

»Es ist etwas Besonderes«, sagte er in verschwörerischem Tonfall. »Nur für Sie.«

Ich blickte fragend. Wieso für mich? Er kannte mich doch gar nicht.

»Madame Bergé hat mir die Blumen für Sie gegeben. Ich habe sie dann in Ihr Zimmer gebracht«, fuhr der Junge fort. »Sie werden ihr nichts tun, das weiß ich. Sie sind doch mit ihr befreundet.«

Da wußte er mehr als ich.

»Sie ist so eine wunderschöne Dame«, schwärmte er verzückt, »eine wunder-wunderschöne Dame, schöner als alle anderen. Und sie hat mir sogar einen Kuß auf die Wange gegeben!« Er errötete stolz und deutete in sein Gesicht. »Dahin!«

Jetzt würde er sich sicher nie wieder waschen und seine Mutter zur Verzweiflung treiben! Ich schmunzelte. Er war verliebt in Simone, das konnte ich gut verstehen... »Das freut mich aber«, sagte ich. »Und was muß ich tun, damit dein Cousin mich erkennt?«

»Sagen Sie nur, Nounou hat Sie geschickt, dann weiß er schon Bescheid«, verkündete er mir fast noch stolzer.

»Nounou?« fragte ich erstaunt.

»Nounou«, bestätigte er, »das bin ich. Und mein Cousin heißt Jacques. Jacques Fabre. Fragen Sie einfach nach ihm.«

»Das werde ich tun«, sagte ich. »Danke.«

Er wandte sich ab, um wieder seinen Platz einzunehmen, dann drehte er sich noch einmal um und runzelte zweifelnd die Stirn: »Madame Bergé – sie ist so schön. Sie werden ihr doch wirklich nichts tun, nicht wahr?«

Ich schüttelte den Kopf und nickte dann. »Nein, mein Junge«, sagte ich warm, »ich werde ihr nichts tun. Bestimmt nicht.« Was für ein Glück Simone hatte, einen solchen Beschützer ihr eigen zu nennen – jetzt konnte ich ihr tatsächlich nichts mehr tun, selbst wenn ich gewollt hätte!

Er lachte erleichtert und setzte sich wieder auf seinen Platz, wobei er noch einmal verschwörerisch zu mir herüberzwinkerte.

Ich blickte ebenso verschwörerisch zurück. Das erwartete er sicher. Danach ging ich fröhlich pfeifend auf mein Zimmer und zog mich erneut um. Heute abend wollte ich etwas gesellschaftsfähiger aussehen, auch wenn ich nur am roten Teppich stand.

Der Abend kam, und der Junge hatte nicht zuviel versprochen. Sein Cousin ließ mich tatsächlich nach vorne an den roten Teppich, als ich ihn fragte. Ich war etwas früher hinüber zum Filmpalast gegangen, damit ich mich nicht durch die Massen drängeln mußte, aber es waren trotzdem schon sehr viele Fans da. Wir mußten warten, bis es anfing zu dämmern. Langsam fand ich das ganze keine so gute Idee mehr. Meine Füße taten weh in den engen Schuhen, die mehr zum Sitzen als zum Stehen oder Laufen geeignet waren. Dafür sahen sie gut aus, fand ich. Aber das würde ohnehin niemand sehen.

Eine Kamera nach der anderen schaltete das Licht ein, um gleich, wenn die Filmprominenz kam, noch drehen zu können. Endlich fuhr der erste Wagen vor. Es war ein Rolls-Royce ähnlich dem, der mich abgeholt hatte. Aber Rolls-Royce' sehen sich ja irgendwie alle ähnlich. Und es war auch nicht der letzte. Ein Rolls nach dem anderen fuhr vor, kaum ein anderes Modell dazwischen, und je dunkler es wurde, desto gleißender strahlte das Licht der Kameras. Von uns ZuschauerInnen war nichts mehr zu erkennen als vage Schatten, dafür standen die Leinwandschönheiten im vollen Scheinwerferlicht. So sollte es ja auch sein. Jedes Mal starrte ich gespannt auf den ankommenden Wagen, um herauszufinden, wer ihm entsteigen würde, aber in den ersten saßen ausschließlich französische SchauspielerInnen. Da war Frankreich eigen: zuerst *La France* – und dann der Rest der Welt.

Meine Füße brannten, und ich kämpfte mit mir, ob ich überhaupt noch dableiben sollte, aber meine Füße verloren den Kampf. Ein weiterer Rolls fuhr vor, und eine wunderschöne Frau entstieg ihm lächelnd. Mit hochgesteckten Haaren, die das tiefe Dekolleté des wirklich weit ausgeschnittenen glänzenden Abendkleides betonten, und einem betörend geschminkten Mund, auf entsetzlich hochhackigen Schuhen: Simone.

Die Hälse reckten sich ihr entgegen, obwohl sie davon sicher nichts sah, und auch ich konnte mich nicht zurückhalten. Sie blieb lächelnd stehen, nachdem sie ausgestiegen war, und ließ sich von allen Seiten ablichten und anstarren. Der Begleiter an ihrer Seite – ein hübscher junger Mann ohne besondere Kennzeichen – trat neben sie und legte ihren Arm auf seinen, um sie hineinzuführen. Sie folgte ihm mit fließenden, eleganten Bewegungen und ging nur einen Meter entfernt an mir vorbei, ohne mich zu sehen.

Ich spürte ihre Nähe wie eine körperliche Qual. Ich wollte meine Hand heben, nach ihr greifen, sie berühren, aber wenn ich das tat, würden mich die Sicherheitsleute daran hindern, davon war ich überzeugt, und Simone würde mich wahrscheinlich ohnehin nicht erkennen bei dem gleißenden Licht, das sie blendete.

Sie raffte elegant ihr Kleid, als sie an der Treppe war, um hinaufzusteigen. Dann drehte sie sich oben auf dem Treppenabsatz, der den Eingang zum Filmpalast bildete, noch einmal um und schaute lächelnd in die Menge. Als sie sich dann umdrehte und am Arm ihres Begleiters im Filmpalast verschwand, stieß ich die Luft aus, die sich vor lauter Anspannung in mir gesammelt hatte. Ich hatte kaum noch atmen können, als sie so nah an mir vorbeiging. Nun hatte ich ihn wenigstens einmal erlebt: den Auftritt einer Diva.

Ich drängelte mich durch die Zuschauermenge nach hinten durch, denn der Rest interessierte mich nicht mehr. Die Proteste hielten sich in Grenzen, da durch meinen Weggang ja ein Platz in der vordersten Reihe frei wurde. Als ich wieder im Hotel war, schaltete ich den Fernseher ein und suchte die Live-Übertragung der Veranstaltung im Filmpalast, der nun auch von innen zu sehen war. Da einer von Simones Filmen in Cannes Premiere hatte, gehörte sie zu den herausragenden Gästen. Sie wurde interviewt, saß auf dem Podium und war ständig irgendwo lachend – und wie mir schien: auch flirtend – zu sehen. Ihr Französisch war noch besser geworden als früher, und wie ich den Interviews entnahm, würde sie ihren neuen Film auch auf französisch synchronisieren, was die Franzosen anscheinend ausgesprochen gerne hörten, denn sie klatschten. Seit Romy Schneider war keine deutsche Schauspielerin in Frankreich mehr so populär gewesen, behauptete der Moderator, und Simone dankte mit artigen, aber sehr erotisch klingenden Worten, wie es ihrem Image entsprach. Ursprünglich hatte sie ihr Französisch damals von einigen ihrer Liebhaber gelernt, die Franzosen waren, und mit einem von ihnen hatte sie sogar einmal kurze Zeit in Frankreich zusammengelebt. Sie hatte ein ausgesprochenes Faible für das Land.

Die Übertragung ging noch eine Weile weiter, aber irgendwann verlor ich das Interesse daran und ging ins Bett. Ihr Abbild im Fernsehen war eben doch nicht dasselbe wie sie persönlich, das hatte ich ja schon aus langer schmerzlicher Videoerfahrung gelernt. Und morgen würde ich sie vielleicht endlich wirklich sehen – irgendwo, wo sie mich auch sehen konnte und nicht nur ich sie. Ich schlief mit einem letzten Gedanken an sie ein, der ein Lächeln auf mein Gesicht zauberte: Ich sah, wie sie vergnügt durch die Bächle sprang – nicht großartig geschminkt und nicht im Abendkleid, aber sie selbst.

Von einem ungewohnten Geräusch wachte ich Stunden später auf, aber was war hier, am Mittelmeer, für mich schon nicht ungewohnt? Ich versuchte herauszufinden, was für ein Geräusch das sein konnte, das mich geweckt hatte. Nach einiger Zeit meinte ich ein Klopfen an der Tür zu hören. Zimmerservice? Um diese Zeit? Ich sah auf meinen Wecker: Es war fast drei Uhr morgens.

Ich stand auf und zog meinen Morgenmantel über, da ich immer nackt schlief und die Hausangestellten nicht schockieren wollte. Je näher ich der Tür kam, desto deutlicher hörte ich es: Da war ein unregelmäßiges Klopfen, mal mehr, mal weniger, dann wieder eine Weile gar nicht, bevor es von neuem begann. Wer konnte das sein?

Ich öffnete vorsichtig die Tür – klopften Einbrecher oder Serienmörder in Frankreich an? – und sah erst einmal nichts. Dann rührte sich etwas zu meinen Füßen. »Simone!« hauchte ich erstaunt, als ich hinuntersah, denn ich war so überrascht, daß mir die Stimme wegblieb. Simone saß vor meiner Tür und klopfte mit ihrem Schuh gegen den Rahmen, das hatte mich geweckt. »Simone, was machst du da?« fragte ich und versuchte sie hochzuziehen, aber sie lachte nur und blickte mir von unten strahlend entgegen.

»Ich habe den anderen verloren, ich habe nur noch einen, ist das nicht lustig?«

»Simone, du bist betrunken!« sagte ich streng.

»Ja.« Sie nickte sehr ernsthaft mit dem Kopf, immer in Richtung Boden. »Ja, ich bin betrunken, ich bin *sehr* betrunken.« Sie sah zu mir hoch. »Das magst du nicht, nicht wahr?« Ich schüttelte den Kopf, aber sie hatte sich schon wieder abgewendet und sprach jetzt mit ihrem Schuh. »Pia mag mich nicht, wenn ich betrunken bin, weißt du?« vertraute sie ihm gewichtig an. »Verstehst du das? Sie könnte alles von mir haben, wenn ich betrunken bin, aber sie will mich nicht. Kannst du das verstehen?«

»Simone«, sprach ich sie an, während ich mich zu ihr hinunterbeugte, »steh auf und komm rein. Es sind noch andere Leute hier im Hotel, die könnten dich hören. Du weckst alle auf.« Ich griff ihr unter die Arme, und sie ließ sich auch tatsächlich hochziehen. Schwer war sie ja ohnehin nicht.

»Du magst mich nicht«, behauptete sie mit bleischwerer Zunge, »du magst mich einfach nicht!«

»Laß uns das diskutieren, wenn du wieder nüchtern bist«, schlug ich vor.

Sie fiel in meine Arme, nachdem ich sie hochgezogen hatte, und hing darin wie ein nasser Sack. Sie schien nicht mehr stehen zu können. Hatte ich mir nicht gewünscht, sie in den Armen halten zu können? Jetzt hatte ich den Salat. So schnell konnten Wünsche in Erfüllung gehen, ganz anders, als man es sich vorstellte! »Ich will nicht nüchtern sein«, lallte Simone kaum verständlich. »Ich will *absolut* nicht nüchtern sein, dann kann ich nicht... Ich will mit dir schlafen!« Sie warf ihre Arme um meinen Hals und versuchte mir einen Kuß auf den Mund zu drücken.

»Simone!« rief ich sie erschreckt zur Ordnung. Sie war ziemlich laut gewesen. »Wenn das jemand hört! Komm wenigstens rein!« Ich zerrte sie mit mir ins Zimmer und gab der Tür einen Tritt, die wimmernd ins Schloß fiel. Dann hob ich Simone hoch – sie war wirklich nicht schwer, selbst in betrunkenem Zustand nicht – und trug sie zum Bett. Dort ließ ich sie herunter und ging ins Bad, um nach einem nassen Lappen zu suchen – möglichst naß und möglichst kalt! Ich fand etwas, das meinen Anforderungen genügte und brachte es zurück zu Simone.

»Iiih!« machte sie, als ich ihr den Lappen auf die Stirn drückte, und wollte ihn gleich wieder loswerden.

»Nein!« befahl ich streng. »Den behältst du jetzt.«

Sie gehorchte erstaunlicherweise, zog aber eine Schmollschnute wie ein unartiges Kind. Was für ein Unterschied zu dem, wie sie noch vor ein paar Stunden gewesen war, als ich sie am Eingang des Filmpalasts und im Fernsehen gesehen hatte!

»Simone, was ist passiert?« fragte ich sie. »Warum bist du so betrunken?« Ich kannte ja bislang nur einen Grund, warum sie sich so völlig betrank. War es das gewesen? Hatte sie mit jemand geschlafen, mit dem sie eigentlich nicht schlafen wollte? Hatte sie sich deshalb so betrunken, um nichts zu spüren? Mir fuhr ein kalter Schauer durch die Glieder. Ich hatte mir unser Wiedersehen in Cannes wahrlich anders vorgestellt!

»Ich bin nicht betrunken«, behauptete sie jetzt plötzlich gegen alle Vernunft. »Ich bin überhaupt nicht betrunken. Du magst mich nicht, wenn ich betrunken bin, also bin ich nicht betrunken.« Betrunkene hatten ihre eigene Logik, zweifellos ...

»Nein, du bist gar nicht betrunken«, zog ich sie auf. »Du hast nur ein bißchen viel Champagner gehabt, nicht wahr?« Hoffentlich wenigstens auf dem Dîner und nicht in einem Hotelzimmer bei irgendeinem schmierigen Kerl ... Ich wollte es mir gar nicht vorstellen. Ich sah die Szenen aus ihren Filmen vor mir, mit diesen Machos, die sie immer halb vergewaltigten, diese riesigen, behaarten Hände – nein, lieber nicht ...

»Champagner?« wiederholte sie erfreut. »Ja, das ist eine gute Idee! Hast du Champagner da?« Sie blickte sich suchend im Zimmer um.

»Nein, Simone, ich habe keinen Champagner da, und du hast auch genug gehabt für heute«, sprach ich ruhig auf sie ein. So betrunken, wie sie war, mußte sie doch irgendwann mal müde werden.

»Ich habe nicht genug gehabt, ich will noch welchen«, beharrte sie. »Ich rufe den Zimmerservice an, die bringen was.« Sie versuchte aufzustehen, fiel aber gleich wieder zurück. Dann entdeckte sie das Telefon am Bett und griff danach.

Ich nahm es ihr wieder aus der Hand. »Die schlafen jetzt alle, Simone, es ist schon ziemlich spät«, versuchte ich es ihr auszureden.

»Nein, die schlafen nicht!« behauptete sie trotzig. »Die sind immer wach. Ich kenne das Hotel. Da kann man auch jetzt noch

Champagner bestellen!« Sie griff wieder nach dem Telefon. »Hallo Zimmerservice?« rief sie fragend in den Hörer, ohne gewählt zu haben.

Ich nahm ihn ihr erneut weg und stellte das Telefon auf den Boden. »Simone«, redete ich auf sie ein, »willst du nicht ein bißchen schlafen? Es ist spät. Und morgen gibt es sicher wieder Champagner, wenn du aufwachst.«

»Ich will aber *jetzt* welchen!« beharrte sie unerbittlich. »Und ich will *dich!* Ich will mit dir schlafen!« Sie warf sich mir wieder an den Hals und schaffte es diesmal, mir einen feuchten Kuß auf die Lippen zu drücken.

Ich wehrte sie ab – wann hätte ich mir das je träumen lassen? – und ließ sie wieder auf das Bett zurücksinken.

Sie ließ meinen Nacken jedoch nicht los und sah mich mit großen dunklen Augen an, zu denen sich dann noch ihre dunkle, verheißungsvolle Stimme gesellte, die sie anscheinend plötzlich wiedergefunden hatte. »Warum willst du nicht?« hauchte sie verführerisch, und auf einmal wirkte sie gar nicht mehr betrunken. »Warum willst du mich nicht?« Sie zog mich zu sich heran und küßte mich. Diesmal ließ ich es zu. Ich war zu überrascht von ihrer Wandlung, und ihre Zunge glitt in meinen Mund, wo sie sich mit meiner vereinigte und mich einem Höllenfeuer aussetzte. Mit einer Hand fuhr sie in meinen Morgenmantel und versuchte meine Brust zu streicheln, während sie die andere noch weiter hinunterfahren ließ, um den Mantel zu öffnen. Es war schön, wunderschön...

Ich griff nach ihren Handgelenken und hielt sie zurück. »Simone, bitte nicht«, sagte ich leise. »Laß uns morgen darüber reden.«

Sie sank zurück und wirkte auf einmal sehr müde. »Ja, du hast recht«, wisperte sie kaum verständlich, »morgen...« Dann war sie eingeschlafen.

Sie sah aus wie eine schlafende Prinzessin in ihrem wundervollen Abendkleid mit dem verführerischen Dekolleté... Aber das war jetzt kein Thema. Ich suchte nach Knöpfen und Reißverschlüssen und öffnete alles, was ich fand. Dadurch fiel das Kleid fast auseinander, es war wirklich eine komplizierte Angelegenheit. Ich zog es ihr aus, wobei sie nur einmal verschlafen murmelte, als ich sie umdrehte, und tastete dann noch in ihrem Haar nach irgendwelchen Nadeln oder Klammern, an denen sie sich im Schlaf eventuell verletzen konnte, und zog auch diese heraus. Ich strich noch einmal über ihr Gesicht, als sie so dalag, nackt und mit gelöstem Haar, das sich über das Kissen ergoß – was für ein verlockender Anblick. Dann deckte ich sie zu, zog mich aus und legte mich neben sie. Im Schlaf rollte sie sich herüber und lag so in meinem Arm. Ich zog sie an mich und breitete die Decke über uns beide. »Schlaf, mein Liebling«, flüsterte ich und küßte sie leicht auf die Schläfe, die an meiner Brust ruhte. »Schlaf, ich tu' dir nichts.«

Das spürte sie wohl auch, denn sie schlief ganz ruhig, tief und fest. Allmählich stellte sich auch bei mir wieder das Schlafbedürfnis ein, das sie so jäh unterbrochen hatte, und ich sank ebenfalls in Morpheus Arme hinüber.

Als ich erwachte, war sie fort. Nichts erinnerte mehr an sie als der nasse Lappen, der neben dem Bett lag. Wo war sie hin? »Simone?« rief ich, aber sie antwortete nicht. Es war niemand im Zimmer. Ich stand auf und suchte sie auch im Bad und auf dem Balkon, aber da war sie nicht. Sie war definitiv fort. Kein Gruß, kein Zettel – nichts. Sie war einfach verschwunden.

Vielleicht war sie schon wieder im Filmpalast oder sonstwo? Wenn ich nur gewußt hätte, in welchem Hotel sie wohnte! Ich duschte und zog mich an, um dann hinunterzugehen und im Bistro des Hotels zu frühstücken – das wollte ich mir nicht entgehen lassen: ein Frühstück im Bistro, auch wenn es nur aus Café und Croissant bestand. Ich liebte die französischen Bistros und vermißte so etwas zu Hause immer. Ich hätte sicher auch genausogut auf dem Balkon meines Zimmers frühstücken können, aber das hob ich mir für den nächsten Tag auf.

Wo konnte Simone nur sein? grübelte ich, als ich mit Blick aufs Meer vor meinem Café saß. Ich sah den kleinen Pagen durch die Gegend flitzen, er brachte irgend etwas an einen Tisch. Ich rief ihn. »Nounou?«

Er blickte sofort zu mir herüber und strahlte dann über das ganze Gesicht. Eilig huschte er zu mir. »Jacques hat mir erzählt, Sie waren da«, teilte er mir fröhlich und zufrieden mit. »War sie nicht schön?« Er bekam schon wieder diesen verzückten Ausdruck, hoffentlich konnte er dabei noch denken...

»Nounou«, sprach ich ihn noch einmal an. Was für ein Name!

»Du hast doch die Blumen von Madame Bergé bekommen, weißt du auch, wo sie wohnt?«

Er riß weit die Augen auf. »Das wissen Sie nicht? Sie sind doch ihre Freundin!« Da war er vielleicht ein bißchen im Irrtum, wenn ich bedachte, wie schnell und ohne Abschied Simone heute morgen verschwunden war.

Aber wie dem auch sei. »Nein, ich weiß es nicht«, informierte ich ihn. »Sie hat es mir nicht gesagt.«

»Aber sie wohnt doch direkt neben Ihnen!« stieß er hervor.

»Direkt neben mir?« fragte ich überrascht.

»Ja, wir vermieten die beiden Zimmer auch manchmal als Suite, und Madame Bergé hat sie immer, wenn sie hier ist. Da nichts mehr frei war während der Festspiele, hat sie ein Zimmer an Sie abgetreten.« Das konnte er nun überhaupt nicht begreifen, daß ich das nicht wußte. Mir wäre es an seiner Stelle genauso gegangen. »Sie haben doch sogar eine Verbindungstür!« schloß er etwas vorwurfsvoll.

»Aha«, bemerkte ich nicht sehr einfallsreich. Ich war platt. Da hatte ich Simone verzweifelt gesucht, und wahrscheinlich war sie die ganze Zeit nebenan gewesen! »Danke, Nounou«, sagte ich dann und drückte ihm ein dickes Trinkgeld in die Hand. Im Gegensatz zu Simone konnte ich ihn nicht mit einem Kuß bezahlen, das hätte er wohl etwas komisch gefunden. Er strahlte noch mehr als zu Beginn, als er mit dem Schein in der Hand abzog.

Simone kam sicherlich nicht ins Bistro frühstücken, sie wollte garantiert allein sein bei den vielen Leuten, die sie sonst immer um sich hatte. Aber vielleicht war sie ja auch schon wieder unterwegs. Doch da ich nun wußte, wo sie wohnte, konnte ich das ja überprüfen. Ich ging hinauf und betrachtete die beiden Türen im Gang, die dicht nebeneinander lagen. Eine davon war meine, die andere mußte Simones sein. Ich betrat mein Zimmer und suchte nach der Verbindungstür. Ja, ich sah sie. Ich versuchte gar nicht erst, sie zu benutzen, sie war bestimmt abgeschlossen. Also ging ich hinaus auf den Balkon und blickte hinüber – und tatsächlich: Da war sie! »Guten Morgen, Simone«, begrüßte ich sie erfreut. Mein Herz überschlug sich fast.

Sie zuckte hoch und drehte ihren Kopf zu mir. Ihre Augen konnte ich nicht sehen, da sie eine Sonnenbrille trug, aber ihre Begrüßung klang anders als meine nicht sehr begeistert. »Guten Morgen«, sagte sie kühl.

»Wie geht es dir?« fragte ich fürsorglich in Anbetracht der beträchtlichen Menge Alkohol, die sie gestern konsumiert haben mußte.

»Gut«, erwiderte sie höflich. »Danke der Nachfrage.«

Meine Güte, was war denn los? Sie benahm sich, als ob wir uns noch nie gesehen hätten! Gestern abend hatte sie noch an meiner Tür gekratzt – nein, das war ja schon heute morgen gewesen – und nun? Die Sonnenbrille hinderte mich daran, ihren Gemütszustand zu beurteilen, aber ich nahm zu ihren Gunsten an, daß es einfach nur der Kater war, der sie so abweisend erscheinen ließ. »Du bist gut nach Hause gekommen, wie ich sehe«, bemerkte ich lächelnd. Das war harmlos, daran konnte sie nichts Schlimmes finden.

Ihre Reaktion ließ jedoch ganz das Gegenteil vermuten. »Ja«, versetzte sie kalt, »es war ja nicht weit.«

So weit, so schlecht. Sie benahm sich, als ob ich ihr irgend etwas getan hätte, als ob sie mich überall lieber gehabt hätte als in ihrer Nähe. Aber sie selbst hatte mich hier einquartiert, hatte mich nach Cannes kommen lassen, um bei ihr zu sein. Was stimmte denn jetzt schon wieder nicht? Bereute sie es schon, kaum daß wir uns gesehen hatten? »Simone«, fragte ich also, »was ist los? Heute nacht –«

Sie unterbrach mich hastig. »Komm zu mir herüber, die Verbindungstür ist –«

Jetzt unterbrach ich sie. »Ich weiß, wo sie ist.« Endlich hatte die Unterhaltung über zwei Balkone ein Ende.

Ich ging zur Tür, und sie schloß sie von der anderen Seite auf. Dann drehte sie sich wieder um und machte ein paar Schritte in den Raum hinein. Es sah entschieden so aus, als wolle sie eine möglichst große Distanz zwischen uns legen. Sie war bereits vollständig geschminkt und angezogen, jedoch natürlich nicht im Abendkleid jetzt am Morgen, obwohl ich das fast bedauerte. Sie trug ein bestimmt teures, auf Figur geschnittenes Kostüm und dazu passende Schuhe, diesmal mit nicht ganz so hohen Absätzen wie gestern abend. Sie sah sehr elegant aus, und ihre Seidenbluse gewährte gerade so viel Einblick in ihr Dekolleté, daß es züchtig und unabsichtlich erschien, jedoch dennoch verführerisch. Sie wirkte kühl – was die Sonnenbrille, die sie auch im Zimmer nicht abgenommen hatte, noch unterstrich –, aber ungeheuer attraktiv.

Ich ging auf sie zu, und sie schien zurückweichen zu wollen, blieb aber dann stehen. Ich gab ihr einen Kuß auf die Wange. »Eigentlich wollte ich dich heute morgen so begrüßen«, meinte ich lächelnd, »aber du warst einfach verschwunden.«

Sie drehte sich um und stellte die Distanz wieder her, die ich aufgehoben hatte. »Ja«, sagte sie dann in neutralem Tonfall, »ich mußte weg. Ich habe gleich einen Interviewtermin.«

Ach, deshalb war sie schon so gestylt. »Heftig«, sagte ich mitfühlend, »ein Interview? Hast du denn gar keinen Kater?« So, wie sie sich benahm, wollte sie garantiert nicht darauf angesprochen werden, wie betrunken sie gewesen war, aber ich tat es trotzdem. Sie mußte sich schließlich irgendwann dazu stellen.

Sie fixierte mich einen Moment mit den Gläsern ihrer Sonnenbrille, als ob sie mich ermorden wollte. »Doch«, gab sie dann widerwillig und abweisend zu, »aber es wird schon gehen. Ich bin das gewöhnt.«

Zweifellos – bei dem, was sie trank! »Ein paar Aspirin helfen sicher auch«, bemerkte ich etwas schadenfroh, was ich gar nicht sein wollte, aber irgendwie ärgerte sie mich zu sehr, als daß ich die ganze Zeit auf sie Rücksicht nehmen konnte.

»Ja«, murmelte sie unaufmerksam, als ob sie bereits an etwas anderes dachte, das sie mehr beschäftigte. Sie knetete ihre Knöchel und verschlang dabei angestrengt ihre Hände, als ob sie sich zu etwas zwingen müßte, was sie gar nicht wollte. »Haben wir ... hast du ...?« fragte sie dann plötzlich mit verschlossenem Gesicht. »Ich erinnere mich an gar nichts mehr, nur noch, daß ich neben dir aufgewacht bin.«

Nackt und mit gelöstem Haar wie nach einer leidenschaftlichen Liebesnacht, das hatte sie bestimmt sehr erschreckt, da sie nicht in der Lage war, sich an etwas zu erinnern, das konnte ich mir vorstellen. Sollte ich sie noch ein bißchen zappeln lassen und ihr den Eindruck vermitteln, wir hätten ...? So gemein war ich dann doch nicht, obwohl es mich ärgerte und beunruhigte, wie sie mich behandelte. »Nein«, beruhigte ich sie, »ich habe nicht. Du hast nur bei mir geschlafen, nachdem ich dich vor meiner Tür gefunden hatte.«

»Ich war betrunken«, sagte sie in einem sehr nüchternen Ton.

»Ja«, bestätigte ich. »Du warst betrunken. Sehr betrunken.« Noch immer wußte ich nicht, *warum* sie sich so betrunken hatte, und das würde sie mir jetzt auch nicht mehr verraten.

»Entschuldige«, sagte sie kalt. »Es wird nicht wieder vorkommen.«

»Schade«, behauptete ich, obwohl ich es nicht so meinte. Ich wollte nicht, daß sie trank. Was ich wollte, war, sie etwas aus der Reserve zu locken. »Du warst eigentlich sehr süß.« Ich lächelte sie vieldeutig an.

Sie zuckte alarmiert. Hatte ich sie vielleicht belogen, und es war doch etwas passiert? dachte sie jetzt sicher. »Was habe ich ... gesagt?« fragte sie stockend, als ob es sie unendliche Überwindung kostete, die Worte hervorzubringen.

Ich wollte das Ganze nicht zu weit treiben, es war schließlich nichts passiert, und sie mußte sich keinerlei unnötige Gedanken darum machen. »Simone«, fragte ich deshalb, »ist das wichtig? Du warst betrunken, da weiß man nicht, was man sagt.«

Sie preßte ihre Lippen zusammen. »Es *ist* wichtig«, beharrte sie dann mühsam. »Ich erinnere mich nicht mehr, und ich will wissen, was ich gesagt habe – wenn ich schon nicht weiß, was ich getan habe.«

Das wußte ich auch nicht, zumindest nicht für den Teil des Abends, der vor ihrem Auftauchen bei mir lag. »Du hast nichts getan«, versicherte ich ihr dennoch zuversichtlich, »und gesagt hast du auch nichts Schlimmes.«

»Nichts Schlimmes?« fragte sie noch mehr alarmiert als zuvor.

Ich mußte es ihr sagen, sonst drehte sie durch. »Du hast mehrmals wiederholt, daß du mit mir schlafen willst, das war alles«, leierte ich etwas beiläufig herunter, damit sie dem nicht zu viel Bedeutung beimaß. »Und du wolltest den Zimmerservice wecken, um Champagner zu bestellen, sonst war wirklich nichts«, beteuerte ich dazu noch, damit das Ganze etwas gemildert wurde.

Das interessierte sie aber gar nicht. Sie hatte anscheinend nur den ersten Teil gehört und danach abgeschaltet. »Mehrmals?« fragte sie peinlich berührt.

»Ja, mehrmals«, bestätigte ich ergeben.

»Und du hast trotzdem nichts getan?« fragte sie mißtrauisch. Das konnte sie wohl nicht so recht glauben. Hätte ich an ihrer Stelle vielleicht auch nicht getan.

»Nein«, versicherte ich ihr noch einmal, »außer daß ich dich ausgezogen habe, habe ich nichts getan.« Sie zuckte wieder ein wenig zusammen, und also ergänzte ich: »Das Abendkleid erschien mir dann doch ein wenig zu eng zum Schlafen. War das falsch?«

»Nein, nein«, sagte sie beiläufig, »das stimmt schon.« Dann drehte sie sich wieder um und knetete ihre Knöchel. Was war denn noch? Jetzt hatte ich ihr doch wirklich alles erzählt. »Und sonst habe ich nichts gesagt? Gar nichts?«

»Nein«, sagte ich, »du hast noch eine Menge Zeug erzählt, aber das war alles nicht wichtig. Also laß es doch auf sich beruhen.«

»Also habe ich doch noch etwas gesagt«, schloß sie messerscharf. Sie war trotz Kater offenbar völlig auf der Höhe. Bemerkenswert.

»Nein, du hast nichts gesagt, nichts Wichtiges«, versuchte ich sie abzulenken, aber sie sah mich dermaßen scharf hinter ihrer Sonnenbrille an, daß ich dann doch nachgab und hinzufügte: »Du hast mich noch ein paar Mal gefragt, ob ich dich denn nicht will und warum nicht und behauptet, daß ich dich nicht mag. Aber das hat doch wirklich keine Bedeutung.«

Sie starrte mit ihren dunklen Gläsern in meine Richtung und sagte gar nichts. Dann fing sie sich wieder und wiederholte kühl: »Nein, das hat keine Bedeutung, du hast recht.« Sie blickte auf das Zifferblatt der Barockuhr, die auf dem Kamin stand, der an einer Wand in diesem Zimmer eingebaut war. »Ich muß gehen«, sagte sie.

Ach ja, das Interview, das hatte ich schon fast vergessen. »Wann kommst du wieder?« fragte ich unwillkürlich, obwohl mich das ja eigentlich nichts anging. Andererseits: Sie hatte mich nach Cannes eingeladen, und ein bißchen sollte sie sich vielleicht doch um mich kümmern, wenn ihr etwas an mir lag, und das nicht nur in betrunkenem Zustand. Aber lag ihr wirklich etwas an mir? Das bezweifelte ich manchmal schon sehr stark. Vielleicht sollte ich einfach nur in meinem Zimmer auf sie warten und für sie da sein, wenn sie betrunken nach Hause kam. Erwartete sie das von mir? Dann konnte ich allerdings genausogut – oder besser – gleich wieder zurückfliegen.

»Ich weiß noch nicht«, antwortete sie gleichgültig und zog ihre Handschuhe an, passend zum Kostüm. Sie sahen aus, als seien sie aus dem gleichen Stoff. Dann griff sie nach einer ebenso passenden

Handtasche. »Nach dem Interview habe ich noch einen Termin mit einem Regisseur, und dann...« Sie schien zu überlegen.

»Simone«, fragte ich ernst, »warum hast du mich herkommen lassen?«

Sie hielt im Glattstreichen ihrer Handschuhe inne, überlegte noch einen Moment und drehte sich dann um. »Damit du da bist«, sagte sie einfach, als ob das eine Erklärung wäre, die mir genügen müßte. Dann wollte sie zur Tür gehen.

Hatte ich also richtig vermutet? Sie brauchte mich, um sie zu trösten, wenn sie wieder einmal betrunken war? Weil sie sich darauf verließ, daß ich ihr dann nichts tun würde – worauf sie sich bei anderen vermutlich nicht so einfach verlassen konnte? »Simone«, hielt ich sie auf dem Weg zur Tür auf, »wenn das alles ist, warum du mich hast herkommen lassen, werde ich jetzt wieder zurückfahren. Ich glaube, dann sind wir beide von falschen Voraussetzungen ausgegangen.«

Sie blieb mit dem Rücken zu mir stehen, fast schon an der Tür angekommen. »Von welchen Voraussetzungen bist du denn ausgegangen?« fragte sie nach einer langen Pause tonlos in die Luft hinein. Sie drehte sich nicht um.

Ich seufzte. »Nicht von denen, an die du jetzt denkst«, sagte ich. Oder vielleicht doch? Na ja, vielleicht ein bißchen... aber das war nicht das Wichtigste. »Ich wollte mit dir reden, mit dir zusammensein, mit dir vielleicht ein paar schöne Tage verbringen – oder wenigstens ein paar Stunden – und nicht in einem Hotelzimmer sitzen und auf dich warten. Wenn du ohnehin zu viel zu tun hast, kann ich doch genausogut wieder gehen. Ich störe dich doch nur. Und in meinem Unternehmen zu Hause wartet Arbeit.«

Jetzt drehte sie sich doch um. »Bitte«, sagte sie leise, »geh nicht. Ich weiß, ich bin nicht... das, was du erwartest, aber... aber ich möchte, daß du bleibst. Und heute abend habe ich frei. Wir könnten zusammen essen und... und ich werde nüchtern sein.«

Sie sah trotz ihrer Sonnenbrille, die sie die ganze Zeit nicht abgenommen hatte, ziemlich verzweifelt aus, und ich merkte, wie sie kämpfte und wie sehr mich das zu ihr hinzog. Ich konnte ihr nicht widerstehen, in keiner Hinsicht, auch wenn die Vernunft es gebot. »Nimm die Sonnenbrille ab«, verlangte ich.

»Wie?« Sie war einigermaßen überrascht.

»Nimm die Sonnenbrille ab, ich will deine Augen sehen«, erklärte ich genauer.

Sie griff langsam an die Brille, als ob ich von ihr verlangt hätte, sich ganz auszuziehen und sie gleich nackt dastehen würde, und nahm sie zögernd ab. Vielleicht fühlte sie sich heute auch nackt ohne sie, wer konnte das wissen? Ich wußte eigentlich wirklich sehr wenig darüber, wie sie sich fühlte, ich kannte sie ja auch fast nur aus den Boulevardblättern. Alles, was ich darüber hinaus von ihr wußte, war in vieler Hinsicht Spekulation und wenig Erfahrung.

Ich ging auf sie zu und sah ihr in die Augen. »Du zitterst ja!« bemerkte ich verblüfft. Ihre Augen waren so stark geschminkt, daß sie einen recht souveränen Eindruck machte, aber ihre Lider zuckten, und ihr ganzer Körper bebte leicht.

Sie setzte die Sonnenbrille wieder auf. »Entzug«, äußerte sie mit einem gequälten Lächeln, »ich habe heute noch nichts getrunken – ich meine: nach dem Aufstehen.« Nachts war es ja auch schon *heute* gewesen.

Meinetwegen? fragte ich mich. Wollte sie meinetwegen nüchtern bleiben? Warum sonst sollte sie darauf verzichten, wenn es ihr so zusetzte? Ich trat einen letzten Schritt auf sie zu und nahm sie in die Arme. »Schaffst du das denn mit dem Interview?« fragte ich besorgt.

Sie schob mich von sich weg, fast ein wenig bedauernd, wie mir schien. »Entschuldige, sie machen auch Photos, das Kostüm darf nicht zerknittern.« Ich trat wieder einen Schritt zurück. Das glaubte ich ihr sogar. »Ich bin nicht so heroisch wie du denkst«, sie lachte trostlos, »ich werde gleich noch ein paar Gläser Cognac trinken vor dem Interview, sonst geht es wirklich nicht.«

»Cognac?« fragte ich erstaunt. »Trinkst du sonst nicht immer nur Champagner?«

»Ja, aber mit Cognac geht es schneller. Das Interview ist ja schon in einer Viertelstunde.« Für sie war das alles ganz selbstverständlich. Sie erklärte es mir wie einem Kind den Garten oder etwas ähnlich Harmloses. »Ich werde heute abend nüchtern sein«, betonte sie dann noch nachdrücklich, während sie aufmerksam und gespannt mein Gesicht musterte. Sie schien sehr ängstlich, daß ich vielleicht doch noch verschwand bis dahin, wenn sie etwas trank. »Ganz bestimmt. Ich verspreche es dir.« Selbst hinter der Sonnenbrille sah ich ihre Verzweiflung. Was war nur los mit ihr?

»Ich werde da sein«, sagte ich beruhigend, »ich werde nicht weggehen. Keine Angst. Ich warte auf dich.«

Sie drehte sich um und öffnete die Tür, dann wandte sie sich noch einmal zu mir zurück. »Danke«, sagte sie und verschwand.

Puh! Das war nicht leicht. Ich fühlte mich nach diesem Gespräch wahrscheinlich auch nicht viel besser als sie, ein bißchen wie ein Punchingball. Ihre verschiedenen Reaktionen hatten mich gefühlsmäßig hin- und hergeschleudert wie eine Nußschale auf dem Meer. Sie war wirklich eine Herausforderung, aber ich hatte es ja nicht anders gewollt. Ich war gespannt, ob sie ihr Versprechen halten und am Abend nüchtern bei mir auftauchen würde. Der Alkohol war ein Problem für mich. Ich konnte nicht damit umgehen, ich wußte nicht, wie ich sie in dieser Hinsicht behandeln sollte, weder in nüchternem noch in betrunkenem Zustand. Sollte ich mich einfach nicht darum kümmern und lediglich darauf bestehen, daß sie nüchtern war, wenn sie mit mir zusammensein wollte? War das genug? Therapieren konnte *ich* sie bestimmt nicht. Ganz abgesehen davon, daß ich gar nicht wußte, ob sie das überhaupt wollte.

Es war wirklich nicht einfach. Ich fühlte mich so sehr zu ihr hingezogen, ich wollte nicht mehr ohne sie sein. In meinen Gedanken beschäftigte ich mich mit Möglichkeiten, sie zu sehen, mich mit ihr treffen zu können, wenn sie hier oder dort war. Es war wie eine Sucht, sicher nicht weniger schlimm als ihre mit dem Alkohol. Aber wollte ich mit einer Alkoholikerin zusammensein? Das Wort klang hart in meinen Ohren, auch wenn ich es gar nicht laut ausgesprochen hatte. Alkoholikerin – ja, das war sie. Zweifellos.

Ich hatte noch nie mit einem Alkoholiker oder einer Alkoholikerin zu tun gehabt, und selbst hatte ich auch keine Probleme damit. Schon morgens nach dem Aufstehen zu zittern, weil ich keinen Alkohol bekam, das konnte ich mir gar nicht vorstellen. Aber ich hatte es an Simone gesehen, und ich konnte es kaum ertragen, daran zu denken, daß sie jetzt schnell ein paar Cognacs kippte, um diesen Zustand zu beenden. Ich wußte nicht, wie ich mich verhalten sollte. War Ablehnung das beste oder Zuneigung? Sollte ich sie erpressen: ›*Entweder ich oder der Alkohol!*‹? Oder sollte ich sie bitten, damit aufzuhören? War ich ihr wichtig genug, daß sie es für mich tun würde? Konnte sie das überhaupt? Lag es noch in ihrem freien Willen, das zu entscheiden oder war sie schon so abhängig, daß sie sich nicht mehr davon lösen konnte? Wie lange trank sie schon? Das alles wußte ich nicht. Fragen über Fragen und keine Antwort. Bei vielem sicherlich noch nicht mal eine, die *sie* mir geben konnte.

Ich konnte mich im Moment nicht mehr damit beschäftigen, es deprimierte mich zu sehr. Vielleicht würde ich heute abend mehr darüber erfahren, wenn ich sie sah, auch wenn ich vermutete, daß sie nicht unbedingt freiwillig darüber sprechen würde. Aber da ich nun einmal in Cannes war, wollte ich es auch genießen. Ich trat noch einmal auf den Balkon und beobachtete das Meer, das heute etwas lauter rauschte. Ein leichter Wind war aufgekommen, eine angenehme Brise, die die Hitze erträglicher machte, die das Meer zwar noch nicht hatte erwärmen können, wohl aber die Luft zum Flirren brachte.

Ich ging hinunter zum Strand und wanderte eine Weile daran entlang. Da es noch zu kalt zum Baden war, lag er in weiten Teilen fast ausgestorben vor mir, auch wenn sich immer wieder einzelne darauf verirrten, ein weißes endloses Laken an einem blauen Meer, das jetzt durch den Wind allerdings nicht mehr ganz so blau erschien, sondern eher eine leicht grau-braune Färbung angenommen hatte. Aber das störte mich nicht. Ich sah es einfach so, wie ich es immer schon in meiner Vorstellung gesehen hatte: weißer Strand, blaues Meer, rote Felsen. Ja genau, wo waren die roten Felsen? Ich legte eine Hand über meine Augen, aber ich konnte nichts erkennen, weder links noch rechts. Hier waren sie jedenfalls nicht.

Ich ging zum Hotel zurück und fragte den Portier. »Da müssen sie ein Stück in Richtung St. Tropez fahren, Madame«, erklärte er mir. »Es ist nicht allzu weit.«

Ich runzelte die Stirn. »Ich bin hergeflogen, ich habe kein Auto hier.«

»Oh, das ist kein Problem, Madame!« versicherte er mir sofort. »Sie können selbstverständlich ein Auto von uns bekommen, das sie dort hinfährt.«

Ich dachte an den Rolls-Royce mit Chauffeur, der mich am Flughafen abgeholt hatte. Das war sehr komfortabel gewesen, aber... »Haben Sie nicht etwas Kleineres? Etwas, das ich selbst fahren kann?« fragte ich ihn.

»O ja, selbstverständlich, Madame.« Für ihn war irgendwie alles selbstverständlich. Es schien kein Problem zu geben, das er für seine Gäste nicht lösen konnte. »Möchten Sie ein Cabriolet oder lieber eine Limousine?« Er hatte wirklich alles zur Verfügung.

Ich warf einen Blick auf den strahlenden Sonnenschein vor der Tür. »Ein Cabrio, bitte«, entschied ich mich sofort.

»Bitte sehr, Madame«, verbeugte er sich. »Möchten Sie es jetzt gleich?« Er sah mich fragend an.

»Ja, wenn das geht?« antwortete ich zweifelnd. In der Servicewüste Deutschland war ich solche spontanen Dienstleistungen nicht gewöhnt.

»Selbstverständlich, Madame«, kam es wieder aus seinem Munde, als ob er ein Band gespeichert hätte, »ich sage der Garage umgehend Bescheid. In ein paar Minuten können Sie über den Wagen verfügen.«

Ich war platt. Das war wirklich Service! »Ich werde mich nur kurz umziehen«, teilte ich ihm mit, »dann komme ich herunter.«

»Sehr wohl, Madame.« Er verbeugte sich wieder leicht hinter dem Tresen, es war unglaublich, mit welcher Nonchalance. Er wirkte überhaupt nicht servil oder unterwürfig, wie es in Deutschland oft der Fall war, wenn die Leute ›dienern‹, wie man es ja nicht zu Unrecht etwas abschätzig ausdrückte. Er übte einen sehr ehrenwerten Beruf aus, und seine Aufgabe bestand darin, mich in der bestmöglichen Form zu bedienen und alle meine Wünsche zu erfüllen, soweit sie erfüllbar waren. Das tat er mit großer Würde und großem Stolz auf seine Arbeit, die er so perfekt beherrschte. Ich wünschte, ich hätte ihn nach Deutschland importieren können.

Schnell zog ich mich um und nahm auch einen Schal mit für den Wind im Cabrio. Ich freute mich darauf und war richtig aufgeregt, fast wie vor dem ersten Treffen mit einer Frau. Ich stürzte fast nach unten und beherrschte mich erst wieder, als der Tresen in Sichtweite kam.

Sobald der Portier mich sah, wies er mit einer leichten Bewegung auf den Eingang. »Der Wagen wartet schon auf sie, Madame.«

Ich dankte ihm mit einem Nicken und begab mich vor die Tür. Ein etwas älterer Page, nicht Nounou, kam auf mich zu und geleitete mich zum Wagen, wo er mir die Tür öffnete und sie auch hinter mir wieder schloß. »Viel Vergnügen, Madame«, sagte er.

Ich konnte jedoch nicht sofort losfahren, denn ich war baff. Das war kein normales Cabrio. Aber womit hatte ich eigentlich gerechnet? Mit einem Suzuki? Es war zumindest kein Rolls-Royce, das beruhigte mich doch etwas, denn ob ich mir zugetraut hätte, den zu fahren... Dies hier war ›lediglich‹ ein Jaguar-Cabrio, weiß mit ganz leicht beigen Ledersitzen, Holzarmaturen und Goldbeschlägen und – erstaunlicherweise – amerikanischer Lenkradautomatik, so daß die vordere Sitzbank ebenfalls durchgezogen war und keine Unterbrechung aufwies, wie das bei europäischen Autos normalerweise der Fall war.

Nachdem ich mich von der ersten Überraschung erholt hatte, probierte ich die Schaltung am Lenkrad aus, denn mit so etwas war ich noch nie gefahren. Aber da es eine Automatik war, würde das nicht schwer sein, ich mußte nur die Position für *Vorwärts* finden. Die fand ich dann auch, und der Wagen fuhr augenblicklich los, da ich die Bremse nicht getreten hatte. Automatik eben. Ich schaute schnell nach vorne und lenkte aus der Ausfahrt heraus. Der Wagen fuhr sich wirklich wie von selbst, es war kinderleicht, ihn zu lenken, und er gehorchte mir spielend auf jeden kleinsten Wink. Also konnte ich mich in diesem luxuriösen Gefährt ganz der Landschaft widmen.

Ich fuhr in Richtung St. Tropez, wie es mir der Portier geraten hatte, genoß das fast lautlose Dahingleiten des Fahrzeugs, die komfortablen Ledersitze und die Automatik, die mir so gut wie alle Arbeit abnahm, und ließ mir den Wind durch die Haare wehen. Was für ein Leben! Nach einiger Zeit verloren sich die Dörfer am Rand, es gab nur noch einzelne Häuser und dann gar nichts mehr. Da tauchten die Felsen auf –

Der erste Eindruck war bombastisch! Das in der Sonne aufstrahlende dunkle Rot der immer wieder anders geformten Felsen auf der einen Seite und dahinter, daneben, darunter, fast überall das unwahrscheinliche Blau der Côte d'Azur, die nicht umsonst so hieß. Das Meer war wirklich nicht nur blau, es strahlte azurblau in den Himmel hinauf, der die Farbe übernahm und reflektierte, so daß man bald nicht mehr wußte, was blauer war, der Himmel oder das Meer. Von welchem der beiden ging das Blau nun wirklich aus?

Ich sah auf der einen Seite der Straße, die knapp, sehr knapp am Rande des Meeres verlief, eine Möglichkeit zu parken und fuhr darauf zu. Hier hatten die Felsen kleine Kammern gebildet, in oder auf denen man auch sitzen konnte, natürliche Höhlen, die fast zu einem Picknick einluden. Ich dachte an Simone. Schade, daß sie jetzt nicht hier war, es war ein wunderbarer Platz. Ich mußte einmal mit ihr hierherkommen. Ich seufzte. Wenn ich dazu überhaupt je Gelegenheit hatte. Ich betrachtete das blaue Meer, das weiter unter mir an die Felsen schlug, die hier keinen Strand zuließen. Sie brandeten vor und wieder zurück, schäumten kurz hoch und fielen dann wieder zusammen. Genauso kam mir meine Beziehung mit Simone vor, kein Hort der Ruhe jedenfalls.

Ich saß sehr lange auf dem Felsen und dachte über Simone und mich nach. War da überhaupt eine Zukunft? Bildete ich mir das nicht alles nur ein? Irgendwann hatte ich genug und wollte noch mehr von der Küste sehen, also fuhr ich weiter nach St. Tropez und parkte am Hafen. Hier fiel mein Wagen überhaupt nicht auf – im Gegenteil, er gehörte noch zu den alltäglicheren Gefährten. Was hier alles an Jachten herumlag, an größeren Luxusmotorrädern und Luxuskarossen – Ferraris gab es hier anscheinend irgendwo im Dutzend billiger – herumfuhr, das war mehr, als man normalerweise in einem ganzen Jahr zu sehen bekam. Oder in einem ganzen Leben – je nachdem, wo man wohnte.

Von der Promenade in St. Tropez war ich eher enttäuscht. In Cannes war sie breit und ausladend, weiß und luxuriös. Hier schien sie mehr ein Schattendasein zu fristen. Woher hatten die Photographen nur immer ihre Bilder, die das alles in den Zeitungen so groß erscheinen ließen? In Wirklichkeit war die Promenade sehr schmal, fast nur ein Gehsteig, der um den Hafen verlief, und es reihte sich ein kleines, enges, nicht sehr luxuriös aussehendes Restaurant an das andere, das diese Breite noch verringerte. Den Strand von St. Tropez zu besichtigen, der sinnigerweise *Tahiti* hieß, sparte ich mir daraufhin. Da fuhr ich doch lieber zurück nach Cannes.

Mittlerweile war es auch recht spät geworden, und ich wußte ja nicht, was Simone unter *Abend* verstand. War das früher oder später? Jedenfalls wollte ich rechtzeitig zu Hause sein. Ich genoß die Fahrt zurück im offenen Wagen noch einmal sehr und bewunderte noch einmal die roten Felsen, die mich auch jetzt auf der Rückfahrt erneut wieder tief beeindruckten. Es war schön, hier zu sein, und zumindest dafür hatte ich Simone zu danken. Ich hätte natürlich schon einmal längst hierherkommen können, aber ohne sie hätte ich meinen Terminkalender nie so leergeräumt, um das tun zu können.

Als ich wieder im Hotel ankam und den Wagen abgab – das heißt, das mußte ich gar nicht, denn als ich ankam, sprang sofort ein Page herbei und fuhr ihn weiter, nachdem ich ausgestiegen war – bedauerte ich fast, daß die schöne Fahrt schon zu Ende war. Obwohl mir ein Abend mit Simone bevorstand, auf den ich mich eigentlich mehr hätte freuen sollen. Ich ging hinein und fragte den Portier: »Ist Madame Bergé schon im Hause?«

»Nein, Madame«, antwortete er, »aber sie hat angerufen und eine Nachricht für Sie hinterlassen.«

Also hatte sie es sich doch wieder anders überlegt, das hätte ich mir ja denken können... Oder sie war zu betrunken, um zu kommen. Ich nahm den Zettel des Portiers entgegen und ging damit zum Lift. Und was machte ich nun mit dem angebrochenen Abend? Im Lift faltete ich den Zettel auseinander.

*Madame Bergé läßt mitteilen,
daß sie aufgehalten worden ist
und gegen 21 Uhr kommt.*

stand da. Sie kam also doch. Das überraschte mich jetzt, nachdem ich schon so fest damit gerechnet hatte, daß sie absagen würde. Da war ich ja sogar noch ein bißchen zu früh dran und konnte mich in Ruhe auf den Abend vorbereiten. Der rote Staub hatte sich fast in alle meine Poren gesetzt, und so schön die Felsen auch waren, jetzt wollte ich ihn erst einmal loswerden. Dazu gab es im Bad erquickend viele Möglichkeiten, und ich nutzte sie alle, da ich ja genügend Zeit hatte, um mich auszutoben. Als ich zum Schluß in der Wanne lag und die Whirlpoolfunktion eingeschaltet hatte, um mich vor dem endgültigen Abschluß dieser Badeorgie noch einmal zu entspannen, hörte ich ein Räuspern von der Tür. Hatte ich denn mein Zimmer nicht abgeschlossen? dachte ich gleichzeitig, als mein Blick aufgeschreckt zur Badezimmertür schoß.

Simone lehnte entspannt am Rahmen und beobachtete mich. Die Verbindungstür! Ja, die hatte ich tatsächlich nicht wieder abgeschlossen.

»Ähm, Simone«, stammelte ich sehr überrumpelt, »du bist schon da?«

»Es ist fast neun«, informierte sie mich sehr amüsiert, immer noch mit verschränkten Armen am Türrahmen lehnend. »Ich bin pünktlich.«

Sie hatte das *Ich* nicht besonders betont, aber es kam mir so vor, als solle ich mich jetzt dafür schämen, daß ich es nicht war. Aber ich hatte die Zeit einfach vergessen. Und damit hatte ich mich in eine verflixte Situation gebracht. Was auch immer wir schon alles miteinander getrieben hatten, plötzlich war es mir peinlich, daß Simone fertig angezogen dort stand, genauso perfekt wie am Morgen, und ich hier nackt in der Wanne saß. Ich versteckte mich etwas mehr unter dem Schaum.

»Willst du nicht herauskommen?« fragte Simone dermaßen amüsiert, daß ich wußte, daß sie meine Verlegenheit bemerkt hatte. »Ich dachte, wir wären verabredet.« Heute morgen hatte ich die Zügel in der Hand gehabt, jetzt hatte sich das Blatt eindeutig gewendet.

»Ja. Ja, sicher, das sind wir ja auch.« Ich war immer noch nicht in der Lage aufzustehen.

Simone ließ ihre Zunge überlegend innen an ihrer Wange entlangstreichen und löste sich vom Türrahmen, um langsam mit einem nachdenklich-verführerischen Gesichtsausdruck und wiegenden Hüften auf mich zuzukommen. Ich kannte die Szene. Sie hatte sie in einem ihrer Filme gespielt, und sie endete, indem Simone den Typ in der Wanne verführte.

Ich sprang auf, ohne den Schaum, der an mir heruntertropfte und meine Nacktheit betonte, zu beachten. »Simone, nein!« rief ich und streckte abwehrend einen Arm aus.

Sie blieb nicht stehen, sondern kam langsam näher. »Was: Nein?« fragte sie dunkel.

Ich zog meinen Arm zurück und betrachtete sie genauer. »Hast du etwas getrunken?« fragte ich sie.

Jetzt blieb sie stehen, aber sie war ohnehin nur noch zehn Zentimeter von mir entfernt. »Nein«, erwiderte sie harmlos. »Ja, ein wenig... mit den anderen«, schränkte sie dann ein, als ich sie zweifelnd ansah, »aber eigentlich gar nichts – für meine Verhältnisse.« Wieviel auch immer das sein mochte. Ihr bislang eher verspielter Gesichtsausdruck wandelte sich plötzlich in panischen Schrecken. »Aber ich bin nicht betrunken, bitte, glaub mir das«, und als ich nichts sagte, fügte sie mit fast tränenerstickter Stimme hinzu: »Ich bin nüchtern, wirklich, wie versprochen!«

Ich musterte sie, und sie wirkte in der Tat nicht betrunken, aber bei AlkoholikerInnen konnte man das schlecht beurteilen, hatte ich mal gelesen. Also konnte ich mich darauf wohl auch nicht verlassen. Aber ich glaubte ihr. Es schien ihr so wichtig zu sein, sie würde das nicht wegen ein paar Gläsern gefährden, oder? Ich stieg aus der Wanne und griff nach einem Handtuch. »Gut«, sagte ich, jetzt glücklicherweise wieder in der Lage, klar zu denken. Ich lachte. »Ich kannte die Szene nur aus einem deiner Filme, und da dachte ich...« Ich sah sie entschuldigend an.

Sie begann langsam zu lächeln, als sie begriff, daß ich ihr glaubte. »Deshalb habe ich sie ja auch gespielt...«, sagte sie schon wieder amüsiert.

Gut, daß ich so halbwegs wieder bedeckt war, denn nun bekam sie erneut diesen merkwürdig glitzernden Ausdruck in den Augen. War das gespielt oder echt? Wollte sie etwas von mir? So kühl und abweisend wie heute morgen wirkte sie jedenfalls nicht mehr. »Du scheinst dich anscheinend gut erholt zu haben«, meinte jetzt ich etwas kühl, um sie daran zu erinnern, daß wir keine Verabredung für Sex getroffen hatten, die sie sich verpflichtet fühlen mußte zu erfüllen, sondern eine zum Abendessen.

»Ja, es ging – mit ein paar Tabletten und ein paar Cognacs«, erläuterte sie so ganz nebenbei, aber dann biß sie sich wieder erschreckt auf die Lippen. »So habe ich es nicht gemeint, Pia, bitte. Versteh mich nicht falsch. Es ist so, wie ich es eben gesagt habe: Ich bin nüchtern.« Ihre Stimme klang verängstigt wie die eines Kindes, das die Strafe für etwas fürchtet, was es angestellt hat – oder auch nicht.

Ob ich hätte behaupten können, nach *ein paar* Cognacs noch nüchtern zu sein, wagte ich zu bezweifeln, aber ich nahm an, daß sie recht hatte. Sie war dann wirklich noch nüchtern, bei ihr ging es erst viel später los mit dem Betrunkensein, alles davor war schon Gewohnheit. »Schon gut«, sagte ich beschwichtigend, »ich sehe es ja.« Ich ging hinüber zu der großen Renaissance-Kommode, in der Nounou gestern meine Sachen verstaut hatte, und zog eine der Schubladen heraus, um nach etwas zu suchen, das ich anziehen konnte. Eine Weile kramte ich herum, weil ich mich nicht entscheiden konnte, und plötzlich spürte ich, daß sie hinter mich trat.

Ich versuchte es zu ignorieren. Vielleicht wollte sie mir ja nur über die Schulter schauen und bei der Auswahl helfen? Sie hatte ganz sicher den gewählteren Geschmack. Aber das war es nicht. Sie stützte ihre Hände rechts und links neben mir auf den Rand der Schublade ab und lehnte sich an mich. Ich konnte nicht ausweichen, die Schublade drückte sich bereits in meinen Bauch, und so spürte ich sie von oben bis unten an meinem Rücken und meinem Po. »Simone«, sagte ich ruhig, obwohl es mir ausgesprochen schwerfiel, »wenn du nüchtern bist – was ich dir glaube –, was machst du dann da gerade?«

Sie knabberte an meinem Ohrläppchen. »Etwas, das ich sehr gerne tue mit Menschen, die ich mag«, flüsterte sie dabei in mein Ohr. Ihr Körper drückte sich noch stärker an mich, und ich fiel fast vornüber und mußte mich nun auch mit den Händen an der Kommode abstützen.

»Hast du mich deshalb gebeten hierzubleiben?« fragte ich etwas gepreßt, einerseits, weil die Schublade mir die Luft abdrückte, andererseits, weil ihr Körper auf mir und ihre Zunge an meinem Ohr mich bereits in einen etwas erregten Zustand versetzt hatte, der anfing, mich weniger moralisch zu machen. Warum sollte ich sie nicht lassen, wenn es jetzt schon überall kribbelte? Sie wollte es doch offenbar so.

»Ja, deshalb«, wisperte sie mit leicht rauher Stimme in mein Ohr. Es klang erregt, aber genauso klang sie auch in ihren Filmen, wenn sie Erregung spielte. Wie sollte ich das unterscheiden?

»Du wußtest also heute morgen schon, was heute abend ... passieren würde?« wollte ich wissen, obwohl ich die Worte schon fast nicht mehr zusammenbrachte, denn sie war mittlerweile mit ihrer Zunge an meinem Hals angelangt.

»Ja«, sagte sie. Dann fuhr sie weiter mit ihrer Zunge an meinem Hals entlang und auf meinen Rücken. Ich trug ja nur das Handtuch, also hatte sie ziemlich freie Bahn.

»Laß mich los«, verlangte ich.

Sie hielt mit ihrer Zunge inne. »Gefällt es dir nicht?« fragte sie.

»Doch«, sagte ich, »sogar sehr. Aber ich bin ziemlich sicher, daß es dir nicht gefällt.«

Sie ließ mich überrascht los, und ich drehte mich um. »Wie kommst du darauf?« fragte sie. »War ich nicht gut?«

Schon allein ihre Frage zeigte, daß ich recht hatte. »Fast schon zu gut«, sagte ich. »Genau wie in deinen Filmen.«

Sie entfernte sich von mir, und ich begann mich anzuziehen. So halbnackt fühlte ich mich ihr nur sehr bedingt gewachsen. Da konnte sie mich eventuell schnell wieder umstimmen. Als ich aufblickte, stand sie am anderen Ende des riesigen Zimmers. Ich sah sie an, und sie fühlte sich wohl gezwungen, sich zu rechtfertigen. »Ich wollte dir etwas dafür geben, daß du hiergeblieben bist«, sagte sie leise, aber ihre geschulte Stimme trug es durch den ganzen Raum, als ob sie neben mir gestanden hätte. »Etwas, das du dir wünschst.«

»Das Thema hatten wir doch schon heute morgen«, sagte ich geduldig, »und ich habe dir gesagt, daß du da von falschen Voraussetzungen ausgehst.« Sie hatte es mir wohl nicht geglaubt. Vielleicht hatte ich mir selber nicht geglaubt und war deshalb nicht sehr überzeugend gewesen. »Und im übrigen: Wie willst du mir das geben, was ich mir wünsche, wenn du nüchtern bist?«

Sie lachte mutlos auf. »In betrunkenem Zustand habe ich es ja angeblich schon versucht. Da wolltest du mich ja auch nicht.«

»Und deshalb wolltest du dich jetzt überwinden und es in nüchternem Zustand versuchen, obwohl du das nicht ertragen kannst, obwohl du es furchtbar findest?«

»Wenn ich es nicht tue«, behauptete sie, »was hast du dann noch für einen Grund hierzubleiben?« Sie kam eilig zu mir herüber. »Und mit dir fand ich es auch nicht furchtbar, nicht alles«, versuchte sie mich mit beschwörender Stimme zu überzeugen. »Manches fand ich sogar sehr schön.« Sie blickte mir tief in die Augen. »Wie du mich angefaßt und gestreichelt hast, wie du mich geküßt hast. – Das hat mir gefallen.«

»Und du hast etwas dabei empfunden?« fragte ich.

»Ja.« Sie wand sich, um mich nicht belügen zu müssen, wie mir schien. »Ein bißchen.«

»Ein bißchen«, wiederholte ich.

»Ja«, sagte sie sehr verlegen, »das ist schon sehr viel – für mich.«

»Dann ist es ja schön«, sagte ich weich. Ich war überzeugt, daß sie mir die Wahrheit sagte. Und sie konnte ja nichts dafür. Was auch immer der Grund war, warum sie nichts empfand, sie hätte es im Moment nicht ändern können, selbst wenn sie gewollt hätte, und ich auch nicht. Ich nahm sie in die Arme und küßte sie leicht auf ihren wunderschönen Hals. Tatsächlich, das mochte sie! Eine Gänsehaut überzog ihre Haut. »Hattest du mir nicht ein Essen versprochen?« fragte ich fröhlich, als ich mich von ihr löste. »Ich muß zugeben, mittlerweile bin ich schon fast verhungert. Und ich habe einen wunderbaren Ausflug gemacht heute, davon muß ich dir unbedingt erzählen.«

Sie sah mich etwas skeptisch an, ob mein Versuch, unsere Unterhaltung in Richtung einer normalen Konversation zu lenken, ernst gemeint war, aber dann schwenkte sie ein. »Ja«, sagte sie, »laß uns nach Nizza fahren, da ist es schön, und vielleicht sind dort nicht so viele Besucher der Filmfestspiele wie hier. Dann kann ich vielleicht in Ruhe essen, wenn ich Glück habe.«

Sie hatte nur halbwegs Glück. Wir fanden ein schönes Lokal und konnten auch eine Weile in Ruhe essen und uns unterhalten, nachdem der Besitzer sie erst einmal auf französische Art überschwenglich begrüßt hatte.

Es gab nur eine kleine Verzögerung am Anfang, als er sie fragte, was sie trinken wolle, und sie antwortete automatisch: »Champ-«, brach aber mittendrin ab, sah mich an und meinte dann: »Wasser. Bringen Sie mir einfach nur Wasser.«

Ich grinste. Sie versuchte zumindest, sich an ihr Versprechen zu halten.

Aber dann kamen nach kurzer Zeit doch ein paar Touristen, und sie gab Autogramme und lächelte, gab Autogramme ... und lächelte ... und beantwortete Fragen. *Nein, sie würde Tim Kröner nicht heiraten. – Nein, sie hatten sich nicht gestritten, sie waren immer noch gute Freunde. – Ja, sie würde bald einen Film in Frankreich drehen. – Nein, die Frisur hatte sie nicht geändert, die hatte sie immer schon ...*

Ich bewunderte sie für ihre Geduld. Sie lächelte unentwegt, ließ sich anstarren und begaffen und sogar berühren und wehrte sich nicht. Nur, wenn jemand zu indiskret wurde, wich sie auf ein anderes Thema aus, so daß er es gar nicht merkte. Wenn sie dermaßen geschickt war, warum ließ sie sich dann von mir so in die Enge treiben? Sie war viel besser als ich. Sie hätte mich locker um den Finger wickeln können, ohne daß ich es gemerkt hätte.

Als eine kleine Ruhepause eintrat, flüsterte sie: »Laß uns schnell gehen, bevor die nächsten kommen«, und wir bezahlten, obwohl der Besitzer ihr das erlassen wollte, weil er ein so großer Bewunderer ihrer Kunst war, aber sie bestand darauf.

Wir gingen hinunter zum Strand, wo es um diese späte Stunde – es ging fast schon auf Mitternacht zu – relativ ruhig war, und die Beleuchtung spärlich genug, damit nicht auch noch diejenigen, die hier unterwegs waren, Simone sofort erkannten. Aber die meisten hatten ohnehin andere Sorgen, wie wir ohne große Anstrengung bemerken konnten. Es waren wohl hauptsächlich junge Leute, die sich nachts hier trafen, weil sie sonst keinen anderen Platz hatten – zumindest kein Bett, wenn ich das richtig beurteilte. Ich lachte, als wir zum wiederholten Male an einem Pärchen vorbeikamen, das sich mit eindeutigen Geräuschen in eine Ecke an der Mauer drückte. Viel zu sehen war von ihnen nicht, aber hören konnte man sie schon.

Je weiter wir uns von der Promenade von Nizza entfernten, desto ruhiger wurde es. Als die Geräusche der Stadt entgültig verstummten, setzten wir uns auf einen Stein am Wasser und lauschten nur noch dem Meer.

»Ach, schön!« seufzte Simone nach einer Weile, und ich stimmte ihr zu.

»Ja, schön.« Ich blickte zu ihr hinüber, und der Mond schien immer noch hell genug, um ihr Gesicht zu beleuchten und in mir die Sehnsucht erwachen zu lassen, dieses Gesicht zu berühren, und weit mehr. Aber das durfte ich nicht. Ich wollte mich gerade zusammenreißen, da sah sie mich an und bemerkte, daß ich sie beobachtet hatte – oder vielleicht hatte sie es auch die ganze Zeit gewußt. »Tut mir leid«, sagte ich schnell und blickte weg.

»Was?« fragte sie. Ihre Stimme klang weich, ganz sanft und samtweich wie die milde Luft, die uns umgab.

»Ich wollte dich nicht anstarren«, entschuldigte ich mich noch einmal, »ich bin auch nicht besser als diese Touristen vorhin, und die haben dich furchtbar belästigt. Du bist wirklich sehr geduldig.«

»Ach nein, gar nicht«, lachte sie melodiös, daß mir ihre Stimme erneut durch und durch fuhr. »Das ist alles nur eine Frage der Übung. Man kann alles üben, wenn man will.«

Alles? fragte ich mich insgeheim, aber ich sagte es nicht laut. Konnte sie auch üben, befriedigt zu werden, sich befriedigen zu lassen und es zu genießen? Aber das war wohl etwas anderes. Doch ich dachte schon wieder an Dinge, die mir nicht gut taten, schon gar nicht in dieser milden Luft an diesem sanftplätschernden Meer, mit Simones samtener, dunkler Stimme im Ohr, die so verführerisch klang, so vielversprechend perlte und das doch nicht halten konnte. »Wollen wir zurückgehen?« fragte ich. Es war besser, ich brachte sie nach Hause und mich auch – in getrennte Zimmer.

»Es ist so schön hier, laß uns noch ein bißchen bleiben, ja?« bat sie sanft, und also konnte ich mich ihr nicht widersetzen.

Ich entfernte mich ein paar Schritte von ihr, um ihren Duft nicht zu atmen, ihre Nähe nicht zu spüren, die mich so nervös machte.

Sie kam mir nach. »Ist irgend etwas?«

»Nein, nein gar nichts«, sagte ich. Eigentlich war ja auch nichts.

Sie lehnte sich an mich. Das hatte mir gerade noch gefehlt! »Es ist so wundervoll hier, so friedlich«, flüsterte sie.

»Simone«, sagte ich unbehaglich. »Ich kann so nicht stehenbleiben.«

»Oh, ist es unbequem für dich?« Sie richtete sich auf.

»Ganz im Gegenteil«, sagte ich, »aber du ... deine Nähe ... ich weiß nicht, wie lange ich das noch aushalte, ohne dich anzufassen. Und das möchte ich dir nicht antun. Laß uns lieber zurückgehen.«

Sie schwieg. Einen Augenblick lang dachte ich, sie wäre mir böse, weil ich ihr nun durch mein unbeherrschtes Begehren den Abend verkürzte, oder besser wohl die Nacht, die sie hatte genießen wollen. Dann sagte sie jedoch leise: »Und wenn du mich anfassen könntest?«

»Simone«, sagte ich ein wenig ungeduldig, »nicht schon wieder. Wir haben das Thema doch schon abgehakt. Wir gehen zurück, und dann ist es in Ordnung.«

»Nicht so ganz«, sagte sie. »Es ist erst dann in Ordnung, wenn wir beide dasselbe bekommen und geben können. Und das würde ich gern üben. Man kann alles üben, das sagte ich ja schon, und wenn ich Geduld üben konnte, warum dann nicht auch das? Ich würde es gerne versuchen.«

»Üben?« fragte ich entgeistert. »Was willst du denn daran üben? Du haßt es, angefaßt zu werden, du hast sogar Angst davor, vermute ich mal, sonst würdest du wohl nicht so viel trinken vorher. Das wird doch nicht dadurch besser, daß du dich dazu zwingst.«

»Vielleicht muß ich mich ja gar nicht so sehr zwingen – mit dir«, sagte sie leise. »Es war das erste Mal ... das erste Mal, das ich überhaupt ... etwas empfunden habe, als ich mit dir ... zusammen war.« Es fiel ihr sehr schwer, darüber zu reden, aber sie versuchte es. Sie übte.

»Das ist sehr schmeichelhaft für mich«, bemerkte ich überrascht. »Danke.« Dann bildete sich ein Gedanke in mir, der nicht neu war, aber vielleicht war jetzt der richtige Zeitpunkt ... »War das schon immer so bei dir?« fragte ich. »Oder ist dir etwas ... passiert?« Ich hatte Angst davor, das zu fragen, aber ich mußte es tun, denn so ganz natürlich fand ich es nicht, daß jemand Sex nicht mochte, noch nicht einmal mochte, angefaßt, gestreichelt, geküßt zu werden. Es gab sicherlich bestimmte Leute, mit denen ich das nicht tun wollte – Männer oder Frauen wie Marion –, aber grundsätzlich hatte mir jede Art von Berührung, Küssen, Sex immer sehr viel Spaß gemacht, und das war ja auch von der Natur so vorgesehen, sonst wäre die Menschheit sicher längst ausgestorben.

Durch meine Überlegungen war mir nicht aufgefallen, daß Simone nicht geantwortet hatte. Ich sah sie an und bemerkte, daß sie stirnrunzelnd dastand und ein bißchen gequält aussah. »Du mußt mir nicht antworten«, sagte ich. »Es geht mich ja nichts an.«

Sie schüttelte den Kopf. »Das Merkwürdige ist, daß ich dir gar nicht antworten *kann*, weil ich es nicht weiß«, sagte sie nachdenklich. »Den ersten Teil deiner Frage kann ich leicht beantworten: Ja, das war schon immer so bei mir. Ich kann mich an nichts anderes erinnern. Aber den zweiten Teil ...? Ich weiß es einfach nicht. Ich würde sagen: Nein, mir ist nichts passiert, aber an manche Dinge, die weit zurückliegen, kann ich mich beim besten Willen nicht erinnern. Das ist wie ein schwarzes Loch.«

»Wie weit zurück?« fragte ich interessiert. So etwas hatte ich noch nie gehört.

»In meiner Kindheit fehlen mir ein paar Jahre. Ich weiß nicht, wie ich es anders ausdrücken soll, aber es ist, als ob sie nie existiert hätten.«

»Ich erinnere mich auch nicht an viel aus meiner Kindheit«, sagte ich. »Und an die ersten fünf Jahre sowieso nicht. Aber das ist ja bei jedem Menschen so.«

»Ja, ich weiß«, sagte sie immer noch grübelnd, »aber bei mir fehlen ein paar Jahre zwischendrin. Ich kann mich erinnern, und dann plötzlich hört es auf, und dann setzt es wieder ein, als ich ein paar Jahre älter bin.«

»Hm«, sagte ich. »Hast du schon mal herauszufinden versucht, was da los war?«

»Angeblich nichts«, sagte sie zweifelnd. »Alle sagen mir, daß ich ein ganz normales Kind war und daß sich diese Jahre in nichts von den anderen unterschieden hätten.«

»Hast du schon mal versucht, es mit jemand herauszufinden, der oder die dich nicht schon als Kind kannte?« Ich drückte es ganz vorsichtig aus.

Sie sah mich an und spitzte die Lippen. »Nein«, sagte sie abweisend. Sie hatte schon verstanden, was ich meinte. »Ich werde niemand erlauben, in meinem Gehirn herumzufuhrwerken und mein Innerstes nach außen zu kehren. Ich weiß, es gibt Therapien wegen Alkohol –« Sie brach ab und starrte ins Meer.

»Und wenn der Alkohol nur ein Symptom ist?« fragte ich. »Vielleicht wäre dann eine Therapie gegen Alkohol gar nicht sinnvoll. Vielleicht ist es die Angst, die du bekämpfen mußt, und dann brauchst du nicht mehr zu trinken.«

»Die Angst«, stimmte sie mir nachdenklich zu, »ja, vielleicht. Vielleicht ist es die Angst, und ich brauche keinen Alkohol mehr, wenn ich sie los bin.« Sie drehte sich zu mir. »Und da wären wir wieder beim Anfang: Ich muß es einfach üben.«

Dieser Logik konnte ich mich nicht entziehen. »Möglicherweise hast du recht. Aber mir scheint, du weißt gar nicht so richtig, wovor du Angst hast, dann ist das ein bißchen schwierig.« Wenn sie sich nicht an die Ursache erinnern konnte, an die Entstehungsgeschichte ihrer Angst, war das in der Tat ein Problem.

»Ich bin Schauspielerin«, sagte sie. »Ich lerne meinen Text, probe eine Weile, und dann gehe ich auf die Bühne oder trete vor die Kamera und spiele. Warum sollte das hier nicht funktionieren?« Sie wollte sich mit der Ursache offensichtlich nicht beschäftigen.

»Wenn du meinst«, erwiderte ich zweifelnd. Vielleicht würde sie ja irgendwann einmal begreifen, daß *spielen* nicht dasselbe war wie *leben*, aber das mußte sie selbst herausfinden. Aber eins wollte ich doch noch wissen: »Simone, darf ich dich etwas fragen?« fragte ich, und sie sah mich aufmerksam an und nickte. »Als wir uns vor Jahren kennenlernten«, fuhr ich etwas unbehaglich fort, »hattest du ständig neue Liebhaber; du hast mir sogar erzählt, das sei für jede Heterofrau normal. 60 oder 70 oder noch mehr. Wenn du es so gehaßt hast, warum hast du das dann gemacht? Damals hast du nichts getrunken, jedenfalls habe ich nichts davon mitbekommen.« Das war eine sehr indiskrete Frage, und ich wußte nicht, ob ich damit nicht wieder Abwehr und schlechte Laune bei ihr auslösen würde; ob sie sich jetzt gleich nicht wieder in die kühle Schönheit verwandelte, an die man nicht mehr herankam.

»Du hast recht«, sagte sie, »damals habe ich nichts getrunken.« Sie verstummte. War das die ganze Antwort auf meine Frage gewesen? Nach einer Weile setzte sie wieder an: »Damals...« Dann schwieg sie erneut.

»Ich weiß, das ist sehr indiskret«, winkte ich ab. »Ich hätte das nicht fragen sollen. Es war pure Neugier.«

Sie musterte mein Gesicht und wirkte durchaus sehr kühl. »*Alles*, was wir gerade besprochen haben, war sehr indiskret. Normalerweise hätte ich keine einzige solche Frage beantwortet.« Sie sah mir immer noch gerade ins Gesicht. Ich wußte nicht, was sie dachte. Sie hätte ebensogut einen Plan aushecken können, mich zu ermorden wie mich zu verführen. »Aber da ich es schon einmal getan habe...«, seufzte sie ein wenig resigniert. »Ich weiß auch nicht. Damals hat es mir nichts ausgemacht. Ich habe nichts dabei empfunden und habe es immer wieder mit einem Neuen versucht, weil ich dachte, beim Nächsten muß es doch klappen. Aber es klappte nie, und da habe ich einfach angenommen, daß das eben so sein muß, auch wenn die anderen mir etwas anderes erzählten. Ich war schon immer irgendwie anders als die anderen.«

»Aber du hast es nicht gehaßt, so wie jetzt?« fragte ich.

»Nein, ich habe es nicht gehaßt. Es war langweilig und ein bißchen zu anstrengend dafür, daß nichts dabei herauskam«, lachte sie jetzt sogar ein wenig, »aber ich habe es nicht gehaßt. Selbst bei meiner Entjungferung habe ich nichts gespürt, es hat noch nicht einmal weh getan, es war einfach nur... öde. Aber mit der Zeit habe ich gelernt, mich währenddessen zu beschäftigen, ich konnte meine Einkaufsliste zusammenstellen oder Ähnliches und so die Zeit nutzen. Mit Männern dauert es ja sowieso nicht so lange.«

Jetzt mußte selbst ich lachen. »Das hast du getan?«

»Ja.« Sie grinste ein wenig. »Du noch nie?«

»Nein«, sagte ich ebenfalls grinsend. »Nein, wirklich nicht.« Dafür hatte ich gar keine Zeit gehabt bei all den Empfindungen, die auf mich einstürmten, aber das war eben der Unterschied: Sie empfand ja nichts dabei.

»Aber wann hat sich das denn geändert?« fragte ich jetzt. »Wieso ist es heute so schrecklich für dich?«

»Vielleicht mit dem Beruf«, sagte sie. »In den Sex-Szenen, die ich spielen mußte, mußte ich mich wesentlich mehr beteiligen, als ich es privat je getan habe; ich mußte mich richtig engagieren. Und als Schauspielerin habe ich Ehrgeiz, den Ehrgeiz, richtig gut zu sein, die beste zu sein. Das Problem hatte ich privat nie. Wenn die Typen mich im Bett langweilig fanden und sich darüber beklagt haben, habe ich sie eben weggeschickt und den nächsten genommen.« Sie zuckte die Schultern. »Deshalb wurde es beim Drehen immer unangenehmer für mich. Dann gab es mal eine Feier, bei der mich jemand zu einem Glas Champagner überredet hat. Ich spürte die Wirkung sofort, weil ich ja nichts gewöhnt war, und ich merkte, daß es mich entspannte. Da habe ich noch eins getrunken und noch eins... und danach habe ich dann gedreht, und es fiel mir leichter. Daraufhin habe ich es dann immer so gemacht. Und ich brauchte immer mehr Champagner.«

Das war eine einleuchtende Erklärung. Wahrscheinlich ging es vielen AlkoholikerInnen so: erst nur zur Entspannung, und dann gewöhnte man sich daran, und irgendwann konnte man nicht mehr darauf verzichten. Aber da war noch etwas anderes: »Und mit Frauen?« fragte ich. »Hast du da auch nie etwas gespürt?« Warum hatte sie dann mit denen was angefangen?

»Nein«, sagte sie kurz und bündig, »das war dasselbe wie mit den Typen, nur noch anstrengender. Frauen sind eben anspruchsvoller als Männer.« Sie lachte. »Aber die Frauen waren ansonsten angenehmer. Dann, wenn ich nicht mit ihnen im Bett war. Warum sie alle mit mir ins Bett wollten, weiß ich auch nicht. Das war doch der langweiligste Teil.«

Ich hingegen konnte diese Frauen sehr gut verstehen, mir ging es ja genauso. »Du bist sehr attraktiv und... erotisch«, versuchte ich zu erklären, was sie anscheinend nicht verstand.

Sie machte ein fast glucksendes Geräusch. »Auf der Leinwand: ja, aber doch nicht in Wirklichkeit!« behauptete sie fast kichernd.

»Simone«, sagte ich etwas irritiert, »hast du dich schon mal im Spiegel betrachtet? Weißt du nicht, wie du aussiehst?«

»Doch«, sagte sie etwas unwillig, »natürlich weiß ich das. Ich bin Schauspielerin, ich betrachte mich ständig – im Spiegel, auf der Leinwand, auf Plakaten ... Aber es gibt viele Frauen, die gut aussehen, was ist an mir denn schon so Besonderes?«

Das gewisse Etwas, hätte ich ihr antworten können, aber wie sollte ich das erklären? Sie selbst empfand es sicher nicht so. Für sie war das einfach eine andere, fremde Welt, wie ein Zimmer in ihrem Haus, in dem sie noch nie gewesen war. Wie gerne hätte ich ihr den Zugang dazu verschafft ... »Wenn es kein Unterschied war mit den Frauen, warum hast du dann ... wie weißt du dann –« Ich wußte nicht, wie ich weitermachen sollte, das war alles wirklich nicht sehr einfach mit ihr. Aber da sie gerade so offen zu sein schien ...

Sie lachte etwas ironisch auf. »Du willst wissen, ob ich wirklich lesbisch bin, nicht wahr? Nachdem es mir ja egal sein kann, mit wem ich schlafe, weil ich ja nichts dabei empfinde. Das denkst du doch jetzt, oder?« Sie wirkte nun wieder etwas geladen, nicht mehr so sanft wie eben noch. Anscheinend war ich zu weit gegangen.

»Laß, Simone, es tut mir leid, daß ich gefragt habe«, zog ich mich zurück.

»Nein, nein«, entgegnete sie aufgebracht. »Du hast schließlich ein Recht darauf, weil du in mich verliebt bist. Das bist du doch, nicht wahr?« Sie war wütend, und ihre Augen blitzten. Was war an dem Thema jetzt schlimmer als an allen anderen zuvor? Ich sah da keinen so großen Unterschied.

»Ja«, sagte ich ruhig, »das bin ich.« *Das war ich immer, und das werde ich immer sein,* fügte ich in Gedanken noch hinzu, *egal wie du mich behandelst.*

Sie starrte mich an, doch dann verschwand plötzlich aller Unmut aus ihrem Gesicht, und sie legte ihren Kopf in die Hände. »Entschuldige«, sagte sie, während sie immer noch ihr Gesicht in den Händen hielt. Dann zog sie sie weg und sah mich wieder an. »Du hast es sicher nicht so gemeint, aber ich habe das Gefühl, es wird immer nur alles über Sex definiert. Wieso kann ich mich nicht zu Frauen hingezogen fühlen, ohne daß der Sex mir etwas bedeutet? Akzeptiert das denn niemand?« Sie wirkte sehr niedergeschlagen.

»Doch, ich akzeptiere es«, sagte ich weich. Ich verstand es zwar nicht, aber akzeptieren konnte ich es schon. »Du fühlst dich also wirklich zu Frauen hingezogen? Es ist nicht nur –« Ich brach ab. Konnte ich denn keinen vollständigen Satz mehr bilden?

»Es ist nicht nur eine Laune?« vermutete sie – und sie vermutete richtig. Das hatte ich sagen wollen. Sie lachte hohl auf. »Du kannst es auch nicht trennen, nicht wahr?« Nein, konnte ich nicht, ich gab es zu. »Nein, es ist nicht nur eine Laune«, murmelte sie erschöpft. »Es ist alles andere als das. Aber laß nur –« Jetzt wirkte sie zunehmend müde. »Ich verlange ja gar nicht, daß du es verstehst. Ja, ich fühle mich zu Frauen hingezogen, das weiß ich und daran habe ich keinen Zweifel, und ich weiß auch, daß es mit Männern nie so war. Und nein, an Sex liegt mir trotzdem nichts. Auch mit Frauen nicht.« Sie schwenkte erneut in Richtung Meer und sah wieder hinaus. »Als ich das erste Mal mit einer Frau schlief, dachte ich tatsächlich, daß es anders sein würde. Ich dachte, jetzt kommt der große Knall, und ich erlebe es auch einmal – das, was ich immer nur spiele. Aber es kam nichts. Es war genauso wie immer. Nicht ganz, aber fast. Und da habe ich es aufgegeben. Mehr als zwei Geschlechter gibt es ja nicht.« Sie lachte wieder hohl. »Jedenfalls nicht offiziell. Und es wäre ja auch egal. Es liegt ja nicht an den anderen, es liegt an mir – nur an mir.« Sie verstummte und starrte aufs Meer hinaus.

Darauf konnte ich nichts erwidern. Ich suchte verzweifelt nach Worten, doch ich fand keine. Sie fühlte sich zu Frauen hingezogen, doch ihr lag nichts an Sex – das war in meinen Augen nicht ›normal‹, das hatte bestimmt seine Ursachen in ihrer Kindheit, doch so konnte ich ihr das unmöglich sagen. Mit diesem Thema hatte sie sich noch nie auseinandergesetzt, und sie wollte sich auch jetzt nicht damit beschäftigen. Mit jedem Wort, das ich dazu gesagt hätte, hätte sie sich bedrängt gefühlt und sich höchstwahrscheinlich wieder in ihr Schneckenhaus zurückgezogen. Die angedeutete Offenheit, die sie gerade zeigte, durfte ich jetzt nicht zunichte machen. Das hier war ihr Gespräch, nicht meins. Meine Bedürfnisse hatte ich schon oft genug angemeldet, da würde ich doch jetzt wohl mal zurückstecken können, oder?

»Dann standest *du* eines Tages wieder da«, durchbrach sie dann mit ihrer leisen, wohlklingenden Stimme das fast unerträglich lange

Schweigen. Die Wellen schlugen sanft, sehr sanft an den Strand und unterstrichen die wundervolle Weichheit ihrer Stimme noch, als ob sie sie wie in einem romantischen Film untermalen wollten. Hatte sie das mit dem Meer geprobt? »Ich hatte gedacht, ich würde dich nie wiedersehen.« Fast verträumt klang es, wie sie das sagte. Wie eine Reminiszenz an vergangene Zeiten, die schon so weit zurücklagen, daß sie sich kaum mehr an sie erinnerte. »Und ich hatte Angst vor dir«, fügte sie plötzlich hinzu.

»Was?« Ich reagierte prompt und im Gegensatz zu ihr ziemlich laut. Es klang wie ein Peitschenknall, der durch die nächtliche Luft schnitt. Mir schien es so, als rauschte das Meer daraufhin gleich etwas heftiger aus lauter Ärger darüber, daß ich die Stille so schnöde gestört hatte. »Du hattest Angst? – Vor mir?« Ich starrte sie ungläubig an, ich konnte es einfach nicht fassen. Ich sah mich noch stehen, damals in ihrer Garderobe, ein zitterndes Häufchen Elend, das sich nach ihr verzehrte, und sie schien so kühl und überlegen.

»Ja«, sagte sie. »Furchtbare Angst. Sie überfiel mich sofort, als ich dich sah. Ich wußte, ich hatte dir sehr weh getan ... Aber ich konnte es natürlich überspielen. Das habe ich schließlich gelernt. Ich glaube, du hast nichts davon bemerkt, nicht?«

Sie sprach noch immer zum Meer, das dunkel in der Tiefe der Nacht lauerte und jetzt wieder ruhig an das Gestade brandete, mit kleinen Wellen, von denen man nur die winzigen Schaumkronen sah, wenn sie im Mondlicht für einen kurzen Moment aufleuchteten.

»Nein«, sagte ich, »wirklich nicht.«

»Das beruhigt mich«, meinte sie wieder mit einem etwas hohlklingenden Lachen. »Dann kann ich doch wenigstens noch spielen – wenn ich auch sonst schon nichts kann.«

»Simone –«, setzte ich an, aber sie unterbrach mich gleich.

»Nein, warte. Ich wollte dir noch sagen, warum ich Angst vor dir hatte.« Ich wartete. »Nicht weil ich dir weh getan hatte. Das wußte ich zwar, und es war mir auch peinlich, aber es war Vergangenheit. Ich konnte nichts mehr daran ändern. Weshalb ich wirklich vor dir Angst hatte, warst du.« Sie drehte sich um, und ich sah die Reflexion des Mondlichts in ihren Augen, ohne sonst viel von ihr erkennen zu können.

»Ich? Wieso denn ich?« Ich hatte ihr doch nie etwas getan. Bis zu jenem Zeitpunkt jedenfalls nicht, wie ich peinlich berührt vor mir selbst einschränkte.

»Du«, betonte sie noch einmal, »du löstest etwas in mir aus, ganz plötzlich. Ein Gefühl – ein Gefühl, das ich nicht beschreiben konnte und auch noch nie erlebt hatte. Und das machte mir angst. Es zog mich etwas zu dir hin, und gleichzeitig wollte ich ganz weit weg. Ganz weit und ganz schnell.«

»Und dann bist du trotzdem mit mir essen gegangen? Hast es sogar selbst vorgeschlagen?« fragte ich verdattert. Das konnte ich nicht verstehen. Oder vielleicht doch? War es mir mit ihr nicht genauso gegangen? Hatte ich mir nicht immer wieder gesagt, ich solle gehen?

Sie ließ das Meer in ihrem Rücken weiterrauschen und kam auf mich zu. »Ja«, sagte sie sehr leise, und doch flüsterte sie nicht, »das habe ich getan. Und als du mich dann küßtest, zum Schluß, vor dem Hotel, habe ich es sehr bereut. Vor allem, da ich spürte, daß auch das etwas in mir auslöste. Ich wollte es nicht wahrhaben, deshalb mußte ich dir auch sagen, daß ich das nur gespielt habe. Und deshalb habe ich auf deinen Anruf gewartet – voller Angst.«

»Voller Angst?« Es tat mir weh, das zu hören. Da hatten wir uns beide gequält, und dabei wäre es gar nicht nötig gewesen.

»Ja, voller Angst, daß ich wieder versagen würde. Und das habe ich dann ja auch«, schloß sie resigniert. »Beim nächsten Mal.«

»Simone, das stimmt doch nicht!« protestierte ich.

»Ach, hast du mit mir geschlafen, und ich habe das gar nicht mitgekriegt, weil ich so nüchtern war?« fragte sie süffisant zurück.

»Nein, das meine ich nicht.« Sie brachte mich ganz durcheinander. »Simone, ich will dir doch keine Angst machen. Das war nie meine Absicht. Wenn das so ist, sollte ich vielleicht so schnell wie möglich verschwinden.« Es stach mir ins Herz, das sagen zu müssen, aber ich konnte sie doch nicht mit so etwas quälen!

»Nein!« widersprach sie sofort ziemlich laut. »Nein«, wiederholte sie dann leiser, »ich glaube nicht, daß das das Problem löst.« Sie lachte etwas selbstverachtend. »Du hast mich mal gefragt, wieviel ich getrunken habe, nachdem ich mich an dem Tag vor dem Hotel von dir getrennt hatte. Ich kann dir sagen, wieviel: drei Flaschen Champagner und eine halbe Flasche Cognac. Ich war sturzbesoffen in der Nacht. Ich hatte Angst, ich wollte nichts spüren, einfach nichts mehr spüren, um hinterher feststellen zu müssen, daß es doch nur ein Irrtum war, eine Lüge vor mir selbst, Einbildung.«

»Mein Gott, Simone«, sagte ich entsetzt, »wenn ich das gewußt hätte . . .«

»Dann wärst du sofort angerannt gekommen, um mich zu retten«, fuhr sie fort. »So bist du doch, nicht wahr?« Es klang nicht sehr nett, wie sie das sagte. »Nein, tut mir leid, das wollte ich nicht sagen, es sollte nicht so abschätzig klingen, so war es nicht gemeint«, berichtigte sie jedoch sofort. »Nur, weißt du, du bist nicht die erste, die das versucht.« Sie verzog das Gesicht, vermutlich in Erinnerung an all die anderen. »Und du siehst ja, was dabei herausgekommen ist.«

Es schmeichelte mir nicht gerade, daß ich nicht nur auf eine Stufe mit Dutzenden von LiebhaberInnen, sondern auch noch mit vielleicht genauso vielen ›RetterInnen‹ gestellt wurde, aber was sollte ich machen? Hilfsbereitschaft war doch eine sehr rühmenswerte menschliche Eigenschaft. »Ja, ich sehe, was dabei herausgekommen ist«, sagte ich sanft. »Eine wunderschöne Frau und eine großartige Schauspielerin.«

»Das meinte ich nicht«, wehrte sie verstimmt ab.

»Das weiß ich«, bemerkte ich lächelnd. »Aber ich sage es dir trotzdem.«

Sie schwieg. Dann plötzlich lächelte sie. »Du bist wirklich wesentlich hartnäckiger als die anderen, das muß ich dir lassen.«

»Netter Vergleich«, versetzte ich und verzog etwas das Gesicht.

»Netter, als du denkst«, hob sie hervor. »Du weißt, ich bin eigentlich nicht sehr nett.«

»Nein, überhaupt nicht«, schäkerte ich ein bißchen mit ihr herum. Sie schien sich zu entspannen, und nach der Anspannung der letzten Zeit hier am Strand war das auch eine Erholung für mich. Ich konnte mich zwar noch nicht entspannen, da ich immer noch nicht wußte, was nun werden sollte, aber zumindest war ich froh, mal zwischendurch eine Pause einlegen zu können.

»Ich könnte netter zu dir sein, wenn du mich ließest«, sagte sie und kam noch näher auf mich zu.

Ich sprang zurück, aber sie folgte mir. »O nein, Simone, *nein, nein, nein!*« rief ich ihr zu. »Laß uns damit nicht wieder anfangen. Es ist so schon schwer genug.«

Sie ließ nicht locker, bis sie mich erreicht hatte, und irgendwann gab ich auf, bis sie direkt vor mir stand und mich musterte. »Ich bin Schauspielerin, ich muß proben, üben – hast du das vergessen?« fragte sie. »Ich dachte, du willst mir helfen.« Sie hob fragend die Augenbrauen und sah mich an.

Natürlich wollte ich ihr helfen! Aber wobei? Beim Üben? Das doch wohl sicher nicht! Ich wollte ihr helfen, etwas zu empfinden. Das war etwas völlig anderes. Da ich schwieg, fuhr sie verunsichert fort: »Ich appelliere an dein ...« Ihr Lächeln wurde etwas hilflos. Dann rang sie sich doch dazu durch: »... Retterinnenherz«, sagte sie und verzog unsicher das Gesicht. »Ich möchte –« Sie brach ab, nachdem ihr Tonfall sich verändert hatte. Eben noch war er recht neutral gewesen, sie beherrschte die Situation, nun auf einmal wurde er unsicher, flatterig. Das hatte sie wohl nicht zeigen wollen. Dann sprach sie jedoch ganz leise weiter: »Ich möchte wenigstens das bißchen noch einmal wiederhaben, was ich schon einmal hatte. Aber ich weiß nicht, ob ich dir das zumuten kann. Denn ich weiß auch nicht, ob ich dir mehr geben kann als das. Ich bezweifle es.«

Das war eine eindeutige Aussage, der ich nichts hinzufügen konnte. Wollte ich mich darauf einlassen? Schon die ganze Zeit begehrte ich sie wieder so sehr. Wenn ich sie mir vom Hals hielt, konnte das vielleicht gutgehen, aber wenn ich sie an mich heranließ? »Ich weiß nicht, ob ich es kann, Simone«, erklärte ich ihr wahrheitsgemäß, »aber ich möchte so gerne ...« Ich liebte sie so, in diesem Moment noch mehr als zuvor, jetzt, wo sie mir so viel von sich offenbart hatte.

Sie trat ganz nah an mich heran, so daß sie mich schon fast berührte und ich die Wärme ihres Körpers immer deutlicher auf mich übergehen fühlte. Heiße Wellen durchströmten mich und ließen mich erglühen und erschauern. »Dann versuch es doch«, wisperte sie. »Bitte, küß mich.«

Ich sah ihren Mund ganz nah vor mir, ihre vollen Lippen, die so sehr einluden, daß ich mich fragte, ob dem überhaupt jemand widerstehen konnte. Ich jedenfalls nicht. Ich beugte mich vor und küßte sie, ohne sie an irgendeiner anderen Stelle zu berühren, wir umarmten uns nicht, wir standen nur dicht voreinander und unsere Münder trafen sich. Sie öffnete ihre Lippen und ließ mich ein, und als ich nach ihrer Zunge suchte, kam sie mir entgegen, ganz sanft, wie ohne Absicht, und ließ sich küssen. Sie tat nicht viel, sie überließ das meiste mir, aber es erregte mich über die Maßen, so daß ich mich nun doch nicht mehr beherrschen konnte, aufstöhnte und in ihr Haar griff, es streichelte und sie näher zu mir heranzog. Sie schmiegte sich an mich, und nun umarmten wir uns doch, sie streichelte meine Hüften und ich ihre bis hinunter zum Po. Es schien ihr zu gefallen, denn sie atmete heftiger. Meine Knie wurden augenblicklich etwas weich, weil ich schon so lange darauf gewartet und die Erregung immer wieder unterdrückt hatte, und ich linste zur Mauer hinüber, die sicherlich ein bißchen Unterstützung bieten würde. Zumindest hatten die jungen Pärchen weiter oben das ausgenutzt.

Ich löste mich von ihr und fragte leise: »Simone?«

»Hm?« Sie öffnete die Augen, die sie geschlossen gehabt hatte. Sie waren dunkel, dunkler, als ich mich erinnern konnte, sie je gesehen zu haben, aber vielleicht lag das auch nur an dem spärlichen Licht.

»Können wir rüber zur Mauer gehen? Ich kann gleich nicht mehr stehen«, flüsterte ich, während ich mit dem Gesicht durch ihr Haar strich.

Sie hatte das Problem wohl nicht, aber sie nickte. Ich legte meinen Arm um ihre Taille und führte sie hinüber. Als wir dort angekommen waren, lehnte sie sich rückwärts an die Mauer und streckte die Arme nach mir aus. Die Geste ließ die Hitze in mir hochschießen und meine Brustwarzen starr vor Begehren werden. Aber ich durfte sie jetzt nicht so überfallen. Sie wollte nur ... schmusen, mehr nicht. Ich biß mir auf die Lippen. Ich mußte mich beherrschen, sonst machte ich alles kaputt. »Küß mich weiter«, flüsterte sie, »das war schön.«

Küssen, nur küssen? Ich konnte schon fast nicht mehr an mich halten, aber ich beugte mich vor, lehnte mich über sie und drückte sie gegen die Mauer, während ich erneut ihre Lippen suchte. Ihr Körper, so weich unter mir, machte mich verrückt, ich wollte sie berühren, streicheln, mehr als nur küssen – oder wenn, dann nicht nur hier oben. Meine Zunge in ihrem Mund teilte ihr das wohl mit, ich war tiefer in sie eingedrungen, als ich gewollt hatte, und brachte sie zum Keuchen, aber wahrscheinlich nicht vor Erregung, sondern eher vor Luftmangel. Dennoch schob sie ihre Hüften vor und drückte sie gegen mich. *Bitte, laß sie nicht nur spielen. Bitte, laß es echt sein!* betete ich, wenn ich auch nicht wußte, zu wem. Ich preßte meine Mitte gegen ihre und spürte die Nässe schon, die dadurch bei mir entstand. Ob sie das auch spürte? Ob sie das je gespürt hatte? Ich zog meine Zunge zurück und ließ ihr etwas Luft. Sie keuchte wirklich, aber ich wagte nicht zu fragen, warum.

»Simone, oh Simone!« flüsterte ich heiser in ihr Ohr, während ich ihre Haare durch meine Finger gleiten ließ, über ihren Nacken strich und mein heißer Atem zu mir zurückströmte. Ich spürte den weichen Sand unter meinen Füßen – wenn ich sie jetzt herunterließ, was würde sie tun? Würde sie mir zeigen, wenn sie es nicht wollte? Wenn sie nichts empfand, würde sie es dann spielen? Sie hatte seit Stunden nichts mehr getrunken. Würde sie das in nüchternem Zustand überhaupt können? Wünschte ich mir, daß sie es tat? Nicht wirklich, aber im Moment hatte mein Verlangen die Regie übernommen. Ich begehrte sie so sehr, daß es mir fast schon egal war.

»Simone«, sagte ich, und meine Stimme klang so rauh, daß sie kratzte und ich mich räuspern mußte. »Simone«, wiederholte ich dann, »sag mir, was du möchtest. Was soll ich tun?«

Ich sah sie nicht, ich hörte nur ihre Stimme, und die war weich, so weich wie Samt. »Küssen ist schön«, sagte sie fast etwas entrückt, »aber mach ruhig etwas anderes. Ich will ja üben.« Sie lachte ganz leise in genau dem gleichen samtweichen Ton.

»Was, Simone, was?« fragte ich etwas verzweifelt. Die Hitze stieg in meinen Kopf, und ich wußte ganz genau, was *ich* wollte, aber was wollte sie? Und wenn es dann genau das Falsche war, was ich tat, wenn es ihr dann doch zu viel war?

»Streichle mich«, flüsterte sie jetzt, ich hoffte, aus eigenem Antrieb und nicht, um mir zu gefallen. »Streichle meine Brüste.« Die Hitze brachte meinen Kopf schon fast zum Platzen, als ich ihre Worte hörte und gleichzeitig spürte, wie sie sich an mich preßte. »O Gott«, meinte sie darauf leicht verlegen kichernd, »so etwas habe ich noch nie gesagt, nicht mal im Film!« Dann wurde es aber Zeit!

Ich stützte mich etwas auf der Mauer ab und sah sie an. Sie lächelte immer noch leicht verlegen, doch dann wurde sie wieder ernst, als ich mich ihrem Mund näherte und sie erneut küßte.

Diesmal kam sie mir mehr entgegen. *Küssen ist schön,* hatte sie gesagt, und das schien sie jetzt auch zeigen zu wollen. Während ich sie küßte, sah ich ihre großen Augen vor mir, die mich gefangengehalten hatten, als ich mich zum Kuß zu ihr vorbeugte. Solche Augen konnten auch Angst bedeuten, aber ich hoffte inständig, daß es das nicht war. Als sie wieder begann schneller zu atmen, ließ ich meine Hand beim Küssen in den Ausschnitt ihrer Bluse wandern und suchte ihre Brüste. Zuerst fand ich den BH, obwohl ich mich zu erinnern glaubte, daß ihre Brüste, gestylt, wie sie waren, das nicht nötig hatten. Aber vielleicht hatte es Simones Scham nötig.

»Vorne«, flüsterte sie, als ich angekommen war, und beugte ihren Oberkörper etwas zurück, damit ich besser herankam.

Der Verschluß zwischen ihren Brüsten war leicht zu öffnen, und die beiden Hälften klappten auseinander, ohne daß ich viel dazu tun mußte. Der BH war ziemlich eng. Er sollte Simones Brüste wohl nicht nur halten, sondern auch nach oben pressen, damit sie noch verlockender aussahen. Auf jeden Fall sahen sie ohne ihn immer noch besser aus. Auch wenn sie nicht echt waren. Das ließ mich wieder für einen Moment verhalten, als die ungewohnte Festigkeit mich überraschte.

»Du magst sie immer noch nicht, nicht wahr?« fragte Simone etwas scheu. Ich würde ihr noch Minderwertigkeitskomplexe einreden, wenn ich so weitermachte. Und das wegen ihrer schönen Brüste, die sicher teuer gewesen waren und auf die sie bislang vielleicht sogar stolz gewesen war. Ich sollte mich schämen.

»Doch«, sagte ich deshalb, und so falsch war es ja auch gar nicht, »ich mag sie. Sie sind schön, sehr schön.« Ich wandte mich noch einmal von ihren Brüsten ab und sah in ihr Gesicht. »Sie passen zu dir«, sagte ich leise. »Sie sind genauso schön wie du.«

»O Mann!« lachte Simone nun doch etwas erleichtert auf, aber sie wollte es wohl nicht so zeigen. »O Frau natürlich, entschuldige – aber so viel Süßholzgeraspel auf einmal halte ich fast nicht aus!«

»Du weißt, daß du schön bist«, betonte ich noch einmal ein bißchen beleidigt, »und du bist Schauspielerin, also mußt du solche Komplimente doch gewöhnt sein, mehr als andere.« Das hatte ich jedenfalls immer gedacht.

»Ja, schon, aber die sind nicht echt. Die Komplimente, meine ich. Das ist alles nur – Show.« Sie atmete tief ein und dann wieder aus. »Mit echten Komplimenten kann ich gar nicht so gut umgehen, die höre ich nicht sehr oft«, sagte sie dann. Sie hob ihre Hand zu meinem Gesicht und strich darüber. »Es ist schön, wenn du das ernst meinst«, sagte sie leise, während sie meine Augen suchte und darin eine Bestätigung.

»Natürlich meine ich das ernst!« betonte ich leicht empört. Was dachte sie denn von mir?

»Du wirst es vielleicht nicht glauben«, bemerkte sie leicht kokett und legte ihren Kopf etwas schief, »aber es gibt Leute, die mir das gesagt haben, um mich rumzukriegen.«

Ich zerknautschte mein Gesicht etwas mit allen Muskeln, die mir dafür zur Verfügung standen. Tat ich das nicht auch?

Sie drückte mich an sich. »Ich weiß«, sagte sie, »du willst das auch, aber ich habe dich darum gebeten, das ist ein Unterschied. Ein großer Unterschied«, wiederholte sie dann etwas erstaunt, als ob sie gerade erst bemerkt hätte, daß das stimmte, was sie sagte. Dann schob sie mich wieder etwas von sich fort, und begann fast augenblicklich, heftig zu lachen. Sie schüttete sich fast aus. »Du siehst aus wie einer... wie einer von diesen Knautschgesichthunden!« meinte sie dann immer noch lachend und nicht sehr höflich, aber ich mußte auch darüber lachen. Bestimmt hatte sie recht. »Ich... ich... mag dich, Pia.... wirklich sehr«, brachte sie dann etwas mühsam hervor, als sie sich wieder beruhigt hatte. Auf einmal blickte sie sehr ernst.

Sie konnte nicht sagen *Ich liebe dich*, nicht, wenn sie es wirklich ernst meinte, das hatte ich mir schon gedacht. Früher hatte sie es nur gesagt, weil sie es eben nicht ernst meinte. Es hatte damals keine Bedeutung für sie gehabt. Jetzt hatte es offenbar eine. Sollte ich mich darüber freuen, daß sie es mir trotzdem nicht sagen konnte?

»Ich liebe dich, Simone, das weißt du«, erwiderte ich leise.

»Ja«, sagte sie nur. Ihre Augen blickten dabei groß und ernst.

Ich küßte sie erneut, indem ich zuerst sanft mit meinen geöffneten Lippen über ihre Wange strich und dann ihren Mund suchte. Ihre Zunge kam mir wieder entgegen, aber ich knabberte nur zärtlich an ihren Lippen und fuhr lediglich manchmal leicht mit meiner Zunge darüber.

»Pia«, seufzte sie plötzlich, »das ist schön!« Das war das erste Mal, das ich eine solche Reaktion von ihr erhielt, und ich erschauerte in noch heißerem Begehren, als ich die Erregung in ihrer Stimme hörte, die ich in diesem Moment für ganz zweifellos echt hielt. Ihr heftiges Atmen unterstützte diesen Eindruck noch, und dadurch wurde meine Aufmerksamkeit auch wieder auf ihre Brüste gelenkt, die sich erregt hoben und senkten.

Zuerst sah ich es fast nur aus dem Augenwinkel, weil mein Mund noch mit dem ihren beschäftigt war, aber dann verirrten sich meine Augen, angezogen von der Macht ihrer wundervollen Rundungen, wieder ganz zu ihren Brüsten. Ich nahm eine Brust in meine Hand, und sie zuckte zusammen. Vor Angst – vor Lust? »Sag mir, wenn du etwas nicht magst«, flüsterte ich rauh und beugte mich hinunter, um die Brustwarze in den Mund zu nehmen. Sie begrüßte meine Zunge aufgerichtet und steif, als ob sie nur darauf gewartet hätte. Hatte sie das?

»Ich...«, setzte Simone ziemlich atemlos an, brach aber gleich wieder ab.

Für einen Moment ließ ich meine Zunge still liegen und ihre Brustwarze nicht mehr reizen. Vielleicht war ihr das ja schon zu viel.

»Ich...«, versuchte Simone es dann noch einmal, »ich... mag es. Glaube ich«, schränkte sie dann noch ein. Ihre Hände fuhren in meinen Nacken und drückten mich noch näher an ihre Brust heran. »Darf ich... darf ich es noch ein bißchen... testen?« fragte sie dann unsicher.

Ich fand das sehr süß, wie sie so fragte. Als ob sie es noch nie gemacht hätte und das alles neu für sie wäre, aber das konnte in Anbetracht der Tatsachen ja wirklich überhaupt nicht sein. Also bemerkte ich, als ich kurz Luft holte: »Das kennst du aber doch. Oder willst du mir erzählen, daß keine der Frauen das mit dir gemacht hat?« Das war ja so ziemlich eins vom ersten, was man tat! Und bei ihrem Verschleiß...

»Doch«, gab sie zu, mühsam ihren Atem senkend, »sicher. Aber ich habe nie etwas dabei... empfunden.« Sie holte noch einmal tief Luft und stieß sie dann wieder heraus, als ob es sie große Überwindung gekostet hätte, das jetzt zuzugeben, aber das wußte ich ja eigentlich schon. Darüber zu sprechen war wahrscheinlich doch ziemlich neu für sie.

Auf jeden Fall schloß ich aus ihrer Aussage, daß sie jetzt – im

Gegensatz zu vergangenen ähnlich gearteten Gelegenheiten – etwas empfand. Ich sah von unten zu ihr hoch und lächelte. »Es freut mich, daß es dir gefällt«, sagte ich zärtlich.

Sie blickte auf mich hinunter und fuhr mir mit einer Hand durchs Haar. »O ja«, sagte sie, »das tut es. Es ist wirklich schön. Das hätte ich nicht gedacht.« Ich zog fragend die Augenbrauen hoch. »O Pia«, seufzte sie und legte ihren Kopf zurück, um ihn an die Mauer zu lehnen. Ein schönes Bild war das: ihr nach hinten gebogener Schwanenhals im schimmernden Mondlicht. Sehr erotisch. »Du erwartest einfach zu viel von mir. Ich bin nicht so wie... wie du es dir wünschst.« Sie richtete sich auf und sah mich an, mit sehr sanften, um Verständnis bittenden Augen. »Es ist unglaublich für mich, daß ich so viel empfinde, wie ich es eben gerade getan habe«, sagte sie leise. Ihre Stimme senkte sich zum Schluß zu einem heiseren Flüstern, und sie legte wieder ihren Kopf gegen die Mauer zurück. »Pia, ich wünsche es mir. Ich wünsche es mir so sehr«, flüsterte sie dann fast noch leiser, als ob sie gar nicht zu mir spräche, sondern zu sich selbst.

Ich hätte nicht angenommen, daß irgend etwas an diesem Abend meine Erregung noch steigern konnte, aber bei ihrem sehnsuchtsvollen Flüstern nahm die Hitze in meinem Körper dermaßen zu, daß ich kaum mehr atmen konnte. Ich nahm ihre Brüste nun beide auf einmal in die Hände, und sie zog scharf die Luft ein. Als ich meinen Mund zu der anderen Brustwarze senkte, die ich bislang noch nicht beachtet hatte, hielt sie den Atem an. Ich ließ meine Zunge um die pralle Erhöhung kreisen, und sie schien noch praller und größer zu werden, bis ich sie zwischen meine Lippen nahm und mit meiner Zunge etwas hin und her schob wie eine Erdbeere, die ich ablutschen wollte.

»Oh!« hörte ich Simones Stimme unterdrückt über mir. Sie stieß den Atem aus und sog ihn gleich darauf wieder heftig ein, dann spürte ich ihre Hände an meinem Kopf und ihre Finger, die sich in mein Haar wühlten. »Oh!« seufzte sie noch einmal in atemloser erregter Spannung, und ihr Unterleib begann leicht zu rotieren.

Während ich mich weiter ihren Brüsten widmete, ließ ich meine Hände an ihrem Körper tiefer wandern, streichelte ihre nackte Haut bis hinunter zu ihrem Rockbund und wieder hinauf. Das nächste Mal fuhr ich an ihrem Bund entlang nach hinten und suchte den Reißverschluß. Als ich ihn öffnete, schob Simone mir wieder ihre Hüften entgegen und seufzte ein bißchen. Meine eigene Erregung, die ohnehin schon fast nicht mehr zu ertragen war, wurde dadurch noch ein wenig mehr gesteigert, daß sie mir ihre zeigte, obwohl ich vorher schon kaum geglaubt hätte, daß das möglich wäre. Ich schob ihr den Rock herunter, was sich ziemlich schwierig gestaltete, da er so eng war, und fuhr dabei wie zufällig über ihren Bauch und ihre Leisten. Sie zuckte zusammen, und fast hätte sie aufgestöhnt, schien es mir, aber sie hielt plötzlich den Atem an und stellte alle ihre Bewegungen, die ohnehin nicht sehr heftig gewesen waren, ein. Ich glitt ganz langsam noch einmal an ihrem sehr knappen Slip entlang, nur an den Rändern, und streichelte dabei erneut ihre Leisten. So knapp, wie der Slip war, hätte es nur einer kleinen Bewegung bedurft... aber das tat ich nicht.

Da Simone nicht mehr reagierte, ließ ich meine Hand auf ihrem Bauch liegen und richtete mich auf, um ihr in die Augen zu sehen. Sie waren so starr wie ihr ganzer Körper in diesem Moment, starr und leer, nicht einmal angsterfüllt. »Simone!« sprach ich sie erschrocken an, aber es änderte sich erst einmal nichts. Dann, als ich meine Hand wegzog und ihr Gesicht in die Hände nahm, um sie genauer anzusehen, füllten sich ihre Augen plötzlich mit Tränen. »Simone«, sagte ich noch einmal beruhigend und nahm sie in die Arme, um sie wie ein Kind zu schaukeln, ganz leicht hin und her. Nach einer Weile schaute ich sie noch einmal an, und jetzt sah ich nicht nur ihre Tränen, sondern auch ihre Angst. »Simone, beruhige dich«, flüsterte ich sanft und zärtlich. »Es passiert nichts, es passiert gar nichts.«

»Ich kann nicht, Pia«, wisperte sie mit tränenerstickter Stimme kaum hörbar, »es tut mir so leid, aber ich kann nicht.«

»Das ist nicht schlimm«, beruhigte ich sie weiter. »Ganz ruhig, ganz ruhig.« Ich strich ganz sanft über ihre Haare und legte ihr Gesicht an meine Schulter, wo ich ihre Tränen weiterfließen spürte, doch sie schluchzte oder zuckte nicht. Die Tränen flossen lautlos auf mein Hemd und durchnäßten es.

»Doch«, sagte sie dann plötzlich immer noch sehr leise, »es ist schlimm. Es war gerade so schön. Ich habe es gespürt – ich habe *dich* gespürt, und ich hätte gern noch mehr davon gehabt.« Sie drückte sich enger an mich. »Warum geht das nicht?« wisperte sie ganz verzweifelt.

»Es geht ja, Simone«, behauptete ich, ohne zu wissen, ob das die Wahrheit war. »Es wird gehen, ganz bestimmt. Laß dir nur ein bißchen Zeit.«

»Ich will es aber *jetzt*«, protestierte sie mit einer Stimme, die vor unterdrückter Wut und Tränen zitterte. »Ich will es jetzt, hier, mit dir – nicht irgendwann.«

Ich lachte leicht auf, obwohl mir gar nicht so zumute war. »Ich wußte nicht, daß du so ungeduldig bist«, sagte ich zärtlich.

»Du kennst mich nicht«, sagte sie jetzt schon wieder energischer, wenn auch immer noch schluckend. »Das habe ich dir ja schon oft gesagt.«

»Dann werde ich dich kennen*lernen*«, sagte ich gelassen. »Aber laß uns jetzt erst einmal ins Hotel zurückgehen, da kannst du dich ausruhen.«

»Nein«, widersprach sie sofort. »O nein, das werde ich nicht tun! Ich wollte etwas von dir, und das will ich immer noch. Bitte leg deine Hand wieder dahin, wo sie war.« Sie wirkte sehr entschlossen.

»Simone«, protestierte ich nun doch, obwohl ich es nur allzugern getan hätte, »das ist nur die erste Probe hier, weder die Generalprobe noch die Aufführung, vergiß das nicht.« Ich dachte, daß sie es vielleicht besser verstünde, wenn ich es in ihrer Sprache erklärte.

Sie schüttelte den Kopf. »Auch bei der ersten Probe muß schon alles durchgespielt werden, damit man einen Gesamteindruck bekommt.« Was sollte ich dazu sagen? »O Gott«, stöhnte sie plötzlich und warf den Kopf ärgerlich zurück, »was gäbe ich jetzt für eine Flasche Champagner oder ein paar Cognacs! Glaub mir, dann wäre ich nicht so zickig.«

»Simone, du bist doch nicht zickig«, wehrte ich ab. Das wäre sie gewesen, wenn sie mir vorher falsche Versprechungen gemacht hätte, aber das hatte sie nicht getan.

»Doch«, beharrte sie, »ich finde schon. Machst du jetzt weiter?« Ihr Tonfall wirkte fast schon aggressiv.

»Nein, Simone«, lehnte ich ab. »Sei doch vernünftig. So leid es mir tut – und du kannst mir wirklich glauben, daß es mir leid tut –, aber das bringt doch nichts. Für dich nicht und für mich auch nicht.«

Ihre Hand fuhr mir zwischen die Beine, daß ich aufstöhnte.

»Kann ich dich so überreden?« fragte sie angriffslustig.

Ich ließ sie los und trat zwei Schritte zurück. »Nicht, Simone«, sagte ich, »du weißt, daß ich mich nicht gut wehren kann, wenn du das tust.« Ich lachte. »Sonst stünden wir nicht hier!« Schließlich war das genau ihre Methode gewesen, mich zu dieser Fahrt nach Cannes zu ›überreden‹.

Sie lehnte sich mit ihrem ganzen Körper an die Mauer, hob ihre Arme hinter den Kopf und zog ein Bein an, um sich abzustützen. »Gefällt dir nicht, was du siehst?« flüsterte sie mit der erotischsten Stimme, die ich je gehört hatte.

Ich spürte, wie es mich mit heißen Lavaschauern überrieselte, ihre Stimme und ihr so verführerisch dargebotener Körper, der sich wie die Versuchung selbst schlangengleich an die felsige Mauer schmiegte – das war fast schon zu viel. »Simone, bitte«, sagte ich, und meine Stimme gehorchte mir kaum, bevor ich nicht mehrmals geschluckt hatte, »tu das nicht. Ich kenne die Szene – ich weiß, daß du spielst.«

»O ja, stimmt«, bemerkte sie etwas bissig, »du bist ja ein Fan von mir, du kennst alle meine Filme.« Sie ließ ihr Bein wieder herunterfallen.

»Laß uns gehen«, bat ich, obwohl das Feuer des Begehrens jetzt fast noch stärker in mir brannte. Ich wollte sie, ich wollte sie so sehr!

»O bitte nicht«, flehte sie auf einmal mit einer fast kindlichen Stimme. »Bitte komm zu mir. Ich will nicht gehen. Ich will bei dir sein. Ich will, daß du mich berührst – bitte.«

Ich lachte etwas ironisch auf, um meine Erregung zu überspielen, die von Sekunde zu Sekunde wuchs und mich schon fast zum Explodieren brachte. »Bist du sicher, daß wir nicht wenigstens vorher noch eine Flasche Cognac besorgen sollten?« Vielleicht kühlte sie das ab.

»Ich sagte ja schon, das würde mir helfen«, erwiderte sie gar nicht beleidigt. Sie ließ sich nicht provozieren. Statt dessen streckte sie erneut die Arme nach mir aus. »Bitte komm her. Ich weiß doch, daß du es willst. Und ich will es auch.«

Ich konnte ihr nicht mehr widerstehen. Ich ging auf sie zu und betrachtete dabei ihren halbnackten Körper, der so verführerisch an der Mauer lehnte, auch wenn sie jetzt nicht spielte, jedenfalls nahm ich das an, denn diese Szene kannte ich nicht. Als ich bei ihr angekommen war, schob ich ihr langsam die Bluse von den Schultern und küßte sie in die Halsbeuge, auf die Schulter, ihr Ohr und dann wieder auf ihren schönen Hals, als sie den Kopf zurückbog. Ich löste mich von ihr. »Wenn ich nur wüßte, wie ich es für dich schöner machen könnte«, sagte ich leise und strich über ihr Gesicht.

Sie hob ihre Hand und streichelte mich ebenfalls, wobei nun ich meinen Kopf zurückbog, weil ich es sonst nicht mehr aushielt. »Du machst es schon sehr schön für mich«, sagte sie ebenso leise, »schöner, als es je war. Du kannst dir nicht vorstellen, was das für mich bedeutet. Deshalb möchte ich jetzt auch weitermachen. Ich möchte nicht aufhören damit.« Sie nahm meine Hand und führte sie zwischen ihre Beine. Obwohl sie es selbst tat, preßte sie dennoch automatisch ihre Schenkel zusammen, als sie meine Hand dort spürte. Wie sollte das gehen?

Ich legte meinen anderen Arm um sie und zog sie an mich. Während ich meine Hand einfach nur zwischen ihren Beinen liegenließ, begann ich wieder, sie zu küssen, bis sie in erregten Stößen atmete und ihre Scham gegen meine Hand preßte. Anscheinend hatte sie sich an meine Finger dort unten gewöhnt. Ich begann vorsichtig, mit einem Finger zwischen ihren Beinen hindurchzustreichen, um ihre Reaktion zu testen.

Sie zuckte zusammen und drückte meinen Oberkörper ein wenig von sich weg. Wollte sie jetzt doch aufhören? »O Pia«, keuchte sie nach Atem ringend, »ich weiß nicht, was mit mir los ist. Mir ist so komisch. Ich bin so...« Sie sah mich mit großen, dunklen Augen an, die im Mondlicht glitzerten wie kleine funkelnde Sterne.

»Erregt?« schlug ich vor und lächelte.

Sie schwieg verschämt. »Gut, daß es dunkel ist«, sagte sie dann schon ruhiger atmend. »Ich möchte nicht wissen, welche Farbe mein Gesicht jetzt hat.«

»Nur dein Gesicht?« fragte ich und beugte mich über sie. Ich sah ihr in die Augen, aber ich küßte sie nicht. Ich versank in ihrer dunklen Tiefe, die so sanft und erregend wirkte. Gleichzeitig fuhr ich mit einem Finger von der Seite in ihren Slip.

Sie schrie ganz leise spitz auf und biß sich dann auf die Lippen. »Entschuldige«, preßte sie hervor, »es war nur der Schreck. Es hat nichts zu sagen.« Immer noch erschreckte sie sich? Ob das wohl gut war?

Aber ich ließ meinen Finger dennoch nun ein wenig mehr in ihre Mitte gleiten, um die Schamlippen zu teilen. Sie war naß, sie hatte nicht gespielt! Innerlich atmete ich auf. Ich beugte mich zu ihrem Ohr vor. »Du magst es wirklich, merke ich gerade«, grinste ich. Langsam zog ich meinen Finger zwischen ihren Schamlippen entlang, verteilte ihre Nässe und suchte ihre Perle.

»O nein!« stöhnte sie auf, als ich sie gefunden hatte, und griff schnell nach meinem Handgelenk, um mich festzuhalten. Das hinderte meinen Finger aber nicht, noch einmal darüberzufahren. Sie schnappte überrascht nach Luft. »Pia, bitte nicht«, bat sie keuchend, »das halte ich nicht aus!«

»Du mußt es ja nicht aushalten«, lächelte ich. »Laß einfach los, dann ist es vorbei.« Ich verstärkte den Druck meines Fingers etwas mehr und rieb auf und ab.

Sie warf sich an der Mauer herum, so daß mein Finger herausrutschte. »O nein. Nein, ich kann nicht. Bitte, ich kann das nicht«, keuchte sie. Es klang fast schon entsetzt.

Ich versuchte sie an der Schulter zu berühren, aber sie drehte sich weg. Ich sah nur ihren gekrümmten Rücken, der unregelmäßig zuckte. »Simone«, sagte ich tröstend, »wenn du nicht willst, mußt du ja nicht. Komm wieder her.«

»Ich kann nicht«, wiederholte sie erneut. »Ich schäme mich so.«

»Weshalb denn?« fragte ich wirklich erstaunt. »Wovor hast du Angst?«

Sie drehte sich immer noch nicht um und sprach mit der Mauer. »Vor mir selbst. Ich kann es nicht. Ich kann es einfach nicht«, antwortete sie.

»Vor dir selbst?« fragte ich zurück. »Du hast Angst, daß es dir gefallen könnte, oder was meinst du damit?«

Jetzt drehte sie sich halb um, blickte aber auf das Meer hinaus in die Dunkelheit. »Wahrscheinlich ist es so. Ich weiß es nicht. Ich kann es jedenfalls nicht.«

»Aber alles, was dir bis jetzt gefallen hat, konntest du doch auch«, stellte ich fest. »Das ist doch nicht anders.«

»O doch!« Sie lachte auf. »Das ist ganz anders. Das konnte ich schon spüren.«

»Wenn ich das richtig interpretiere, warst du kurz vor einem Orgasmus und hast Angst davor, die Kontrolle zu verlieren«, diagnostizierte ich. »Aber das ist das schönste daran, das kann ich dir versichern.« Ich lächelte sie an.

»Ja, *du*«, sagte sie etwas herablassend. »Du hattest sicher noch nie Probleme damit.« Da hatte sie recht. Aber deshalb konnte ich sie diesmal trotzdem ausnahmsweise verstehen. Es war manchmal schon erschreckend, wie ausgeliefert man sich im Moment des Höhepunktes fühlte. Aber man war ja nicht allein, man hatte normalerweise doch Vertrauen zu der Person, mit der man schlief.

»Vertraust du mir nicht?« fragte ich Simone deshalb. »Denkst du, ich tue dir etwas in einem Moment, in dem du dich nicht wehren kannst?«

»Puh!« stieß sie hervor, »Was für eine Analyse!« Dann überlegte sie eine Weile. »Ich werde darüber nachdenken«, sagte sie dann. »Ich weiß nur eins: Obwohl ich es will –« Sie trat jetzt doch wieder auf mich zu, »und obwohl du bei mir bist und ich mich mit dir sehr wohlfühle«, sie strich über mein Gesicht, »kann ich es jetzt nicht. Beim besten Willen nicht, das spüre ich.« Sie sah mir ins Gesicht und hauchte mir dann einen Kuß auf die Lippen. »Bitte glaub mir, es hat nichts mit dir zu tun. Und alles andere heute abend war...« Sie suchte meine Augen und hielt sie fest. »Alles andere heute abend war unwahrscheinlich schön.«

»O Simone«, sagte ich aufseufzend, »ich will dich so. Das ist wirklich nicht leicht für mich. Aber es war schön, dich wenigstens berühren zu dürfen. Ich weiß, wie schwer es dir gefallen ist, das zu erlauben.«

Sie lachte auf. »Glaub mir, das weißt du *nicht!* – Aber ich danke dir, daß du so verständnisvoll bist.« Sie lehnte sich gegen mich. »Und ich verspreche dir, daß wir das nächste Mal da weitermachen, wo wir jetzt aufgehört haben.«

»Das werden wir nicht«, zog ich sie auf. »Ich werde etwas tiefer weitermachen – mit meinem Mund. Und ich schwöre dir, dann sagst du nicht mehr nein. Das wirst du gar nicht mehr können.«

»O mein Gott«, sagte sie, »wie rot ist eine Tomate? Wenn man das verzehnfacht, gibt es noch ein Wort dafür? Dann ist das jetzt meine Farbe!«

Ich lachte. »Ich werde es einfach Simone-Rot nennen, was hältst du davon?«

Nach einem kurzen Moment der Stille sagte sie: »Pia, bitte glaub mir, was ich dir jetzt sage. Alles, was du mit mir gerade gemacht hast, war wundervoll, und dieser ganze Abend – auch alles, was davor war heute – war es ebenfalls. Ich genieße es sehr, mit dir...«, sie zögerte, »mit dir meine Zeit zu verbringen«, schloß sie dann etwas vage. Ich hätte alles Mögliche darauf gewettet, daß sie hatte sagen wollen: *mit dir zusammenzusein,* aber das konnte sie nicht.

»Mir geht es ebenso«, sagte ich zärtlich.

Ihre Arme legten sich fester um mich, und sie begann mich zu streicheln. »Aber ich glaube, du hast jetzt wirklich lange genug gewartet«, flüsterte sie verführerisch. Sie knöpfte mein Hemd auf und nahm gleich darauf abwechselnd die Brustwarzen in den Mund, wie ich es auch bei ihr getan hatte.

Ich stöhnte so laut auf, daß ich hoffte, es war niemand in der Nähe. »Simone«, sagte ich schweratmend, »du mußt nicht –«

»Ich weiß«, beruhigte sie mich, »und ich würde es auch nicht tun, wenn ich es nicht wirklich wollte.« Sie ließ ihre Hand hinuntersinken und öffnete meinen Hosenbund. Schon allein der flüchtige Kontakt mit meiner Haut brachte mich dabei fast um den Verstand. Ich hatte so lange gewartet, daß jetzt jede kleinste Berührung fast schon einen Orgasmus auslösen konnte.

Ich lehnte mich zurück an die Mauer und genoß ihre Hände auf meinem Körper, die noch einmal an meinen Seiten entlang zu meinen Brüsten hochfuhren und darüber. Ein Hochofen konnte nicht heißer glühen als die Blitze in meinem Körper, die sich nicht entscheiden konnten, wo sie zuerst einschlagen sollten. Als sie nur zart an meinen Brustwarzen vorbeihuschte, dachte ich, sie fielen ab, weil sie vor Erregung geplatzt waren, aber es blieb ein brennendes unerträgliches Kitzeln zurück, daß mich um den Verstand brachte. Ich wünschte mir, ich könnte sie dazu zwingen, mich jetzt zu nehmen – jetzt sofort. Ich warf meinen Kopf herum. »Simone!« stöhnte ich.

Sie fuhr mit ihren Händen wieder abwärts und zog meinen Reißverschluß quälend langsam herunter. Das hatte sie zweifellos in ihren Filmen gelernt, aber wie auch immer, das Geräusch ließ mich erschauern und erwartungsvoll auf den Augenblick hoffen, an dem sie unten ankommen würde. Sie schob ihre Hand in meine Hose, und ich stimmte ihr insgeheim zu, daß es sich kaum lohnen würde, mich auszuziehen, es würde schnell gehen. Als sie ihre Finger zwischen meine Beine schob, lachte sie. »Ach, du liebe Güte! Was habe ich dir da angetan?«

Ich schob meine Hüften ihrer Hand entgegen, und sie zog sie wieder zurück. Was war denn jetzt los? *Nein, bitte nicht!* »Simone, bitte –«, stöhnte ich fast schon innerlich aufgelöst.

»Ja«, flüsterte sie, »gleich. Ich will es nur noch etwas schöner für dich machen.« Sie schob mir die Hose von den Hüften und ging an mir herunter.

Als ihre Zunge in mich eintauchte, schrie ich nur noch, ich konnte mich nicht mehr beherrschen. Ich zuckte und stieß mit meinen Hüften in Simones Gesicht, die sich tapfer an mich klammerte und nicht aufhörte. Als ich im Sand zusammensank, spürte ich die krampfhaften Wellen immer noch, die sie in mir ausgelöst hatte. Wie viele waren es gewesen?

Simone setzte sich auf mich und reizte mich mit ihren Fingern, bis ich noch drei- oder viermal kam. »Simone, bitte, hör auf«, keuchte ich schließlich. »Ich kann nicht mehr. Ich bin fix und fertig.«

»Soll ich das glauben?« fragte sie kokett.

»O ja, bitte glaub mir«, bat ich verzweifelt. »Bitte laß mich ausruhen.«

»Na gut«, entgegnete sie verspielt, »weil du es bist.« Sie blieb aber auf mir sitzen und sah mich von oben an wie eine reitende Göttin, und so ähnlich empfand ich es auch.

»Simone, du bist wunderschön«, flüsterte ich erschöpft. Ich hatte nicht einmal mehr genug Kraft, um meine Hand zu heben und sie zu streicheln.

»Ach was«, sagte sie neckend, »schön sind viele, aber du bist richtig –« Sie machte eine kleine Pause. »nett«, sagte sie dann, und sie lächelte, weil sie damit auf ihre eigene Behauptung anspielte, nicht nett zu sein.

»Danke«, sagte ich artig. »Wenn's weiter nichts ist.« Ich liebte sie so. Selbst wenn sie mich nur nett fand, aber ich liebte sie. Daran würde sich nie etwas ändern. Sie war wirklich liebenswert und bezaubernd. Auch wenn sie das selbst nicht glaubte.

Während ich mich noch erholte, zog sie sich schon an, und ich sah ihr dabei zu. »Guck nicht so!« tadelte sie mich schäkernd und lachte.

»Laß mich doch«, erwiderte ich friedlich. »Du bist einfach zauberhaft, da muß ich gucken.«

Sie blickte weg, zur Mauer hin, und dann erst nach einer Weile wieder zu mir zurück. »Du weißt nicht, was du sagst«, meinte sie ernst.

Ich stand auf. »Daß du zauberhaft bist? Das weiß ich sehr genau, denn du hast *mich* bezaubert.« Ich ging zu ihr, küßte sie auf die Wange und zog mich auch schnell an.

Sie antwortete nichts mehr, bis wir im Wagen saßen und zurückfuhren. Irgend etwas beschäftigte sie. »Pia, ich muß dir etwas sagen«, sprach sie dann irgendwann in die Dunkelheit hinein. Ich sah zu ihr hinüber. Ihr Profil hob sich vor dem Hintergrund der schwach beleuchteten Straße wie das einer Bronzestatue ab. »Ich bin nicht die Frau, für die du mich hältst«, sagte sie entschieden, »bitte sieh das endlich ein. Ich werde dich nur unglücklich machen. Ich warne dich.«

Sie hatte mich schon mehr als ein Mal unglücklich gemacht, aber ich hatte es überlebt, und im Moment erschien es mir einfach völlig unwahrscheinlich, daß so etwas noch einmal geschehen sollte. Nach diesem Abend?

»Du machst dir ein völlig falsches Bild von mir«, fuhr sie fort. »Das habe ich dir schon einmal gesagt. Und dieses Bild liebst du, nicht mich. Es ist das Bild, das ich in meinen Filmen vermittle, aber dieses Bild machen die Regisseure, nicht ich. Die Regisseure sehen mich genauso wie du. Aber das bin ich nicht.«

»Wer bist du denn dann?« fragte ich etwas obenhin. Ich konnte nicht glauben, daß sie das ernst meinte. Wir hatten gerade ein paar wunderschöne Stunden verbracht. Das war echt gewesen, nicht gespielt. Wieso sollte das nicht *sie* sein?

»Woher soll ich das wissen?« gab sie etwas unbeteiligt zurück. »Ich spiele immer eine Rolle – irgendeine. Seit Jahren schon. Vielleicht ist das einfach meine Natur. Akzeptiere es doch einfach, dann wirst du nicht enttäuscht sein, wenn . . .«

»Wenn was?« fragte ich stirnrunzelnd. Was meinte sie denn nur?

»Ach nichts«, sagte sie. »Es war nur so ein Gedanke. Wir sind da.«

Ich ließ den Wagen vor dem Eingang stehen. Diesmal hatte uns der Portier eine Limousine gegeben, wahrscheinlich in Anbetracht der späten Stunde. Ein Page sprang herbei und fuhr sie weg.

Simone und ich nahmen den Lift und gingen dann auf dem Gang entlang, an dem hintereinander unsere beiden Türen lagen. Simones war die erste. Wir blieben stehen, und ich wartete, daß sie aufschließen würde.

Sie hielt den Schlüssel in der Hand, tat es aber nicht. Ich deutete auf den Schlüssel, um zu erfahren, ob ich vielleicht aufschließen sollte, und sah sie fragend an. Vielleicht hatte sie wieder ihre Ich-weiß-nicht-mehr-wie-eine-Tür-aufgeht-Phase. Sie schüttelte den Kopf. »Nein, ich möchte nicht, daß du mit reinkommst. Geh in dein Zimmer, bitte«, verlangte sie entschieden.

Ich war etwas überrascht. »Ich dachte, wir –«, begann ich, aber sie unterbrach mich sofort.

»Ich möchte allein schlafen, entschuldige, ich bin es nicht gewohnt, neben jemand aufzuwachen, ich mag das nicht«, sagte sie unwillig.

»Ich hatte gar nicht damit gerechnet, daß wir miteinander... schlafen«, sagte ich immer noch verblüfft. Wie unterschied man eigentlich das eine Schlafen sprachlich vom anderen? So wußte man ja nie genau, was gemeint war. Nach dem erschöpfenden Sex am Strand hatte ich mir nur noch ein bißchen Kuscheln vorgestellt, die Sterne und den Mond betrachten, so als Abschluß eines schönen Abends, nichts weiter. Aber wahrscheinlich befürchtete sie etwas anderes.

»Dann ist es ja gut«, sagte sie, aber sie wirkte gereizt. »Dann ist es sicher auch kein Problem für dich, in dein Zimmer zu gehen.« Das war es sicher nicht, aber ich verstand ihren Stimmungswandel in keiner Weise. Was war denn auf einmal los? Als ich zunehmend verwirrt immer noch nicht reagierte, sagte sie kalt: »Willst du zusehen, wie ich mich betrinke?«

»Aber Simone! Warum?« entfuhr es mir spontan. Niemand zwang sie zu irgend etwas, das sie nicht wollte. Warum mußte sie sich dann trotzdem betrinken?

»Warum? Du fragst, warum?« Sie hob ihre Hand und hielt sie mir vors Gesicht. Sie zitterte. »Siehst du das? Siehst du, wie sie zittert? Ich bin Alkoholikerin, hast du das vergessen? Und weißt du, wie lange ich jetzt schon nichts mehr getrunken habe?« Sie lachte hohl auf. »Wie lange, glaubst du, halte ich das durch? Meinst du, das kannst du durch ein paar Streicheleinheiten ändern?«

Das hatte ich in der Tat gedacht. So ähnlich hatte ich es mir vorgestellt. Manchmal war ich einfach zu naiv.

»Geh«, sagte sie, »geh, ich will allein sein.« Und weil ich mich nicht vom Fleck rührte, lächelte sie süffisant: »Du kannst natürlich auch mitkommen, wenn du dir etwas davon versprichst. Du weißt ja, nach ein paar Gläsern Champagner bin ich ... offener. Wenn dir daran etwas liegt, komm mit. Oder möchtest du vielleicht lieber, daß ich Cognac trinke? Dann geht es schneller. Ich weiß ja nicht, wie eilig du es hast.« Sie musterte mich von oben bis unten und blieb mit ihrem Blick an meiner Hose hängen. »Bei einem Mann könnte ich das jetzt wenigstens beurteilen«, sagte sie verächtlich.

Die Verletzung fuhr mir in alle Glieder. Wenn sie sich von mir verabschieden wollte, wenn sie mich nicht in ihr Zimmer lassen wollte – gut, aber warum mußte sie so um sich schlagen? Ich versuchte mich wieder zu fassen, mein Gleichgewicht wiederzufinden, auch wenn es nicht einfach war. »Simone«, sagte ich, »ich tue dir doch nichts. Es war schön heute abend und am Strand vorhin, ich dachte, auch für dich. Das hast du mir sogar selbst gesagt. Warum ... warum tust du das jetzt?«

»Die Szene ist abgedreht«, sagte sie. »Schnitt.« Sie lächelte immer noch verächtlich. »Hast du das immer noch nicht begriffen?«

Jetzt war ich wirklich geschockt, das war ich schon die ganze Zeit, sie hatte mir einen Schlag nach dem anderen versetzt, aber nun konnte ich mich vor lauter Fassungslosigkeit einfach nicht mehr rühren. Ich starrte sie nur an, und ich merkte, daß Tränen heraufsteigen wollten, aber selbst sie konnten die Schwelle der Bestürzung nicht überwinden. Simone schloß ihre Tür auf und ließ mich einfach stehen. Als ich das Geräusch hörte, mir dem ihre Tür ins Schloß fiel, erwachte ich langsam wieder zum Leben, nein, das war der falsche Ausdruck: Ein Zombie mit meinem Namen und meinem Aussehen zog einen Schlüssel aus einer Tasche und schloß die Nachbartür auf. Ich ging zum Bett und setzte mich darauf, ohne daß ich so recht mitbekam, was ich überhaupt tat. An der Verbindungstür wurde der Schlüssel umgedreht. Jetzt war auch dieser Weg versperrt, wenn ich ihn überhaupt hätte benutzen wollen. Simone wollte sich eindeutig allein betrinken. Oder hatte sie so viel Angst vor mir? Was hatte ich ihr getan? Der Schmerz in meiner Brust war so heftig, daß ich ihn schon gar nicht mehr spürte. Mein Körper hatte abgeschaltet. Dazu brauchte ich noch nicht einmal Alkohol. War ich deshalb glücklicher als Simone?

Auf jeden Fall hatte ich mir unser Zusammensein anders vorgestellt, gerade nach diesem Abend. Das war wohl wirklich eine Illusion gewesen. Ich dachte, sie hatte sich geändert. Nach allem, was sie mir erzählt und was so ehrlich geklungen hatte, hatte ich geglaubt, sie zu kennen, wenigstens ein bißchen von ihr. Aber das war wohl ein Irrtum – ein sehr großer Irrtum. Sie hatte sich nicht geändert, und sie würde sich nie ändern. Das einzige, was sich geändert hatte, war, daß sie jetzt auch noch trank. Was hatte ich noch hier verloren? Ich beschloß, sofort meine Sachen zu packen und zu gehen. Aber es war mitten in der Nacht. Selbst der wunderbare VIP-Service des gediegenen Portiers konnte mir um diese Zeit bestimmt nicht von jetzt auf gleich ein Flugzeug besorgen. Da mußte ich wohl bis morgen früh warten – nein, bereits wieder heute früh, Mitternacht war ja schon lange vorbei. Obwohl ich sicher war, daß ich kein Auge zutun würde, legte ich mich aufs Bett und versuchte zu schlafen. Ich lag da und grübelte und litt wie ein Tier. Warum konnte ich sie nicht einfach hassen? Aber das konnte ich nicht. Ich liebte sie. Da war noch mehr als das, was sie zeigte, das wußte ich. Und einiges davon hatte sie mir auch schon offenbart, davon war ich überzeugt. Wenn sie jedoch auch sonst nichts gehalten hatte, eins von dem, was sie versprochen hatte, hatte sie schon geschafft: Ich war unglücklich.

Vor Erschöpfung war ich dann wohl doch noch eingeschlafen, denn als ich aus einem traumlosen, düsteren Land zurückkehrte, war es bereits hell. Gut, dann konnte ich ja jetzt gehen. Ich nahm das Telefon und teilte der Rezeption mit, daß sie meine Rechnung fertigmachen sollten.

»Es ist bereits alles bezahlt, Madame«, hörte ich die Antwort, und das war keine Überraschung für mich, aber ich wollte nicht auch noch als Schmarotzerin dastehen. Ich versuchte den Portier davon zu überzeugen, daß er mir doch wenigstens einen Teil berechnen könne, aber er ließ sich nicht erweichen. »Das läuft immer über die Agentur von Madame Bergé«, beharrte er auf seinem Standpunkt.

Na gut, daran konnte ich anscheinend nichts ändern. Ich bat ihn, mir einen Platz auf dem nächsten Flug nach Deutschland zu besorgen und mir dann Bescheid zu sagen. Einen Pagen für meine Sachen lehnte ich ab. Zehn Minuten später, als ich mit dem Einpakken schon fast fertig war, kam die Bestätigung. »In einer Stunde, Madame«, sagte er.

Ich dankte ihm und ging hinunter. Der Rolls stand schon vor der Tür, um mich zum Flughafen zu bringen. Warum auch nicht? »Haben Sie vielleicht einen Umschlag für mich?« fragte ich den Portier, und wie immer antwortete er: »Selbstverständlich, Madame.«

Ich nahm das Flugticket, das Simone mir geschickt hatte, und steckte es in den Umschlag.

Vielleicht kannst Du Dir das
Geld zurückgeben lassen

schrieb ich auf einen Zettel und steckte ihn dazu. Dann übergab ich den Umschlag dem Portier. »Für Madame Bergé«, sagte ich, und er nickte und drehte sich um, um den Umschlag in das Fach mit Simones Zimmernummer zu legen.

»Ich hoffe, Sie hatten einen schönen Aufenthalt bei uns, Madame«, sagte er, als er sich mir wieder zuwandte.

Ich sah ihn an und fragte mich, was er wußte. Wußten Portiers nicht immer alles? Und Simone war Stammgast hier. »Doch«, sagte ich, »der Aufenthalt war schön. Danke vielmals.« Ich nickte ihm zu und ging hinaus. Dann ließ ich mich in die tiefen Polster des Rolls sinken und seufzte auf. Das also war mein nun endgültig letzter Versuch mit Simone gewesen. Es war vorbei. Ich würde sie immer lieben – warum, wußte ich auch nicht –, aber ich würde sie nie mehr wiedersehen. In diesem Leben jedenfalls nicht.

Als die Maschine abhob, sah ich noch einmal auf die Côte d'Azur hinunter, das blaue Meer, der weiße Strand und sogar die roten Felsen waren gut zu erkennen, selbst das Hotel konnte ich mir einbilden zu sehen. Dort schlummerte Simone vermutlich noch in ihrem Zimmer, wahrscheinlich immer noch zu betrunken, um aufzuwachen, und mit einer Flasche Champagner im Arm, und wenn der Kater sie zum Aufstehen zwang, würde sie merken, daß ich weg war. Aber was konnte ihr das schon ausmachen? Die Szene war ja abgedreht. Die letzte Klappe in Cannes war für mich gefallen.

»Was machst du denn hier?« fragte Tatjana entgeistert, als ich später am Tag meine Büroräume betrat. »Ich dachte, du wolltest die ganze Woche wegbleiben.«

Ich ging an ihr vorbei in mein Büro und setzte mich an den Schreibtisch, um gleich den Laptop zu starten. »Mein Aufenthalt hat sich überraschend verkürzt«, sagte ich trocken. »Das Projekt ist... gestorben.«

»Ah«, machte sie verständnislos. »Na dann. Es waren ein paar Anrufe für dich. Sie stehen im Journal. Vielleicht kannst du den einen oder anderen ja jetzt doch noch diese Woche zurückrufen.«

»Ja, sicher.« Ich nickte ihr zu, und sie ging etwas nachdenklich in ihr Büro zurück. Gleich darauf hörte ich ihre Computertastatur leise klappern. Ich öffnete das Journal auf meinem Laptop und sah übers Netz ihre Einträge. Ich war froh, daß ich meine Arbeit hatte, um mich von dem Desaster mit Simone abzulenken. Ohne diese Beschäftigung wäre ich bestimmt wieder sofort in Grübeln versunken. So schnell war ich denn doch nicht darüber hinweg.

Nach einer Weile wurde mir klar, daß ich so jedoch auch nicht darüber hinwegkommen würde. Ich mußte mich damit auseinandersetzen. Kurz nach meiner Rückkehr aus Cannes war ich irgendwie gefühllos gewesen. Es tat gar nicht weh, was sie mir angetan hatte, glaubte ich. Meine Arbeit hielt mich bei der Stange, und was wollte ich mehr? Aber irgendwann begann es wieder – es begann genauso wie die Male zuvor. Sie hatte mir das Herz gebrochen – wie oft schon? Einmal, zweimal, dreimal – ich hörte auf zu zählen. Und ein gebrochenes Herz mag für eine Weile empfindungslos sein, aber dann fängt es an zu schmerzen, und es schmerzt immer mehr, wenn es nicht getröstet wird. Aber womit sollte ich mich trösten? Mit Marion? Oder irgendeiner anderen? War das Trost genug? Das hatte ich schon einmal versucht, und es hatte nichts genützt.

Langsam begann ich, bei der Arbeit unkonzentriert zu werden. Irgendwann fiel das auch Tatjana auf. »Ich glaube, du bist urlaubsreif, Pia«, sagte sie vorsichtig, als sie mich wieder einmal an einen Termin erinnern mußte. »Seit du aus Cannes zurück bist, geht es dir irgendwie nicht gut.«

Das hatte sie in der Tat richtig erkannt! »Ach, es geht schon«, behauptete ich wegwerfend. »Ich muß mich nur mal richtig ausschlafen am Wochenende. Dann bin ich wieder fit.«

Sie zuckte die Schultern. »Wenn du meinst.« Sie war schließlich meine Sekretärin und nicht meine Freundin.

Aber ihre Worte blieben in meinem Gedächtnis haften. Seit ich aus Cannes zurück war, ging es mir nicht gut, das stimmte, auch wenn ich das hatte ignorieren wollen, und es ging mir in letzter Zeit zunehmend schlechter. Ich verzehrte mich weiter nach Simone, obwohl ich gedacht hatte, es wäre vorbei. Ich hatte es mir einreden wollen. Sie ist krank, hatte ich mir gesagt. Alkoholkrank und vielleicht auch seelisch krank, oder vielleicht war eines die Folge des anderen. Und daran konnte ich nichts ändern, ich hatte es ja versucht. Mehr als einmal. Aber war ich denn weniger krank als sie? Wenn ich mich, trotz allem, was sie mir angetan hatte, nach ihr sehnte? Wenn ich sie immer wieder vor mir sah, spätestens, sobald ich das Licht löschte und schlaflos im Bett lag, mich ruhelos herumwälzte? Ich sah sie, wie sie über mir gesessen hatte im Sand von Nizza, wie sie ausgesehen hatte, als sie lächelnd auf mich hinunterblickte. Es war weniger ihre Nacktheit, die mich an dieser Erinnerung faszinierte, oder was wir zuvor getan hatten, es waren ihre Augen. Ihre Augen waren in jenem Augenblick offen gewesen, freundlich-sanft, zärtlich sogar. Als ob sie mich wirklich mochte. Das Wort Liebe wagte ich nicht zu gebrauchen. Und dann, als wir danach wieder ins Hotel zurückgekommen waren, hatte ein ganz anderer Ausdruck sie beherrscht. Als ob ein Gitter vor ihren Augen heruntergelassen worden wäre und sie und mich trennte. War das nur die Gier nach Alkohol gewesen, Entzugserscheinungen, die sie zuvor noch hatte überspielen können?

Sie würde sich nicht ändern, das hatte ich meiner Ansicht nach schon richtig erkannt, jedenfalls konnte ich nichts dazu tun. Wenn, dann mußte sie es selbst wollen. Aber vielleicht mußte ich es einmal anders betrachten. Vielleicht mußte *ich* mich ändern. Als mich diese Erkenntnis nach einer unruhigen Nacht traf, die mir keinen Schlaf gegönnt hatte, schoß ich erst einmal hoch und saß aufrecht im Bett wie elektrisiert. Ich mußte meine Einstellung zu Simones Verhalten mir gegenüber ändern. Das war es! Wie auch immer sie sich verhielt, ich mußte anders darauf reagieren. Nur das hatte ich unter Kontrolle, und nur das konnte ich ändern. Ich litt, weil ich unbedingt von ihr verstanden werden wollte – mehr noch: weil ich von ihr geliebt werden wollte. Aber erst einmal mußte ich *sie* verstehen. Sie weigerte sich, irgendeinen Einblick in ihre Seele zu gewähren, sie verschloß sich und ließ es nicht zu, und wenn sie es doch einmal getan hatte – wovon ich überzeugt war –, schlug sie danach so sehr um sich, daß alles wieder zunichte gemacht wurde.

Und jedes Mal hatte ich wie ein Roboter darauf reagiert. Ich war verletzt gewesen, traurig, zutiefst getroffen. Das mußte ich abstellen, dann konnte ich sie vielleicht verstehen und etwas erreichen. *Ha!* sagte ich spöttisch zu mir selbst. *Hehre Worte, und die Erkenntnis ist ja vielleicht auch was wert, aber wie willst du das machen?* Das wußte ich auch nicht. Wie sollte ich plötzlich Verletzungen, die sie mir zufügte und zugefügt hatte, ignorieren, die mich ins innerste Mark trafen? Vielleicht mußte ich einfach mehr darüber wissen. Ich sollte vielleicht mal ein paar Bücher lesen. Der Gedanke beruhigte mich, und nun konnte ich in dieser Nacht doch noch etwas schlafen.

Dennoch erschöpft, weil die Nacht doch zu kurz gewesen war, und gleichzeitig auch etwas aufgeregt erwachte ich. Ich war neugierig, was ich finden würde. In den nächsten Wochen las ich viele Bücher. Über Alkoholismus und über Verletzungen, die Menschen in ihrer Kindheit zugefügt wurden, aber oft erst im Erwachsenenalter zum Vorschein kamen. Über *Schwarze Löcher*, wie Simone sie beschrieben hatte. Dinge, an die sich nicht erinnerte, waren die schlimmsten, denn diese Verletzungen konnte man auch nicht heilen. Man mußte erst einmal wissen, was überhaupt geschehen war, wenn man darangehen wollte, diese Erinnerungen zu tilgen – oder zu akzeptieren, wie es die meisten AutorInnen vorschlugen.

An einem späten Sonntagvormittag lehnte ich mich in meinen Sessel zurück und rieb mir die Augen, die brannten, weil ich wieder einmal seit Stunden gelesen hatte. Und was sollte ich jetzt mit all diesen Erkenntnissen anfangen? Sollte ich Simone anrufen und versuchen, sie zu therapieren? Das war wohl kaum der richtige Weg. Ich ging in die Küche und suchte im Gefrierfach nach einer Pizza. Vielleicht sollte ich auch einmal meine Reaktionen auf Essen ändern und lernen zu kochen? Ich schaltete den Herd an und wartete darauf, daß er warm werden würde.

Das Telefon klingelte. Christian hatte mich letztens gefragt, ob wir an diesem Sonntag einen Spaziergang machen wollten, wenn das Wetter schön war. Ich sah zum Fenster hinaus. Das Wetter war schön, es war ein herrlicher Herbsttag. Das würde Christian sein. Ich ging hinüber und nahm ab. »Okay, ich komme mit«, sagte ich zur Begrüßung.

In der Leitung war es still. Im Hintergrund hörte ich es leise rauschen. Wie das Meer. Es versetzte mir immer noch einen Stich, trotz all der Bücher, die ich gelesen hatte.

»Christian?« fragte ich. »Bist du es?«

»Nein«, kam dann nach einer ziemlich langen Pause die Antwort. »Ich bin es, Simone.«

»Simone?!« Eben noch hatte ich an sie gedacht, aber ich hätte nie damit gerechnet, daß sie mich anrufen würde. Wir hatten uns seit Monaten nicht gesehen. Der ganze Sommer war verstrichen, ohne daß etwas geschehen war. Sie hatte einen Film gedreht in Frankreich, das hatte ich gelesen, aber das betraf mich ja nicht. Und nach ihrem Verhalten in Cannes hatte ich nicht damit gerechnet, daß sie sich je wieder melden würde. Das hatte sie ja auch früher nicht getan. Immer war ich diejenige gewesen, die wieder zu ihr gekrochen war. Aber diesmal hätte ich es nicht getan. Als ob sie es gespürt hätte ...

»Simone«, wiederholte ich geplättet und indem ich meine Stimme zur Ruhe zwang, »wie schön, daß du anrufst.« Ich hatte in den vergangenen Monaten gelernt, daß ich positiv reagieren mußte. Keine Vorwürfe, kein *Was willst du denn?*, positiv.

»Findest du das wirklich?« fragte sie mit einem vertrauten hohlen Lachen in der Stimme. Es ging ihr nicht gut.

»Ja. Ja, natürlich«, versicherte ich ihr und setzte mich erst einmal hin. Jetzt zitterten mir doch die Knie. Plötzlich ihre Stimme wiederzuhören, so unerwartet und nah, wie mir das Telefon direkt an meinem Ohr vormachte. Als ob sie mir mit ihrer weichen Stimme ins Ohr flüstern würde. Als ob sie neben mir stünde. Na ja, nicht direkt. Es rauschte ziemlich in der Leitung.

Sie sagte etwas, aber ich verstand es nicht. »Simone, kannst du das noch mal wiederholen? Ich habe dich nicht verstanden. Wo bist du?«

»In Venedig«, sagte sie. Jetzt hörte ich sie wieder klar. »Ich sitze auf einer Terrasse am Canal Grande.«

Ah, deshalb die Meergeräusche. Sie war tatsächlich dort. »Wie schön für dich«, bemerkte ich etwas einfallslos. Was wollte sie?

»Ja«, sagte sie. »Ja, es ist schön hier.« Sie schwieg erneut.

»Bei uns ist das Wetter auch schön«, schwafelte ich noch einfallsloser daher. »Scheint ein schöner Herbst zu werden.« Das war nicht gerade besonders ergiebig. Sie mußte doch einen Grund haben, warum sie anrief. Warum sagte sie nichts?

»Ja, scheint so«, stimmte sie meiner Belanglosigkeit zu und sagte wieder nichts.

Ich mußte die Initiative ergreifen. Positiv. »Simone, ich kann mir nicht vorstellen, daß du mich extra aus Venedig anrufst, um dich mit mir über das Wetter zu unterhalten«, bemerkte ich. »Willst du mir den Grund nicht sagen?«

Ich hörte sie durchs Telefon Luft holen. »Mir war gerade danach«, sagte sie dann gespielt harmlos, als ob es nichts zu bedeuten hätte.

»Na gut«, sagte ich, »ist ja deine Telefonrechnung. Wenn du den Wetterbericht aus Deutschland hören willst ...«

Das wollte sie natürlich nicht, aber sie wollte es auch nicht zugeben. »Warum nicht?« sagte sie, und es schien, als ob da wieder ein ganz kleines Lachen in ihrer Stimme wäre, aber diesmal nicht hohl, sondern amüsiert.

»Was machst du in Venedig?« fragte ich, um wenigstens etwas über sie zu erfahren.

»Es ist Biennale«, antwortete sie. »Der französische Film, den ich im Sommer gedreht habe, wird hier gezeigt.«

Schon wieder Filmfestspiele! Nur diesmal nicht in Cannes, sondern in Venedig. Das weckte nicht die besten Erinnerungen in mir. »Ist er gut?« fragte ich, weil ich ja irgend etwas fragen mußte.

Sie lachte wieder. »Ich weiß nicht, ich habe ihn noch nicht gesehen.«

»Aber du hast ihn doch gedreht, du mußt doch wissen, wie er ist!« meinte ich überrascht.

»Ich werde ihn bei der Premiere das erste Mal sehen, genau wie das Publikum«, sagte sie ganz selbstverständlich. »Im Moment wissen nur die Cutterin und der Regisseur, wie er ist.« Sie lachte fast schon vergnügt. »Und bei der Premiere werde ich dann wieder fragen: Wie, da war ich? Es ist immer ganz fremd. Ich sehe manchmal vorher Muster von den Szenen, die ich gespielt habe, aber auch nicht immer, und dann weiß ich vielleicht, daß die Szene gut war – oder auch nicht –, aber den ganzen Film kenne ich nie.« Sie lachte wieder, diesmal etwas trauriger. »Und die besten Szenen schneiden sie sowieso immer raus.«

Gut, jetzt waren wir bei ihrem Thema, bei ihrem Beruf, dem Film. Aber auch das war hundertprozentig nicht der Grund, warum sie mich angerufen hatte. »Das ist schade«, sagte ich trotzdem. »Hast du denn gar keinen Einfluß darauf?«

»Ich?« sagte sie. »Ich am allerwenigsten. Ich bin ja nur Schauspielerin.«

»Mhm«, sagte ich. Dann sagte ich nichts mehr. Sie mußte doch endlich mal zur Sache kommen – oder auflegen. So ging das nicht weiter.

»Pia?« sagte sie dann plötzlich etwas hastig, nachdem die Pause ziemlich lang gedauert hatte. »Würdest du zu mir kommen, hier nach Venedig?«

Ich lachte überrascht auf. »Ist das dein Ernst, Simone? Nach dem, wie du mich in Cannes behandelt hast? Ich habe wirklich keinen Grund, je wieder irgendwelche Filmfestspiele zu besuchen – oder auch nur in deren Nähe zu kommen.« Ich holte Luft. »Und schon gar nicht in deine«, fügte ich dann noch hinzu. Das war zwar jetzt überhaupt nicht positiv und gegen alle Regeln, die in meinen Büchern standen, aber ich konnte einfach nicht über meinen Schatten springen.

»Du hast gesagt, du liebst mich«, sagte sie leise. Damit konnte sie mich natürlich immer kriegen. Das wußte sie.

»Das stimmt«, antwortete ich. »Daran hat sich auch nichts geändert. Aber die Konsequenz hat sich geändert. Ich werde nicht mehr jedes Mal zu dir gelaufen kommen, wenn du pfeifst. Ich muß eben lernen, ohne dich zu leben.« Uh, war ich heroisch! Aber es fiel mir außerordentlich schwer. Schon allein ihre Stimme im Hörer machte mich schwach.

»Es ... es hat mich sehr viel Überwindung gekostet, dich anzurufen«, sagte sie immer noch leise. »Bitte, weis mich nicht zurück.«

O je, wie sollte ich dem widerstehen? Diesem süßen, flehenden Ton in ihrer Stimme, der mich um Hilfe bat? Das war ja gerade meine Schwachstelle. »Möchtest du dich entschuldigen für das, was in Cannes war?« fragte ich sie. Sie konnte doch nicht so einfach darüber hinweggehen.

Sie zögerte. »Ich... ich kann es nicht«, sagte sie dann. »Es war... ich hatte –«

»Du hattest eine Verabredung mit einer Flasche Champagner, und die wolltest du nicht versäumen«, versetzte ich etwas zynisch.

»Ja«, gab sie zu. »Das habe ich dir ja auch gesagt. Wenn du mich etwas hättest trinken lassen den Abend über –«

Das konnte ja wohl nicht wahr sein! Jetzt schob sie mir die Schuld in die Schuhe? Ich hätte sie trinken lassen sollen, und dann wäre alles in Ordnung gewesen? Für sie vielleicht, aber für mich sicher nicht. Nein, für sie auch nicht, berichtigte ich mich. Das bildete sie sich nur ein. »Simone«, sagte ich resigniert, »wenn du das so siehst, hat es wohl keinen Sinn, daß wir weiter miteinander reden. Du hast ein Problem, aber du stellst dich ihm nicht. Und ich habe ein Problem damit, daß du es nicht tust. Ich kann dir nicht helfen.« Ich wollte auflegen, aber ihre Stimme, die hastig einfiel, hielt mich davon ab.

»Pia, bitte... bitte nicht. Bitte komm zu mir. Ich... ich brauche dich.« Das glaubte ich ihr sofort. Deshalb hatte sie mich angerufen. Sie brauchte Hilfe, ganz dringend, aber sie wollte, daß sie von außen kam. An sich selbst wollte sie nichts tun.

»Ich kann dir nicht helfen, Simone«, wiederholte ich, obwohl es mir das Herz zerriß, denn ich wollte es so gerne. Am liebsten wäre ich sofort zu ihr geflogen. »Ich kann dir nicht helfen, solange du dir selbst nicht helfen willst«, betonte ich trotzdem.

»Und wenn ich es will?« fragte sie verzweifelt. »Hilfst du mir, wenn ich es will?«

»Was trinkst du gerade da auf deiner Terrasse in Venedig?« fragte ich etwas boshaft.

»Campari«, sagte sie.

»Oh, kein Champagner?« fragte ich erstaunt. »Ist der ausgegangen?«

»Nein«, erwiderte sie kühl, »wenn ich in Italien bin, trinke ich manchmal auch Campari.« Jetzt hatte sie sich anscheinend wieder gefangen. Sie klang verschlossen bis abweisend. Jetzt würde sie sicher gleich auflegen. Ich wartete. Was ich zu sagen gehabt hatte,

hatte ich gesagt. Ich konnte es nur noch wiederholen. Sie schwieg. Dann – nach einer Weile, in der ich die leichten Wellen des Kanals an die Mauer der Terrasse schlagen hörte – fuhr sie doch fort. »Was muß ich tun, damit du kommst?« fragte sie tonlos.

»O nein, Simone, nein!« wehrte ich ab. »Nicht wieder diese Platte! Ich komme nicht wegen Sex. Damit köderst du mich diesmal nicht! Das gibt nur wieder ein Drama. Wenn ich komme, komme ich aus einem anderen Grund.« Weil ich dich liebe, dachte ich insgeheim, das hatte sie schon ganz richtig erkannt. Und wenn sie mich lange genug bat, konnte ich ihr immer noch nicht widerstehen. Ich war überzeugt, daß sie das wußte.

»Kommst du also?« fragte sie, diesmal etwas weniger tonlos. Sie wartete gespannt auf meine Antwort.

»Ja«, sagte ich. »Warum auch immer, aber: ja.« Sie hatte mich wieder herumgekriegt. Wie machte sie das nur? Vermutlich machte *ich* es. Ich wollte es so. Aber das wollte ich jetzt gar nicht so genau wissen.

»Ruf mich an, wenn du weißt, wann du fliegst«, sagte sie. »Dann hole ich dich ab.« Sie gab mir ihre Nummer.

»Im Rolls?« fragte ich etwas spöttisch. Das letzte Mal hatte ich das Vergnügen ja nicht gehabt. Wohl das Auto, aber nicht sie hatte mich abgeholt. Diesmal war es ihr anscheinend wichtiger.

»Nein.« Sie lachte, samtweich, mild, melodiös – unwiderstehlich. »Hier gibt es keine Straßen, nur Wasser.« Champagner wäre ihr sicher lieber gewesen, dachte ich etwas bösartig. Die ganze venezianische Lagune voller Champagner und sie darin, das mußte ihr Traum sein.

Aber ich riß mich zusammen und sagte nichts. »Heißt das, wir müssen schwimmen?« fragte ich etwas verständnislos.

Sie lachte wieder. »Nein. Laß dich überraschen. Du wirst schon sehen.«

Sie verabschiedete sich bis zu meinem Rückruf wegen der Flugzeit, und ich legte auf. Was hatte ich mir dabei nur wieder gedacht? Wie sollte das gutgehen? Vorher war ich schon so sicher gewesen, daß ich mich im Griff hatte, daß ich nun wußte, was zu tun war, wie ich mich ihr gegenüber verhalten mußte. Und nun? Es war wieder genauso wie vorher. Sie hatte mich im Griff, nicht umgekehrt.

Ich hinterließ für Tatjana auf dem Anrufbeantworter im Büro eine Nachricht, daß ich am Montag nicht ins Büro kommen würde und vielleicht am Dienstag auch nicht. Diesmal war ich nicht so dumm, eine ganze Woche freizuschaufeln. Das würde sich eh nicht lohnen. Dann buchte ich einen Flug nach Venedig und rief Simone an. Jetzt konnte ich ihr noch absagen, ihr mitteilen, daß ich nicht kam. Aber als ich ihre Stimme hörte, war es wieder vorbei. Es war wie eine Besessenheit. Sie hatte den Alkohol – und ich hatte sie.

❧

Als wir über die Lagune auf Venedig zuflogen, sah ich den Unterschied zur Côte d'Azur deutlich. Das Meer war hier nicht so blau, es gab keine roten Felsen und auch keinen kilometerlangen weißen Sandstrand. Dafür gab es viele kleine Kanäle mit vielen kleinen Inseln oder Halbinseln dazwischen, die größte davon die Stadt selbst: Venedig. Daß zwischen all diesem Wasser noch Platz für einen Flughafen gewesen war, wunderte mich. Auch wenn es nicht das größte Flugzeug war, mit dem ich hier landete. Der Flieger setzte auf, und ich fragte mich, ob ich gleich auf schwankendem Boden stehen würde, bei dem das Wasser über die Ränder schwappte. Aber so war es natürlich nicht. Der Flughafen war ganz solide – jedenfalls sah es so aus.

Als ich die Ankunftshalle betrat, erblickte ich Simone sofort. Sie stand in einem Pulk von Photographen, die sie entdeckt oder verfolgt hatten. Das fing ja gut an! Sie würde sicher nicht wollen, daß die uns zusammen sahen. Also mußte ich wohl allein versuchen, das Hotel zu finden. Ich wählte ihre Handynummer, und es piepte nur ein paar Meter von mir entfernt. Aber das würde sicher niemand bemerken, es war ziemlich laut hier. »Simone, ich bin da«, sagte ich. »Wie komme ich ins Hotel? Wie es aussieht, kannst du mich nicht begleiten.«

»Hm-hm«, sagte sie und blickte sehr unauffällig, wie zufällig, in meine Richtung. »Ich lasse Sie abholen.«

Sie lächelte die Photographen an und schüttelte bedauernd den Kopf, was lauten Protest hervorrief. Dennoch setzte sie sich durch und begab sich langsam – immer noch mit den Photographen im Schlepptau – zum VIP-Bereich. Hier mußten sie draußen bleiben, und sie verschwand hinter der Tür.

Ich fragte mich, was nun geschehen sollte und wartete ab. Währenddessen blickte ich mich ein wenig im Flughafen um. Nach einer Weile gesellte sich ein Page mit Hotelkäppi zu mir. »Ins Grand Hotel?« fragte er keck.

»Simone!« rief ich überrascht.

»Pscht, leise«, flüsterte sie, »sonst merken sie es doch noch.«

Wir gingen nebeneinander her, und ein Stückchen weiter lag an einem Landesteg ein kleines, luxuriöses Motorboot. Dort führte Simone mich hin und stieg ein. Ich wollte es ihr gleichtun, doch ich hatte ein wenig Probleme mit dem schwankenden Schiff, so daß mir der Mann, der am Steuer stand, helfen mußte. Simone war schon vorangegangen in die Kabine, und als ich eintrat, hatte sie gerade das Käppi abgenommen und schüttelte ihre Haare aus, daß sie nur so flogen. Es sah wundervoll aus, und ich hätte sie am liebsten sofort geküßt.

»O Madame, Sie selbst? Wer hätte das gedacht?« lachte ich.

Sie lachte auch. Es machte ihr anscheinend großen Spaß. »Die Sicherheitsleute werden mich kreuzigen, ich sollte mich keinen Meter aus dem Hotel bewegen ohne sie.«

»Steht dir sehr gut, diese Pagenuniform«, sagte ich bewundernd. Das tat sie wirklich. Alles an der Uniform war sehr knapp geschnitten und betonte die Figur. Besonders ihren Po. Ich fühlte, wie meine Hand sich darauf zubewegen und darüberstreichen wollte. Es war keine gute Idee gewesen, nach Venedig zu kommen – gar keine gute Idee ...

Simone machte eine weitausholende Handbewegung, wir hatten uns mittlerweile mit dem Motorboot in Bewegung gesetzt, und der Kapitän, oder was immer er war, steuerte auf die Stadt zu. »Na, wie gefällt dir *Venezia*?«, deklamierte sie. »Eine Gondel wäre romantischer gewesen«, fügte sie hinzu, »aber das hier ist praktischer – und schneller.«

»Auf jeden Fall ist es ungewöhnlich«, gab ich zu. »Wo wird man schon mit einem Boot vom Flughafen abgeholt?« Ich war wirklich beeindruckt.

»Eben«, sagte sie. »Das ist das Besondere an Venedig: keine Autos. Du wirst sehen, das schafft eine ganz eigene Atmosphäre.«

»Wie hast du dich so schnell umgezogen?« fragte ich, weil ich mir das wirklich nicht erklären konnte.

»Ich bin Schauspielerin«, sagte sie durchaus ein wenig stolz. »Schnelle Umzüge sind meine Spezialität. Ich hatte das alles schon unter dem Mantel.«

»Dann hättest du doch auch gleich die Uniform tragen können«, wunderte ich mich.

»Sie haben mich vom Hotel bis zum Flughafen verfolgt, ich hätte sie nicht abschütteln können«, seufzte sie. »Sie vermuten, daß –« Sie brach ab.

Ich runzelte die Stirn. »Was vermuten sie?«

»Sie vermuten, daß ich einen neuen Liebhaber habe«, sagte sie schnell und drehte sich peinlich berührt um, so daß sie aus dem Fenster der Kabine auf das Wasser der Lagune schauen konnte, das wild an den Seiten des Bootes hochschäumte.

»Und? Stimmt das?« fragte ich nun wieder etwas boshaft. Sie sollte sich nicht zu sicher fühlen mit mir. Ich wollte mich nicht mehr ausnutzen lassen.

»O Pia, bitte!« rief sie bühnenreif tadelnd aus, während sie sich zu mir umwandte und mich ebenso bühnenreif strafend ansah. Wenn sie so reagierte, war wohl etwas dran, obwohl ich mir das kaum vorstellen konnte. Ich wartete noch ein Weilchen. »Ja, du hast recht, es hat gestimmt. Ich war mit einem Mann zusammen in der letzten Zeit«, gab sie dann zu und warf ihr Käppi mit Schwung auf die Sitzbank der Kabine. »Willst du jetzt gleich wieder zurückfliegen?« Sie seufzte theatralisch. Was spielte sie mir da vor? Am Telefon hatte sie anders geklungen.

»Am liebsten ja«, sagte ich wahrheitsgemäß. »Und jetzt bist du nicht mehr mit ihm zusammen?« Das wollte ich doch wenigstens wissen. Lief das hier auf einen flotten Dreier hinaus? Das war nun absolut nicht mein Ding.

»N-ein«, antwortete sie zögernd.

»O nein, Simone!« rief jetzt ich ziemlich theatralisch aus. »Das ist doch wohl wirklich nicht dein Ernst! Du läßt mich herkommen und bist schon mit einem Mann hier?« Das konnte sie mir doch nicht antun.

Aber es war offensichtlich: Sie konnte. »Ja. – Nein. – Ach, so ist es wieder auch nicht«, versuchte sie, sich herauszureden.

»Wie ist es dann?« fragte ich kalt. Das hatte sie nun endgültig erreicht: Meine Gefühle waren ziemlich abgekühlt. Warum konnte das nicht anhalten? Dann wäre mein Problem gelöst gewesen.

Sie knöpfte die Jacke ihrer Uniform auf, ganz absichtslos, es war ziemlich warm hier in Venedig, aber auf mich wirkte es wie ein Striptease. So kalt ich eben noch gewesen war, jetzt wurde mir heiß. Ich drehte mich um und beobachtete die Lagune. Anscheinend näherten wir uns jetzt dem Hotel. Der Canal Grande war schon in Sichtweite. »Laß mich dir das im Hotel erklären, bitte«, sagte sie, und ihr Tonfall klang nicht sehr neutral, er klang sogar ziemlich verführerisch. Was hatte sie vor? Am Telefon hatte sie noch eindeutig nicht viel Interesse an Sex gehabt. Jetzt doch? Erinnerte sie sich an den Strand von Nizza?

Nein. Nein, das glaubte ich nicht. Sie wollte bezahlen. Sie wollte mich dafür bezahlen, daß ich gekommen war, woran ihr anscheinend tatsächlich etwas lag. Wir bogen in den Kanal ein, und kurz darauf legten wir an einem Landungssteg an, der bis zum Lageplatz des Bootes mit einer riesigen, die ganze Länge des Steges bis zum Eingang des Hotels überspannenden goldumrandeten Markise überdacht war. Keiner der vornehmen Gäste des Hauses sollte vermutlich bei einem eventuellen Regenschauer naß werden. Wasser von unten: ja, Wasser von oben: nein.

Noch als das Boot anlegte, überlegte ich, ob ich nicht lieber gleich zurückfliegen sollte. Ich brauchte ja nur sitzenzubleiben und dem Steuermann zu sagen, er solle mich zum Flughafen zurückfahren. Aber Simone ging an mir vorbei und stieg aus, und ich sah ihren Po, als sie sich nach oben streckte, um den Landungssteg zu erreichen, und war besiegt. Ich hätte gleich nein sagen sollen, bevor ich hierhergekommen war, jetzt schien es zu spät zu sein. Ich wollte sie. Ich wollte sie endlich haben, ganz und gar. Und ich wußte genau, daß ich das nicht erreichen würde. Sie hatte sich nicht geändert. Sie war immer noch dieselbe: Es lag ihr nichts an Sex, sie setzte es nur als Mittel ein, wenn es denn unbedingt sein mußte. Aber das konnte sie berauschend gut. In jedem ihrer Filme konnte man das erkennen. Auch wenn sie dabei betrunken gewesen war, hatte man es nicht gemerkt. Jetzt wirkte sie auch nicht betrunken, aber sie mußte es sein, sonst hätte sie sich nicht so verhalten.

Der Portier grüßte sie, als sie die Halle betrat, und ein Mann in einer blauen Sicherheitsuniform stürzte auf sie zu. »Signora Bergé!« schimpfte er los, und vom Rest verstand ich nicht mehr viel, mein Italienisch war bei weitem nicht so gut wie mein Französisch. Simones war dafür um so besser. Sie setzte auch auf italienisch mit Leichtigkeit ihren Charme ein, um den Sicherheitsmann zu ihren Füßen sinken zu lassen. Nicht körperlich natürlich, aber viel hätte nicht mehr gefehlt.

»Ich werde es nicht wieder tun, ich verspreche es«, sagte sie zum Schluß mit einem bezaubernden Lächeln, und er schmolz dahin.

»Sehr gut, Signora«, sagte er streng, aber er konnte diesen Gesichtsausdruck nicht lange aufrechterhalten, er war einfach zu hingerissen von ihr. Ob er wußte, was ihre Versprechen wert waren?

Sie lächelte ihm noch einmal berauschend charmant zu und ging mit mir zum Lift, während er noch mit einem völlig beseligten Grinsen dastand. Und der sollte sie beschützen? Der konnte sich ja nicht mal selbst vor ihr beschützen. Ich mich auch nicht, aber das war ein anderes Thema.

Diesmal schloß Simone auf, als wir vor ihrer Tür standen, und wir gingen gemeinsam hinein in den von ihr zur Zeit bewohnten Teil dieses Palazzos, denn das war dieses Hotel: ein Palazzo, ein luxuriöser, original venezianischer Palazzo. Ich bewunderte die Fresken an den Wänden. »Willst du etwas trinken?« fragte Simone.

Schon allein die Erwähnung dieses Wortes ließ mich hochfahren. Aber ich würde nicht lange bleiben. Vielleicht ging morgen früh schon ein Flug zurück, also was mischte ich mich in ihr Leben ein?

»Da ich in Italien bin, vielleicht Prosecco?« fragte ich.

Sie nickte und nahm eine Flasche aus einem kleinen Kühlschrank, die sie öffnete und mir davon ein Glas überreichte. Für sich selbst nahm sie eine kleine Flasche San Pellegrino und füllte ebenfalls ein Glas damit.

Ich lachte etwas abschätzig auf. »Sei nicht albern, Simone! Du würdest doch jetzt kein Wasser trinken, wenn ich nicht hier wäre.«

Sie betrachtete das Glas in ihrer Hand und sah dann mich an. »Nein, das stimmt«, sagte sie ruhig.

»Trink ruhig deinen Champagner«, sagte ich resigniert. »Ich werde dich nicht daran hindern. Und ich werde auch nichts dazu sagen.«

Sie musterte mich mit einem skeptischen Blick. Kann ich dir das glauben? schien er zu sagen. Dann stellte sie das Glas mit dem Mineralwasser ab und nahm eine Flasche Champagner aus dem Kühlschrank. Sie war bereits geöffnet. Die wievielte mochte das wohl sein heute? Aber ich hatte versprochen, nicht zu fragen. Und es konnte mir ja auch egal sein. Es war ihr Problem, nicht meins.

Ich hatte mich mit meinem Glas auf einer schmalen Liege niedergelassen, die so aussah, als hätte Marco Polo noch darauf gesessen, und nun kam Simone hüftschwenkend auf mich zu. Mein Mund wurde trocken. »Simone«, sagte ich, »laß das. Das ist doch nicht nötig. Wolltest du mir nicht eigentlich etwas erklären?« Hatte sie das vergessen?

»Jetzt nicht«, sagte sie und setzte sich auf meinen Schoß. »Später.« Ihre Lippen näherten sich meinen.

»Nein, Simone, nein!« Ich schob sie weg. »Deshalb bin ich nicht gekommen, das habe ich dir doch gesagt.«

Sie versuchte es noch einmal und strich mit einem Finger über meine Lippen. »Ich weiß«, sagte sie, »aber jetzt bist du hier. Ändert das nichts?« Sie sah mir tief in die Augen.

Ich packte sie fest an den Schultern und drückte sie von meinem Schoß, während ich aufsprang. »Hör auf damit!« sagte ich laut. »Du benimmst dich wie eine –«

Sie lächelte süffisant. »... Hure?« fragte sie. »Das habe ich schon tausendmal gespielt. Das kann ich gut. Vielleicht solltest du es mal ausprobieren.«

»Der Mann, mit dem du die letzten Wochen zusammen warst, hat das sicherlich getan, oder?« Mein Gott, warum war ich nur gekommen?

Sie blickte kühl. »Es war mein Regisseur. Das wolltest du doch sowieso wissen, nicht?«

»Die Regenbogenpresse hat sich auf die falschen konzentriert«, sagte ich beißend. »Nicht deine Partner, sondern deine Regisseure hätten sie beobachten sollen.«

»Vielleicht«, sagte sie immer noch kühl.

»Und? War es denn wenigstens schön?« fragte ich verletzt. Im Boot hatte ich schon die richtige Entscheidung getroffen: Ich hätte zurückfahren sollen, als sie mir das mit dem Mann erzählte. Sollte sie doch bei ihm bleiben!

»Nein. Ganz und gar nicht«, entgegnete sie reservierter denn je, »aber die Rolle war es, und er hat sie mir gegeben.«

»Vorher oder nachher?« fragte ich – jetzt mit Absicht beleidigend.

»Nachher«, erwiderte sie. »Glaube ich. Ich weiß es nicht mehr genau. Ich war zu betrunken, um irgend etwas mitzukriegen, wie du dir vielleicht denken kannst.« Ihre Mundwinkel zuckten.

»Die ganze Zeit?« fragte ich ungläubig. Schließlich hatte sie nicht nur von einem Mal gesprochen im Boot.

»Fast«, sagte sie. »Jedenfalls nachts.«

Ich atmete tief durch. Diese Welt, die mir schon so oft nur wie eine Scheinwelt erschienen war, bedeutete ihr so wahnsinnig viel, daß sie sich selbst dafür aufgab, daß sie ihr privates Ich selbst vergewaltigte, um sich von anderen vergewaltigen zu lassen, nur um in dieser Welt spielen zu können. Das war wirklich alles, was sie hatte. Sie tat mir leid. Ich war einfach zu egoistisch. Immer dachte ich nur an mich. Dabei hatte sie einen Hilferuf an mich abgesandt, weil sie es nicht mehr ertragen konnte, das war mir jetzt klar. Und diesem Hilferuf hatte ich ja auch Folge leisten wollen. Aber was tat ich jetzt statt dessen? Ich machte ihr Vorwürfe.

Sie wirkte wie eine kühle Statue dort mitten im Zimmer, unnahbar. Sie hatte sich abgeschottet wie immer, wenn sie merkte, daß ihr etwas zu nah ging. Die letzten Wochen, ja Monate mußten der Horror für sie gewesen sein. So lange konnte sich doch kein Mensch von seinen innersten Empfindungen trennen. Na ja, sie vielleicht schon. Wenn sie spielte. Aber wie sehr verkümmerte dann der Rest?

»Ich glaube, ich kann wirklich nicht ermessen, wie viel dir an deinem Beruf liegt«, sagte ich um Verständnis bemüht, das mir ein wenig versagt blieb, denn obwohl ich meinen eigenen Beruf auch sehr liebte, hätte ich so etwas dafür nie getan. »Es tut mir leid, daß ich so verletzt reagiert habe. Ich habe keinerlei Recht, eifersüchtig zu sein. Du kannst schließlich tun und lassen, was du willst.« Wenn du es mir nicht erzählst, hätte ich gern noch hinzugefügt, aber selbst das war schon zu viel.

»Hm.« Sie ging zu ihrem Champagner zurück und trank das Glas aus. »Ja«, sagte sie dann nachdenklich, »ich kann tun und lassen, was ich will. Alles. Das stimmt.« Sie sagte es, als ob ihr gerade ein neuer Gedanke gekommen wäre. Dann zuckte sie die Schultern. »Ich hatte irgendwie gedacht, daß du wüßtest, wie das läuft: Regisseure, Produzenten...« Damit bestätigte sie meinen Verdacht, daß sie das nicht zum ersten Mal getan hatte. Kein Wunder, daß ihr übel wurde bei dem Gedanken, mit irgend jemand – ganz egal, wem – ins Bett zu gehen, auch wenn sie jetzt den Eindruck zu erwecken versuchte daß es ihr nichts ausmachte. Betrunken.

»Vielleicht wußte ich es bislang nur einfach nicht so genau«, erwiderte ich müde. »Und es geht mich ja auch nichts an.« Der Schmerz, der sich immer wieder in mir festsetzte, wenn sie mich mit solchen Dingen konfrontierte, hatte mich für den Moment völlig gefühllos gemacht, und ich fragte mich, ob sie das gleiche empfand – oder nicht empfand –, wenn sie mit Leuten schlief, um eine Rolle zu bekommen – ob sie nicht vielleicht sogar das gleiche empfand, wenn sie mit mir schlief, weil es mehr meinetwegen geschah als ihretwegen.

»Das stimmt«, bestätigte sie trocken. »Es geht dich nichts an. Es ist mein Leben, nicht deins.«

Ich empfand einen tieferen inneren Schmerz, der alles andere in mir abtötete. Das gleiche hatte sie vielleicht die ganzen letzten Monate empfunden. Bis sie mich anrief. Und das brachte mich wieder auf den Boden der Tatsachen zurück. Es ging hier wirklich nicht um mich, sondern um sie. Meine Probleme mit ihr waren klein im Vergleich zu dem, was sie durchmachte. Auch wenn sie sicherlich in gewisser Weise selbst dafür verantwortlich war.

»Du bist schockiert«, stellte sie nicht ganz zu Unrecht fest, ohne die Stimme zu heben. Sie schenkte sich Champagner nach. Dann drehte sie sich wieder zu mir um. »Ich hätte dich nicht anrufen sollen. Das war ein Fehler. Ich hätte es wissen sollen. Du verstehst es einfach nicht.«

Ich runzelte die Stirn. »Du hast recht. Ich verstehe es nicht. Nicht wirklich. Und sicher bin ich auch ein wenig schockiert.« Ich lachte auf. »Obwohl ich ja schon einiges von dir gewöhnt bin. Aber das ist nicht der Punkt. Ich bin schockiert, ja, aber mehr meinetwegen, nicht deinetwegen, weil ich das gleiche mit dir zu tun versuche, was sie tun. Ich versuche, etwas von dir zu bekommen, was du gar nicht geben willst, nur um meiner eigenen Befriedigung willen.« Ich seufzte. »Wirklich schade, du hast recht. Schade, daß unsere

Beziehung so einseitig ist. Ich ... liebe dich, aber deshalb habe ich noch lange kein Recht, von dir zu verlangen, daß du –« Es war schwierig auszudrücken, was ich empfand. Ich liebte und begehrte sie so sehr, daß es weh tat, und dennoch konnte ich dem nicht nachgeben, wenn ich mich damit auf eine Stufe stellte mit diesen ... Regisseuren und Produzenten. Am liebsten hätte ich ausgespuckt bei der Vorstellung, was sie von ihr verlangten – nur für eine Rolle. Das wollte ich nicht sein: jemand, die sie nur ausnutzte.

»Es macht mir nichts«, antwortete sie jetzt. »Warum nimmst du nicht einfach, was du kriegen kannst? Es macht mir wirklich nichts aus. Ich bin es gewöhnt. Und du willst doch ... das sieht man mehr als deutlich.« Sie lächelte mich sehr verbindlich an, aber es nützte nichts. Ich wollte sie ... und ich konnte nicht.

»Wieviel hast du getrunken, Simone?« fragte ich, weil ich es ihr nicht anmerkte.

»Genug«, sagte sie. Sie kam zu mir herüber. »Es tut mir wirklich leid«, sagte sie weich. Sie küßte mich auf die Wange. »Möchtest du wenigstens bei mir schlafen?« fragte sie. »Um ehrlich zu sein, ich habe kein Zimmer für dich reserviert, ich hatte das ja nicht geplant, und es dürfte jetzt ziemlich schwer sein, eins zu bekommen während der Biennale.«

»Ich dachte, du haßt es, neben jemand aufzuwachen?« sagte ich etwas verletzt. Ihre Worte aus Cannes hatte ich noch gut im Ohr.

»Ja«, sagte sie und holte sich noch ein Glas Champagner, »das tue ich auch. Aber bei dir ist es ja schon fast Gewohnheit. Ich bin ja schon mal neben dir aufgewacht.« Jetzt lächelte sie mich ganz sanft an, ich wußte nicht, wie mir geschah. Ebenso wie vor einiger Zeit den Sicherheitsmann überwältigte mich ihr Charme völlig.

»Nicht ganz freiwillig«, sagte ich stirnrunzelnd.

»Es ist nie freiwillig«, bemerkte sie düster in ihr Glas. Dann blickte sie mich wieder lächelnd an. Jetzt sah man langsam, daß sie betrunken war, die letzten Gläser hatten eine eindeutige Wirkung auf sie gehabt.

»Ich sollte vielleicht lieber auf der Liege schlafen«, schlug ich vor.

»Ich weiß nicht, was passiert, wenn ich neben dir liege.« Ich wußte sehr genau, was passieren würde, gerade das machte mir ja angst.

Sie fixierte wieder den Grund ihres Glases, in dem sich noch ein paar Tropfen Champagner sammelten. »Ich kann ... ich kann etwas für dich tun, wenn du möchtest«, sagte sie leise, ohne mich anzusehen.

»Nein«, lehnte ich ab, »das hast du schon zu oft getan. Ich kann das nicht mehr annehmen, das ist zu einseitig. Ich werde es schon schaffen. Laß uns schlafen gehen, es ist spät.« Das war es, draußen schimmerte der Mond über dem Kanal, und nur wenig Licht erhellte das Zimmer.

Sie zog noch ein verführerisches seidenes Nachthemd an, bevor wir ins Bett gingen, nicht gerade das richtige für eine keusche Nacht, aber wahrscheinlich hatte sie nichts anderes, und es war immer noch besser, als wenn sie nackt war. Ich behielt entgegen meiner Gewohnheit ebenfalls mein T-Shirt an und die Shorts, der dünne Stoff war in der Realität zwar kein Hindernis, aber zumindest eins mehr in meinem Kopf. Als wir nebeneinander lagen, beugte sie sich noch einmal über mich, und ich befürchtete schon, daß sie ihr Angebot wahrmachen wollte, aber sie hauchte mir nur einen züchtigen Kuß auf die Lippen. »Gute Nacht«, sagte sie dann leise.

»Gute Nacht«, sagte ich auch, und sie ließ sich auf ihre Seite des Bettes gleiten. Kurz darauf war sie mit Hilfe des Alkohols schon eingeschlafen. Und ebenso wie beim letzten Mal rollte sie sich nach einiger Zeit schlafend in meinen Arm. Ich konnte noch lange nicht schlafen, ich mußte noch über vieles nachdenken, und als sie sich nun auch noch an mich kuschelte, wurde es noch schwieriger, einzuschlafen, aber ich nahm sie in den Arm und schob ihren Kopf etwas bequemer an meine Schulter, damit sie besser liegen konnte. Ich betrachtete ihr Gesicht, so unschuldig im Mondlicht, und streichelte es. »Mein Gott, wie sehr ich dich liebe«, flüsterte ich und starrte dann weiter auf den Kanal in die Nacht hinaus.

Irgendwann mußte ich dann doch eingeschlafen sein, aber es konnte nicht lange gedauert haben, denn es war noch dunkel, als ich erwachte. Ich tastete automatisch nach ihr auf der anderen Seite des Bettes, aber es war leer. Wo war sie denn jetzt schon wieder? Das war doch ihr Zimmer hier, also konnte sie ja nicht wie das letzte Mal verschwunden sein. Ein Lichtschein, der um eine Ecke herum nur sehr schwach auf das Bett fiel, erregte meine Aufmerksamkeit. Wahrscheinlich das Badezimmer. Ich verschränkte meine Arme unter dem Kopf und wartete auf ihre Rückkehr. Plötzlich hörte ich ein leises Geräusch, als ob ein dickes Glas auf Stein fiele, aber nicht zersprang, und danach einen dumpfen Schlag. Trank sie da im Bad? Ich sprang auf und ging eilig hinüber.

»Tu's nicht!« Mit einem Satz sprang ich ins Bad, nachdem ich die Tür geöffnet und die Situation erfaßt hatte, und riß ihr die Flasche aus der Hand. Sie zerschellte am Boden, und die Tabletten verteilten sich wie bunte Regentropfen auf dem Marmor, so daß man sie kaum von ihm unterscheiden konnte.

Simone hockte auf dem Boden und versuchte dann kriechend, sie aufzusammeln, dabei schluchzte sie, und Tränen rollten über ihre Wangen. »Laß mich ... doch, laß mich doch ... ruhig«, brachte sie stammelnd und immer wieder von Schluchzern unterbrochen hervor. »Dann ist es vorbei. Ich bin doch sowieso nichts wert.« Sie schnitt sich an einer Scherbe, und ihr Blut tropfte nun auch noch auf den Marmor, um ihn mit einer weiteren Farbe zu bereichern. Der Schnitt war sicher nicht gefährlich, aber ich mußte etwas tun. Nicht nur deshalb.

»Simone«, sprach ich beruhigend auf sie ein, »warum willst du dich denn umbringen? Du hast noch so viel Leben vor dir. Die Menschen werden dich vermissen, sie lieben dich so.« Ich nahm den Finger hoch, der blutete, und saugte daran, damit es aufhörte. »Komm«, sagte ich, »ich suche was, um dich zu verbinden, und dann gehen wir wieder ins Bett. Da kannst du mir alles erzählen.«

»Im Bett? – Im Bett?« fragte sie zweimal hintereinander. »Im Bett willst du doch ganz etwas anderes von mir. Wie alle anderen auch immer.« Sie starrte mich mit blitzenden Augen an, daß mir angst und bange wurde. War sie in diesem Zustand gefährlich? Wirklich gefährlich?

»Na gut«, sagte ich, »dann nicht im Bett. Aber komm auf jeden Fall hier raus.« Ich hatte etwas Verbandszeug gefunden und griff nach ihrem Finger.

»Au!« sagte sie.

»Geschieht dir recht«, meinte ich gespielt schadenfroh, »was machst du auch für einen Unsinn?« Vielleicht würde sie ein lockerer Tonfall aus ihrer Depression reißen. Jetzt wußte ich, warum sie mich hergeholt hatte. Hatte sie es in Cannes schon einmal versucht, nachdem ich weggewesen war? Das stand zu befürchten. Ich wickelte die Binde fest um ihren Finger und zog sie hoch. »Komm«, sagte ich, »wir gehen rüber.«

Sie folgte mir brav, und ich setzte sie in einen Sessel. Jetzt nahm ich das Glas Pellegrino und gab es ihr. »Trink das!« befahl ich. »Ich werde eine Kanne Kaffee für dich bestellen. Die hast du jetzt nötig.«

»Ich habe nichts mehr nötig«, behauptete sie dumpf. »Ich will tot sein.«

»Ja«, sagte ich standhaft, »das habe ich schon mitbekommen, aber du wirst verstehen, daß ich das nicht zulassen kann.« Ich beobachtete sie und ging zum Telefon hinüber, um den Kaffee zu bestellen. Dazu reichte mein Italienisch noch. Während der ganzen Zeit ließ ich sie nicht aus den Augen, aber sie rührte sich nicht. Sie saß einfach nur stumm da.

Ich ging zu ihr zurück. »Was ist passiert, Simone? Warum wolltest du das tun?« fragte ich sie.

»Weil ich nichts wert bin«, behauptete sie genauso wie vor kurzem auf dem Fußboden des Badezimmers. »Ich bin einfach nichts wert. Was macht es schon, ob ich lebe oder tot bin?« Ihre Stimme klang die ganze Zeit eintönig und dumpf, als ob sie einen einstudierten Text aufsagte, aber nicht, wie ihn eine Schauspielerin ihres Formats aufsagen würde, sondern eine Erstkläßlerin, die seine Bedeutung nicht kannte.

»Simone, das ist doch Unsinn!« fuhr ich sie an. »Wie kommst du auf solche Ideen?« Irgendwo hatte ich mal gelesen, daß man nicht zu sanft mit Menschen umgehen dürfe, die versuchen, sich umzubringen, weil sie dann noch mehr in ihrer Trauer versinken. Aber es schockierte mich auch wirklich, was sie sagte. Sie war schön, sie war berühmt, vermutlich auch ziemlich reich, die Menschen liebten sie und konnten gar nicht genug von ihr bekommen – wie kam sie auf den Gedanken, daß sie nichts wert sein könnte?

Sie schüttelte den Kopf, immer wieder, ohne Unterlaß. »Warum geht es immer schief? Warum klappt es nie?« fragte sie sich, nicht mich. Sie hob den Blick für einen kurzen Moment und sah mich mit leeren Augen an. »Laß mich doch sterben. Was willst du noch mit mir?« fragte sie, und dann schüttelte sie wieder den Kopf und senkte ihn erneut, um auf den Boden zu starren.

»Wie oft hast du es schon versucht, Simone?« fragte ich erschrocken.

Sie antwortete wenigstens, aber ohne jede Beteiligung, als ob sie über jemand anders sprechen würde. »Zehnmal, zwanzigmal – ich weiß nicht. Es klappt einfach nie. Warum klappt es nie?« Sie blickte wieder zu mir hoch und sah mich mit kindlich fragenden Augen an.

Mein Herz blieb fast stehen. So oft schon? Ein makabrer Vergleich fiel mir ein: vor Jahren schon siebzig Liebhaber und mehr und jetzt vielleicht zwanzig Selbstmordversuche – sie war eine Frau der großen Zahlen. Mit Kleinigkeiten gab sie sich nicht ab. Ich wollte nur meinen Schock dämpfen mit solchen unpassenden Überlegungen, das war mir klar. Aber was sollte ich machen? Mit Selbstmörderinnen hatte ich genausowenig Erfahrung wie mit Alkoholikerinnen – ich war einfach überfordert. Glücklicherweise – wenn man in einem solchen Augenblick noch von Glück reden konnte – kam in diesem Moment der Kaffee. Es war eine riesige Kanne Espresso, die der Kellner auf einen kleinen venezianischen Glastisch in der Ecke stellte, ich hoffte, es war genug, um Simones Alkoholvisionen zu vertreiben und vielleicht auch ihre Selbstmordgedanken.

Als der Kellner wieder fort war, schenkte ich Simone die erste Tasse ein und brachte sie zu ihr hinüber. »Komm«, sagte ich, »trink den Kaffee. Vielleicht geht es dir dann besser.«

»Besser?« fragte sie tonlos. Das Wort erschien ihr anscheinend völlig fremd und unbekannt.

Ich drückte ihr die Tasse in die Hand und legte ihre Finger darum. »Trink«, sagte ich, »dann wirst du schon sehen.« Als sie keine Anstalten dazu machte, schob ich ihre Hand hoch und setzte so für sie die Tasse an ihren Mund. Da endlich reagierte sie und trank.

»Brrr!« schüttelte sie sich, »kein Zucker!«

Den hatte ich tatsächlich vergessen, aber ich hätte auch fast nicht gedacht, daß sie in ihrem Zustand so etwas überhaupt wahrnehmen könnte. Ich schöpfte ein wenig Hoffnung. Vielleicht war es doch nicht so schlimm? Ich brachte ihr den nächsten Kaffee, diesmal mit Zucker, und diesmal trank sie ihn ganz brav von allein. Als ich mit der dritten Tasse kam, drehte sie ihren Kopf zur Seite. »Ich hasse Kaffee!« sagte sie.

Ich stellte die Tasse zu ihren Füßen auf den Boden. »Vielleicht später«, sagte ich. Dann hockte ich mich neben ihren Sessel und musterte ihr Gesicht. »Simone«, fragte ich noch einmal, »was ist los? Warum hast du das schon so oft versucht?«

Sie lachte hohl auf. »Wen interessiert das?«

»Mich«, antwortete ich einfach. »Mich interessiert das.«

Jetzt erwiderte sie meinen Blick mit ihren traurigen Augen, die mir das Herz herausrissen. »Warum?« fragte sie.

»Weil ich dich liebe«, sagte ich. »Das weißt du doch.«

Sie nickte, immer noch sehr traurig. »Ja, das weiß ich«, sagte sie, »aber ich verstehe es nicht. Warum denkst du, daß du mich liebst?«

»Ich *denke* nicht, daß ich dich liebe, ich tue es«, berichtigte ich. »Und ehrlich gesagt wußte ich bis vor kurzem auch nicht, warum. Ich konnte es mir selbst nicht erklären – außer dadurch, daß du sehr attraktiv bist. Aber das ist ja kein Grund für Liebe, das ist das unwichtigste. Jetzt aber weiß ich, warum ich dich immer schon geliebt habe.« Ich sah sie zärtlich an. »Weil du eine wundervolle, sensible, liebenswerte Frau bist. Du hast es nur immer versteckt.«

Sie griff nun doch nach der Kaffeetasse auf dem Boden und trank den Kaffee aus. Dann hielt sie mir die Tasse entgegen. »Kann ich noch einen haben, bitte? Er schmeckt so eklig.« Sie versuchte ein schiefes Grinsen.

Ich holte den Kaffee und gab ihn ihr. »Hast du ... hast du es in ... Cannes auch versucht?« fragte ich angstvoll. Wenn ja, war ich schuld daran, und das gab mir nicht gerade ein gutes Gefühl.

»Nachdem du mich verlassen hattest?« fragte sie bitter.

»Nicht ganz ohne Grund«, erinnerte ich sie sanft.

»Ja, einen Grund gibt es immer, dafür sorge ich schon«, bemerkte sie selbstverachtend. Sie sah mich mit verschleierten Augen an. »Wie hast du das nur ausgehalten, jedes Mal, wenn ich dich so zurückgestoßen habe? Damals vor Jahren, heute – Hast du je daran gedacht, dich –?« Sie sah weg. »Nein, ich habe kein Recht, dich das zu fragen.«

»Ich kann dir die Frage beantworten«, erwiderte ich immer noch sanft. »Ich weiß nicht, wie ich es ausgehalten habe, es war furchtbar, schrecklich – ich habe ewig lang gebraucht, um mich davon zu erholen, aber daran gedacht, mich umzubringen habe ich in der Tat nie. Irgendwie kam mir das nie in den Sinn.« Ich runzelte die Stirn. Eigentlich wunderte mich das selbst. Ich hatte ja wirklich sehr gelitten, mehr als ich ertragen konnte, hatte ich manchmal gedacht, und nicht nur einmal. Aber obwohl mir das Leben zeitweise sehr sinnlos erschienen war, hatte ich mich immer wieder aufgerappelt, ohne zu wissen warum. Und dann war es ja auch immer wieder gegangen.

Sie konnte das offensichtlich nicht. »Mir immer. Mir kommt es immer in den Sinn«, sagte sie mutlos zur Wand. »Und in Cannes –« Sie wandte ihren Blick wieder zu mir. »Als ich endlich aufwachte am nächsten Tag, und als ich dann herunterkam und der Portier mir den Umschlag gab... ich wußte nicht mehr, was ich tun sollte. Ich sah, du warst weg. Ich hatte es wieder einmal so weit gebracht...« Sie lachte deprimiert. »Ich bin sogar noch in dein Zimmer gelaufen, weil ich hoffte, du wärst noch da, und es wäre alles nur ein böser Traum. – Aber das war es nicht. Du warst weg.«

Ich sah sie gequält an. Was hätte ich denn tun sollen?

»Ich war noch immer betrunken von der Nacht vorher, und dann hatte ich den ganzen Tag über Termine... ich habe es alles gemacht, aber ich weiß nicht mehr, wie. Ich kann mich nicht erinnern. Und dann kam ich ins Hotel zurück... Alles war leer. Ich hatte gedacht... ich hatte gedacht..., Cannes würde schön für uns werden, endlich einmal schön. Ich hatte es so gehofft, als ich dich einlud. Und nun hatte ich wieder alles kaputt gemacht. Ja, ja natürlich habe ich es versucht«, schloß sie dann völlig tonlos. Dann lachte sie noch einmal todtraurig. »Und natürlich bin ich wieder aufgewacht...«

Ich nahm sie wortlos in die Arme und drückte sie an mich. »Ich weiß, das klingt vielleicht ein bißchen komisch, wenn ich das jetzt sage«, begann ich leise, »gerade weil ich dir ja auch immer so viele Vorwürfe gemacht habe, aber... Das Leben ist schön, es ist wirklich zu schade zum Wegwerfen. Wir haben nur das eine, und das sollten wir genießen.« Ich suchte ihre Augen, immer noch todtraurig sahen sie mich an, und jetzt bemerkte ich, daß das eigentlich immer schon so gewesen war. Warum hatte ich das nie wahrgenommen? Dieser traurige Blick war ein Teil von ihr.

»Ich habe dich immer nur gequält«, äußerte sie verständnislos. »Wie kannst du so etwas sagen?«

Ich lachte ermutigend. »Ich kann es, das weiß ich jetzt, aber früher hätte ich das wohl auch nicht gewußt.« Ich faßte sie an den Schultern und blickte ihr tief in die Augen. »Simone, du darfst so etwas nie wieder tun. Bitte... bitte versprich es mir.«

»Ha!« machte sie abfällig. »Auf ein Versprechen von *mir* willst du dich verlassen? Du weißt doch, daß das nichts wert ist.«

»Doch«, sagte ich ernst, »doch, ich glaube, es ist sehr viel wert, wenn du es wirklich so meinst.«

»Woher willst du das wissen?« fragte sie verächtlich. »Ich habe dir gegenüber doch noch nie eins gehalten.«

»Ich weiß es eben«, sagte ich bestimmt.

»Du vertraust mir?« fragte sie ungläubig. »Ausgerechnet mir?«

»Ja«, sagte ich entschieden. »Ich vertraue dir.«

Tränen stiegen ihr in die Augen und begannen langsam, über ihre Wangen zu laufen. »Das kannst du nicht tun«, sagte sie, »ich werde dich enttäuschen. Wie ich es immer getan habe.«

»Doch, ich kann es tun«, versicherte ich ihr noch einmal, »allerdings am liebsten unter einer Bedingung.«

»Aha«, sagte sie etwas reserviert. Sie vermutete sicher etwas ganz Bestimmtes.

Ich lachte. »Nein, viel schlimmer als das!« Sie sah mich abwartend an. »Du mußt etwas gegen deine Probleme tun. Von selbst werden sie sich nicht lösen, und ich kann es auch nicht. Aber es gibt Leute, die das gelernt haben.«

Sie blickte abweisend in mein Gesicht. »Ich habe schon mal gesagt, daß ich das hasse. Ich will nicht, daß jemand in meinen Kopf schaut oder was auch immer.«

»Du tust sehr vieles, was du haßt«, erinnerte ich sie. »Sex, Kaffeetrinken...« Ich grinste.

Sie mußte nun auch lachen, und es klang nicht mehr ganz so traurig wie vorher noch. »Das ist überhaupt nicht lustig!« protestierte sie.

»Nein«, sagte ich, nun wieder ernst, »ist es auch nicht. Aber noch weniger lustig finde ich es, wenn du dich betrinkst oder wenn du dich umbringen willst.« Ich sah sie bittend an. »Tust du es? Wirst du Hilfe annehmen von jemand, der sich damit auskennt?«

»Ich will nicht«, sagte sie trotzig, dann korrigierte sie: »Ich kann nicht. Ich ... ich habe schreckliche Angst davor.«

»Ich weiß.« Ich nahm sie wieder in die Arme. »Ich weiß, daß du Angst hast«, flüsterte ich leise in ihr Ohr. »Ich habe auch Angst. Aber ich werde dir helfen. Ich werde dich unterstützen, wenn du es zuläßt. Nur du mußt den ersten Schritt tun. Das kann niemand anderer für dich machen, nicht einmal ich.«

Sie schluchzte plötzlich auf. »Warum bist du so nett zu mir? Das habe ich doch gar nicht verdient.«

»Ach weißt du«, sagte ich und schob sie ein bißchen von mir weg, um sie ansehen zu können, »es geht nicht nach dem Verdienst, es geht nach der Bedürftigkeit.« Ich grinste sie aufmunternd an.

»Dann könntest du aber gleich ein Asyl aufmachen«, bemerkte sie ziemlich hellsichtig in Anbetracht ihres Zustandes.

»Ja«, lachte ich ein bißchen, »das stimmt wohl. Also betrachte dich als Asylantin.« Ich sah sie lächelnd an. »Falls es dich nicht stört, daß das Asyl sehr klein ist. Es hat nur einen einzigen Platz: den Platz in meinem Herzen für die Frau, die ich liebe.« Ich suchte ihre Augen und fragte mich, ob sie das nun endlich annehmen würde.

Sie weinte nun nicht mehr, wenn ihr auch immer noch Tränen in den Augen standen, aber sie sagte kein Wort. Sie konnte es immer noch nicht. Es war wohl einfach noch zu früh. »Hilf mir«, flüsterte sie dann ganz leise. »Bitte, hilf mir.«

Ich zog sie wieder zu mir heran und küßte sie aufs Ohrläppchen. »Ich helfe dir, das verspreche ich«, sagte ich zärtlich.

⋙⋘

Am nächsten Tag frühstückten wir das erste Mal gemeinsam, und es war ein ganz neues Gefühl für mich. Für sie sicher auch, wahrscheinlich sogar noch weit mehr als für mich, und sie verhielt sich etwas unentschlossen. Sie war zwar in der Nacht dann wieder in meinem Arm eingeschlafen, aber als sie dann neben mir aufwachte, war es wohl doch eine zu große Umstellung gewesen. Ich hatte sie eine Weile betrachtet, während sie noch schlief, und so blickte sie direkt in meine Augen, als sie die ihren aufschlug. Ein alarmierter, fast panischer Ausdruck trat in ihren Blick. Ich beugte mich zu ihr hinunter und küßte sie ganz leicht und platonisch auf die Lippen, obwohl ich lieber etwas mehr getan hätte. »Guten Morgen«, sagte ich zärtlich.

Dennoch war das für sie offensichtlich schon zu viel. »Guten Morgen«, erwiderte sie etwas gezwungen und drehte sich dann anscheinend peinlich berührt schnell zur Seite, um aufzustehen. Da es so ungewohnt für sie war, morgens nicht allein zu sein, machte ich mir darum keine Sorgen. Sie würde sich schon noch daran gewöhnen, aber wahrscheinlich waren ihr die ganzen Geschehnisse und Geständnisse der Nacht peinlich. Alles, was passiert war, hätte sie sicher am liebsten gleich aus ihrem Kalender gestrichen, vielleicht sogar mich. Aber heute nacht waren wir an einem Punkt angekommen, wo das nicht mehr ging. Möglicherweise setzte sie das noch zusätzlich unter Druck. Ich hoffte, sie würde dem gewachsen sein und nicht wieder in ihre alten Verhaltensweisen zurückfallen. Falls sie das tat, stand mir jetzt eine ähnliche Szene wie in Cannes bevor, aber diesmal würde ich nicht gehen, komme, was da wolle, und auch das – nahm ich an – wußte sie.

Nachdem sie im Bad verschwunden war, kam sie erst einmal eine Ewigkeit nicht wieder. Ich hörte die Dusche rauschen und einige andere Geräusche, die mich dahingehend beruhigten, daß sie offensichtlich nicht beabsichtigte, die Geschehnisse der Nacht zu wiederholen. Nach einer sehr langen Zeit öffnete sich die Badezimmertür wieder, und sie stand fertig angezogen, geschminkt und frisiert im Rahmen. »Das Bad ist frei«, sagte sie reserviert.

Ich ließ ihr erst einmal noch ein bißchen Zeit und verflüchtigte mich ebenfalls für eine recht lange Weile ins Bad. Als ich wieder herauskam, hatte sie schon Frühstück bestellt, und ostentativ stand neben ihrem Teller ein Glas Champagner. Wollte sie mich provozieren? Sie war Alkoholikerin, es war mir klar, daß sie nicht von heute auf morgen auf alles verzichten konnte, und wahrscheinlich am allerwenigsten morgens. Sie hatte jedoch noch nicht Platz genommen, sondern stand am Fenster und blickte mit eigenartig starrem Blick hinaus, so daß ich nur ihren Rücken sah, als ich aus dem Bad trat. Auch als sie mich hörte, drehte sie sich nicht um. Ich nahm ein zweites Glas, goß mir auch einen Schluck Champagner ein und ging dann mit beiden Gläsern zu ihr hinüber. Als ich neben ihr stand, sah sie mich endlich an, immer noch reserviert. Ich hielt ihr ihr Glas entgegen, und als sie es genommen hatte, stieß ich mit meinem leicht dagegen, so daß es klang. Ihr Blick hatte sich immer noch nicht verändert, auch wenn sie überrascht sein mußte, wie ich annahm. »Guten Morgen«, sagte ich noch einmal und nippte dann an meinem Glas.

Sie zögerte, ob sie dem Frieden trauen sollte, dann hob sie langsam das Glas an die Lippen und trank ebenso langsam daraus, wobei sie mich ständig mit ernstem Blick im Auge behielt, als erwarte sie jeden Augenblick eine Katastrophe. Sie war offensichtlich sehr verunsichert. Wahrscheinlich schämte sie sich auch. Und ihr normales Verhaltensmuster dafür war kühle Ablehnung. Reserviertheit bis zur Zurückweisung eines jeden, der versuchte daran zu kratzen.

Aber das kannte ich ja nun schon. »Madame Bergé«, sagte ich lächelnd, »es freut mich, Sie kennenzulernen.« Ich grinste. »Falls Sie zu Hause sind.«

Sie blickte zuerst konsterniert, dann stahl sich ein amüsiertes Lächeln in ihre Mundwinkel. »Du bist unmöglich«, sagte sie weich.

»Danke gleichfalls«, erwiderte ich grinsend. Ich hob meine Hand und strich ganz leicht mit dem Handrücken über ihre Wange. »Warum hast du solche Angst?« fragte ich leise. »Ich tue dir nichts und ich möchte dir helfen, das habe ich dir sogar versprochen heute nacht. Du wirst mich nicht vergraulen, den Versuch kannst du dir sparen. Wir haben eine Vereinbarung.«

Sie seufzte auf und nahm zur Entspannung noch einmal einen großen Schluck aus ihrem Glas. »Das ist alles ziemlich neu für mich, weißt du?« Sie lächelte charmant verwirrt. »Und du läßt mich noch nicht einmal meine gewohnte Rolle spielen. Das erleichtert es nicht gerade.« Sie ging zum Frühstückstisch hinüber und setzte sich. Ihr Glas füllte sie nach, aber sie trank nicht weiter.

Ich ließ mich ihr gegenüber am Tisch nieder und nahm ein italienisches Brioche. Ich sah mich suchend um. »Kaffee gibt es keinen?« fragte ich.

Sie fuhr verlegen mit der Hand an ihren Mund. »O je!« sagte sie etwas schuldbewußt. »Ich habe gar nicht daran gedacht, ich trinke ja keinen.« Sie lächelte bezaubernd. »Und ich bestelle nicht oft Frühstück für zwei.«

»Kein Problem«, sagte ich, stand auf und bestellte mir per Telefon einen Cappuccino. Ihren Champagner zum Frühstück hatte sie natürlich nicht vergessen. Das war schon sehr bezeichnend. Während ich auf den Cappuccino wartete, setzte ich mich wieder ihr gegenüber hin und bewunderte den Baldachin des Bettes hinter ihr.

»Was für ein Bett!« lachte ich. »Alles Gold und Brokat – und dieser Baldachin ... wie der Himmel auf Erden. Ich glaube, in so was habe ich noch nie geschlafen.«

Sie konnte meine Begeisterung offensichtlich nicht teilen. Sie drehte sich nicht einmal um und murmelte nur: »Ja.« Na gut, sie kannte das Bett ja auch schon länger als ich. Wahrscheinlich war sie jedes Mal hier, wenn sie in Venedig weilte. Für sie war es nichts Besonderes mehr.

Mein Cappuccino kam, und ich konnte mein Frühstück fortsetzen. Aber ich merkte sehr bald, daß Simone sehr einsilbig geworden war, um nicht zu behaupten: nullsilbig. Sie sagte einfach gar nichts mehr. Sie trank Champagner, aß nichts außer einem winzigen Krümel Brioche, saß einfach da und starrte vor sich hin. »Simone«, fragte ich, »was ist? Geht es dir nicht gut?« Zwar beteuerten sämtliche trinkfreudigen Menschen, die ich kannte, immer wieder, daß man am nächsten Morgen mit demselben Getränk weitermachen mußte, mit dem man in der Nacht zuvor aufgehört hatte, und demgemäß verhielt Simone sich genau richtig, aber vielleicht hatte sie ja trotzdem einen Kater. Und es gab noch einen Haufen anderer Gründe, aus denen es ihr nicht gutgehen konnte. Sie hatte sich mit viel auseinanderzusetzen in letzter Zeit und besonders seit letzter Nacht.

»Nein, nicht besonders«, antwortete sie etwas schroff.

»Dann lasse ich dich am besten in Ruhe«, bot ich an, »oder kann ich dir irgendwie helfen?« Wenn sie nachdenken wollte, wollte ich sie nicht dabei stören. Und wenn sie sich von dieser Nacht erholen mußte, ebensowenig, das verstand ich sehr gut.

»Oh«, sagte sie, und es klang merkwürdigerweise überrascht.

Ich blickte sie fragend an. »Oh?«

Sie räusperte sich. »Ich dachte ... ich dachte, als du das Bett erwähntest, daß du –«

Ich runzelte die Stirn und konnte ihr nicht ganz folgen, dann – als ich angestrengt darüber nachdachte – kam mir ein Gedanke. »Daß ich damit eine Absicht verfolge?« fragte ich verblüfft.

»Ja«, bestätigte sie. »Manche Leute sind morgens etwas –« Sie wirkte peinlich berührt.

Auch ein Grund für sie, morgens allein sein zu wollen, davon war ich überzeugt. »Geil«, vollendete ich fest. »Wir wissen das. Alle

Menschen wissen das. Es ist nichts Peinliches dabei, es auszusprechen.« Ich lachte. »Noch nicht mal, es zu sein!« Ich stand auf und hockte mich neben sie. Sie rückte ein wenig ab. Sie wollte mich nicht zu nah kommen lassen. »Simone, kannst du dich noch daran erinnern, was ich dir heute nacht gesagt habe?«

Sie sah mich etwas mißtrauisch von der Seite an. »Du hast viel gesagt«, antwortete sie vorsichtig, »ich weiß nicht, ob ich alles behalten habe. Ich war nicht in der besten Verfassung.«

»Nicht in der besten«, bestätigte ich, »aber was ich meinte, ist, daß ich dir versprochen habe, dir zu helfen. Meinst du, daß mein erster Gedanke am Morgen danach –« Ich brach ab, das klang irgendwie zweideutig, und so wollte ich es gar nicht verstanden wissen. »Am Morgen nach dieser Nacht –«, setzte ich noch einmal an, aber das klang auch nicht besser. »Also heute morgen«, startete ich den dritten Versuch, und das ging, »ist, dich zu verführen, wenn ich weiß, wie sehr du das haßt?«

»Du haßt es aber nicht«, wandte sie ein, zugegebenermaßen sehr logisch.

»Das stimmt«, bestätigte ich, »im Gegenteil. Ich würde mich freuen, wenn du es genießen könntest, dich von mir verführen zu lassen, und dann würde ich es auch sehr gerne tun. Aber bestimmt nicht nach allem, was heute nacht gewesen ist und nachdem ich dir meine Hilfe versprochen habe. Und wenn ich noch so ...«, ich machte eine Kunstpause, »... *morgendlich* drauf wäre!«

»Und ... bist du das?« hakte sie dennoch nach, sie wollte einfach nicht aufhören!

»O Simone!« stöhnte ich. »Bist du noch bei Trost?« Dann sah ich, daß sie auf eine Antwort wartete. »Du siehst atemberaubend aus«, sagte ich freundlich bewundernd, »selbst nach dieser Nacht. Ich weiß nicht, wie du das machst.«

Das brachte sie zumindest ein wenig zum Schmunzeln. »Ich habe einen atemberaubend großen Schminkkoffer, das erklärt es vielleicht«, bemerkte sie leicht süffisant.

Ich liebte sie – ich liebte sie einfach! »Also was ich sagen wollte, ist, daß ich es sehr genieße, einer solch bezaubernden Frau wie dir beim Frühstück gegenübersitzen zu dürfen, und daß ich mich außerordentlich glücklich schätze, deine Gegenwart genießen zu dürfen. An nichts anderes habe ich gedacht – und das schwöre ich dir sogar, wenn du darauf bestehst.«

»Ich bestehe nicht darauf«, lächelte sie jetzt schon wieder mit dem ihr eigenen umwerfenden Charme. Es hatte sie offensichtlich beruhigt.

»Und das Bett gefällt mir trotzdem!« grinste ich eigensinnig.

Sie warf den Kopf zurück und lachte. »Darauf hätte ich jetzt wetten können, daß du das sagst!« behauptete sie dann. Sie warf einen Blick zur Uhr. »Es tut mir leid, aber ich muß dich jetzt für den Rest des Tages alleinlassen. Ich habe ein paar Verabredungen. Aber zum Abendessen –« Sie stockte. Vielleicht dachte sie ebenso wie ich in diesem Moment an unseren Abend in Nizza. »Zum Abendessen bin ich zurück«, fuhr sie dennoch tapfer fort.

Ich nickte. »Ich habe gesehen, daß das Hotel eine wundervolle Terrasse direkt am Canal Grande hat«, sagte ich. Von der aus hatte sie mich sicher angerufen. »Kann man da abends auch essen?«

Sie sah mich an, und in ihre Augen trat wieder dieser undefinierbare Blick, mit dem sie mich so oft musterte. Sie antwortete nicht.

»Nicht?« fragte ich.

»Doch«, entgegnete sie widerstrebend. »Kann man.«

»Möchtest du lieber woanders essen?« fragte ich leicht verwirrt. Vielleicht war das Essen hier im Hotel nicht gut, obwohl ich mir das kaum vorstellen konnte.

»Laß uns heute abend darüber sprechen«, sagte sie, legte ihre Serviette auf den Tisch und stand auf.

Ich verstand sie nicht. Was war denn jetzt schon wieder los? »Ich kenne mich in Venedig nicht sehr gut aus«, bemerkte ich schulterzuckend, »deshalb dachte ich –«

»Venedig ist sehr klein«, meinte sie mit einem merkwürdigen Klang in der Stimme.

»Gut«, erwiderte ich immer noch verwirrt, »dann werde ich mich wohl schneller hier auskennen«, doch schon beim letzten Wort begriff ich langsam. »Du meinst, du möchtest nicht, daß man uns zusammen sieht?« Natürlich hatten das schon etliche Leute getan, aber abends, auf der Terrasse, bei einem Essen zu zweit ...

»Ja«, gab sie zu, »das ist nicht gut für mein Image.«

»Dein Image«, wiederholte ich. Es schmerzte mich ein wenig, daß sie ihr Image über unsere Beziehung stellte, aber auf der anderen Seite verstand ich sie auch. Es war ihr Leben, das damit verbunden war. Für mich hatte es vielleicht keine Bedeutung, aber für sie schon. »Na schön«, sagte ich. »Schade.«

»Ja, schade«, meinte sie auch. »Bist du böse?«

Ich schüttelte den Kopf. »Nein, ich verstehe schon.« Ich grinste. »Ich könnte mir ja einen Bart ankleben und als Drag-King auftreten, dann merkt es vielleicht keiner.«

Sie lachte. »Doch, *ich* würde es merken.« Sie kam zu mir herüber und beugte sich über mich. »Danke«, sagte sie sanft. »Es tut mir leid. Aber wir können ja auf dem Zimmer essen.«

»Ja«, seufzte ich.

Sie sah wieder zur Uhr hinüber. »Ich muß gehen, wir haben einen Phototermin in einer Gondel.« Sie lachte. »Hoffentlich werde ich nicht naß! Das ist nämlich das letzte Mal passiert.«

»Ist das irgendwo draußen?« fragte ich. »Kann ich dabei vielleicht zuschauen? Es würde mich interessieren.«

Sie nickte zögernd. »Ja, es ist direkt am Rialto, wegen des Hintergrunds. Es soll ja romantisch wirken. Ich werde nicht allein in der Gondel sein.« Sehr begeistert war sie von meinem Vorschlag nicht. »Es wird sicher eine Menge Zuschauer geben«, fügte sie dann noch hinzu.

»Dann falle ich ja gar nicht auf«, meinte ich locker, »aber wenn es dir nicht recht ist –«

»Doch«, sagte sie, »komm ruhig, aber . . .«

Ich seufzte wieder. »Wir werden getrennt dorthin gehen, und ich werde dich nicht ansprechen. Ist das in Ordnung?«

Sie lächelte erleichtert, aber gleichzeitig auch etwas verlegen. »Ich bin froh, daß du es verstehst. Es tut mir wirklich leid.«

»Mir auch«, sagte ich, »aber vielleicht haben wir ja auch mal Gelegenheit, in einer Gondel –« Ich brach ab, als ich ihren entsetzten Gesichtsausdruck sah. »Schon gut«, sagte ich ergeben, »keine Gondel, keine Terrasse. Alles klar.«

»Venedig ist nicht so glamourös wie Cannes«, meinte sie noch entschuldigend. »Es ist einfach alles sehr klein hier – und überschaubar.«

Ich seufzte noch einmal. »Selbst das wird vermutlich auch seine Vorteile haben.«

»Ja«, lachte sie halb versöhnt, »meine Absätze müssen nicht ganz so hoch sein. Ich kann leichter darauf laufen.«

»Na, wenigstens etwas«, sagte ich. »Ich glaube, du mußt los«, bemerkte nun ich. »Ich werde erst in einer Viertelstunde gehen, damit es nicht so auffällt.« Langsam hatte ich mich an das Versteckspiel gewöhnt, aber auf Dauer würde ich das nicht betreiben wollen. Darüber mußten wir noch reden.

»Danke«, sagte sie erneut ganz leise und hauchte mir einen Kuß auf die Wange. Dann schaltete sie um, bekam ihren professionellen Schauspielerinnenblick und verließ schnell das Zimmer.

Eine Weile später folgte ich ihr nach und schlug den Weg zum Rialto ein, der nicht schwer zu finden war, denn fast an jeder Ecke Venedigs war ein Schild mit einem Pfeil und der Aufschrift *Rialto* befestigt. Da konnte man sich kaum verlaufen. Venedig war wirklich faszinierend. Schon gestern, als ich mit dem Boot angekommen war, hatte ich das festgestellt, genau wie Simone gesagt hatte: eine ganz eigene Atmosphäre, weil die Autos fehlten. Statt der gewohnten Straßen besaß Venedig unzählige Kanäle, kleine und große, breite und schmale. Und auf diesen Kanälen herrschte zwar ein reger Verkehr, besonders auf dem größten, dem Canal Grande, aber dennoch fehlte der Smog in der Luft und der übliche Lärm, den Autos in der Stadt immer verursachten. Die Kanäle rochen manchmal zwar auch nicht sehr angenehm, aber das war etwas anderes, es war natürlicher.

Auf dem Canal Grande gab es etliche ›Buslinien‹, die regelmäßig verkehrten, mit Fahrplan, Haltestellen und allem, was dazugehört. Natürlich waren diese ›Busse‹ Boote, weit größer als das, mit dem mich Simone gestern abgeholt hatte, auch ›Lastwagen‹ sah ich über die Kanäle Bauschutt abtransportieren und was es noch so gab. Die venezianischen ›LKW‹ waren kleine bis größere flache Frachtboote, die tief im Wasser lagen. Einer hatte einen Kühlschrank geladen, der wurde wohl gerade geliefert. Ich konnte mich gar nicht sattsehen an dieser ungewöhnlichen Vielfalt auf dem Wasser. Alles schien so alltäglich. Vor den Häusern gab es auf den Kanälen ›Parkplätze‹, also Anlegeplätze, an denen Boote festgemacht wurden, wie wir unsere Autos abstellen. Das einzige nicht so Alltägliche waren die Gondeln, die gab es massenhaft, auch kleine und große, einfachere und luxuriösere, jede Art. Jetzt, am späten Vormittag, lagen sie fast alle noch am Ufer, es waren noch nicht so viele Touristen unterwegs, daß es sich lohnte, ein paar Gondoliere waren jedoch auch schon auf dem Wasser und staken mit ihren langen Stäben tief in die Lagune, um sich zum Teil recht schnell fortzubewegen. Um eine Gondel derart zu beherrschen, mußte man ziemlich gut trainiert sein, und das waren die meist jungen Männer auch. Man sah ihre Muskeln arbeiten und hervorstechen, wenn sie die Gondel vorwärtsdrückten. Heterofrauen und Schwule waren sicher begeistert, wenn sie dieses Schauspiel beobachten konnten ...

Ebenfalls faszinierend erschienen mir die vielen kleinen und größeren Brücken und Brückchen, die die Kanäle überspannten, um die Wege durch die Stadt miteinander zu verbinden. Immer wieder überquerte ich sie, und immer wieder tat sich mir dabei ein neuer Einblick in die venezianische Alltagswelt auf. Wäsche, die zum Trocknen auf der Leine vor einem Fenster über dem Kanal hing, Musik, die herausklang, Boote, die anlegten und ablegten, um etwas abzuholen oder zu bringen, Menschen, die eilig auf dem Weg zu irgend etwas waren, in Anzug und Krawatte, mit Aktenkoffern oder Unterlagen unter dem Arm, Handwerker, die von einem Boot auf dem Kanal vor der Tür aus versuchten ein Haus zu reparieren. Sie wohnten, lebten und arbeiteten hier wirklich. Venedig war nicht nur eine Postkarte oder ein Aufenthaltsort für Touristen, es war eine pulsierende, täglich sich verändernde Stadt.

Ich ging langsam und genoß das ganze Szenario wie einen realistischen Film, in dem ich in einer Nebenrolle mitspielte. Doch die Wege in Venedig waren nicht weit, und so kam ich auch mit vielen Seitenblicken nach links und rechts und immer wieder Aufenthalten auf einer der kleinen Brücken, um die Kanäle und Häuser zu bewundern, am Rialto an.

Hier herrschte ein weitaus größeres Gewimmel, in erster Linie von Touristen, als im ganzen restlichen Teil der Stadt. Es schien, als ob es eine heimliche Übereinkunft gab, den Dunstkreis des Rialto nicht zu verlassen. Ich sah mich um und entdeckte nach einer Weile etwas unterhalb der Rialto-Brücke tatsächlich eine Gruppe, die wie professionelle Photographen aussahen. Das war schwer zu unterscheiden bei all den Touristen, die zum Teil bombastische Photoausrüstungen mit sich herumschleppten. Aber diese Gruppe bewegte sich kaum und fixierte nur ein einziges Ziel. Ich folgte der Blickrichtung der teilweise obszön großen Objektive, und an ihrem Sammelpunkt entdeckte ich dann die Gondel mit Simone darin, etwas lasziv ausgestreckt und ihre langen Beine kaum bedeckt von dem kurzen Rock, den sie trug. Sie war natürlich nicht allein, wie sie schon angekündigt hatte. Ein junger Mann saß neben ihr – vom Typ her ähnlich dem, der sie in Cannes begleitet hatte: hübsch, muskulös, nichtssagend. Er blickte mit einem blöd-verliebten Lächeln auf sie nieder, und sie lächelte genauso verliebt scheinen sollend von unten zu ihm herauf, mit der bewundernd hingebungsvollen Haltung einer Frau, die bereit ist, einem solchen Mann alles zu geben, wenn er es nur verlangt. Ich hätte fast laut gelacht, als ich diese gestellte Szene sah. Merkten die Photographen das denn nicht? Aber selbst wenn, es war ihnen ganz sicher egal, denn schon allein Simones Beine waren den Aufwand wert. Auch ihr Dekolleté war nicht zu verachten. Manche Photographen konnten sich anscheinend nicht so leicht dazwischen entscheiden, was sie lieber mochten. Die Objektive schwenkten mal hoch, mal hinunter – ob Simones Gesicht auch manchmal mit drauf war?

Ich beobachtete die Szene eine Weile, Simones Stellung änderte sich je nachdem, was die Photographen von ihr verlangten. Eine Zeitlang saß sie mit verführerisch lang ausgestreckten Beinen da, dann sollte sie sich aufrichten und sie übereinanderschlagen, um den Rock noch ein bißchen höher rutschen zu lassen, und sich nach vorne beugen, bis ihre Brüste fast herausfielen. Dann wieder warf sie sehr photogen den Kopf mit wehenden Haaren zurück und lachte, als ob der Typ ihr etwas ausgesprochen Amüsantes erzählt hätte. Die Photographen blitzten wie die Verrückten, Simone lächelte bezaubernd, als ob ihr das alles nichts ausmachte, und der Typ neben ihr fingerte immer ein bißchen an ihr herum, woraufhin sie sich zu ihm umdrehte und noch hinreißender lächelte. Wenn das verabredet war, lief es sicher gut, wenn nicht, fing sich der Typ hinterher vielleicht eine kräftige Ohrfeige ein – falls Simone so etwas tat und ihn nicht einfach nur mit Verachtung strafte.

Ich überquerte den Rialto und suchte mir auf der anderen Seite einen Platz in einem Café am Wasser, von dem aus ich die Gondel gut im Blick hatte. Es war ein herrlicher Tag, die Sonne schien, am Kanal war es warm und angenehm und nicht mehr zu heiß, wie es im Sommer hier sein mußte. Ich verstand, warum Venedig die Stadt der Verliebten war. Hier gab es alles, was Liebespaare genießen wollten: schummrige Gäßchen, plätschernde Wellen, romantische Lokale – und natürlich die Gondeln. Idylle pur. Aber obwohl ich mit der Frau hier war, die ich liebte, würde ich das meiste davon wohl allein ausprobieren müssen. Das widersprach wirklich dem Sinn und Zweck eines Aufenthalts zu zweit in Venedig, aber sie würde sich mit mir in der Öffentlichkeit nicht zeigen – nie vermutlich.

Die Photosession war beendet, und Simone erhob sich elegant aus der Gondel, strich ihren Rock glatt und zog ihn wieder auf ein angemessenes Maß herunter, soweit das möglich war. Eine ganze Crew stand um sie herum, und offensichtlich besprachen sie etwas mit ihr. Sie nickte ernst, und nach ein paar Minuten legte sie sich ihre Jacke um die Schultern, schob ihre Sonnenbrille ins Haar und ging immer noch ins Gespräch vertieft mit einigen von ihnen los. Sie wählten die Seite des Rialto, auf der ich saß. Anscheinend war der nächste Termin hier in der Nähe. Ich beobachtete Simone, wie sie in der Gruppe immer näher kam. Sie hatte mich noch nicht entdeckt. Aber offenbar war das, was ihr einer ihrer Begleiter gerade erzählte, nicht besonders interessant, denn sie ließ gelangweilt ihren Blick über das Wasser und den Quai schweifen. Plötzlich blieb er an mir hängen. Sie wäre vor Überraschung fast stehengeblieben, aber sie war professionell genug, daß nur ein leichtes Stokken dabei herauskam. Sie ging weiter und kam fast gerade auf mich zu, da das Café genau im Weg lag. Gerade, als sie an mir vorbeiging, ließ sie wie zufällig ihre Jacke von den Schultern rutschen und ging schnell in die Hocke, um sie aufzuheben, bevor es einer ihrer Begleiter tun konnte. Sie war nur zwei Meter von mir entfernt, und als sie die Jacke langsam ergriff, suchten ihre Augen schnell meine, und sie lächelte hinreißend und verschwörerisch zu mir hoch. Ihre Mundwinkel verzogen sich schmunzelnd, dann stand sie wieder auf und ging mit den anderen weiter. Es war nur ein Augenblick gewesen, aber ihr Lächeln hatte sich auf meine Netzhaut eingebrannt und wollte nicht weichen. Mein Herz klopfte laut und angestrengt in meiner Brust. Wie sollte ich das nur aushalten? Immer nur im Zimmer sie wirklich anschauen oder berühren zu dürfen, immer nur allein, nie in der Öffentlichkeit, und das Alleinsein mit ihr hatte ja auch gewisse Beschränkungen, spätestens seit ich mein Versprechen abgegeben hatte, ihr zu helfen, und das beinhaltete, sie auch nicht mehr mit meinem Verlangen nach ihr zu belästigen, da sie das nicht wollte. Schöne Aussichten!

Ich sah ihr nach, während sie sich immer weiter entfernte und sich auch nicht mehr umsah. Das wäre ja auch zu auffällig gewesen.

Nachdem die Gruppe endgültig in eine der Seitengäßchen abgebogen war, erhob ich mich und schlenderte in Richtung Markusplatz, um mir noch ein wenig mehr venezianische Atmosphäre einzuverleiben. Dort bewunderte ich den Dogenpalast und den hoch aufragenden Campanile und verscheuchte ein paar Tauben, die glaubten, mich als blöde Touristin ausrauben zu können. So verbrachte ich den Großteil des Tages zu Fuß in der Stadt, anders als zu Fuß oder mit einer Gondel konnte man sich hier ja auch kaum bewegen, sah Museen und Kirchen haufenweise und immer wieder venezianische Palazzi, manche gerade restauriert, andere in halbverfallenem Zustand. Das Meer in der Lagune nagte sehr an den Grundfesten der Gemäuer. Daß diese Gebäude jedes Jahr um mindestens zwei Zentimeter mehr versanken, konnte ich mir sehr gut vorstellen. Ich wunderte mich, daß es nicht mehr war.

Gegen Abend kehrte ich dann ins Hotel zurück, um mich mit Simone zu treffen. Wie sehr sich doch die Tage glichen, wenn sie auf einem der Filmfestivals war, egal in welcher Stadt. Tagsüber hatte ich nichts von ihr, und abends konnte ich mich dann einmal ausnahmsweise ihrer Gesellschaft erfreuen, wenn auch still und heimlich. Und da sich die Situation in einer Beziehung entscheidend geändert hatte, würde diesmal nicht einmal mehr ein erotisches Tête-à-Tête wie am Strand von Nizza zur Debatte stehen.

Ganz in Gedanken ging ich im Hotel zum Zimmer, ohne nach dem Schlüssel gefragt zu haben. Ich drückte die Klinke herunter, und es war zu meiner Überraschung offen. Simone war schon da. Ihre Jacke lag auf dem Boden – wie immer –, locker gruppiert mit einigen anderen Kleidungsstücken, und sie schien im Bad zu sein. Das Wasser rauschte. Ich dachte an die Situation in Cannes, als Simone mich im Bad überrascht hatte, und überlegte, ob ich das gleiche tun sollte. Aber die Sachlage hatte sich geändert. Was sie damals locker hatte tun können, war mir heute unmöglich. Ich setzte mich in einen der Sessel und wartete auf sie.

Nach einer Weile kam sie heraus, halb angezogen, aber sie sah mich nicht sofort, weil der Sessel in einer Ecke stand. Ich pfiff anerkennend. »Wow!« sagte ich, »ein *toller* BH!«

Sie fuhr aufgeschreckt herum und verschloß ihr Gesicht, als sie mich sah. »Was tust du da?« fragte sie abweisend.

»Ich warte auf dich«, antwortete ich harmlos, ich hatte schließlich nichts getan. »Die Tür war offen, und ich habe kein anderes Zimmer, wie du dich vielleicht erinnerst.« Sie nahm eine Bluse aus dem Schrank und zog sie schnell über, ohne mich weiter zu beachten. »Wie schade«, grinste ich. »Das, was drunter ist, war viel interessanter.«

Sie drehte sich unwillig um. »Hör auf damit!« fuhr sie mich an. »Ich hatte einen sehr anstrengenden Tag, und ich möchte nicht heute abend auch noch –« Sie brach ab, blitzte mich aber weiter an. Sehr begehrenswert – wie eine Wildkatze auf dem Sprung. Wie schade, daß dieses Kapitel im Moment kein Thema war.

»– belästigt werden?« beendete ich heiter ihren Satz. »Ja, du hast recht«, sagte ich dann. »Aber kann ich etwas dafür, daß du aussiehst wie eine Mischung aus Catherine Deneuve und Romy Schneider?«

»Nein«, lächelte sie süffisant, »ich aber auch nicht. Du vergißt, daß ich nicht darum gebeten habe, so auszusehen. Es ist einfach geschehen.«

Ich seufzte. »Bleibt es bei unserer Verabredung zum Essen?« fragte ich. »Oder schmeißt du mich jetzt raus?«

»Dazu hätte ich große Lust«, murmelte sie.

»Das kann ich mir vorstellen«, stimmte ich ihr ergeben zu. »Ich entschuldige mich für mein Benehmen. Es war nicht angebracht. Es ist halt schwer, deinen Reizen nicht zu erliegen, das muß ich noch üben.« Ich lächelte um Verzeihung bittend.

Anscheinend versöhnte sie das ein wenig. »Du hast Glück, daß ich Hunger habe«, sagte sie. »So habe ich keine Wahl.«

»Puh!« machte ich und wischte mir mit der Hand über die Stirn. »Gerettet!«

»Spiel nicht den Clown!« wies sie mich zurecht. »Das mag ich nicht. Ich meine das ernst.«

»Ich auch«, sagte ich, »ich meine es auch ganz ernst. Ich liebe dich.«

Sie drehte sich zum Telefon um. »Laß uns essen«, schlug sie vor, ohne auf meine erneute Liebeserklärung einzugehen. Das war wohl immer noch zu viel für sie.

Unser Essen verlief etwas schweigsam, und sie wirkte sehr erschöpft. Sie trank Champagner, aber nicht übermäßig. Als wir fast fertig waren, sagte sie plötzlich: »Ich habe eine Klinik angerufen, ich werde eine Entziehungskur machen.«

Es warf mich fast vom Stuhl, diese unerwartete Eröffnung. »Großartig, Simone«, sagte ich dann. »Du wirst sehen, man kann auch ohne Champagner leben.« Ich lächelte sie unterstützend an.

»Und hoffentlich auch ohne Tabletten«, seufzte sie. »Die habe ich nicht nur zum Spaß da herumstehen.« Tabletten auch noch? Dann ging es ihr vermutlich noch sehr viel schlechter, als ich gedacht hatte. »Ich habe jetzt ein paar Monate frei, wenn ich will, das trifft sich gerade gut«, fuhr sie fort. »Zwar habe ich ein Angebot für einen neuen Film, aber das werde ich ablehnen, und die anderen sind alle erst für nächstes Jahr.« Sie lachte abschätzig auf. »Der Film, den sie mir als nächstes angeboten haben, ist eh uninteressant, bloß wieder das alte Klischee: Femme fatale verführt armen jungen Mann. Darauf kann ich gut verzichten. Das habe ich schon tausendmal gespielt.«

»Aber du hättest es gemacht, wenn nicht –?« fragte ich.

»Wenn ich nicht ins Sanatorium gehen würde«, setzte sie ganz gelassen fort, als ob sie das immer schon geplant hätte, »ja. Ich hätte ja auch sonst nicht gewußt, was ich tun soll. Dann hätte ich noch mehr unnütze Zeit zum Nachdenken gehabt. Deshalb habe ich immer einen Film nach dem anderen gedreht, ohne Pause möglichst.«

»Wohin willst du gehen?« fragte ich. Wo gab es solche Kliniken überhaupt? Ich hatte mich noch nie darum gekümmert. Bislang hatte ich dafür ja auch keinen Anlaß gehabt.

»An den Genfer See. Die sind sehr gut und sehr diskret, das ist die Hauptsache. Ich werde bei Nacht und Nebel dort eintreffen, werde unter einem anderen Namen geführt, und keiner erfährt etwas.«

»Ich auch nicht«, sagte ich etwas bekümmert. Das hatte ich schon mal irgendwo gehört: In solchen Kliniken herrschte absolute Kontaktsperre.

»Ja«, bestätigte sie. »In den ersten sechs Wochen sind keine Außenkontakte erlaubt.« Sie schien das im Moment nicht weiter zu stören, wahrscheinlich hatte sie ganz andere Sorgen, aber mir fiel es schon schwer, mir vorzustellen, daß ich sie so bald schon so endgültig wieder verlieren sollte, jetzt, wo wir uns gerade mal ein wenig angenähert hatten. Und wer wußte, wie es nach der Kur aussah? Würde sie mich da überhaupt noch kennen? Aber ich hatte es ja nicht anders gewollt. Schließlich war es mein Vorschlag gewesen.

»Danach kann ich dich dann vielleicht mal anrufen?« fragte ich vorsichtig.

»Ja«, sagte sie. »Danach können wir sogar vielleicht mal zusammen...«, sie machte eine sehr lange Kunstpause und sah mir tief in die Augen, »... spazierengehen«, fuhr sie fort und schmunzelte.

»Du bist ein gemeines Luder, Simone«, lächelte ich liebevoll zurück.

Sie lachte vergnügt. »Ich habe nie behauptet, daß ich danach nett sein würde. Alkoholfrei vielleicht, aber genausowenig nett wie vorher.«

»Du *bist* nett«, sagte ich energisch, »du behauptest nur immer das Gegenteil.«

Sie lehnte sich zurück und saß einen Moment überlegend da, dann meinte sie: »Weißt du was? Ich würde wahnsinnig gern mal *wirklich* mit einer Gondel fahren.« Sie sah aus dem Fenster. »Es ist dunkel, und ich könnte mich ein wenig verkleiden. Vielleicht sind es die Photographen ja auch leid, vor dem Hotel herumzulungern. Hättest du Lust?«

Ich grinste. »Das mußt du *mich* nicht fragen.« Dann runzelte ich ein wenig die Stirn. »Aber mit einem Pagen wollte ich nicht gerade Gondel fahren.«

Sie lachte hell auf. »Ich habe auch noch was anderes. Keine Sorge.«

Es dauerte gar nicht lange, da hatte sie ein paar Kleidungsstücke gefunden, schminkte und frisierte sich um, setzte zudem einen Hut auf und war tatsächlich kaum wiederzuerkennen. »Na?« fragte sie, als sie sich zu mir umdrehte.

»Toll!« bestätigte ich. »Einfach erstaunlich.«

»Das ist mein Beruf«, sagte sie lässig. »Wenn ich das nicht mal könnte...«

Wir verließen das Hotel getrennt wie schon das letzte Mal und schlenderten dann nach einer Weile wie zufällig hintereinander her.

»Ganz allein hier, junge Frau?« sprach ich sie dann grinsend an.

»Ja«, lächelte sie, »ich suche noch Begleitung. Wie wär's?« Sie hakte sich bei mir ein, und wir gingen ein Stück am Wasser entlang, bis wir an einer Gondelstation ankamen. Um diese späte Abendstunde waren nur noch wenige Gondoliere im Dienst, aber wir fanden eine Gondel, die uns gefiel, und stiegen ein.

Die Gondel glitt über das mondbeschienene Wasser der Kanäle, ganz leise und ohne viel Bewegung, außer wenn der Gondoliere seinen Stab benutzte, um sie vorwärtszuschieben, dabei entstand ein leichtes Schaukeln. Es wiegte uns hin und her, wenn wir unter den kleinen Brücken hindurchfuhren, über die ich am Nachmittag noch gelaufen war, und Simone ließ ihre Hand ins Wasser gleiten, während ich sie betrachtete, wie sie offensichtlich einmal ausnahmsweise zufrieden neben mir saß. Sie war wunderschön im Mondlicht, auch wenn der Hut einen Schatten auf ihr Gesicht warf, der es halb verdeckte, aber ihr Mund erschien darunter verführerischer denn je. Ich seufzte und lehnte mich zurück.

»Was ist?« fragte sie leise.

»Ach nichts«, flüsterte ich zurück, um die Stimmung nicht zu zerstören, »du bist nur einfach so ... schön.«

»Und du begehrst mich«, schloß sie daraus sofort. Selbst ihrer leisen Stimme konnte man die Reserviertheit anhören.

»Ja«, sagte ich. Es war schließlich die Wahrheit. »Aber mach dir keine Sorgen. Ich werde nichts tun.« Das hatte ich ihr versprochen, und daran würde ich mich halten, auch wenn es mich noch so sehr zu ihr hinzog. »Entspann dich«, fügte ich noch hinzu. »Laß uns die Fahrt genießen.«

Sie lehnte sich wieder zurück und ließ erneut ihre Hand ins Wasser gleiten, wobei ihre langen Beine im Mondlicht schimmerten ... es war schon hart, sie nicht anfassen zu dürfen. Nach einer Weile veränderte sie ihre Position etwas und legte ihren Kopf an meine Schulter. Ich blickte auf sie hinunter und fühlte ungeheuer viel Zärtlichkeit für sie in mir aufsteigen. Es machte mich glücklich. So glitten wir dahin, bis wir zum Schluß in den Hauptkanal einbogen, wo sie sich wieder aufrichtete und mich ganz ... ich wußte nicht, wie ich es beschreiben sollte, bei einer anderen Frau hätte ich gesagt: verliebt, aber nicht bei ihr ... ansah. Als wir die Gondel verließen, reichte ich ihr die Hand, damit sie besser aussteigen konnte, und sie ließ sie einfach nicht wieder los. Wie ein junges Liebespärchen schlenderten wir durch Venedig, Hand in Hand, und bewunderten die Ausblicke von Brücken und Plätzen. Irgendwann schlugen wir die Richtung zum Hotel ein, um zurückzugehen, und als wir in die Nähe kamen, sagte Simone: »Ich möchte jetzt auf die Terrasse gehen.«

Ich schaute sie verblüfft an. »Auf die Terrasse?« Das hatte sie doch entschieden abgelehnt.

»Ja«, bestätigte sie. »Sie werden mich nicht erkennen, glaube ich.«

Also betraten wir die Terrasse, nachdem wir das Foyer des Hotels durchquert hatten, und setzten uns an einen Tisch am Wasser. Der Ober entzündete ein Paar Kerzen auf dem Tisch und brachte Champagner. Wir stießen an. »Entschuldige«, sagte Simone, »aber ich möchte den Champagner noch einmal hier bei Kerzenschein auf der Terrasse genießen. Ich werde das bald nicht mehr haben, zumindest den Champagner nicht.«

»In Ordnung«, erwiderte ich. »Ich habe ja auch gar nichts gesagt. Ich verstehe dich.«

Sie beugte sich zu mir vor und sah mir in die Augen. »Wirklich?« fragte sie.

Ich erwiderte ihren Blick. »Das hoffe ich«, sagte ich leise. »Das hoffe ich sehr.«

Sie hielt meinen Blick noch einen Augenblick fest, dann ließ sie ihren abschweifen und sah aufs Meer hinaus. »Weißt du, was mein Traum ist?« fragte sie selbstvergessen. »Ein Haus am Cap d'Antibes, mit Blick über das Meer.« Sie wandte ihren Blick wieder zu mir. »Lilian Harvey hatte mal so eins, und seit ich als Kind davon gelesen habe, habe ich immer davon geträumt, es mir gewünscht, einmal so zu wohnen. Ich habe einmal eine Reportage über sie gesehen, und da saß sie vor einem riesigen halbrunden Fenster, durch das man das Meer sah und den blauen Himmel. Ihr Haus stand auf einem hohen Felsen, ganz allein. Das wollte ich auch.«

Ganz allein – das konnte ich mir vorstellen! »Ja, die Côte d'Azur ist wirklich wunderschön«, stimmte ich ihr zu. »Da hätte ich auch gern ein Haus. Oder überhaupt irgendwo am Mittelmeer, hier ist es ja auch sehr schön.«

»Ja, überall«, seufzte sie, »aber in die Côte habe ich mich einfach verliebt. Wenn, dann dort.«

Der Kerzenschein flackerte durch einen Luftzug auf ihrem Gesicht, so daß es wie in einem Film beleuchtet wurde und dann wieder fast im Dunkeln lag. Ich war fasziniert von dem weichen, warmen Licht auf ihrer Haut und hätte sie gern berührt. Ich räusperte mich leicht. »Warum hast du es dir dann noch nicht gekauft?« fragte ich statt dessen etwas erstaunt. Geld hatte sie doch sicher genug.

»Ich hatte immer das Gefühl, es lohnt sich nicht, weil ich ja ... weil ich ja vielleicht nicht mehr lange leben würde«, antwortete sie ernst.

»Ach Simone«, sagte ich traurig.

Sie griff auf dem Tisch nach meiner Hand. »Aber jetzt«, sagte sie, während sie mit einem Finger über meinen Handrücken strich, »jetzt würde ich es vielleicht tun.«

Meine Hand kribbelte furchtbar, alle Härchen stellten sich auf, das konnte ich nicht lange durchhalten. Ich nahm ihre Hand fester in meine, damit sie aufhörte, mich zu streicheln, obwohl ich das eigentlich gar nicht wollte. »Dann mach es doch«, sagte ich zärtlich.

Sie zog ihre Hand weg und winkte ab. »Ich habe das richtige Haus bisher auch noch nicht gefunden, mir schwirrt halt immer das von Lilian Harvey im Kopf herum. Vielleicht finde ich es niemals. Und dann muß ich ja jetzt auch erst einmal in die Klinik.« Sie trank mit einem raschen Zug ihren Champagner aus. »Ich bekomme richtig Durst, wenn ich daran denke«, sagte sie dann entschuldigend.

Wir saßen noch eine Weile auf der Terrasse, bis es uns zu kalt wurde, und dann gingen wir ins Zimmer hinauf. Als wir es betreten hatten, legte sie ihren Hut ab und drehte sich zu mir um. Mit schnellen Schritten kam sie auf mich zu, bevor ich es richtig mitbekam. Sie legte ihre Arme um mich und begann mich zu küssen, ganz zärtlich und sanft. Ich war fast zu überrascht, um den Kuß zu erwidern, aber dann tat ich es, und es war wundervoll. Ihr Körper schmiegte sich an mich, als ob wir eins wären. »Ich kann nicht mit dir schlafen«, wisperte sie, als unsere Lippen sich voneinander trennten, »aber wenigstens das kann ich tun, um dir für diesen wunderbaren Abend zu danken. Und dafür, daß du da bist.« Sie löste sich von mir, und ich mußte das Kribbeln, das meinen ganzen Körper erfaßt hatte, erst einmal unter Kontrolle bringen. Dieser Kuß war so süß gewesen, daß mein Körper mehr wollte – und nicht nur mein Körper. Aber das stand jetzt wirklich nicht zur Debatte.

»Danke«, sagte ich verlegen. Ich sollte vielleicht besser auf der Liege schlafen, überlegte ich dabei. Diese Nacht neben ihr im Bett ... ich wußte nicht, ob das gutging.

Sie lehnte sich noch einmal an mich. »Darf ich in deinem Arm einschlafen? Noch einmal? Wir werden uns lange nicht sehen, und ich möchte die Erinnerung daran behalten«, flüsterte sie.

Damit war das Thema Liege dann wohl abgehakt. »Ja«, seufzte ich, »natürlich.« Ich mußte mich eben beherrschen. Ich sollte meinen animalischen Trieben sowieso nicht so viel Raum geben, schimpfte ich mit mir. Wieso denn geben? Die nahmen ihn sich doch einfach. Ich seufzte erneut. »Laß uns schlafen«, schlug ich vor. »Es ist spät, und du hast morgen sicher wieder einen schweren Tag.«

»Ja«, sagte sie. »Das stimmt.«

Wir lösten uns erneut voneinander, und als wir später im Bett lagen, sie an mich gekuschelt wie ein weiches Kätzchen, versuchte auch ich, mir diese Erinnerung so tief wie möglich einzuprägen. Wer wußte, wann ich sie wiedersehen würde – oder ob überhaupt? Ich hatte schon oft gehört, daß AlkoholikerInnen nach einer Entziehung alle Kontakte abbrachen, die sie davor gehabt hatten. Würde das bei uns auch so sein? Die Verzweiflung begann an mir zu nagen.

Am nächsten Morgen ließ ich sie davon nichts spüren, als wir uns verabschiedeten. Ich flog heute nach Freiburg zurück, und sie würde am Abend nach einem vollgestopften Tag in Venedig auch abreisen – Richtung Genfer See. Das ging anscheinend schnell in diesen Promikliniken, da mußte man nicht lange warten. Aber man bezahlte ja auch genug dafür.

Sie gab mir die Adresse und die Telefonnummer. »Aber wie gesagt: Sechs Wochen geht erstmal gar nichts«, erinnerte sie mich.

»Ja, ich weiß.« Ich seufzte tief auf. »Ich werde versuchen, es zu überleben.«

Sie lächelte. »Ich auch.« Sie senkte verlegen den Kopf. »Ich werde ... ich werde dich vermissen«, sagte sie leise.

Daß sie das zugab, war sicher schon ein Schritt, der sie Überwindung kostete. Ich nahm sie noch einmal in den Arm. »Ich dich auch. Furchtbar. Aber das geht alles vorbei. Und dann wirst du frei sein.«

»Ja, frei von allen Süchten«, sagte sie.

Und vielleicht auch frei von mir, dachte ich, aber ich sagte es nicht. Es tat mir jetzt schon weh, diese Möglichkeit in Betracht zu ziehen. Aber ich hatte ihr ja helfen wollen, und das mußte uneigennützig sein. Eventuell war das der Preis dafür. Sie schmiegte sich noch einmal in meine Arme, und ich suchte ihren Mund, den sie mir freiwillig gab. Sie war so hingebungsvoll an diesem Morgen, wie ich sie noch nie erlebt hatte. War das ihr Abschiedsgeschenk?

Ich nahm meine Tasche und ging zur Tür. »Viel Erfolg«, sagte ich.

Sie blickte sehr ernst, fast als ob der Weltuntergang bevorstünde. »Danke«, sagte sie.

Während ich die Tür hinter mir schloß, versuchte ich auch noch, mir ihr Gesicht einzuprägen, das traurig, aber entschlossen im immer kleiner werdenden Ausschnitt der Türöffnung verschwand, während hinter ihr der Canal Grande in der Sonne leuchtete.

༺༻

In Freiburg erwartete mich einiges an Arbeit, und ich stürzte mich auch auf Dinge, die ich sonst Tatjana überließ. So war ich eine Weile fast rund um die Uhr beschäftigt. Immer, wenn ich ein paar Sekunden abschalten konnte, sah ich Simone vor mir und fragte mich, was in sechs Wochen sein würde, in fünf, in vier, in drei... Dann kam mir ein Gedanke, und ich hatte ein neues Projekt. Das beschäftigte mich nun wirklich.

Nachdem die sechs Wochen herum waren, wagte ich nicht, in der Klinik anzurufen. Was, wenn sie mir mit kalter Stimme am Telefon mitteilen würde, daß sie nichts mehr mit mir zu tun haben wollte, daß alles, was vor der Kur gewesen war, nicht mehr existierte, inklusive ich?

Doch eines Tages rief statt dessen sie an. Und sie klang gar nicht kalt. »Pia, ich freue mich so, deine Stimme zu hören!« sagte sie enthusiastisch, nachdem ich mich gemeldet hatte.

»Ich mich auch, Simone«, antwortete ich etwas überrumpelt. Mit so viel Begeisterung hatte ich wirklich nicht gerechnet.

»Warum hast du dich nicht gemeldet?« fragte sie dann etwas zurückhaltender. Wahrscheinlich hatte sie jetzt das gleiche Problem wie ich: Sie wußte nicht, ob ich noch dasselbe für sie empfand wie vor der Kur. Mein Schweigen konnte ja auch etwas anderes bedeuten.

»Ich muß ehrlich zugeben, ich hatte ein bißchen Angst, daß du das nicht willst«, erklärte ich wahrheitsgemäß.

»Warum denn nicht?« fragte sie verständnislos. Doch gleich darauf hatte sie es wohl erfaßt. »Oh, jetzt«, sagte sie. »Das könnte sein, das stimmt. Aber es ist nicht so. Ich habe mich die ganze Zeit schon darauf gefreut.«

Ich lächelte erleichtert vor mich hin. »Das macht mich sehr glücklich, Simone«, sagte ich leise.

Sie sagte eine Weile nichts, dann fragte sie: »Hast du Lust, mich zu besuchen? Mein Aufenthalt wird noch länger dauern, wahrscheinlich sechs Monate, aber nun ist die Kontaktsperre ja aufgehoben.«

»Sechs Monate?« fragte ich.

»Ja«, sagte sie, »das mit dem Alkohol war gar nicht so schlimm, das habe ich schon hinter mir, aber die Tabletten sind hartnäckiger, und einiges andere...« Sie wollte wohl nicht im Detail darauf eingehen.

»Selbstverständlich«, versicherte ich ihr, »selbstverständlich komme ich dich besuchen. Gerne.« Ich war so glücklich, daß ich dachte, ich würde gleich abheben und durch die Luft schweben.

Die nächsten sechs Monate vergingen zwar quälend langsam, aber ich hatte ein paar Dinge zu tun, und zwischendurch besuchte ich Simone so oft wie möglich. Sex war in der Klinik kein Thema, und so waren unsere Treffen sehr entspannt und gelöst, fast wie am Anfang unserer Bekanntschaft vor Jahren, als das auch noch keine Rolle gespielt hatte. Zwar küßte sie mich jedesmal zur Begrüßung und zum Abschied, und das war nicht ohne, aber etwas anderes wäre gar nicht möglich gewesen. Da paßte das Personal schon auf. Aber ich versuchte es auch gar nicht. Ich war glücklich, daß ich sie sehen konnte, daß ich mich mit ihr über alles und jedes unterhalten konnte. Wir lachten miteinander und tranken miteinander Mineralwasser. Es war einfach wundervoll.

Als die sechs Monate vorbei waren, holte ich sie ab. Am späten Nachmittag eines sonnigen Tages wartete Simone bereits am Tor der Klinik auf mich.

»Meine Güte, wo hast du denn den Wagen her?« staunte sie.

Sonst war ich immer mit meinem eigenen Auto gekommen, aber heute ... »Geliehen«, sagte ich, »nur geliehen.« Es war der Jaguar, das gleiche Modell, das mir auch der Portier in Cannes ausgeliehen hatte. Es funkelte und blitzte im Sonnenlicht. »Hast du heute noch etwas vor?« fragte ich sie keck.

»N-nein«, erwiderte sie zögernd. Nun, da sie den Schutz der Klinik nicht mehr genoß, betrachtete sie die durchgezogene Sitzbank in diesem Auto wohl mit Sorge.

Ich lachte. »Ich dachte, du möchtest vielleicht deine wiedergewonnene Freiheit genießen. Spazierengehen am See, außerhalb der Klinik essen ...? Wie wär's?«

»O ja, schön«, erwiderte sie erfreut. »Ich weiß nicht, wie die das hinkriegen, aber selbst bei dieser Bezahlung ist das Essen in solchen Kliniken nach einiger Zeit doch extrem fade.« Sie lachte. Sie wirkte gelöst und entspannt. Während ihres Aufenthalts in der Klinik hatte sie sich sehr verändert. Nicht äußerlich, da wirkte es sich am wenigsten aus, aber in ihrem Verhalten. Davor hatte sie oft etwas Verkrampftes gehabt, etwas, das sie selbstredend gut überspielen konnte, wenn sie wollte, aber jetzt, wo sie das nicht mehr tun mußte, wo es ihr tatsächlicher Zustand war, entspannt zu sein, wirkte sie natürlich, einfach wie sie selbst. Ob sie dieses Gefühl je schon einmal gehabt hatte – früher?

Schon während unserer letzten Treffen hatte ich gemerkt, wie offen sie reagierte, wie wenig ihr noch daran lag, ihre Gefühle zu verstecken. Oft war sie mir um den Hals gefallen, wenn sie mich begrüßte, vor lauter Freude, daß ich da war, und nicht als Teil einer Szene, die sie spielte. Zu Anfang hatte ich immer noch nach versteckten Hinweisen gesucht, aber dann erkannte ich, daß es ihr wirklich völlig egal war, daß sie sich einfach nur freute wie ein Kind. Vielleicht holte sie ja das nach, was ihr in den Jahren ihrer Kindheit, an die sie sich nicht mehr erinnern konnte, entgangen war? Darüber wußte ich immer noch nichts, denn davon hatte sie in der ganzen Zeit nicht gesprochen, auch wenn ich mir nicht vorstellen konnte, daß ihre Therapeutin dieses Thema, das für Simone so außerordentlich belastend zu sein schien, übergangen haben sollte. Aber vielleicht würde sie es mir ja noch einmal erzählen. Ich konnte warten.

An diesem Abend jedenfalls war das sicherlich kein Thema. Als wir an den See kamen, deutete Simone auf ein Ausflugsschiff, das am Pier lag. »Schau mal, die machen gleich die letzte Rundfahrt für heute. Wollen wir nicht mitfahren?« Ihre lachenden Augen hätten mir gar keine andere Wahl gelassen, selbst wenn ich nicht gewollt hätte, aber das war natürlich nicht der Fall. »Ich war schon so oft am Genfer See«, meinte Simone, als wir dann auf dem oberen Deck des Schiffes saßen und den See und die Landschaft um uns herum bewunderten, »aber so etwas habe ich noch nie gemacht. Entweder ich hatte Termine, oder die Reporter haben mich nicht in Ruhe gelassen – obwohl es hier wirklich nicht so schlimm ist, weil es hier viele Prominente gibt. Aber irgendwie – ich hatte einfach nie Zeit, um so etwas ›Touristisches‹ zu tun. Einfach nur aus Spaß.« Ihre Augen lachten mich wieder an. »Findest du das nicht seltsam?«

»Nein.« Ich schüttelte den Kopf. »Ich kann es mir vorstellen.«

Sie schob ihre Hand in meine – in aller Öffentlichkeit! –, und so saßen wir halb an die Rehling gelehnt, bis das Schiff knapp zwei Stunden später zurückkehrte. Wir hatten uns kaum gerührt.

»Jetzt habe ich aber wirklich Hunger!« lachte sie. Sie schien immer nur zu lachen, die ganze Zeit – herrlich! »Die Essenszeit in der Klinik ist schon lange vorbei, daran habe ich mich in den letzten Monaten vollkommen gewöhnt. Ich funktioniere wie ein Uhrwerk. Spätestens um zehn Uhr schlafe ich.« Sie lachte wieder. »Ich fürchte, du wirst mich ziemlich langweilig finden«, meinte sie dann noch etwas verlegen.

»Nein, gar nicht«, versicherte ich ihr. Das war für meine Pläne genau richtig, was sie mir da gerade erzählt hatte.

Simone bestellte im Restaurant ein Menü mit fünf Gängen, was das Essen auf fast vier Stunden ausdehnte. Aber das fiel uns gar nicht auf, so angeregt unterhielten wir uns. Simone trank Wasser, und diesmal hatte sie auch gar nicht versucht, etwas anderes zu bestellen. Beim Dessert fielen ihr beinahe die Augen zu. »*Wie* spät ist es schon?« fragte sie etwas langsam, als sie irgendwann auf meine Armbanduhr blickte. Sie trug keine. Das hatte sie sich in der Klinik wohl auch abgewöhnt. Sicherlich zu ihrem Besten, denn so konnten sie weder Zeit noch Termine hetzen. »Ich müßte eigentlich schon seit zwei Stunden im Bett sein«, lächelte sie dann bezaubernd.

»Du bist nicht mehr in der Klinik«, erinnerte ich sie und lächelte zurück.

Sie legte den Kopf etwas schief. »Hast du ein Zimmer hier in Genf?« fragte sie, nicht ganz ohne Bedenken. »Ich fürchte, ich bin zu müde, um –«

Ich unterbrach sie. »Nein, ich habe kein Zimmer hier. Richte dich mal auf eine längere Fahrt ein!«

Sie zog die Augenbrauen hoch. »Du willst jetzt noch eine längere Strecke fahren? Nach Freiburg?« Sie dachte, ich hätte ihr angeboten, sie mit zu mir nach Hause zu nehmen, was in gewisser Weise ja auch nahelag.

»Du kannst im Wagen in aller Ruhe schlafen«, sagte ich, ohne es näher zu erklären. Sie blickte zwar immer noch verwirrt, gab sich aber erstaunlicherweise damit zufrieden und schlief dann auch fast sofort ein, als wir losfuhren.

Als sie erwachte, blinzelte sie in die Sonne der roten Felsen. »Die Côte?« fragte sie verblüfft. »Du bringst mich an die Côte?«

»Wir sind schon da«, bemerkte ich heiter. »Du hast lange geschlafen.«

»Wo fahren wir hin?« fragte sie erneut. »Ins Hotel?« Sie war immer noch etwas verdutzt.

»Laß dich überraschen«, entgegnete ich geheimnisvoll.

Nach einer weiteren Stunde fuhren wir eine Auffahrt hinauf und stiegen aus. Simone konnte es nicht fassen. Sie stand neben mir und starrte auf das Haus. »Lilian Harveys Villa«, stellte ich mit einer weitausholenden Handbewegung vor. »Ich habe sie angezahlt, aber ich fürchte, ganz so reich bin ich nicht. Einen Teil wirst du beisteuern müssen.«

Simone schien wie erstarrt, sie konnte sich nicht rühren. »Das ist nicht dein Ernst«, flüsterte sie dann, »du hast dieses Haus gekauft? Für mich?«

»Nicht ganz gekauft«, berichtete ich. »Ich sagte ja, so reich bin ich nicht. Aber wenn du willst, gehört es dir, ja.«

»Ich habe es gesucht«, sagte sie, »und nie gefunden. Wie hast du das gemacht?«

Ich lachte. »Es war wirklich nicht einfach. Niemand wußte mehr, daß es ihr mal gehört hatte. Ist ja schon eine Weile her, daß sie ein Filmstar war. Die Leute vergessen schnell. Aber dann fuhr ich hier vorbei, und ich sah das Fenster. Da wußte ich, daß es das hier ist.«

»O ja«, raunte sie überwältigt, »das ist es. Das ist das Haus.«

Ich zog den Schlüssel aus der Tasche. »Wollen wir reingehen? Der Blick aus dem Fenster ist immer noch phantastisch.«

Sie folgte mir fast wie in Trance und nahm jedes Detail des Parks und des Hauses in sich auf, als ob sie ihr Leben lang darauf gewartet hätte. Und das hatte sie ja wohl auch. Wir gingen hinauf und blickten aus dem Fenster. Simone sagte kein Wort. Das Meer rauschte unter uns, und die Sonne versuchte mit den silbrig schimmernden Wellen zu konkurrieren.

»Na, wie gefällt es dir?« fragte ich sie lächelnd.

»Oh, es ist –« Sie blieb stecken und sah mich nur an. »Ich finde keine Worte dafür, Pia. Es ist einfach zu schön. Die Villa von Lilian Harvey und ich hier mit dir ... Gestern war ich noch am Genfer See und habe darüber nachgegrübelt, was ich jetzt als Nächstes machen soll. Und nun so etwas! Nicht im Traum hätte ich mir vorstellen können, daß wir heute hier sein würden, und dann das Haus ... Es ist wirklich wunderbar. Ich kann es immer noch nicht fassen. Ich denke, gleich ruft irgend jemand: ›*Schnitt, gestorben, die Aufnahme ist im Kasten!*‹*,* weil ich nur auf einem Filmset bin. Es ist unglaublich.« Verträumt blickte sie aufs Wasser hinaus.

Zärtlich beobachtete ich, wie ihre blauen Augen eins mit dem ebenso blauen Meer zu werden schienen.

Sie lächelte bezaubernd, einfach unwiderstehlich. Ich wollte sie berühren, über ihr Gesicht streicheln, weiter hinunter ...

Ende des ersten Teils

Weitere Bücher der Édition el!es

Ruth Gogoll: Simone
Erotischer Liebesroman

Der zweite Teil der »Schauspielerin«.
Simone bemüht sich um einen Neuanfang mit Pia, doch ihre Vergangenheit holt sie wieder ein. Der Alkohol, den sie schon überwunden glaubte, gefährdet ihre Beziehung ebenso wie ihre neue Karriere in Amerika. Zum letzten Mal verbringen Simone und Pia eine schöne Zeit gemeinsam in Wien auf dem Opernball, doch am Tag danach kommt es zum Eklat – Pia ist tief enttäuscht und glaubt nicht daran, daß sie Simone je wiedersehen wird. Und im weit entfernten Amerika sitzt Simone einsam und trinkt ... da führt sie ein erneutes Filmangebot wieder nach Europa ...

Ruth Gogoll: Eine Insel für zwei
Erotischer Liebesroman

Neunzehn Jahre alt und auf der Suche nach der großen Liebe: Das ist Andy, als sie Danielle kennenlernt, Besitzerin einer Werbeagentur. Danielle hält Liebe für eine Illusion. Sie lädt Andy zu einer Reise durch die Ägäis ein, doch fordert dafür einen hohen Preis.
Andy läßt sich darauf ein, weil sie Danielle liebt und hofft, daß Danielle auch lernen wird zu lieben. Fast scheint es, als hätte Andys Liebe eine Chance, doch da geschieht etwas Unvorhergesehenes ...

Alexandra Liebert: Der Schlüssel zum Glück
Liebesgeschichten

Geschichten rund um das Verlieben: Ob gewollt oder ungewollt, überraschend oder nicht – Alexandra Liebert versteht es, ihre Heldinnen in kleinen, unbeschwerten Geschichten auf spannende Art zusammenzubringen. Da sucht Cathy nur nach einem Job und findet die Liebe, Lisa sucht erholsame Ferien in San Francisco – und findet die Liebe, Carmen und Maria haben sich mit dem Auto verfahren, suchen den richtigen Weg und finden: die Liebe.
Sie wollen jetzt wissen, wer noch alles die Liebe findet? Und welche Hürden dabei zu überwinden sind? Wir haben da einen kleinen Tip für Sie: Kaufen Sie doch einfach dieses Buch ...

Kay Rivers: Küsse voller Zärtlichkeit
Roman

Michelle Carver hat als Managerin von Disney World in Florida einen anstrengenden Job. Für ein Privatleben hat sie kaum Zeit, deshalb beschränkt sie sich auf gelegentliche Affären. Liebe kommt in ihrem Wortschatz nicht vor.
Cindy Claybourne ist Studentin und hat einen Ferienjob in Disney World. Sie merkt, daß sie sich zu Michelle hingezogen fühlt, daß sie hinter ihre harte Schale schauen möchte. Aber Michelle läßt das nicht so einfach zu. Doch Cindy gibt nicht auf und kämpft für ihre Liebe zu Michelle. Wird Michelle endlich einsehen, daß Cindy die richtige für sie ist?

Melissa Good: Sturm im Paradies
Liebesroman

Melissa Good, Drehbuchautorin verschiedener Episoden der beliebten TV-Serie »Xena – Die Kriegerprinzessin«, bei el!es!
Firmen aufkaufen und ohne Rücksicht auf Verluste sanieren – Dar Roberts, Vizepräsidentin einer großen Gesellschaft, liebt ihren Job und erledigt ihn gründlich. Bei einem kleinen Unternehmen trifft sie jedoch auf unerwarteten Widerstand: Kerry Stuart, die junge Leiterin der Supportabteilung, kämpft engagiert für die Erhaltung der Arbeitsplätze. Gleichzeitig fühlt Kerry sich angezogen von dieser großen, starken, dunkelhaarigen Frau, in der mehr zu schlummern scheint als kalter Geschäftssinn. Zaghaft kommen sich die beiden näher ...

Ruth Gogoll: Ich liebe dich
Erotischer Liebesroman

Ira ist eigentlich viel zu schön, um Bankmanagerin zu sein, und Elisabeth will nur eine Hypothek von ihr: Da schlägt die Liebe zu wie ein Blitz. Zuerst einmal erscheint Elisabeths Liebe aussichtslos, doch dann ergibt sich eine unverhoffte Begegnung, und bald sind die beiden ein Paar. Doch das Schicksal hält noch etliche Schläge für sie bereit. Piet, Iras ehemalige Lebensgefährtin, taucht plötzlich wieder auf. Und Ira erhält unerwartet eine berufliche Chance, die sie nicht ablehnen will. Die räumliche Entfernung schürt die ohnehin vorhandene Eifersucht noch.

Julia Arden: Das Lächeln in deinen Augen

Roman

Beate sieht in Cornelia Mertens, ihrer neuen Chefin, zunächst nur das, was alle sehen: die kühle, distanzierte Geschäftsfrau. Liebe ist etwas für Träumer – aus dieser ihrer Meinung macht Cornelia kein Geheimnis.
Nach und nach lernt Beate aber eine ganz andere Seite an Cornelia kennen. Cornelia überrascht sie mit unerwarteter Fürsorge, Verständnis und einer seltsamen Mischung aus Heiterkeit und Ernst. Also doch harte Schale, weicher Kern? fragt sich Beate. Ist das äußere Erscheinungsbild nur Fassade für all die, die sich nicht die Mühe machen dahinterzuschauen? Oder sind Sanftmut und Charme nur Trick, Teil eines Planes? Nämlich dem, sie zu verführen? Letzteres wäre fatal für Beate, denn so oder so – sie hat sich in Cornelia verliebt.

Ruth Gogoll: Die Liebe meiner Träume

Erotischer Liebesroman

»Ich stehe nicht auf Frauen« verkündet Vanessa, doch die nachfolgende Liebesnacht mit Anouk spricht eine andere Sprache. Allerdings soll es zunächst auch bei dieser Nacht bleiben: Beide kehren in ihr Leben zurück, Anouk in die Einsamkeit, Vanessa zu ihrer Familie mit Mann und Sohn. Die Spuren, die die Liebesnacht hinterläßt, graben sich tief in die Herzen beider Frauen ein – bis sie sich unvermittelt wiedersehen ...

Shari J. Berman: Hawaiianische Träume

Liebesroman

Die attraktive Freddie hofft, bei einem Urlaub auf Hawaii ihren Ex-Mann endlich zu vergessen. Unter dem Sternenhimmel der Südsee läßt sie ihr altes Leben hinter sich. Hals über Kopf stürzt sie sich in eine heftige Liebesbeziehung mit der Fotografin Stephanie. Doch nach dem ersten Liebestaumel drohen Zweifel und Konflikte: Freddie hat Probleme mit ihrem Coming-out und weiß nicht, ob sie ihre lesbische Liebe leben kann und will. Und trotz allem Verständnis für die Geliebte stößt auch Stephanie irgendwann an die Grenzen ihrer Geduld ...

Sarah Dreher: Solitaire und Brahms
Liebesroman

»Wenn eine Frau, die Frauen liebt, keine Frau ist, wer dann?«
Beruflich erfolgreich, allgemein beliebt und frisch verlobt, wehrt sich Shelby dennoch gegen das traditionelle Rollenverhalten einer gehorsamen Ehefrau, in das ihre Umwelt sie drängen will. Als sie merkt, wieviel ihre neue Nachbarin Fran ihr bedeutet, beginnt sie die Puzzleteile in ihrem Leben endlich neu zu ordnen.
Sarah Dreher zeichnet in ihrem persönlichsten Roman ein einfühlsames, humorvolles und zugleich schmerzhaft realistisches Bild der sechziger Jahre, aus der Zeit vor Stonewall und Gay Pride, als eine »richtige Frau« sich nicht gegen gesellschaftliche Erwartungen auflehnen, geschweige denn in eine andere Frau verlieben durfte.

Victoria Pearl: Zärtliche Hände
Erotischer Liebesroman

Eine große, schweigsame Frau mit graublauen Augen – eine Taxifahrerin, die sie in einer fremden Stadt zum Hotel fährt – beeindruckt Olivia tief. In heißen Träumen wünscht sie sich in ihre Arme, aber es scheint aussichtslos, sie wiederzusehen, denn Olivia kennt nicht einmal ihren Namen. Dafür tauchen andere Frauen in Olivias Leben auf, die sie nicht trösten können. Wird die geheimnisvolle Fremde einmal aus ihren Träumen auferstehen und in Fleisch und Blut zu ihr kommen? Das Rätsel scheint unlösbar, doch eine Frau gibt nicht auf – auch, wenn sich immer neue Schwierigkeiten ergeben ...

Victoria Pearl: 4 Herzen 12 Beine
Erotischer Liebesroman

Im Darkroom für Lesben kommt es zu heißem Sex zwischen Doris und Lucy – dann verlieren sie sich wieder aus den Augen. Zufällig entdecken jedoch die beiden Hundeliebhaberinnen die Chatrooms, wo sie sich begegnen, ohne sich zu erkennen. Nach einigen Abstechern und One-night-stands mit anderen Frauen finden Doris und Lucy doch noch zueinander, nein, die beiden Hunde sind es, die ihre Frauchen zusammenführen. Allerdings müssen die Zweibeinerinnen noch einige Abenteuer durchstehen, ehe sie das Happy End erreicht ...

Victoria Pearl: Die Liebe hat dein Gesicht
Erotischer Liebesroman

Renate hat noch nie mit einer Frau geschlafen, und sie hatte es eigentlich auch gar nicht vor, bis ihr Marlene über den Weg läuft. Die Doktorsgattin verführt Renate nach allen Regeln der Kunst und stiftet so ein ziemliches Chaos der Gefühle in der Fahrradmechanikerin. Lange währt diese Affäre allerdings nicht, denn Frau Doktor bleibt ihrem Gatten trotz allem treu. Kein Grund jedoch für Renates erneutes Singledasein – die neue Nachbarin ist sehr attraktiv und deren Mutter erst ... die wahre Liebe wartet derweil in Renates Träumen darauf, endlich verwirklicht zu werden ...

Victoria Pearl: Ungeahnte Nebenwirkungen
Erotischer Liebesroman

Was geschieht, wenn sich die attraktive Zahnärztin auf einmal nicht nur für deine Zähne interessiert? Sie steht eines nachts vor deiner Tür und will hemmungslosen Sex. Doch der Morgen danach fühlt sich an wie ein Zahnarztbesuch, denn die Traumfrau ist nicht mehr da. Es beginnt eine Odyssee der Liebe, Verzweiflung, Eifersucht ... denn immer neue Überraschungen aus der Vergangenheit der Ärztin kommen ans Licht ...

Ruth Gogoll: Taxi nach Paris
Der lesbische Erotikbestseller

Sie begegnet ihrer Traumfrau, aber viel zu schnell landen beide im Bett – während sie sich verliebt hat, geht die andere nur ihrem Gewerbe nach. Jedoch sie ist sich sicher, das Herz der Angebeteten erobern zu können. Wird die Liebe stärker sein als die Zerreißproben und die beiden Frauen in der Stadt des Lichts zusammenführen?

Shari J. Berman: Tanzende Steine
Liebesroman

Sally lernt Ricki als Kind im Sommer 1978 auf einem Campingplatz kennen, während sie Steine über das Wasser tanzen läßt. Die beiden Mädchen mögen sich auf Anhieb. 18 Jahre später sehen sie sich wieder, mittlerweile sind beide mit anderen Frauen liiert. Doch die Liebe, die sie als Kinder noch nicht benennen konnten, erfaßt sie erneut. Ob es nun aber wirklich Liebe ist oder nur Sex, das müssen sie erst einmal herausfinden ...

Ruth Gogoll: Eine romantische Geschichte

Erotischer Liebesroman

Esther ist Anwältin und eine Traumfrau – für alle Frauen, die nur an Sex interessiert sind. Wenn frau sich in sie verliebt, ist es jedoch die Hölle ... wie es Alex leidvoll erfahren muß. Sie verfällt Esther mit Haut und Haar und kann sich nicht mehr von der schönen Juristin lösen. Wird Yvonne mit ihrer Liebe Alex von dieser Besessenheit heilen können?

Antje Küchler: Der Abgrund

Lesbisches Abenteuer

Nach dem Verlust ihrer Lebensgefährtin Andrea, einer Schriftstellerin, gibt sich Laura dem Alkohol und Depressionen hin. Nach Monaten der Trauer taucht überraschend die Germanistikstudentin Anja auf, die eigentlich nach Andrea suchte – und sich in Laura verliebt. Es könnte eine harmonische Beziehung werden, doch Laura überredet Anja zu einer Reise nach Rußland, wo das Abenteuer beginnt: Laura wird entführt, und Anja macht sich im kalten und weiten Sibirien auf die Suche nach der geliebten Freundin. Kann sie es schaffen, die Entführte zu retten?

Brenda Miller: Court of Love

Liebesroman

Die Basketballspielerin Chris hat sich bei einem Spiel schwer verletzt und kommt ins Krankenhaus. Dort wird sie während der Rekonvaleszenz von der Physiotherapeutin Beth betreut. Die beiden verlieben sich ineinander. Beth hat sich vor kurzem von ihrer Freundin getrennt, für Chris gab es bis jetzt nur Basketball und das College. Sie weiß noch nicht, ob sie sich für Männer oder Frauen interessiert, und sie hat noch nie mit jemandem geschlafen ...

Brenda Miller: Bitte verzeih mir

Liebesroman

Veronica, Chefin des familieneigenen Konzerns, überfährt mit ihrem Porsche die Aushilfskassiererin Rose, die sich mit Gelegenheitsjobs über Wasser hält. Veronica läßt Rose mit bester medizinischer Versorgung gesundpflegen, und aus anfänglicher Freundschaft entsteht sehr bald Liebe ... doch Veronica hat Rose bisher noch nicht gestanden, daß sie damals den Porsche fuhr ...

Diana Lee: Die Geliebte der Wölfin

Die lesbische Robin Hood

Die schöne Lady Gwendolyn wird auf dem nächtlichen Heimweg überfallen. Rettung naht in Gestalt der attraktiven Ritterin Sir Blaidd, die in geheimer Mission eine Verschwörung gegen die Königin aufdecken soll. Gwendolyn verliert ihr Herz an die tapfere Heldin, gemeinsam versuchen sie nun mit ihren Freunden den Verschwörern zuvorzukommen. Doch die Feinde sind mächtig, mittels dunkler Rituale versuchen sie, ihre Kräfte zum entscheidenden Schlag zu bündeln. Auch Gwendolyn gerät in Gefahr. Kann Sir Blaidd sie mit ihrem Mut und ihrem geschickten Schwert aus der tödlichen Falle befreien?

Ruth Gogoll: Computerspiele

Lesbenkrimi

Der erste Fall für Kommissarin Renni:
Ihre Schulfreundin und Jugendliebe Nora wird in einen Mordfall verwickelt. Nora verliebt sich Hals über Kopf in die schöne und leidenschaftliche Ellen. Sie verbringen eine berauschende Woche, dann fährt Ellen nach Köln, und wenige Tage später wird ihre ehemalige Lebensgefährtin Loretta tot aufgefunden. Ellen steht unter Mordverdacht. In ihrer Not wendet Nora sich an Kommissarin Renni, die die Ermittlungen aufnimmt. Ellen wird vom Mordverdacht befreit. Doch damit beginnt das Rätsel: Wer war Loretta wirklich? Wer hatte ein Interesse, sie zu ermorden? Sie surfte viel im Internet, hat sie dort vielleicht ihren Mörder kennengelernt? Und was hat Ellen mit der Sache zu tun?

Ruth Gogoll: Tödliche Liebesspiele

Lesbenkrimi

Die Fortsetzung des Krimis »Computerspiele«. Kommissarin Renni hat wieder einen neuen Fall zu lösen: Wer ist die tote Frau auf dem Parkplatz? Die Ermittlungen erweisen sich als schwieriger als zunächst angenommen, und darüber hinaus geht es auch in ihrem Privatleben drunter und drüber: Obwohl immer noch verliebt in Nora, beginnt sie eine Affäre mit der Pathologin, mit der zusammen sie an der Aufklärung des Mordes arbeitet.

Ruth Gogoll: Mord im Frauenhaus

Lesbenkrimi

Diesmal darf sich Kommissarin Renni ein wenig wie Hercule Poirot fühlen: In einem Frauenhaus wird eine Leiche gefunden, und die Zahl der Verdächtigen beschränkt sich auf einen kleinen Kreis. Doch damit nicht genug – Renni hat außerdem alle Hände voll zu tun, eine Prostituierte vorm rachsüchtigen Zuhälter zu beschützen, und dann ist da noch Monika, die sich nie sicher sein kann, ob Renni tatsächlich nur ihre Arbeit macht ...

Augenblicke der Liebe

Erotische Geschichten

Bereits seit dem Jahre 2001 besteht auf der Internetseite der édition el!es die Möglichkeit, jeden Monat eine neue »Erotische Geschichte des Monats« zu lesen. Diese Geschichten werden in der Reihe »Augenblicke der Liebe« in loser Folge veröffentlicht.

Kingsley Stevens: Sündige Episoden (Band 1)

Erotische Geschichten

Der *Reigen* von Arthur Schnitzler wurde schon oft adaptiert, und nun liefert die Autorin Kingsley Stevens eine lesbische Variante: Ineinander verwobene Geschichten, leidenschaftlich und lustvoll, in denen es nur um »das Eine« geht. Die **Sündigen Episoden** sind das wohl frivolste el!es-Buch, das es je gab.

Hat Ihnen das Buch gefallen?
Schreiben Sie vielleicht selbst Romane oder Geschichten?
Dann senden Sie sie uns zu, an folgende Adresse:

el!es-Verlag
Postfach 1405
D – 79504 Lörrach

Oder über unsere Internetseite:
www.elles.de ⇨ Verlag ⇨ Manuskripte einreichen

Wenn Sie in Zukunft regelmäßig über Neuerscheinungen des el!es-Verlages informiert werden wollen, lassen Sie sich in unseren Verteiler eintragen:
www.elles.de ⇨ Verlag ⇨ Verteiler

www.elles.de